Manuscrit trouvé à Saragosse

萨拉戈萨手稿

（波）
扬·波托茨基
- 著 -

郑婉恬
- 译 -

版权专有 侵权必究

图书在版编目（CIP）数据

萨拉戈萨手稿：套装共2册 /（波）扬·波托茨基著；郑婉恬译. -- 北京：北京理工大学出版社，2022.4
ISBN 978-7-5763-0831-0

Ⅰ.①萨… Ⅱ.①扬… ②郑… Ⅲ.①长篇小说—波兰—近代 Ⅳ.①I513.44

中国版本图书馆CIP数据核字（2022）第010876号

出版发行 / 北京理工大学出版社有限责任公司
社　　址 / 北京市海淀区中关村南大街5号
邮　　编 / 100081
电　　话 /（010）68914775（总编室）
　　　　　（010）82562903（教材售后服务热线）
　　　　　（010）68944723（其他图书服务热线）
网　　址 / http://www.bitpress.com.cn
经　　销 / 全国各地新华书店
印　　刷 / 三河市金元印装有限公司
开　　本 / 880毫米 × 1230毫米　1/32
印　　张 / 24　　　　　　　　　　　　　　责任编辑 / 申玉琴
字　　数 / 553千字　　　　　　　　　　　文案编辑 / 申玉琴
版　　次 / 2022年4月第1版　2022年4月第1次印刷　责任校对 / 刘亚男
定　　价 / 99.00元（全2册）　　　　　　　责任印制 / 施胜娟

图书出现印装质量问题，请拨打售后服务热线，本社负责调换

译者序

(第九十天)

合上笔记本,放下一颗悬了几个月的心,我抬眼看着窗外,三伏天的骄阳炙烤着对面高楼白花花的墙面,分外刺眼。我赶紧闭上眼,却仍能看到一片片光斑,就像有些令人印象深刻的东西,是没有办法从心头轻易抹去的。那么,既然你我有缘在这一页相遇,就请你听一听我与这本书的故事吧!

在一个魔幻的时代,遇到一本魔幻的书

"仿佛在阅读一本最精彩的当代小说"——这是英国《卫报》给予《萨拉戈萨手稿》这本奇书的评价。诚然,欧洲的经典名著可谓浩如烟海,精彩的当代小说也数不胜数;但如果说,一本两百多年前的名著能够让人读出当代小说的感觉,这就有点魔幻的意思了。记得影史上有一部《2001太空漫游》,对于2020年的观众来说,其世界观和视觉特效看上去只有2001年的质感,但当你了解到这是一部1968年上映的电影时,会突然产生一种时间线错乱的感觉;而这本《萨拉戈萨手稿》也会让读者产生类似的恍惚感,有一些人物独白,能说到现代人的心坎里去,尽管他或她的生活环境和历史背景离我们已经十分遥远。

萨拉戈萨手稿

《萨拉戈萨手稿》是一部情节曲折的故事集,讲述者是一位名叫阿方索·范·沃顿的年轻军官,他在日记中记录了自己1739年在莫雷纳山区的生活及见闻,其中既有他亲历的事件,也有在不同场合所听说的故事。1769年前后,(根据书中的描述)他将自己的日记封存在一个小盒中;四十年之后,一位法国军官在萨拉戈萨沦陷后,在城中搜寻战利品时,发现了这部手稿。小说的故事主体发生的年代,大抵是中国的清乾隆年间,对我们来说,那个时代早已面目模糊,更何况是远在千里之外的西班牙;但当那个时空里存在过的人们突然来到你面前,就像全新热剧里的主角那样鲜活时,这种相遇更是超越了魔幻,成了一种恒久的温暖——人类的悲欢到底还是相通的。

说到当代的热剧,本书的结构也与其有异曲同工之妙,每一篇小故事都是独立的,可以单独拿出来欣赏;而故事主线则贯穿了全部六十六天,首尾呼应,甚至可以称得上是对仗工整,体现出几何学一般的美感。本书在结构上的另一个特点,是不同类型的故事同时展开,并在意想不到的地方互相交叠。如果用当代电影的术语来说,这种手法叫作平行叙事,或称为并列蒙太奇,其作用是展现文本的互文性。如果只用单线叙事的话,我们的思维会产生惯性和局限性;而通过平行叙事,可以体验到不同思想的碰撞和回响,在激烈的冲突中,领悟到自己真正的感受。

与此同时,作者本人的背景也奠定了本书深刻的互文性。1761年,扬·波托茨基在波兰一个显赫的贵族家庭中出生。在他所生活的时代,全欧洲正在经历激烈的文学变革与政治动荡。他一生致力于旅行、写作、政治活动和学术研究。他在日内瓦和洛桑接受了良好的教育,并曾两次入伍,担任工程部队军官,还曾作为马耳他骑士团的骑士在一艘战舰上服役。他勤于撰写游记，通晓多门语言，足迹遍及地中海、巴尔干、高加索和远东地区；他是一位埃及古物学家、斯拉夫民族学研究者、神秘学家和政治活动家，因此他在每一个故事中都暗藏了丰富的象征符号，犹如大树伸展开来的万千枝杈，观者固然可以单纯欣赏这棵树，但如果有兴趣顺着这些枝杈画出闪亮的延长线，一直延长到天际，就能收获一个星光璀璨的天穹。而从国家文化角度来看，这是一个波兰人用法语描绘的西班牙故事，因此可以说——这是一曲用肖邦钢琴曲伴奏的弗拉明戈。

要问"魔幻"究竟是什么？
它的方程式应当是：荒诞+浪漫=魔幻

在这个喧嚣的时代，能够治愈浮躁的良药，是痛苦；能够治愈痛苦的良药，是魔幻。如果生活像清咖啡一样苦，不妨把荒诞当作牛奶，把浪漫当作糖，就能让苦涩焕发出馥郁的香气。

本书中，荒诞的气氛可以说是扑面而来，在每一个转角都能遇到。但仅有荒诞的话，人生难免沦为虚无。罗曼·罗兰有一句名言："世上只有一种英雄主义，就是在认清生活真相之后依然热爱生活。"我想，那是因为在删除了强加在生活上的多重滤镜之后，只剩最后一层玫瑰色的滤镜是默认出厂设置，是无法删除的。不然还谈何热爱呢。

的确，译完本书之后，我回想起印象最深刻的，不是那些鬼魅幽灵，而是一种深入骨髓的浪漫。这种浪漫不是言情式的卿卿我我，而是如同《三体》般的宏大叙事，是此起彼伏的人生浩叹中所剩下的唯一温暖。比如塞哥维亚露台外的神秘歌声、贝拉斯克与布兰卡之间的情缘，就像影片《布达佩斯大饭店》里那样，爱情线索被轻描淡写地一笔带过，不是因为它无足轻重，而是因为它太沉重了，最后只能用沉默来表达。

要从本书中总结出一种明确的价值观，也许并非易事，从利己主义到大公无私、从堂·吉诃德式的荣誉感到商人阶层的见风使舵、从盗匪到圣人、从虔诚信徒到无神论者，作者以白描的形式刻画了形形色色面貌各异的人，并未加以明确的道德评判。因此评论界对本书的主旨也有诸多探讨和纷繁的解读。唯一可以达成共识的是，作者倡导的是一种人文关怀。无论是写到王公贵族，还是贩夫走卒，无论是与他本人思想相近，还是相悖的观点，他都能从一种平视的角度来描摹。这也许就是平等与尊重的最高境界吧！平心而论，小到色彩偏好、衣着风格，大到宗教信仰、政治立场，都只是个人的审美取向而已，放到历史的长河里看，没有什么道德高下之分。唯一的不道德，就是对自己的不诚实。在不同的故事里，活得坦荡的主人公，大多能找到幸福；而那些带着假面的主人公，往往会成为灾祸的源头。

这种坦荡与诚实，应该说在丽贝卡的故事里得到了最直接的体现："我们应该追求凡尘俗世中的欢乐，而不必虚度这一生的时间去幻想一个理想的天国，反正我们早晚都会去往天国的。人世间平凡的美好和愉悦的感观是如此丰富，光是享受这些，我们短暂的一生不也够充实了吗？"面对生而为人的局限性，她没有惶恐或苦恼，而是把这种局限性当作一种恩赐来尽情地享受。这样的心态其实不无道理，毕竟，像流浪的犹太人那样活上几千年，又有什么幸福可言呢，不过是永世的惩罚罢了；而鞋匠马拉农虽是一个普通人，他的临终遗言读来却分外豁达："布拉斯，你是幸运的，你的外祖父是个普通的人，信仰和成就都很普通，他也把你培养成了一个简单的人。布拉斯，你要对人类的智慧存有戒心。再过一会儿，我就会比所有的哲学家们都更博学了。"

的确，人们常常在抽象思维中迷失自己。所谓的拔高、提炼、看透，并不能给人生带来快乐和满足。真正的幸福都在细节里，在生活肌理的沟沟坎坎里。人生苦短，别把日子过抽象了。能够在一茶一饭中尝出美妙滋味的人，才拥有幸福的能力。同样地，能在通俗的叙事中体味到凡人悲喜，也是读书人之幸吧！

以下这首词，也许会让你觉得乱入了。不过，等你看完全书之后，或许会和我一样，脑海里回荡着这首主题曲的旋律。人类的悲欢果然还是相通的吧——

> 滚滚长江东逝水
> 浪花淘尽英雄
> 是非成败转头空
> 青山依旧在
> 几度夕阳红

图书翻译者的使命，就是一砖一瓦地把巴别塔继续修建下去，正所谓"各美其美，美人之美，美美与共，天下大同"。这是一项艰苦的工作，但也是非常值得的工作。当我们用时间和心血来供奉艺术之神的时候，艺术之神就会永远保佑我们，在我们的心灵干涸时，为它无限续水。

  谨在此感谢在本书翻译过程中给予我帮助的各位编辑、校对老师和家人们。尤其是这类篇幅较长的图书，翻译周期动辄数月，要一口气沉几个月，并不容易。文字是最诚实的，情绪心态的波动变化会反映在译文上，所以要保持内心波平如镜，纹丝不能乱。因此，我想再次感谢各位的包容和理解，在这个不平静的世界里为我保留了一张安静的书桌。

婉恬

2020年夏

目录

001　前言

003　第一天
　　艾米娜和她的妹妹祖贝达的故事 … 014
　　卡萨·戈麦雷斯城堡的故事 … 018

024　第二天
　　着了魔的帕切科的故事 … 028

036　第三天
　　阿方索·范·沃顿的故事 … 037
　　拉文纳的特里乌奇奥的故事 … 046
　　费拉拉的朗杜夫的故事 … 050

057　第四天

061　第五天
　　佐托的故事 … 063

073　第六天
　　佐托的故事（续）… 073

088	**第七天**
	佐托的故事（续）… 088

101	**第八天**
	帕切科的故事 … 104

108	**第九天**
	卡巴拉秘法师的故事 … 111

122	**第十天**
	蒂博·德·拉·雅基埃尔的故事 … 125
	松泊城堡的美丽少女的故事 … 128

136	**第十一天**
	吕西亚的曼尼普斯的故事 … 137
	哲学家雅典纳哥拉的故事 … 140

145	**第十二天**
	吉普赛人首领潘德索夫纳的故事 … 146
	朱利奥·罗马蒂和萨莱诺山公主的故事 … 157

161	**第十三天**
	吉普赛人首领的故事（续）… 161
	朱利奥·罗马蒂的故事（续）… 162
	萨莱诺山公主的故事 … 169

177 | 第十四天
丽贝卡的故事 … 178

192 | 第十五天
吉普赛人首领的故事（续）… 193
玛丽亚·德·托雷斯的故事 … 196

205 | 第十六天
吉普赛人首领的故事（续）… 206
玛丽亚·德·托雷斯的故事（续）… 206

219 | 第十七天
玛丽亚·德·托雷斯的故事（续）… 219
吉普赛人首领的故事（续）… 221

227 | 第十八天
吉普赛人首领的故事（续）… 229
佩纳·贝雷斯伯爵的故事 … 231

246 | 第十九天
几何学家贝拉斯克的故事 … 247

265 | 第二十天
吉普赛人首领的故事（续）… 267

第二十一天 — 274
流浪的犹太人的故事 … 275

第二十二天 — 282
流浪的犹太人的故事（续）… 282

第二十三天 — 293
贝拉斯克的故事（续）… 293

第二十四天 — 300
贝拉斯克的故事（续）… 300

第二十五天 — 310
贝拉斯克的故事（续）… 311

第二十六天 — 321
吉普赛人首领的故事（续）… 321

第二十七天 — 340
吉普赛人首领的故事（续）… 340
梅迪纳·西多尼亚公爵夫人的故事 … 344

第二十八天 — 351
吉普赛人首领的故事（续）… 351
梅迪纳·西多尼亚公爵夫人的故事（续）… 351
德·巴尔·佛罗里达侯爵的故事 … 355

367 | 第二十九天

吉普赛人首领的故事（续）… 367

梅迪纳·西多尼亚公爵夫人的故事（续）… 368

艾墨西多的故事 … 374

392 | 第三十天

396 | 第三十一天

流浪的犹太人的故事（续）… 397

吉普赛人首领的故事（续）… 401

409 | 第三十二天

流浪的犹太人的故事（续）… 409

吉普赛人首领的故事（续）… 414

洛佩·苏亚雷斯的故事 … 416

苏亚雷斯家族的故事 … 418

423 | 第三十三天

流浪的犹太人的故事（续）… 423

吉普赛人首领的故事（续）… 427

洛佩·苏亚雷斯的故事（续）… 427

435 | 第三十四天

流浪的犹太人的故事（续）… 435

吉普赛人首领的故事（续）… 439

洛佩·苏亚雷斯的故事（续）… 439

446 | 第三十五天

流浪的犹太人的故事（续）… 446

吉普赛人首领的故事（续）… 450

洛佩·苏亚雷斯的故事（续）… 451

堂洛克·布斯柯罗斯的故事 … 454

芙拉斯科塔·萨莱若的故事 … 459

471 | 第三十六天

流浪的犹太人的故事（续）… 471

吉普赛人首领的故事（续）… 474

洛佩·苏亚雷斯的故事（续）… 474

479 | 第三十七天

贝拉斯克的宗教理念 … 480

487 | 第三十八天

流浪的犹太人的故事（续）… 487

贝拉斯克的理论体系 … 491

494 | 第三十九天

流浪的犹太人的故事（续）… 494

贝拉斯克的理论体系（续）… 498

| 505 | **第四十天**

| 509 | **第四十一天**
托雷斯·洛韦拉斯侯爵的故事 ··· 513

| 519 | **第四十二天**
托雷斯·洛韦拉斯侯爵的故事（续）··· 519
黎卡迪蒙席与劳拉·切雷拉（帕杜利侯爵夫人）的故事 ··· 521

| 529 | **第四十三天**
托雷斯·洛韦拉斯侯爵的故事（续）··· 529

| 541 | **第四十四天**
托雷斯·洛韦拉斯侯爵的故事（续）··· 541

| 548 | **第四十五天**
托雷斯·洛韦拉斯侯爵的故事（续）··· 548

| 554 | **第四十六天**
流浪的犹太人的故事（续）··· 556

| 561 | **第四十七天**
吉普赛人首领的故事（续）··· 561

570	**第四十八天**
	吉普赛人首领的故事（续）… 570
	布斯柯罗斯讲述的科纳德斯的故事 … 572
	堕落的朝圣者讲述的其父蒂亚戈·埃尔瓦斯的故事 … 573

579	**第四十九天**
	蒂亚戈·埃尔瓦斯的故事（续）… 580

587	**第五十天**
	蒂亚戈·埃尔瓦斯的故事（续）… 587

596	**第五十一天**
	堕落的朝圣者布拉斯·埃尔瓦斯的故事 … 597

611	**第五十二天**
	吉普赛人首领的故事（续）… 611
	堕落的朝圣者的故事（续）… 612

619	**第五十三天**
	堕落的朝圣者的故事（续）… 619
	封地骑士托拉瓦的故事 … 620

632	**第五十四天**
	吉普赛人首领的故事（续）… 632

第五十五天 — 648

吉普赛人首领的故事（续）… 648

第五十六天 — 660

吉普赛人首领的故事（续）… 660

第五十七天 — 671

吉普赛人首领的故事（续）… 671

第五十八天 — 679

吉普赛人首领的故事（续）… 679

第五十九天 — 689

吉普赛人首领的故事（续）… 689

第六十天 — 696

吉普赛人首领的故事（续）… 696

第六十一天 — 704

吉普赛人首领的故事（续）… 704

第六十二天 — 710

戈麦雷斯大族长的故事 … 710

第六十三天 — 717

戈麦雷斯大族长的故事（续）… 717

| 724 | **第六十四天**

戈麦雷斯大族长的故事（续）… 724

| 732 | **第六十五天**

戈麦雷斯大族长的故事（续）… 732

乌泽达家族的故事 … 733

| 739 | **第六十六天**

戈麦雷斯大族长的故事（续）… 739

| 742 | **后　记**

前　言

作为一名法国军队的军官，我参加了萨拉戈萨围城战[1]。战役结束之后的某一天，我来到萨拉戈萨城中一个偏远的角落，看到了一栋外观雅致的小楼，据我观察，其他法国军人还没有来过这里。

在好奇心的驱使下，我决定去看一看。我敲了敲门，发现门并没有上锁，便径直走了进去。我大声询问有没有人，并到处搜查了一番，屋里一个人也没有。看起来，所有的财物都已经被主人带走了，桌子上和橱柜里只留下一些不值钱的物件。不过，角落里的几沓手稿却引起了我的注意。我翻看了手稿的内容，里面都是西班牙语。我虽只认得一丁点儿西班牙语，但完全可以看出，这可能是一本非常有趣的书，里面有许多关于侠盗、幽灵和秘法师的故事。这样一本充满奇幻冒险的小说，可以让我暂时忘却战争的残酷，真是再合适不过了。显然，这本书已经无法回到它主人的手上了，于是我毫不犹豫地把它占为己有。

之后，我们被迫撤离萨拉戈萨。我率领的小队不幸与大部队走散，被敌人截住，沦为了俘虏。我以为这次必死无疑了。西班牙人把我们带到关押地点之后，开始搜查我们的随身物品。我恳求他们，让我保留一件东西，这件东西对他们来说毫无价值——我找到的那本手稿。他们一开始并不答应，后来询问了他们的长官，那位长官看到手稿后，走到我的身边并对我表示感谢，因为我把这本手稿完好无缺地保存了下来。这些手稿对他来说意义重大，因为里面记载的是他的先辈的故事。我告诉他，我是如何找到这些手稿的。他随后把我带到家中，并以礼相待，留我住了很长一段时间。我请求他帮忙，把这些手稿翻译成法语。下文便是我根据他的口述记录下来的内容。

原注：

1 指第二次萨拉戈萨围城战，萨拉戈萨于1809年2月20日投降。

第一天

话说那时,奥利瓦雷斯伯爵尚未在莫雷纳山区¹兴建殖民点,这片介于安达卢西亚和拉曼恰地区之间的山地,当时还是走私者、土匪和吉普赛人的巢穴。传言,那些吉普赛人会杀害过往的旅人并吃掉他们,西班牙谚语——"莫雷纳山里的吉普赛女人喜欢人肉"²——正由此而来。

不止如此,传言还说,敢于踏入这片蛮荒之境的旅人,都遭遇了无数恐怖的惊吓,再勇敢的心也会止不住地颤抖。怒吼的激流和咆哮的风暴,也掩盖不住那些哀怨的哭号声;旅人们被精灵鬼火诱骗而偏离原本的道路,被看不见的手推入无底深渊。

其实,在这片不祥之地,原本还零星开着几家客栈和小旅馆,可是,在谁更邪恶的较量中,这些老板们败下阵来,只能无奈地离开此地,把这个地方拱手让给了鬼魂。老板们和鬼魂达成了交易,逃离到更加安宁的地方去了,在那里,除了良心会痛之外,他们不会再受到任何困扰。

向我讲述这些神奇故事的是安杜哈尔镇①的一位旅馆老板。他向圣

---

① 译注:Andujar,现为西班牙安达卢西亚自治区哈恩省的一个市。

人孔波斯特拉保证,他所说的都是真事。就连宗教裁判所的治安官都不敢走近莫雷纳山区,旅人们都选择绕道哈恩或是埃斯特雷马杜拉。

对于我来说,这样的路线也许适合普通的旅人,但腓力五世国王[3]慷慨赐予我瓦龙卫队[①]的职务,我必须遵循神圣的荣誉律令,选择最短的路线前往马德里,哪怕这是最危险的一条路。

"先生,"旅馆老板说,"请允许我这么说,像您这样一位年轻有为的军官,在面颊还像少女一样光滑的年纪,就被国王委以瓦龙卫队的重任,在面对目前这种情形时,更应当谨慎从事。我还是要说,鬼魂曾经统治着这片土地……"

他还想继续说,但我却策马扬鞭而去,直到听不见他的执着劝说才转回身来,看到远处的他仍然在打着手势,劝我绕道通往埃斯特雷马杜拉的那条路。我的仆人洛佩兹和赶骡人莫斯奇托都向我投来类似幽怨的眼神,差不多也是想表达这个意思。但我故意装作没有看到,继续向腹地进发,也就是后来的拉卡罗塔镇所在地。

如今驿馆所在的地方,在当时还是一个赶骡人常去的休息场所,他们将其称为"软木橡树"或"圣栎树",因为那里有两棵茂盛的大树,树荫下有一眼丰沛的泉水,流入一个大理石水槽中。这里是从安杜哈尔镇到奎玛达旅馆的路上唯一的水源和阴凉处。奎玛达旅馆虽然建在一片荒原之中,却高大宽敞。其实以前它是摩尔人的一座堡垒,后来得到了佩纳·奎玛达侯爵的修葺,因此得名奎玛达。侯爵将这栋建筑租给了一位名叫穆西亚的市民,穆西亚又将它打造成一家旅馆,算得上是当年这条路上最好的旅馆。以前,旅人们常常早晨从安杜哈

---

① 译注:查理五世创立的步兵部队,兵源主要来自西属尼德兰。

尔镇出发，中午时分在"软木橡树"稍作休息，吃一些随身携带的食物，然后到奎玛达旅馆过夜，第二天也常会在旅馆度过，以便为穿越山区做好准备，并补充补给品。这也正是我此次计划的行程。

但当我们快要到达"软木橡树"，和洛佩兹正说着待会儿要吃的简餐的时候，我发现莫斯奇托不见了，驮着补给品的骡子也不见了。洛佩兹告诉我说莫斯奇托在我们后方大概一百步的地方停下来调整他的马鞍，于是我们等了他一会儿；接着我们又往前走了一段，再停下来等他；我们呼喊他的名字，又折返回去找他，仍然一无所获。莫斯奇托就这样消失了，连带着我们最宝贵的希望，也就是我们的午饭，一起消失了。一路上，我什么都没吃，而洛佩兹一直在啃着自备的一块托博索奶酪；不过他也没有因此而感到高兴，不断小声嘟哝着："安杜哈尔镇的旅馆老板早就警告过我们了，可怜的莫斯奇托一定是被魔鬼掳走了。"

到达"软木橡树"后，我在水槽上发现了一个装满葡萄叶的篮子，看起来之前曾装满了水果，这应该是某位旅人留下的。出于好奇，我伸手进去，惊喜地发现了四个漂亮的无花果和一个橙子。我分了两个无花果给洛佩兹，但他不想要，说他可以等到晚上再吃东西。于是我就自己吃了起来，然后去一旁接了点泉水来解渴。可洛佩兹劝我不要喝，说刚吃完水果就喝泉水不太好，还说他那儿还剩了一些阿利坎特酒，可以给我喝。但我刚吞下一口酒，就顿感头晕目眩、天旋地转。要不是洛佩兹赶忙过来扶住我，我肯定就晕倒在地了。他帮助我从眩晕中恢复过来，并告诉我不要担心，这只是因为我之前过于饥饿和劳累了。

确实，我不但完全恢复了神志，而且还觉得浑身充满了不可思议的能量。眼前的田园风光变成了一幅色彩艳丽的图画，一草一木都像是夏天夜空中的星辰，闪烁着回应我的凝视。我感到太阳穴和脖子上的脉搏在不停地猛跳。

洛佩兹见我的眩晕转眼间就好了，便忍不住继续哀叹起来。"哎！"他说道，"为什么我没有听赫罗尼莫·德拉·特立尼达兄弟的话呢，他是一位修道士、传道士和告解神父，是我们家的先知，他是我的丈母娘的公公的小姨子的小叔子，所以可算得上是我们家关系最近的亲戚了，我家的大小事情都会听从他的意见。这回我没有听他的劝告，如今果然受到了惩罚，他曾警告我——瓦龙卫队的那些军官们都是异教徒，他们浅色的头发、蓝色的眼睛和粉色的脸颊都证明了这一点；真正的基督徒的面貌，应该像圣路加①所描绘的阿托查圣母那样。"⁴

我打断了洛佩兹喋喋不休的抱怨，命令他把我的双管枪递给我，然后留在原地守着马匹，因为我要去附近找一块高地，以便寻找莫斯奇托，或者至少能找到他离开的踪迹。听了我的计划，洛佩兹突然哭着跪在我面前，言辞恳切地乞求我不要把他一个人留在这么危险的地方。于是我建议由我来看马，让他出去找莫斯奇托，但是这个建议似乎让他更加害怕。在我说了一大堆必须寻找莫斯奇托的理由之后，他终于肯放我走了，然后他从口袋里掏出一串念珠，在水槽边祈祷起来。

前往高地的路比我预计的更远，我花了将近一个小时才走到山脚下，可是当我攀爬到高处后，却只看到一片荒无人烟的平原，没有任何人、动物或是房舍的踪影，除了我来时走的路之外，也不见任何其

---

① 译注：《新约》中《路加福音》和《使徒行传》的作者。

他的道路，连一个旅人都没有，只有一片广袤的死寂被我的呼喊声划破，而回答我的，也只有我自己的回声。最后，我只得折返回到水槽处，我的马还拴在树上，但是洛佩兹已经不见了。

现在我面前摆着两条路：要么返回安杜哈尔镇，要么继续我的行程。前一个选项我根本没有考虑。我翻身上马，纵马疾驰，两个小时后就到达了瓜达尔基维尔河畔。此处的瓜达尔基维尔河，不是流经塞维利亚城墙时那平缓浩荡的样子，而是一股从山间奔涌而出的激荡怒吼的急流，不断冲撞着两岸的岩石，让人不敢靠近。

那儿有一个名叫兄弟谷[5]的地方，山谷入口位于瓜达尔基维尔河流入平原的节点上。之所以叫作兄弟谷，是因为这里是三兄弟逞威风的地盘，这三人对于抢劫这件事的热爱，比他们之间的血缘更加浓厚。三兄弟中有两人后来被抓获，尸首吊在山谷入口的绞刑架上；而大哥佐托则从科尔多瓦越狱，有人说他逃进了阿尔普哈拉斯山区。

关于被吊死的那两兄弟，流传着诡异的传说：据说他们并没有变成鬼魂，但是每到夜间，不知名的魔鬼就会占用他们的尸体，让尸首逃离绞刑架，去折磨生者。这些传言越传越真，甚至引来了一位萨拉曼卡的神学家，专门为此撰写了一篇论文，以证明被吊死的两兄弟都是某种类型的吸血鬼，而"只有甲是吸血鬼"的假设，与"只有乙是吸血鬼"的假设一样不能成立：如此无懈可击的论证，就连最持怀疑态度的人也不得不信服。另外一个广为流传的说法，说这两人是无辜的，因此在含冤而死之后，在上天的允许下，他们对过往的路人和其他旅行者实施了报复。我在科尔多瓦时就听说过这些故事了，因此好奇心促使我走近绞刑架。眼前的一幕令我作呕，两具可怕的尸体在风中诡异地摇荡着，几只丑陋的秃鹫正在撕扯他们的腐肉。我吓得不敢再看，匆忙沿着进山的路离开了那儿。

不得不承认，兄弟谷确实是强盗们实施抢劫和藏身的好去处。通行的道路处处受阻，路上全是山上滚落的巨石或是被暴风雨连根拔起的树木，途中还常常需要跨越河床或是路过深不可测的洞穴，令旅人提心吊胆。

我走出这个山谷，又进入另一个山谷，在那里我看到了那间可供我歇脚的旅馆；可是从远远望到它的那一刻起，我的心里就有了不祥的预感。因为我发现，这栋建筑上既没有推窗或百叶窗，烟囱里也没有升起炊烟，附近荒无人烟，走近时连一声狗叫都没有。想来这就是安杜哈尔镇的旅馆老板所说的那些被废弃的旅馆之一。越走近旅馆，就越发感到冷寂，走到近前时，发现了一个教会的捐款箱，上面写着："亲爱的过路人，请您发发善心，为冈萨雷斯·穆西亚的灵魂祈祷吧！他曾是这家奎玛达旅馆的老板。我恳求您不要在此停留，更不要在此过夜，千万不要。"

我当即决定，要踏入这所谓的危险境地一探究竟，倒不是因为我不信鬼神，而是因为，荣誉感是我从小所受的教育中的核心一课，之后我会详细讲述这一点。对我而言，荣誉就意味着永远不能表现出任何害怕之情。

眼看太阳就要下山了，我准备借着渐暗的日光检查一遍旅馆内隐秘的角落，不单是为了排除恶灵在此地闹鬼的可能性，好让自己安心，主要是为了找点儿吃的。在"软木橡树"那儿吃的一丁点儿东西，只能稍微充饥一下，而现在我已经饿得不行了。我找遍了单人房间和套间，大部分房间墙壁上都有一人高的马赛克装饰，天花板则采用了精美的镶板工艺，展现出了摩尔人建筑的富丽堂皇的特点。我还

第一天

找遍了厨房、储藏室和从坚硬的岩体里凿出来的地窖。有些与地下通道相连,似乎可以通向大山深处。可是哪儿也找不到食物。

当最后一缕阳光从天空中消失,我走到院子里拴马的地方,把我的马牵到还有一些干草的马厩里。而我自己则找到旅馆里唯一一间有草褥床铺的房间,安顿下来。此刻如果有一盏烛火就好了,不过饥饿虽然难耐,倒也有一点好处,那就是防止我沉入梦乡。

尽管如此,随着夜越来越深,我的思绪也越发沉重,一会儿担心着我的两个仆人去了哪里,一会儿又打算着怎样才能弄到点儿吃的。我推断,莫斯奇托和洛佩兹可能是被灌木丛中或地下掩体里守候伏击的强盗先后掳走了。而我幸免于难,也许只是因为我穿着军装,看起来不易制服。我的饥饿感越发强烈,已经没有力气再想别的事情了。我之前看到山坡上有几只山羊,可以推断附近一定有牧羊人,而牧羊人一定备着一些面包,以便就着羊奶来吃。我还想到是否可以用枪去打猎。但我绝不会选择的,就是返回安杜哈尔镇去面对那个老板嘲笑的表情。我意已决,必须继续前行。

回想这些事情之后,我不禁想起小时候常听的那些诸如假币制造者之类的睡前故事。我还想到了捐款箱上的那段警告,虽说我并不相信是魔鬼拧断了旅馆老板的脖子,但我还是想不通,他的悲惨结局到底是如何造成的。

几个小时就在这样深深的寂静中流逝了,直到一阵突如其来的钟声把我吓得坐起来。钟声响了十二下,众所周知,午夜到黎明鸡鸣这段时间是幽灵们唯一可以出来活动的时间。我被吓得坐起来,并非大惊小怪,因为前几个小时根本没有钟声报时,而且,这钟声里带有一种如泣如诉的意味。

紧接着,卧室门被推开了,我看到一个黑影走进屋,不是那种可怕的幽灵,而是一个美丽的半裸着身子的黑女人①,双手各举着一支烛火。

她走到我面前,深深地鞠了一躬,然后用流利的西班牙语对我说:"骑士先生,今夜在此地留宿的两位异邦女士,邀请您共进晚餐,请随我来。"

于是我跟随着这个黑女人,穿过一道又一道走廊,直到走进一个灯火通明的房间。房间中央的餐桌上,摆满了东方形制的餐碗和水晶饮料杯,并摆放着三套餐具。房间尽头有一张华丽的大床。屋内有很多黑女人,正在为准备晚餐忙碌着。突然她们一起恭敬地后退,两位女子走了进来,两人白皙红润的面色与仆人们乌黑的脸庞形成了强烈的反差。这两位女子手牵着手,身穿奇异的服装。说到奇异,这只是我当时的感受,后来当我游历过巴巴利②海岸之后,才发现这是不少城镇里常见的服饰风格。她们的穿搭如下:整套服饰由一条直筒连身裙和一件紧身上衣组成。连身裙的上半部分是亚麻面料的,腰带以下部分则用梅内克斯③薄纱制作而成,这种薄纱本身是完全透明的,幸而薄纱面料中交织着宽大的丝带,才遮掩住了美丽的身体,似一种犹抱琵琶半遮面的别样风情。而无袖的紧身上衣则镶满了珍珠和钻石搭扣,完美地勾勒出曼妙的身姿。连身裙的薄纱袖子被卷起来,绕到颈后打了一个结。两位女子的腕间和肘间都佩戴了手镯。要是说她俩是女魔

---

① 译注:原文negress,用词略含贬义。
② 译注:Barbary,巴巴利海岸或巴巴利,是16—19世纪的欧洲人对马格里布的称呼,即北非的中部及西部沿海地区。
③ 译注:Meknes,摩洛哥北部城市,建于11世纪,17—18世纪曾为都城。

头,那么她们的脚上应该分趾或者长着钩爪才对,可是并没有,她们只是赤脚穿着小巧华丽的拖鞋,腿上装饰的脚镯上点缀着大颗美钻。

两位陌生女子落落大方地向我走来。她们堪称完美的佳人。其中一位高挑纤瘦、光彩照人;另一位则显得温婉羞涩。年龄较长的这位轮廓优美,颀长的身形与优雅的面貌相得益彰;而年龄较小的这位身材匀称,嘴唇微翘,双眼低垂,超长的睫毛几乎把眼睛遮住了一大半。

年龄较长的女子用卡斯提尔语对我说道:"骑士先生,感谢你赏光接受了我们的晚餐邀请,粗茶淡饭聊表心意。如果我没猜错的话,你一定饿了吧。"

她最后这句话仿佛是在戏弄我,我甚至开始怀疑都是她捣鬼劫了我的行李和骡子。不过眼前的这顿晚餐如此丰盛,多少也可以弥补我丢失的食物。因此我实在没法对她生气。

我们坐到桌前,这位女子将一个东方风格的餐碗递到我面前,并说道:"骑士先生,这一碗炖肉里面含有多种肉,只有一种肉除外,因为我们是忠实的信徒,也就是说,我们是穆斯林。"

"美丽的陌生人,"我回答,"你说得千真万确,你们确实是忠实的信徒,只不过你们膜拜的是爱情这门宗教。在满足我的食欲之前,请先满足我的好奇心,请告诉我,你们是谁?"

"骑士先生,请用餐,"这位摩尔美人说,"我们不会对你隐瞒身份的。我名叫艾米娜,这是我的妹妹祖贝达,我们来自突尼斯,不过我们的家族起源于格拉纳达①,一些家族成员一直留在西班牙,他们暗中坚守着他们祖先的信仰。我们一周前离开了突尼斯,在马拉加附

---

① 译注:Granada,西班牙南部一城市。

近一个偏僻的海滩上岸,之后走入了洛哈和安特克拉之间的山区,来到这个荒凉的处所。我们在这里替换行装,并为自身安全做好必要的预防措施。你看,骑士先生,我们远行至此,这是一次绝密的行程,而我们都向你和盘托出了,希望你能够谨守这个秘密。"

我向这两位女子保证,绝对守口如瓶,然后便大口地吃了起来。当然我还是保持了一定的克制和礼仪,作为一个年轻的绅士,在独自与一众女士们相处时,这是必须做到的。

饱餐一顿之后,我开始吃起了一种叫作"los dulces"的西班牙甜点,艾米娜吩咐黑人女仆们为我表演她们国家的舞蹈。这也许是女仆们最喜欢听到的一道命令,她们立刻跳起了放纵而近乎放荡的舞步。她们似乎乐于这样永无休止地跳下去,直到我询问两位美丽的女主人是否也可赏光表演一段舞蹈。两人没有回答,而是直接起身,命人打起了响板。她们的舞步类似于穆尔西亚地区的波莱罗舞和阿尔加维[①]的弗尔发舞。我这样形容,是为了便于大家对她们的舞蹈有一个初步印象,但是光靠言语实在无法形容这两位非洲女子的魅力,她们优雅美丽的外形和轻盈飘逸的服装,都让舞蹈显得更为曼妙。

一开始我还能坐怀不乱地欣赏舞蹈,可她们的舞步越来越急切激昂,我体内和身边的一切——摩尔音乐的迷幻效果和我意外饱餐一顿后兴奋的神经——都使我意乱情迷。我不再能分辨,陪伴我的到底是女士们,还是那些色诱男子的淫妖。我不敢也不想再看她们,我用双手遮住了眼睛,一阵眩晕袭来。

两姐妹来到我身边,分别牵起我的手。艾米娜问我是否身体不舒

---

① 译注:Algarve,葡萄牙最南部的一个大区。

服，我回答说并没有。接着，祖贝达又问我胸前的这枚徽章是什么，是否装着我心上人的肖像。

"这是一个盒式项链坠，"我回答，"是我母亲送给我的，我答应她会永远戴着它。盒子里装的是来自真十字架①的一块碎片。"

听了这话，祖贝达显出畏缩之态，脸色也变得苍白。

"你怎么害怕了，"我问她，"可是只有暗黑的魂灵才会对真十字架感到恐惧啊！"

艾米娜代替她妹妹回答说："骑士先生，你知道，我们是穆斯林，我妹妹的痛苦表现实在是无可厚非。我自己也很困扰，当我们发现你，我们最近的亲戚，是一个基督徒时，都感到非常不悦。我看得出来，你还是没有明白我所说的话，但你的母亲不正是戈麦雷斯家族的人吗？我们共属同一个家族，戈麦雷斯家族，它是亚本塞拉赫②家族的一个分支。坐到沙发上，我仔细讲给你听。"

黑人女仆们退下了。艾米娜让我坐在沙发的一头，她自己盘腿坐在我身边，祖贝达则坐到我的另一边，倚在我的靠枕上。我们挨得如此之近，近得连彼此的气息都交融在了一起。

艾米娜沉思了半晌，然后非常认真地看着我，握着我的手说道："亲爱的阿方索，我完全可以坦白，我们不是偶然来到这里的，其实我们一直在等你。如果早前你因为害怕而选择了其他的道路，你就会永远错过我们的仰慕了。"

"艾米娜，你这是在恭维我，"我带着讥讽回答，"我是不是一

---

① 译注：the true cross，基督教圣物之一，据传是钉死耶稣的十字架。
② 译注：Abencerrages，据称是15世纪格拉纳达摩尔王国的一个显赫家族。

个勇敢的人，和你们有什么关系呢？"

"我们非常关注你，"这位摩尔美人回答，"不过听了以下的话，你也不至于那么得意了。你基本上算是我们生活中遇到的第一个男子。我的话吓到你了吧，你看起来不太相信的样子。我答应过要向你讲述我们祖先的故事，不过在此之前，我想先讲一讲我们自己的故事，也许这样更好一些。"

艾米娜和她的妹妹祖贝达的故事

我们是加西尔·戈麦雷斯的女儿，家父是现任突尼斯地方长官的舅舅。我们没有兄弟，也从没见过自己的父亲。我们一直被束缚在闺阁之中，所以从没有见过男子。不过，我们两个天生都是非常深情的人，彼此一直都相亲相爱。这种感情从小时候就萌芽了，若有人把我们分开，哪怕只是一小会儿，我们都会啼哭。若我们中的一个受到责备，另一个也会流泪。我们终日在同一张桌子上玩耍，连睡觉也在同一张床铺上。

随着我们渐渐长大，这种感情也越发深厚，之后发生的一件事情，更起到了推波助澜的作用。当时，我十六岁，我妹妹十四岁，其实我们一直都知道，我们的母亲小心地藏着一些书，不让我们看到。之前我们对书籍并不在意，因为需要学习的课本已经让我们深感厌烦了。但是长大之后,我们开始萌生了好奇心。有一次我们发现藏书的那个橱柜没有上锁,便趁此机会拿走一本小书,书名叫作《马吉努和蕾拉的爱情故事》[7],是由本·奥姆里从波斯原文翻译过来的版本。这本伟大的著作用饱含热情的词句歌颂了爱情的美好,点燃了我们纯真的想象。虽然我们无法完全读懂,因为我们从未遇见过异性,但我们还是试着在彼此身上实践书中的内容。我们学着书中恋人的甜言蜜语,决定要模仿书中的人谈一场恋爱。我扮演马吉努的角色,妹妹扮演蕾拉的角色。首先,我为她献上特别准备的花束,以表达我的爱意,这是亚洲常见的一种求爱密语。然后我满眼深情地看着她,跪在她的面前,亲吻她的足迹,我祈求微风向她捎去我的相思之苦,我甚至觉得自己的叹息是如此炽热,可以把空气都点燃。

祖贝达也忠实地遵循着书中的指引,允许我和她相会。我跪在她面前,亲吻她的双手,我的泪水浸湿了她的双脚。我的心上人一开始还温柔地拒绝,后来偶尔会给我一些希望,直到最后,她完全沉溺在了我的浓情蜜意之中。我们的灵魂仿佛融化成了一体。直到今天我都想不出,还有什么可以超越我们当时的欢欣。

我不记得这样的浪漫相会持续了多久,不过后来,如火的热情转变成了更加平和的感情。我们对学习产生了兴趣,尤其是通过大名鼎鼎的阿威罗伊①的著作来学习植物学。

我的母亲认为,想要排解闺阁生活的烦闷,办法并不多,所以当她发现我们的学习兴趣时,感到很欣慰。她从麦加请来一位圣女般的

---

① 译注:Averroës,又名伊本·鲁世德,生于科尔多瓦,被公认为欧洲世俗思想的开创者。

人物，名叫哈兹莱特，意思是"十分神圣"。哈兹莱特用科拉什[8]部落纯净和谐的语言教我们先知的律法。听她讲课，我们从不知疲倦，几乎能把整本《古兰经》都背下来。接着，我的母亲向我们教授家族历史，并给我们看大量的回忆录，其中有些是用阿拉伯语写的，有些则用西班牙语。亲爱的阿方索，你们的律法多么可憎啊！我们痛恨你们的神父和他们造成的宗教迫害！另一方面，我们强烈地同情那些被迫害的杰出人士，因为我们的血管里流着和他们一样的血！

有时候，我们会怀念萨伊德·戈麦雷斯，他在宗教裁判所的监狱里殉难；有时候，我们会想到他的侄子莱伊斯，他在大山中度过了很长一段时间的野兽般的原始生活。这样的人物故事让我们对男性充满了好感。我们都期待着能见到男性，因此常常爬到露台上，眺望远处拉古莱特湖上的游人，或走向土耳其浴场的男人们。而且，就算我们还没有彻底忘记马吉努的爱情故事，我们两人也不会再做这样的角色扮演了。我甚至觉得，我对于妹妹的感情中，已经不存在爱情的因素了。然而之后又发生了一件事情，证明了我的想法是错的。

有一天，我母亲邀请一位老夫人来我家做客，她是来自塔菲莱特地区①的一位公主。我们用最高礼遇接待了她。老夫人离去之后，母亲告诉我，老夫人是为了她儿子来向我求亲的，而我的妹妹则要嫁给戈麦雷斯家族的一个成员。这消息对我们来说简直是五雷轰顶，我们都震惊得说不出话来。从今以后就要天各一方的悲惨前景，让我们的心灵深受折磨，陷入无底的绝望之中。我们抓扯着自己的头发，哭泣声响彻闺阁。这种种悲痛欲绝的行为愈演愈烈，终于把我的母亲也吓

---

① 译注：现属摩洛哥的一个地区。

坏了，她答应不再逼我们做违背心意的事情，并且允许我们可以不结婚，或者一起嫁给同一个男子。这些允诺终于让我们平静下来。

后来有一天，母亲前来告诉我们，她已经和我们家族的族长商量过了，族长同意我们嫁给同一个男人，只要这个人拥有戈麦雷斯的血统。

我们没有立刻做出回应，但随着时间的推移，我们越来越觉得共嫁一夫这个主意还是很可取的。我们从未近距离地见过任何男子，无论是年老的还是年轻的，但正如年轻女子看起来总是比老妇人更迷人，我们因而也决定找一个年轻人做丈夫。我们还盼望着，他能够让我们读懂本·奥姆里的那本书里意义不明的段落……

这时，祖贝达打断了她姐姐的话，把我拥入怀里说："亲爱的阿方索，太可惜了，你竟不是穆斯林！我多么希望看到你和艾米娜相拥，而我也能加入你们的欢愉，融入你们的怀抱！因为，亲爱的阿方索，在我们的家族里，母系和父系血统享有平等的权利，如先知的家族一样。如果你愿意的话，就有可能成为我们家族的族长，以避免家族的消亡。你只需要认同我们的神圣律法就可以了。"

这些话听上去简直就像是撒旦本人的引诱，我仿佛看到祖贝达美丽的前额上生出了两个角。我略带慌张地念了几句宗教祈祷词，两姐妹不由得往后退了几步。

艾米娜的表情变得严肃起来，她继续说道："阿方索先生，关于我和我妹妹的事情，我已经说得太多了，这并非我本意，我原本只是想讲述戈麦雷斯家族的故事，你从你的母亲那里遗传了这个家族的血统。那么好吧，我这就开始讲了。"

卡萨·戈麦雷斯城堡的故事

我们家族的祖先名叫马苏德·本·塔赫尔,他的兄长优素福·本·塔赫尔率领阿拉伯人进攻西班牙,并用自己的名字命名了塔赫尔山,也就是你们所称的直布罗陀。由于马苏德战功卓著,巴格达的哈里发将他任命为格拉纳达总督。他在格拉纳达连任,一直到他的兄长去世。他本可以在那里度过更长的岁月,因为格拉纳达的穆斯林和摩萨拉布(在阿拉伯人统治下的基督徒)信徒都很拥戴他。但是由于他在巴格达有宿敌,这些人的挑拨使哈里发不再信任他。马苏德自知大难临头,便决意离开。他召集了一批忠诚的部下,退入阿尔普哈拉斯山区,如你所知,那是莫雷纳山脉的一个延伸段,也是格拉纳达王国和巴伦西亚王国的边界。

我们征服西班牙时所攫走的原统治者——西哥特人——从来不敢进入阿尔普哈拉斯山区。那里的多数山谷都荒无人烟,只有三个山谷里居住着西班牙一支称为图尔杜勒人的古老部族的后人。他们既不认可穆罕默德,也不信你们的拿撒勒先知[①]。他们的宗教信仰和律法都被写在歌曲里,代代相传。他们也曾有过宗教典籍,但是后来都已散佚。

马苏德在征服图尔杜勒人时,靠的不是武力,而是以德服人。他学习图尔杜勒人的语言,并把伊斯兰的神圣律法教给他们。这两个部族的人不断通婚并逐渐融为一体。戈麦雷斯家族女子特有的红润气

---

① 译注:此处借用了古代犹太人对基督的称呼。

色，正是来源于这种部族的融合，当然也要归功于山间清冽的空气。许多摩尔女性也拥有白皙的皮肤，但她们总是面色苍白。

马苏德担任了部族的族长，并修建了一座要塞城堡，他称之为卡萨·戈麦雷斯城堡。他给自己定下规矩，平日里必须与部族成员保持交流，大家把他看作一位大法官，而不是统治者。每月的最后一个周五，他会离开家，把自己关在城堡地下的一个空间里，直到下一个周五才解除禁闭。他的禁闭行为导致流言四起，有些人说，他们的族长在地下空间与"十二伊玛目"对话，认为这十二位领拜师会在末日时重现人间；[10]另有一些人相信，敌基督①被囚禁在城堡的地窖里；还有一些人则认为，七个以弗所人正在那里和他们的狗卡莱布一起沉睡。[11]马苏德对这些流言毫不在意，继续尽心尽力地管理着他的小部族，直到力不从心时，他选择了部族中最精干的一个人作为他的继任者。他将城堡地下空间的钥匙交给了继任者，然后便开始了多年的隐居生活。

这位新族长管理部族的方式与他的前任一模一样，每个月的最后一个周五，他也同样会进入禁闭状态。日子就这么按部就班地过着，直到科尔多瓦选出了自己的穆斯林族长，不再听命于巴格达。参与了此次革命的阿尔普哈拉斯山民们，纷纷前往平原地带定居，并称为亚本塞拉赫家族；而那些仍留守在卡萨·戈麦雷斯城堡的人，则仍然称为戈麦雷斯家族。

当时的亚本塞拉赫家族购置了格拉纳达最好的土地和城里最好的房子，他们的财富引起众人的注意。有人猜测说，那个城堡的地下空

---

① 译注：Antichrist，指基督的大敌——魔鬼。

间里藏着巨量的财富,但这种说法无从证实,因为亚本塞拉赫族人自己都不太清楚他们的财富从何而来。

后来,这些富饶的王国遭到了天谴,陷落到异教徒手中。格拉纳达也被占领。[12]一周之后,冈萨罗·德·科尔多瓦率领三千士兵进军阿尔普哈拉斯山区。当时在任的族长是哈特姆·戈麦雷斯,他会见了冈萨罗,并把城堡钥匙交给了他。这个西班牙人又索要地下空间的钥匙,族长也毫无异议地交给了他。冈萨罗决定亲自下去探一探,却发现下面只有一个坟墓和几本书。他不由得对那些流言大肆嘲讽了一番,然后便赶回巴拉多利德①去了,因为那里有一个花花世界在等待他。

我们的大山里重归平静的生活,一直延续到查理五世[13]登基的那一刻。当时我们的族长是塞菲·戈麦雷斯,出于一些扑朔迷离的原因,他派人给新国君带了口信,说是如果国君愿意派一位可靠的贵族来拜会他,他就会向国君透露一个重大的秘密。十五天后,堂鲁伊兹·德·托莱多以国君之名前来拜会,却发现在他到达的前一天,族长已经被人谋杀了。堂鲁伊兹审问了几个人,并没有什么收获,于是他很快就厌倦了整件事,并返回了宫廷。

这个原本只有族长们知晓的秘密,被杀死塞菲的那个人掌握了,此人名叫比拉·戈麦雷斯。他召集了族中的长者,并让大家都认识到,要保守一个如此重大的秘密,必须要采取新的预防措施。众人决定,将这个秘密分享给戈麦雷斯家族中的一部分人,但每个人都只能得知这个秘密的部分内容,并且这些人必须要证明自己的勇气、审慎

---

① 译注:现为卡斯蒂利亚—莱昂自治区首府。

第一天

和忠诚。

故事说到这里,祖贝达再次打断了她姐姐的话,说:"亲爱的艾米娜,你不觉得阿方索也符合这些条件吗?这不是毋庸置疑的吗?噢,阿方索,为什么你不愿意当穆斯林呢!无穷的财富在等待着你呢!"

这话可真像是魔鬼本人说出来的。用情色无法勾引我,又想着用财富来诱惑我。可是当两位美人向我靠过来的时候,我只觉得触碰到的是有血有肉的人,而非什么幽灵。

在一阵沉默之后,艾米娜接着讲起了故事。

"亲爱的阿方索,我来详细地告诉你,"她继续说,"我们在查理五世之子腓力二世[14]执政期间遭受到了怎样的迫害。族人的下一代被带走,去接受基督教的教育。如果父母仍旧忠诚于伊斯兰的先知,其财产就会被强行转给子女。在这期间,有一个戈麦雷斯族人还进入了圣多米尼克苦行僧修道院,最终成为一名宗教裁判所的大法官。"

此时传来一声鸡鸣,艾米娜停止了讲述。接着又传来一声鸡鸣,迷信的人可能会以为,这两位美丽女子会从烟囱里飞出去,然而并没有。不过她们看上去像是出了神,心事重重的样子。

艾米娜首先打破了沉默。

"亲爱的阿方索,"她对我说,"天就快亮了,良宵苦短,不能再浪费在讲故事上了。只有当你皈依了我们的宗教,我们才能成为你的妻子。不过在梦里,你可以和我们享受片刻欢愉。你能够同意吗?"

我当然同意。

"光说同意是不够的，"艾米娜神情十分庄重地说，"你必须以荣誉的神圣律法起誓，永不泄露我们的名字、我们的存在，或者任何与我们相关的事。你是否能够勇敢地立下这个誓约？"

我毫不犹豫地答应了。

"很好，"艾米娜说，"把我们首位族长马苏德用过的圣杯拿过来。"

祖贝达去取神奇的圣杯之时，艾米娜跪在地上，口中念着阿拉伯语的祷文。祖贝达取来的圣杯像是从一整块翡翠中雕刻出来的。她和艾米娜分别浅尝了一口，然后要求我把杯中所剩的一口喝完。

我完全照办了。

艾米娜感谢了我的配合，然后温柔地拥抱了我。

接着，祖贝达将她的唇贴在我的唇上，给了我无限绵长的一吻。最后她们离开了我，并说我们很快会再见面。她们还建议我尽早入睡。

这么多奇异的经历、美妙的故事和突如其来的深情，通常会让我彻夜思虑难眠。但我不得不承认，她们许诺的梦境令我更为向往。我匆忙脱去外套，躺上了那张为我准备的床铺。我高兴地发现，这张床非常宽大——比一个人做梦所需要的空间要大得多。不过我还没想清楚这点，眼皮就被沉重的睡意给合上了，夜的魅惑占据了我的感官。我借着想象的魔力恣意驰骋，挥舞欲望的翅膀，神游到非洲闺阁之中。我凝视着闺阁中人的倩影，虚幻的欢愉一遍又一遍地上演。虽然是在梦中，但我却觉得怀中所拥抱的是那么的真实。我沉醉在混沌而又飘飘欲仙的幻梦中，一刻也离不开我那两位美丽的表妹。我在她们的怀中睡去，又在她们的臂弯中醒来。

第一天

这样甜蜜的幻梦,我不知反复欢享了多少个……

原注:

1 奥利瓦雷斯伯爵于1767—1776年在莫雷纳山区殖民。
2 Las gitanas de la Sierra Morena quieren carne de hombres:"莫雷纳山里的吉普赛女人喜欢人肉"。
3 腓力五世国王于1700—1746年在位。
4 阿托查圣母院曾是马德里的一个朝拜场所。
5 los Hermanos,既指本章内述及的"兄弟",也指后文中的宗教裁判所。
6 指蜜饯类的甜食。
7 波斯作家Nizami的一部小说,著于12世纪末期。
8 Koraish,穆罕默德所属部落。
9 巴格达的哈里发是什叶派领袖(什叶派只认可阿里的后人来担任伊斯兰的合法领袖,阿里是穆罕默德的表亲,也是穆罕默德之女法蒂玛的丈夫)。
10 根据什叶派的信仰,"十二伊玛目"会在末日时重现人间,并开启一个和平公正的新世界。
11 根据传说,公元251年时,七个以弗所少年带着他们的狗躲藏在一个洞穴中,以躲避宗教迫害。他们陷入沉睡,醒来时已是几个世纪之后。
12 冈萨罗·德·科尔多瓦(1453—1515)于1492年占领格拉纳达。
13 Charles V,也称为卡洛斯一世,1516—1556年在位。
14 Philip II,1556—1598年在位。

第二天

当我终于真正醒来时，太阳正在炙烤我的眼皮，我艰难地睁开眼。我看到了天空，发现自己躺在一个露天的地方。但我仍然被蒙眬的睡意所困，虽然不在梦中，但也没有完全清醒。酷刑的画面在我眼前一一闪过，我突然感到一阵恐惧，猛地坐起来。

当时的恐怖情景，该怎么用语言来形容呢？我发现自己正躺在兄弟谷的绞刑架下。佐托那两兄弟的尸体并不在绞刑架上，而是一左一右躺在我的身边。很显然，这一夜我是和他俩度过的。我的身下是一堆绳索、车轮碎片、尸体残渣和令人作呕的破布，那是尸体腐烂时掉落下来的衣服碎片。

我以为自己还没有醒来，这一切只是一场噩梦。我闭上眼，试图回想昨晚究竟是在哪里过的夜。就在此时，我感到有尖爪刺入我的身体，睁眼看到一只秃鹫正站在我身上，大口享用着我身边的床伴。锋利的爪子所带来的刺痛，让我完全清醒了过来。我看到自己的衣服就在手边，于是赶紧穿戴整齐，准备立刻离开绞刑场的院落，可是院门被钉死了，怎么都打不开。我只得爬上阴森的院墙。爬到墙头之后，我靠在绞刑架的一根柱子上，观察周围的环境，很快就意识到了自己在哪里。我正处在兄弟谷的入口处，离瓜达尔基维尔河岸不远。

这时，我看到河岸边有两个旅人，一个在做饭，另一个牵着两匹

第二天

马的缰绳。看到人类伙伴，我大喜过望，便情不自禁地冲他们喊道："你们好！你们好！"[1]

这声来自绞刑架顶端的问候，让那两个旅人一时不知所措。紧接着，他们跳上马背，朝着"软木橡树"的方向一路绝尘而去。

我叫喊着让他们停下，但是并没有什么用，我越是叫喊，他们催马越急。等到他们跑出我的视线之后，我只得自己想办法离开这个恐怖的瞭望点。我直接从墙头跳了下去，结果受了一点儿轻伤。

我一瘸一拐地走到瓜达尔基维尔河畔，发现了那两个人留下的食物。这正是我眼下最需要的东西，因为我已经筋疲力尽了。火上还煮着热巧克力，一旁有阿利坎特酒浸渍过的海绵蛋糕，还有面包和鸡蛋。我先让自己恢复了体力，接着便开始回想前一晚的经历。我的记忆有些模糊，但是有一点印象很深刻，那就是我以荣誉起誓，对所发生的一切都守口如瓶，而我也决心要践行这句誓言。确定了这一点后，我只需要思考接下来该怎么做，也就是说，我该走哪条路。我发现，驱使我勇敢踏入莫雷纳山的荣誉心，比以往更强烈了。

我对荣誉如此执着，而对昨晚发生的事却能毫无牵挂，这点也许显得很奇怪，但我所受的教育确实会带来这样的思维方式。关于这点，我之后会详细展开。现在，还是先说说我的旅程吧！

我最担心的，是昨晚魔鬼们对我放在旅馆马厩里的马做了些什么。既然等下还是要路过这个旅馆，我打算再进去看一看。我需要步行穿过兄弟谷，再进入旅馆所在的另一个山谷，这一路确实把我给累坏了，也让我更心急地想找回我的马。我果然找到了它，马还在那个马厩里，看上去活泼健康，而且像是刚刚被刷洗干净。我不知道是谁照顾了我的马，但在发生了那么多奇怪的事情之后，对这件小事我也不是那么在意了。我本应该立刻前行，但好奇心驱使着我再次进入旅馆探寻一番。我找到了一开始入住的那间房，但却无论如何也找不到遇见两位非洲美人的另一间房。搜寻一番之后，我感到厌倦了，于是跨上马继续我的旅程。

我在兄弟谷的绞刑架下醒来的时候，已经是中午时分了。从那里走到旅馆，又花了两个多小时。因此我策马前行了大约六英里①之后，就得寻找住处过夜了。放眼望去，一家旅馆都没有，我只得继续前行。最后，我发现远处有一座哥特式的小教堂，旁边还有一间小木屋，看起来像是隐修者的居所。它们都远离大路，但我没有多想就朝那里走去，因为肚子已经开始饿了，我得去找点儿吃的。我敲了敲小木屋的门，开门的是一位面容可敬的修道士。他给了我一个父亲式的温暖的拥抱，然后说："快进来，我的孩子，快进来！不要在外边过夜！当心那些诱惑人的魔鬼！在此处，上帝都无法保护我们。"

我谢过隐修者的好意，并告诉他，我快要饿坏了。

"还是先救救你的灵魂吧，我的孩子。到小教堂里去，跪在十字架的前面。至于你身体的需要，我会准备的，不过我这儿的餐食很简单，就是最普通的隐修者的食物。"

我走进小教堂，认真地祈祷起来，因为我并不是无神论者，当时也根本不知道有这样一类人的存在。这一点也和我所受的教育有关。

一刻钟之后，隐修者来找我，并把我带进了小木屋。我看见桌上已经摆好了简朴却十分健康的餐食，有优质的橄榄、醋泡甜菜、蘸酱甜洋葱和用来代替面包的饼干，甚至还有一小瓶葡萄酒。隐修者告诉

---

① 1英里=1.609 344千米。

第二天

我,他并不饮酒,这瓶酒只是为弥撒仪式而准备的。于是我也像他一样,没有碰那瓶酒,不过其他的餐食已经让我很满足了。就在我大快朵颐的时候,看见一个人进到小屋里来,他的样子是我至今所见过的最可怕的形象。

他看上去年纪还轻,却憔悴得脱了形,他的头发根根倒竖,一个没有眼球的眼窝里还在渗着血。他的舌头悬在嘴外,一串白沫从上面滴了下来。他穿着一身质地还不错的黑色衣服,但也仅此而已,除此之外,他既没有穿衬衫也没有穿长裤。

这个面目可憎的幽灵没有和我们打招呼,径自走到角落里蹲了下来,然后一动也不动,就像雕塑一般。他仅剩的那只眼睛怔怔地盯着手中的一个十字架。我吃完晚餐之后,便向隐修者询问起了这人的来历。

"我的孩子,"他回答,"此人着了魔,我正在为他驱魔,他的可怕遭遇,正是黑暗天使在这片不幸的土地上施行恐怖暴政的明证。他的故事也许可以启发你找到自己的救赎,我会命令他讲给你听。"

他转而对那个着了魔的人说:"帕切科,帕切科,我以救世主的名义,命令你讲述你的故事。"

帕切科发出一声可怕的嘶吼,然后开始讲起了他的故事。

> 萨拉戈萨手稿

着了魔的帕切科的故事

我出生在科尔多瓦,我们家的条件颇为优渥。三年前,我的母亲去世了。我的父亲起初还显得很悲痛,可是几个月后,在一次塞维利亚之行中,他与一位年轻的寡妇坠入了爱河。这位女士名叫卡米拉·德·托莫斯,她的名声不佳,父亲的朋友们都竭力劝说他远离这位女士。他们苦口婆心的劝阻并没有什么作用,在我的母亲去世两年后,我的父亲还是与这位女士结婚了。婚礼在塞维利亚举行,几天之后,父亲带着新娘卡米拉回到了科尔多瓦,同行的还有新娘的一个妹妹,名叫伊尼西拉。

我这位继母果然不是浪得虚名,她一来就勾引我,但是并没有得逞。我确实陷入了爱河,不过不是爱上了我的继母,而是她的妹妹伊尼西拉。我们的爱恋很快升温,于是我跑去找我的父亲,跪在他的脚下,恳求他让我与他的小姨子成婚。

父亲温和地将我扶起来,对我说:"我的孩子,我不能允许你追求那样一段婚姻,我有三个理由,首先,那会使你变成为我的连襟,这是多么丢脸的事情;其次,教会的圣规不会为这样的婚姻祝福;最后,我本人也不希望你和伊尼西拉结婚。"

说完这三个理由,我父亲便转身离去了。

我回到自己的卧室,陷入绝望。我父亲很快将这件事情告诉了我的继母。她过来看望我,并叫我不要那么苦恼,如果我不能成为伊尼西拉的丈夫,那么我至少还可以当她的情人,而我的继母会为我们牵

第二天

线搭桥。不过与此同时，她再次对我表达了爱意，并且强调说，能够允许我和她的妹妹相爱，对她而言是一种巨大的牺牲。她的话让我满心欢喜，句句都说在我的心坎上。可是伊尼西拉却总是一副矜持的样子，我担心她永远都不会回应我的爱。

那一阵，我的父亲决定前往马德里，去谋求科尔多瓦法律和行政长官[2]一职，他的妻子和小姨子也都随他同行。他此行只离开了两个月的时间，而我却度日如年，因为伊尼西拉不在我的身边。

两个月后，我收到父亲的一封来信，让我前往莫雷纳山山脚下的奎玛达旅馆，在那里等候与他会合。要是在几周前，我可能还不敢冒险穿越莫雷纳山，不过佐托的两个兄弟不久前被吊死了，他的匪帮也四散逃窜，听说这条路已经变得相当安全。

于是我上午十点从科尔多瓦出发，当晚在安杜哈尔镇过夜，我在那里遇到了全安达卢西亚最健谈的一位旅馆老板。我在他的旅馆里点了一大份晚餐，当晚吃了一部分，另外一部分打包，留到之后的行程中再吃。

第二天，我在"软木橡树"那里吃了前一晚打包的食物，然后在当晚赶到了奎玛达旅馆。在那里，我并没有看到我父亲，不过既然他在信里说了让我等候，我也就没有多想，况且这个旅馆宽敞舒适，我也很乐意在此留宿。当时的旅馆老板是一位名叫冈萨雷斯·穆西亚的先生，他举止得体，就算吹牛时也是如此。他向我保证，将为我奉上一份能彰显西班牙荣耀的晚餐。在他准备晚餐的时候，我去瓜达尔基维尔河畔散了一会步，回到旅馆后，我发现晚餐已经备好，而且看上去确实不错。

晚餐之后，我吩咐冈萨雷斯为我准备床铺，却发现他面露难色。

他说了一堆这样那样的借口，最后还是坦白说，这家旅馆在闹鬼，所以他和家人都在河畔的一间农舍里过夜，并且补充道，如果我愿意到那里去睡，他可以在自己的床边为我搭一个床铺。

我觉得这个提议并不妥当，于是告诉他，他尽可以按自己的意愿选择过夜的地方，但是要先把我的仆人们喊来。冈萨雷斯听从了我的命令，摇着头耷着肩离开了。

我的仆人们很快就过来了，他们也听说了闹鬼的传言，都劝说我去农舍过夜。我生硬地回绝了他们的建议，并命令他们在我刚才用餐的那个房间里准备床铺。虽然很不情愿，但他们还是遵从了我的命令，在铺好床之后，他们再次眼含泪水地哀求我去农舍过夜。这下他们的劝说是真的把我惹急了，我不再压抑自己的怒火，吓得他们夺门而出。因为我本没有让仆人为我更衣的习惯，所以就算他们不在，我也能做好上床休息的准备。好在仆人们没有太在意我粗暴的态度，而是更在意我的安危。他们在我的床边放了一盏点亮的烛台、一根备用的蜡烛、两把手枪和几本书，以防我睡着。不过事实是，我这时已经睡意全无了。

我花了两个小时看书，在床上辗转反侧，直到午夜时分，传来一声铃铛或敲钟的声音，把我吓了一跳，因为之前的钟点都没有听到敲钟声。很快，房门被打开了，我看到我的继母走了进来。她身穿睡袍，手上拿着一盏烛台。她悄悄地来到我身旁，一根手指放在嘴唇上，示意我不要作声。她将烛台放到床头柜上，然后坐到床边，握着我的一只手说："亲爱的帕切科，我承诺过将要带给你的欢乐，现在就要到来了。我们一个小时前到达了旅馆，你的父亲已经去农舍里休息了。不过听说你已经到了，我便请求他允许我和妹妹伊尼西拉到这里来过夜。伊尼西拉正在等你，并且愿意满足你的一切心意。但要想获得欢乐，你必须答应我的条件。你爱的是伊尼西拉，而我爱的是你。在这样的三角关系中，绝不能为了两个人的欢乐而牺牲第三个人的感情。因此我建议，我们三人今晚共享同一张床铺。来吧！"

我还没来得及回答，我的继母就牵起我的手，带我穿过一条又一条走廊。最后我们来到一扇门前，她弯下身子透过锁眼朝里面张望起来。

看了许久之后，她说："一切都准备好了，你自己来看。"

我透过锁眼张望，的确看到美丽的伊尼西拉正在床上。但她并非我所熟悉的那个矜持的样子，而是——双眼含情脉脉、胸部上下起伏，她红润的面色和躺卧的姿态都表明了——她正在等待她的情郎。

我看了一会儿之后，卡米拉对我说："帕切科，你先在门外等一会儿，等时候到了我会喊你进来的。"

她进屋之后，我又透过锁眼看起来，并看到了很多难以言表的事情。首先，卡米拉像平时一样褪去衣衫，然后和她的妹妹躺在一起，并对她说："我可怜的伊尼西拉，你真的想要一个情郎吗？可怜的孩子，你都不知道他会给你带来怎样的痛苦。他会先把你推倒，然后压在你的身上，不断地挤压，不断地撕扯。"

等到卡米拉认为，她的学生已经接受了充分的指导，就开了门让我进屋，让我躺到她妹妹的床上，然后自己又躺到我们的身边。

我该怎样形容那命中注定的一夜呢？罪恶的激情之酒，我饮尽了最后一滴。我对抗着不停袭来的睡意，只为了延长我那可耻的欢愉。最后我终于沉沉睡去，第二天却在佐托的两个兄弟的绞刑架下醒来，发现自己睡在脏污的尸体中间。

隐修者打断了这个着了魔的家伙的讲述，对我说："我的孩子，你对此有何看法？我想，如果你发现自己躺在两个吊死鬼中间，一定会被吓坏的。"

我回答："您这是小瞧我了，神父。一位绅士是绝不会感到害怕的，更何况是一位身负着瓦龙卫队上尉之荣誉的绅士。"

"可是，我的孩子，你听说过任何类似的奇异遭遇吗？"隐修者接着说。

我迟疑了一下，然后回答："神父，既然这样的遭遇降临到了帕切科先生的身上，那它也可能降临到其他人身上。如果您能允许他继续讲述他的故事，我就能作出更好的判断。"

隐修者转而对那个着了魔的人说："帕切科，帕切科，我以救世主的名义，命令你继续讲述你的故事。"

帕切科发出一声可怕的嘶吼，然后接着讲起了他的故事。

我失魂落魄地逃离了绞刑场，拖着沉重的步伐，不知道应该往哪里走。最后我遇到了几个旅人，他们好心地将我带回了奎玛达旅馆。旅馆老板和我的仆人们都在那儿焦急地等我，我问他们，我的父亲昨晚是否在农舍里过的夜，他们都说昨晚没有任何人来过。

我感到在这个旅馆里一秒钟都不能多待了，于是便起程回到了安杜哈尔镇。到达时已是日落之后，旅馆已经客满，所以我只能在厨房里搭一个床铺，躺下休息。但我迟迟不能入睡，因为我无法将昨晚的恐怖记忆从脑海里清除出去。

我在厨房的灶台上留了一盏烛火。突然间烛火熄灭了，我顿时感到一阵彻骨的寒意,仿佛把血液都冻住了。

我感到有人在拉拽我的毯子,又听到有人在轻声说:"我是卡米拉,你的继母。亲爱的,我好冷啊,让我钻进你的被窝里来吧!"

接着,另一个声音幽幽地说:"我是伊尼西拉,让我睡到你的床上吧!我好冷啊!好冷啊!"

我感到有一只冰凉的手掐住了我的脖子。我拼尽一切力气大声喊:"快滚开,撒旦。"

这两个声音又幽幽地说:"为什么你要赶我们走?你不是我们可爱的小丈夫吗?我们好冷啊!我们要生一点火。"

随后,我真的看到厨房的壁炉里出现了火光,火光逐渐明亮起来,也让我看清了周围,哪有什么卡米拉和伊尼西拉,只有佐托的两个死鬼兄弟吊在壁炉里面。

这些幽灵吓得我魂飞魄散。我从床上跳起来,翻出窗户,朝野地里跑去。有那么一阵子,我感到已经远离了危险,心里稍感安慰。但当我回头看时,却发现那两个吊死鬼还在追我。我又没命地跑起来,把他们远远甩在身后。但我还来不及高兴,就发现这两个肮脏的东西正翻着跟头追来,一转眼就追到了我面前。我继续狂奔,直到筋疲力尽为止。

接着我就感到,一个吊死鬼抓住了我的左脚踝,我试图挣脱的时候,另一个吊死鬼切断了我的退路。他幽幽地来到我面前,用可怕的眼睛死死盯着我,然后伸出他的舌头,就像是火炉里伸出的血红的铁棍。我哀求他放过我,但是毫无用处。他一只手掐住我的脖子,另一只手挖出了我的眼球,就是我受伤的这只眼睛。他将滚烫的舌头伸进我的眼窝,舔食我的脑浆,我疼得惨叫起来。

紧接着另一个吊死鬼，也就是抓住我左腿的那个，伸出了他的利爪。他首先在我左脚的脚底搔痒，然后撕开我的皮肤，让所有的脚筋都裸露出来，并像弹奏乐器一样试着用脚筋弹出旋律。我的脚筋发出的乐音似乎不能让他满意，于是他又将利爪刺进我的小腿，捏住里面的肌腱，并把它们扭结起来，就像是在为一架竖琴调音。最后，他用我的小腿弹奏起来，仿佛那是一把古代八弦琴。我可以听到他凶残的大笑声。我的痛苦惨叫声与地狱里的凶残笑声混合在一起，形成了一曲大合唱。我听着这些幽灵的嚎叫，感到身上的每一寸肌体都被它们的利齿嚼得粉碎。最后，我终于失去了意识。

第二天，一个牧人在野地里发现了我，并把我带到了这个隐修所来。我在这里忏悔了自己的罪行，并在十字架下解脱了一些痛苦。

说到此处，这个着了魔的家伙发出一声可怕的嘶吼，然后便沉默下来。

接着隐修者对我说："年轻人，你看，这就是撒旦的力量。你应当祈祷和哭泣。但今天时间不早了，我们需要各自休息了。我不建议你睡在我的小木屋里，因为晚上帕切科的悲号声会让你睡不安稳。你还是去小教堂里睡吧！那里有十字架的保护，可以使你免受魔鬼的袭扰。"

我回答说，愿意听从他的建议去那里过夜。我们在小教堂里搭了一个折叠床，我睡了上去，隐修者向我道了晚安。

他离开之后，我开始回想帕切科所说的故事，这个故事与我自己的奇遇有许多相似之处。我还沉浸在思索之中时，传来了午夜的钟声。我不知道这是隐修者敲的钟，还是幽灵们的把戏。接着我就听到门上有抓扯的声音,于是我走到门边,询问外面是谁。

一个幽幽的声音回答:"我们好冷,请为我们开门吧!我们是你的妻子啊!"

"滚开,可恶的吊死鬼!"我回答,"回你们的绞刑架上去吧,我要睡觉了。"

"你敢这样跟我们说话,不过是因为你躲在教堂里。你敢不敢出来说话?"

"随时奉陪。"我立刻回答。

我取来佩剑,但发现门被从外面锁住了,我把这个情况告诉了幽灵们,但他们并没有回答。于是我便回到床上,一觉睡到天亮。

原注:

1 Agour,源自巴斯克方言。

2 corregidor,指王权体系内拥有法律和行政职能的高级官员。

第三天

隐修者叫醒了我,看到我安然无恙,他似乎十分高兴。他拥抱了我,泪水打湿了我的脸颊。他对我说:"我的孩子,昨晚发生了一些奇怪的事情。请你对我说实话,你是否曾经在奎玛达旅馆过夜?你是否落入过幽灵的魔掌?现在承认还不晚,跟我到祭坛这边来,承认你的罪行吧!忏悔吧!"

隐修者不停地重复着虔诚的规劝,然后安静下来,等待我的回答。

"神父,"我对他说,"我从加的斯出发之前,曾做过一次忏悔,但自那以后,我自认为没有犯过任何罪行,除非是在梦境中。我确实曾在奎玛达旅馆过夜,不过就算我在那里看到了什么,我也有充分的理由对此保密。"

这个回答让隐修者十分吃惊。他控诉我被骄傲的魔鬼附了身,并努力劝说我忏悔所有的罪行。不过,看到我不为所动的态度,他收起了那一套高高在上的说教,转而用更加平易近人的语调对我说:"我的孩子,你的勇气令我感佩。你是谁?从小接受的是怎样的教育?你是否相信鬼魂的存在?请你回答我,以满足我的好奇心。"

"神父,"我回答,"您愿意更多地了解我的事情,对此我感到不胜荣幸,也要向您表达感激。请允许我先起床收拾好,我稍后会去小木屋找您，到时我会毫无保留地向您讲述我的故事。"

隐修者再次拥抱了我，然后离开了小教堂。

穿戴整齐之后，我来到小木屋。隐修者正在加热羊奶，他递给我一些羊奶、糖和面包，而他自己只吃了一些煮过的根茎。

吃过早饭之后，隐修者对那个着了魔的家伙说道："帕切科，帕切科，我以救世主的名义，命令你到山上去替我放羊。"

帕切科发出一声可怕的嘶吼，然后就出门了。

于是，我便开始讲述我自己的故事。

阿方索·范·沃顿的故事

我来自一个历史悠久的家族，但我的家族声名不彰，财富更是寥寥。我们全部的世袭财产，不过是一块名叫沃顿的贵族封地，它在勃艮第[①]的辖下，位于阿登高地中央。

我父亲还有一位兄长，因此他本人只得到了一份微薄的遗产，不过也足够维持他在军中体面的生活了。他全程参与了西班牙王位继承战争[1]，战争结束之后，腓力五世国王将他提拔为瓦龙卫队中校。

当时的西班牙军中盛行荣誉之风，有时甚至会走向极端，而我父

[①] 译注：指神圣罗马帝国的勃艮第帝国，位于现荷兰、比利时和卢森堡一带。

亲则比众人更胜一筹。但他不应该为此而受到诟病,因为平心而论,荣誉正是一个军人的生命和灵魂。马德里的每一场决斗仪式,都是我父亲主持的,只要他判定应该停手了,双方就都要放下武器。不过有时候,一方会不服判决,这时他就必须与我父亲本人过招。我父亲总是能用他的剑法来维护判决的合理性。此外,我父亲还习惯将每一次决斗的详情都登记在笔记本上,这对他裁决高难度的案例有着很大的帮助。

在这个鲜血与荣誉的裁决场上,我父亲忙得不亦乐乎,可是对爱情的魅力,他似乎颇为迟钝。不过后来,他的心还是被一位年轻女子打动了,这位女子名叫穆莱卡·德·戈麦雷斯,她是格拉纳达大法官的女儿,也是格拉纳达地区古老统治者的后代。双方的友人很快将这对有情人撮合到一起,并定下了婚期。

我父亲认为,应当邀请所有与他决斗过的人士前来参加婚礼(当然,我指的是没有死在他剑下的那些人)。这批人当中,共有一百二十二个人出席了婚礼,有十三个人由于不在马德里或周边,没有出席。另有三十三个人无法联系上,因为那些都是战争时期发生的决斗,已经无从追溯了。我母亲不止一次告诉我,婚礼宴席上洋溢着无比的欢乐,也充满着真诚相待的氛围。对此我毫不怀疑,因为我父亲心地高洁,所有人都热爱他。

我父亲也对西班牙充满感情,从未想过要离开这个国度。但是新婚两个月后,他收到一封来自布永镇①地方长官的信,信中说他的兄长过世了,并且没有子嗣,因此沃顿封地将由我父亲继承。这个消息

---

① 译注:Bouillon,现为比利时的一个城市,位于阿登山区。

第三天

让我父亲感到十分苦恼，据我母亲说，父亲整日心神不宁，甚至不愿意提及这件事。最后，他翻开自己的决斗笔记本，从中挑出了参加决斗次数最多的十二个人，把他们请到家中来，并对他们讲了以下这些话："各位决斗场上的兄弟们，你们都很清楚，多少次我凭借公正的荣誉裁决，让大家的良心得到安宁。可是今天，我需要各位帮助我来裁决一件事情，因为我怕自己的判断有误，或是被自己的私心所蒙蔽了。这里有一封信，来自布永镇的地方长官，尽管他们不是贵族，但言行还是很可靠的。请各位告诉我，从荣誉的视角来看，我究竟应该回到先辈的城堡里去生活，还是应该继续为腓力国王效力，国王的恩情令我受宠若惊，最近他刚赐予我准将的军衔。我会把这封信放在桌上，然后自行退下。半小时后我再回来，请教各位的意见。"

说完这些，我父亲离开了房间，半个小时之后再回来聆听裁决。最终，五个人支持他继续留在军中，七个人支持他回到阿登地区生活。我父亲坦然地接受了多数人的裁决。

我母亲其实更愿意留在西班牙，但她出于对丈夫的爱而掩盖了自己的情绪，以至于我父亲都没有注意到她即将告别故土的痛苦心情。一切事务安排妥当后，他们就开始准备行程，此外还要组织一支小小的随从队伍，作为西班牙的代表一起前往阿登地区。虽然那时还没有我，但我父亲坚信自己会有一个儿子，而且需要尽早为我安排一位剑术老师。他选中了马德里最优秀的击剑大师——加西亚斯·耶罗。这位年轻人已经厌倦了大麦广场①上永无休止的格挡攻击，因而欣然接受了我父亲的邀请。而我母亲觉得，安排一位牧师也是必不可少，她选

---

① 译注：马德里最古老的广场，19世纪时是死囚的公开行刑场。

择了伊尼戈·贝雷兹，一位毕业于昆卡①的神学家，他后来负责教授我天主教教义和西班牙语。在我出生的一年半之前，我的教师队伍就已经组建完毕了。

在离开西班牙之前，我父亲前去觐见国王，按照西班牙的礼仪，他要单膝跪地，亲吻君主的手，但是他心头涌起离别之苦，当场昏了过去，只得被人抬回家。第二天，他去向当时的首相大人堂费尔南多·德·拉勒辞行，首相以极高的敬意接待了他，并告诉他，国王赐给他一万两千里亚尔的退休金，并授予他少将的军衔。我父亲多么想再次面圣，甚至愿意为此抛洒半身的鲜血。但是鉴于他已经向国王辞行过一次，便忍下了这个想法，将自己的满腔真言写到一封信里，托人交给国王。最后，他终于眼含热泪地离开了马德里。

我父亲选择从加泰罗尼亚这条路线走，这样他就可以重访曾经战斗过的土地，并与驻扎在前线地带的老战友们道别。之后他便经由佩皮尼昂②进入了法国。

从入境直到里昂的一路上都非常顺利，但是在离开里昂时，我父亲准备去更换驿马，路上却被一辆轻便马车超过了，对方抢先到达了驿馆。我父亲几分钟后到达驿馆时，发现新马已经被套到了对方的马车上。他立刻拔出佩剑，走到那个旅人面前，请他赏光进行一次简短的对话。那个旅人是法国军中的一名上校，他看到我父亲穿着将官的制服，便也拔出剑来以示尊重。他们走进驿馆对面的一家旅馆，并订了一个房间。

---

① 译注：Cuenca，现为西班牙昆卡省省会。
② 译注：Perpignan，法国东比利牛斯省一城市。

进了房间之后,我父亲对这名上校说道:"先生,您的马车超过了我,抢先到达了驿馆,这一行为虽然本身不构成侮辱,但仍不免有冒犯之嫌,因此我必须要请您作出解释。"

上校听闻此言十分讶异,便把责任全都推到他的马夫身上,并向我父亲表示,他本人完全不知情。

"骑士先生,"我父亲继续说,"我也不想小题大做,所以我们在决斗中点到为止就可以了。"

"且慢,"这个法国人说,"我认为并不是我的马夫超了您的车,而是您的马夫有点拖延,所以您的车落在了后面。"

我父亲思考了一会儿,接着对上校说:"先生,我认为您说得很有道理,如果您能在我拔剑之前发表这番言论,我们就不必进行这一场决斗了。但是事已至此,总要有人流点血了。"

上校觉得这样说挺有道理的,便也拔出了自己的剑。决斗很快便结束了,我父亲一感到被刺伤,就立刻垂下自己的剑,并为自己所造成的麻烦向上校道歉。而上校也回答,愿意随时为我父亲效劳,并将他在巴黎的地址写给我父亲,接着他便回到自己的马车上离去了。

我父亲原以为只是受的轻伤,但他身上旧伤累累,每一道新伤都有可能引起旧伤复发。而这次上校的一剑,就掀开了他之前被滑膛枪所击伤的一个旧伤口,而当时的子弹还一直留在体内。这次,在经过两个月之久的治疗之后,这枚铅弹才取了出来,然后他们才再次踏上行程。

到达巴黎之后,我父亲所做的第一件事,就是向那位上校表达问候,上校名叫于费侯爵,是法国宫廷中一位德高望重的人士。他热情地接待了我父亲,并想要将他介绍给内阁大臣以及上流社会的权贵。

我父亲感谢了他的好意，并表示只想拜会塔瓦纳公爵。塔瓦纳公爵是一位资深的荣誉法庭[①]法官，我父亲想了解与这个决斗裁决法庭相关的一切。他一直认为这个法庭水准极高，是一个裁量精准的机构，他很希望西班牙也能引进这套机制。塔瓦纳公爵十分客气地接待了我的父亲，并将他介绍给了贝利耶福骑士，这位骑士是荣誉法庭上为法官服务的高级警官和书记员。

这位骑士常来拜会我父亲，并听说了他的那本决斗笔记。以往从没有人做过这样的笔记，因此他请求我父亲，允许他将笔记呈给荣誉法庭的法官们过目。法官们和这位高级警官一样，都认为这本笔记有特殊的价值，希望我的父亲可以允许他们抄录一份副本，并保存在法庭的档案室里。这样的请求让我父亲感到受宠若惊，喜不自胜。

对我父亲来说，偶尔得到这样的礼遇，让他在巴黎的生活无比愉快。然而我母亲却持有迥然不同的看法，她立下规矩，不但不能学习法语，连听别人说法语这件事也要禁止。她的告解神父——伊尼戈·贝雷兹，经常嘲讽法国天主教会的自由做派。而加西亚斯·耶罗不管说到什么事，最后都要补上一句："法国人都是可怜的虫子。"

最后他们离开了巴黎，经过四天的行程后到达布永镇。我父亲先去拜访了地方长官，然后去接收了自己的家族封地。

由于无人居住，祖宅的屋顶上已经缺了不少瓦片，所以每逢雨天，卧室里的雨并不比院子里的雨小。唯一不同的是，院子里铺着石板路，路面很快就能变干，而卧室里雨水积成的小水洼，永远都不会干。这些室内的水塘并没有令我的父亲感到不快，因为这让他回想起

[①] 译注：法国旧时处理决斗纠纷的法庭。

了勒伊达之围①的战斗,当时他在齐膝深的水里浸泡了整整三个星期。

不过他还是操心着,怎样给妻子找一个干燥的地方放置床铺。在大厅里有一个佛兰德斯式样的壁炉,很大,周围可以容得下十五个人一起取暖。壁炉架由一个类似屋顶的台面和两侧的两根支柱组成。我父亲命人把烟道封住,然后把我母亲的床放置到壁炉台下方的地面上,另外还放了一个床头柜和一把椅子。由于壁炉外侧的地面比其他地面高出一尺,所以这里就自然形成了一个不会遭受水淹的小岛。

我父亲自己的床铺则放在大厅的另外一头,由两张桌子和一块连接板组合而成。从他的床铺到我母亲的床铺之间,他们还修建了一座栈桥,用几只旅行箱和橱柜作为底部支撑。他们到达城堡的第一天,就完成了这项宏伟工程。整整九个月之后,我降生到了这个世界。

就在修缮工作进行得如火如荼的时候,我父亲收到了一封令他喜出望外的来信。信是塔瓦纳法官寄来的,他在信中就一个荣誉法庭正在处理的荣誉裁决询问我父亲的意见。这显然是对我父亲的极大认可。为了庆祝这一重大事件,我父亲决定举办一个宴会来招待左邻右舍。但是由于我们周围一个邻居也没有,这场欢宴的规模只能缩减为一曲凡丹戈舞表演,表演者是剑术老师和我母亲的女仆领班弗拉斯卡太太。

在给法官的回信中,我父亲提出请求,是否有可能定期收阅荣誉法庭的审判决议概要。法官慷慨地答应了这个请求。于是,在每个月的第一天,我父亲都会收到这样一份概要文件,这会成为他接下来四个星期里闲聊的谈资。冬日里,这样的闲谈会围绕着大壁炉进行,而

---

① 译注:发生在1707年的9月25日—11月11日。

在夏天时，则换到城堡门前的两张椅子上。

在我母亲的整个孕期里，我父亲都在和她谈论即将到来的这个小生命，并考虑为我找一个教父。我母亲建议请塔瓦纳法官或是于费侯爵。我父亲认同这是一个光耀门楣的决定，但又担心这些先生们位高权重，这样提议恐怕不合礼制。经过一番仔细的斟酌，他最终决定请贝利耶福骑士来当我的教父，骑士深感荣幸，欣然答应了这个请求。

我终于来到了这个世界。三岁时我就能举起一把小花剑，到六岁时我能眼都不眨地击发手枪。当我长到七岁的时候，我的教父前来看望我。这位绅士已经在图尔奈①结了婚，并在那里谋得了高级警官副官和荣誉事务法庭书记员的职位。这两个职位都来源于对决审判②的时代，后来才成为荣誉法庭上的岗位。

贝利耶福夫人体质娇弱，因此她丈夫常陪她去温泉胜地斯帕接受水疗。夫妻俩都十分喜欢我，由于他们没有自己的孩子，因此向我父亲恳求，希望可以由他们来照管我的教育，在沃顿城堡这样偏僻的地方，确实很难确保我得到正规的教育。我父亲同意了，主要是看在荣誉事务法庭书记员这个职务的面子上，他认为在这样一个人的家里，我一定能从小就习得必要的行为准则，有益于我长大之后走上正道。

一开始，我的家人想让加西亚斯·耶罗陪我同行，因为我父亲认为，最高贵的战斗姿态应该是右手持剑、左手持匕首，而在法国几乎无人通晓这种剑术。不过，由于我父亲每天早上都要在城垛上与耶罗练习剑术，这已经成为他锻炼身体的一种习惯，他觉得离不开耶罗的陪练。

---

① 译注：Tournai，现为比利时西南部城市。
② 译注：盛行于欧洲中世纪，是一种裁定纠纷、解决争议的方法。在对决审判中，争执双方进行死斗，活下来的一方赢得审判，另一方可选择投降认输，视为有罪。

第三天

家人本还打算让神学家伊尼戈·贝雷兹陪我同行，但是由于我母亲还是坚持只说西班牙语，她自然离不开这位懂西班牙语的告解神父。这样一来，原先为我组建的教师团队，一个都没能与我同行。不过家里还是派了一个西班牙男仆给我，他的职责是教我说西班牙语。

我跟着教父来到斯帕，在那里度过了两个月，接着又随他前往荷兰游历，直到深秋时节才回到图尔奈。贝利耶福骑士完全没有辜负我父亲对他的信任，在之后的六年里，他无微不至地培养我，希望我能成长为一名优秀的军人。六年后，贝利耶福夫人去世了，他便离开了佛兰德斯地区，迁往巴黎居住，而我也起程返回我父亲的城堡。

寒冷的天气加剧了我的旅途劳顿，当我到达城堡时，太阳早已落山，全家人正围坐在大壁炉的周围。我父亲见我回来，难掩激动之情，但他还是克制住了自己，没有做出过于热烈的欢喜的表示，而是依旧保持着你们西班牙人所说的"庄重的姿态"。我母亲则抱着我尽情地大哭了一场。神学家伊尼戈·贝雷兹为我祝福，而剑术大师耶罗则递给我一柄花剑。我们比试了一番，我展现出了超越自己年龄的精湛技艺。我父亲也精通剑术，我的长进他了然于心，他再也端不住自己的架子了，无限的温情和慈爱流露出来。接着晚餐上桌了，每个人都兴高采烈。

晚餐之后，大家又聚到壁炉前，我父亲对神学家说道："尊敬的堂伊尼戈，请您把您的那本好书取来，那里面有许多精彩的故事，请给我们念一个吧！"

神学家去自己的卧室里取来了一本用白色羊皮纸装订的对开本书籍，书页已经旧得泛黄。他随手翻到某一页，便大声地念起了以下这个故事。

萨拉戈萨手稿

拉文纳的特里乌奇奥的故事

从前,在一座名为拉文纳①的意大利城镇中,生活着一位名叫特里乌奇奥的年轻人。他英俊、富有,又颇为高傲。在城中,无论他走到哪里,都会吸引姑娘们来到窗前张望,但是没有一个姑娘能够获得他的青睐,或者说,他不愿意放下自己的高傲来表达爱意。但是最终,他的满腔自负还是敌不过年轻美丽的妮娜·德·杰拉奇的无穷魅力。特里乌奇奥屈尊向妮娜表达了爱意,而妮娜则回答说,她很感动,对特里乌奇奥的求爱感到受宠若惊,但她自小就只爱自己的堂兄泰巴多·德·杰拉奇,并且确信自己绝不会再爱上其他人。

这样的回答是特里乌奇奥没有预料到的,他愤怒地拂袖而去。

一周之后的星期天,拉文纳全城的人都出门前往圣彼得大教堂。在人群中,特里乌奇奥发现泰巴多正与妮娜挽着手走着。他便用披风遮住了自己的脸,跟在那两个人后面。两个人走进了教堂,而教堂里是不允许披风遮脸这种行为的。特里乌奇奥的跟踪行为之所以没有被他们发现,全是因为这两个人沉浸在浓情蜜意之中,根本连弥撒都顾不上听,当然这也是一种罪过。

特里乌奇奥坐到他们后排的长椅上,他可以听到两个人彼此间的甜言蜜语,这令他越来越压不住怒火。这时一位神父登上讲坛说道:"教友们,我在此宣读泰巴多·德·杰拉奇和妮娜·德·杰拉奇的结婚公告。如果有人认为他们两个人不能走入神圣的婚姻,请说出你的

---

① 译注:Ravenne,现为意大利艾米利亚-罗马涅大区的一座城市。

反对意见。"

"我表示反对!"特里乌奇奥吼道。他边说着,边挥着匕首向着这对情侣一阵乱刺。人们想要制服他,但他挥舞着匕首逃出了教堂,逃离了城市,一路逃到了威尼斯公国。

特里乌奇奥虽然自傲又任性,但内心却很敏感,他的罪行令他深感悔恨。他过着悲惨的生活,在不同的城市间漂泊流浪。直到数年后,他的家里人摆平了官司,他才又回到了拉文纳。但此时的他已经不再是从前的特里乌奇奥了,曾经飞扬的神采和高傲的自信都不见了踪影。他的变化如此之大,连他幼时的保姆都没有认出他来。

特里乌奇奥回城的第一天,就问起妮娜葬在哪里,人们告诉他,妮娜和她的堂兄都被葬在圣彼得大教堂,离他们被杀害的地方不远。特里乌奇奥颤抖着走到坟前,亲吻了墓碑,并大哭起来。

这个伤心的杀人凶手经历着巨大的悲痛,泪水能让他的心情稍稍缓解一些,于是他向教堂司事捐了一些钱,并获准可以随时进入教堂。之后他每晚都来,教堂司事对此习以为常,便不再关注他了。

有一天晚上,前一夜没有睡好的特里乌奇奥在墓前睡着了。当他醒来的时候,发现教堂已经锁门了。他坦然地准备就在这里度过整晚,因为他也情愿沉溺在悲痛和忧郁之中。整点钟声一次又一次地敲过,每一次钟声响起,他都希望丧钟是为自己而鸣。

最后,午夜的钟声敲响了。就在这时,圣器储藏室的门打开了,特里乌奇奥看到教堂司事走了进去,一只手提着一盏灯,另一只手拿着一把扫帚。不过这个教堂司事是一具骷髅,他脸上还残存着一些皮肤,眼窝深陷,而紧贴着骨架的白色法衣则显现出,他身上已经一丝肉都没有了。

这个可怕的教堂司事把灯盏放在祭坛上，点起了几支蜡烛，似乎在为晚祷做准备。接着他开始打扫教堂，掸去长椅上的灰尘。有好几次他都离特里乌奇奥非常近，但似乎并没有发现他。

　　最后，他走向圣器储藏室的门前，摇起了一个一直放在那里的小铃铛。这时，所有的墓穴都打开了，逝者们从里面站起来，身上还裹着裹尸布，他们开始念起了连祷文，语调中充满了凄凉。

　　他们就这样吟诵了一会儿，接着，其中一个身穿白色法衣和女式披肩的逝者走到讲坛上，开口说："教友们，我在此宣读泰巴多·德·杰拉奇和妮娜·德·杰拉奇的结婚公告。可恶的特里乌奇奥，你有什么反对意见吗？"

　　这时我父亲打断了神学家的故事，转而问我："阿方索，我的孩子，如果你是特里乌奇奥，你会感到害怕吗？"

　　我回答道："亲爱的父亲，我想我会感到害怕的。"

　　听到这个回答，我父亲愤怒地起身，拿来了他的剑，想要把我刺穿。幸而大家过来劝解了好一阵，他才稍稍平静下来。

　　重新坐定之后，他用可怕的眼神看着我，说："你这个没用的孩子，你的懦弱对瓦龙卫队来说是一种莫大的耻辱，亏得我还想让你加入卫队。"

　　这些严厉的话语差点让我羞愧而死。接着我父亲便一言不发，就这样过了很久，直到加西亚斯打破了沉默，劝起我父亲来。

　　"我的大人，"他说，"就这件事情，请允许我斗胆向阁下提出我的见解。我认为应当向令郎说明，这世界上不存在、也不可能存在鬼魂、幽灵，或是诵念连祷文的死人。这样他就不会再恐惧这些事情了。"

"耶罗先生,"我父亲略带尖刻地说,"看来您是忘了,昨天我还有幸向您展示,我曾祖父亲手所写的一个鬼故事。"

"我的大人,"加西亚斯回答,"我没有资格来质疑阁下的曾祖父所说的话。"

"您说没有资格来质疑,这话是什么意思?"我父亲问,"您有没有意识到,这样等于是在说,我曾祖父所说的话是可以质疑的喽?"

"我的大人,"加西亚斯回答,"我自知人微言轻,您尊贵的曾祖父是绝不会同我计较的。"

这下,我父亲的神情变得更可怕了,他说:"耶罗,上天保佑您不要辩解,因为一旦辩解,就表示您在故意冒犯我。"

"那我只能甘愿接受惩罚,阁下可以以您曾祖父的名义对我施加任何惩罚。但我出于职业的荣誉感,希望这个惩罚可以由我们的神父来执行,这样我就能把它当成一种宗教救赎。"

"这个主意不错,"我父亲的语气平和下来,"我记得之前写过一篇短论文,探讨的是无法举行决斗时怎样妥善地处理纠纷。让我回想一下。"

一开始,我父亲似乎还在认真思考这个问题,但他渐渐思绪飘忽,最后在椅子上睡着了。我母亲和神学家早已入睡,而加西亚斯很快也抵挡不住困意了。这时我便自觉告退。这就是我回到父亲身边的第一天所发生的事情。

第二天,我与加西亚斯练了一会儿剑,又出去打了猎。全家一起吃过晚饭后,我父亲再次请神学家拿来他的故事书。这位可敬的绅士听命照办,他随手翻到某一页,然后大声地念起了故事。

> 萨拉戈萨手稿

费拉拉的朗杜夫的故事

从前,有一位名叫朗杜夫的年轻人,住在一个名为费拉拉①的意大利城镇中。他是一个没有信仰的人,也是一个纨绔子弟,全城所有虔诚的好人们都把他看作洪水猛兽。这个令人讨厌的家伙最爱在烟花柳巷中流连,费拉拉全城的交际花他都已经访遍了,其中最令他中意的是一个名叫比安卡·德·萝西的女子,因为她是所有交际花当中最堕落的一个。

比安卡不但纵情声色、贪婪无度、思想堕落,而且还喜欢让她的情人们做出极不光彩的行为来取悦她。对于朗杜夫,她的要求是,要每晚带她回家,和他的母亲及妹妹一起共进晚餐。朗杜夫马上跑回家去,和母亲说了这件事,仿佛这是天底下最体面的一件事。他虔诚的母亲顿时泪如雨下,恳求自己的儿子要为妹妹的名誉着想。朗杜夫哪里听得进这些劝告,只是答应说会尽量低调行事,然后他就把比安卡带回了家。

朗杜夫的母亲和妹妹尽量礼貌地接待了这位交际花。看到她们善良可欺,比安卡越发放肆起来。在晚餐时,她口无遮拦地发表各种情色言论,还自以为是地给她情人的妹妹上起了课。最后,她直截了当地对母女俩说,她们可以退下了,因为她要单独和自己的情人待在一起。

第二天,交际花比安卡把这件事传得沸沸扬扬,之后的几天里,

---

① 译注:Ferrara,现为意大利艾米利亚-罗马涅大区的一座城市。

城里的人们都对这件事津津乐道。最后，流言终于传到了朗杜夫的舅舅奥多瓦多·赞比的耳朵里。奥多瓦多是一个不能接受任何侮辱的人，谁侮辱了他的姐姐，就等于侮辱了他。于是他当天就去把恶名昭著的比安卡杀死了。等到朗杜夫去找她情人的时候，发现她已经被刺死了，倒在了血泊之中。他很快听说这是自己的舅舅所为，于是冲到舅舅家里准备去闹事。没想到那里已经聚集了一群城里的忠勇之士，他们纷纷嘲笑他气恼的样子。

朗杜夫的愤怒无处发泄，只得跑回母亲家里，准备把怒火撒在母亲身上。这个可怜的妇人和她女儿在一起，正准备坐到桌前用餐，看到儿子回来后，她问他比安卡今天是否也来吃晚饭。

"愿她能来把你们一起拖进地狱，"朗杜夫说，"你、你的兄弟和整个赞比家族。"

这个可怜的母亲跪在地上说："亲爱的上帝，请宽恕他这些渎神的话吧！"

话音刚落，门就被推开了，一个面色苍白的幽灵进到屋内，它身上满是刀伤，但还是可以看出和比安卡有几分相像。

母女二人赶紧祈祷，要不是上帝给了她们抵挡幽灵的力量，她们可能已经惊吓而亡了。

幽灵缓缓走到桌旁坐下，仿佛准备用餐，朗杜夫鼓起地狱般的勇气，把一盘菜递给了它。幽灵咧开大嘴，脑袋似乎也裂成了上下两半，一道红色的火焰从它嘴里喷出。接着，它伸出一只严重烧伤的手，抓起一把食物吞入口中，这些食物落到地板上发出了响声。它就这样狼吞虎咽地吃完了一整盘菜，所有的食物都漏在了地板上。吃完之后，幽灵用可怕的眼睛盯着朗杜夫说："朗杜夫，只要留我在这里吃饭,我就要在这里睡觉。上床来!"

故事说到这里,我父亲打断了神父,转而问我:"阿方索,我的孩子,如果你是朗杜夫,你会感到害怕吗?"

我回答:"亲爱的父亲,我向你保证,我不会感到一丝一毫的害怕。"

这个回答显然令我父亲很满意,他一整个晚上都兴高采烈。

我们就一直这样按部就班地过着日子,只不过在夏天,我们不是围在壁炉周围,而是坐在城堡门前的椅子上。六年的时间就在这样的岁月静好中度过了。现在想来,仿佛只有六周那么短暂。

在我年满十八岁的时候,我父亲决定把我送入瓦龙卫队,他致信给可靠的老战友们,这些可敬的军官们极尽所能地为我担保,并为我争取到了上尉军衔的委任状。我父亲听说消息之后,过于激动而突发急病,差点生命垂危。不过他很快恢复了过来,并开始操心起我的行程。他建议我走海路进入西班牙,这样我就能路过加的斯,并在那里拜访瓦龙的指挥官堂恩里克·德·萨,他是为我的这次委任做出最大贡献的人。

城堡院子里,驿站的马车已经整装待发,这时我父亲把我带到他的卧室里,并关上了房门,对我说:"我亲爱的阿方索,我将要讲给你听的这个秘密,是我的父亲传递给我的,等到将来你的儿子够资格的时候,你也要把这个秘密传递给他。"

我以为他说的是某处的秘密财宝,便回答说:"我并不稀罕金子,那只不过是用来救济穷困者的东西。"

但我父亲说:"不,亲爱的阿方索,我说的不是金银。我是要教你一招独门剑术,在格挡防守的时候,顺势滑剑还击刺向对方腰侧,这一招可以百分百化解对方的进攻。"

他拿出两柄花剑,把这个绝招传授给我,然后他祝福了我,并把我送到马车边。我亲吻了母亲的手,接着便起程了。

我乘着驿站的马车一路来到弗卢胜港①,在那里搭上一条前往加的斯的船。堂恩里克·德·萨如同父亲一般亲切地接待了我。他赠给我一匹马,并派了两个人当我的随从,他们一个名叫洛佩兹,另一个名叫莫斯奇托。我从加的斯出发,途径塞维利亚和科尔多瓦,随后到达安杜哈尔镇,从那里开始,我踏上了进入莫雷纳山区的道路。在"软木橡树"饮水槽那里,我不幸与两个随从走散了。不过我还是在当天到达了奎玛达旅馆,并在昨天晚上来到了您的小屋。

"我的孩子,"隐修者对我说,"你的故事的确引人入胜,我也很感谢你能把自己的故事讲给我听。现在我明白了,由于你所受的教育,你会排斥一切恐惧情绪。但你既然在奎玛达旅馆过了夜,我担心你已经遭受了那两个吊死鬼的侵扰,也经历了和着魔的帕切科一样的悲惨命运。"

"神父,"我回答隐修者,"对于帕切科先生的故事,我认真思考了很长时间。虽然他着了魔,但依旧是一位绅士,我相信他是不会故意说谎的。不过我们城堡的神父伊尼戈·贝雷兹曾告诉过我,尽管在基督纪元的前几百年里,有过一些魔鬼附身的事例,但如今这种事情早已绝迹了。我十分相信他的说法,而且我父亲也曾要求过我,对

---

① 译注:现荷兰西南部城市,为重要港口。

于宗教方面的事情要完全相信伊尼戈。"

"可是，"隐修者说，"你难道没有看到那个着魔的人，他那可怕的面貌和被魔鬼弄瞎的一只眼睛？"

"神父，"我回答，"帕切科先生可能是在其他事故中弄伤了眼睛。此外，对于这类事件的解析，可以交给比我更在行的人去做，我自己只需要做到对鬼魂和吸血鬼无所畏惧，这样就可以了。不过，如果您想赠给我某种圣物，保护我远离鬼怪的陷阱，我保证会充满敬意和虔诚地佩戴它。"

我感到隐修者对我的天真报以一笑。他接着说："我的孩子，我能看到你的虔诚，但我担心你会失去它。你母亲所属的戈麦雷斯家族里，所有人都在近些年才皈依了基督教，听说有些人内心里还依然是穆斯林。如果有人用大量财富来引诱尔改变信仰，你会接受吗？"

"绝对不会！"我回答，"在我看来，背叛自己的宗教就和背叛自己的信条一样，都是非常可耻的行为。"

听到我这么说，隐修者又笑了一下，然后说："很不幸，我发现你的美德建立在极端的荣誉感之上。我必须提醒你，如今的马德里已经不再信仰荣誉的刀剑精神，不再是你父亲那个年代的样子了，美德应该建立在更坚实的基础上。不过我不想再耽搁你的时间了，你还有一整天的路要赶，今晚你能到达佩宁旅馆，也叫作岩石旅馆。尽管那里盗匪横行，但那家旅馆还在营业，因为旅馆老板得到了附近扎营的一队吉普赛人的保护。后天你能到达卡德尼亚斯旅馆，到了那里之后，你就算出了莫雷纳山区了。我在你的鞍囊里放了些吃的。"

说完这些话，隐修者亲切地拥抱了我。但他并没有送我抵挡魔鬼的圣物，我也不想再提，于是就骑上马出发了。

在路上，我开始思考隐修者刚才所说的话，但我想象不出，作为美德的基石，还能有什么比荣誉感更合适的。在我心里，荣誉就等于一切的美德。

我沉浸在思索中，突然前方有一个骑马的人从岩石后面窜出来，拦住了我的去路，他问："你是阿方索·范·沃顿吗？"

我回答说："正是。"

"这样的话，"骑马的人说，"我以国王和神圣的宗教裁判所的名义逮捕你，把你的剑交给我！"

我听从了他的命令，没有异议。接着这个骑马的人吹了一声口哨，一群带着武器的人从四面八方向我扑来。他们把我的双手绑在背后，然后带着我经由一条小路进山。大约一个小时之后，我们到达了一个固若金汤的城堡。吊桥放了下来，让我们进去。我们还没走进城堡主楼时，一扇小小的侧门先打开了，我被扔进了一个牢房里，也没有人来帮我解开缚住双手的绳子。

牢房里一片漆黑，由于我的双手无法探路，我担心到处撞墙会把鼻子碰伤，于是索性原地坐下，并不由得开始思考自己为什么会被捕。我唯一能想到的，就是宗教裁判所抓住了我那两个美丽的表妹，她们的黑人女仆把当晚在奎玛达旅馆发生的一切都招供了出来。如果他们要审问我有关这两个非洲女子的事情，那么我面前就摆着两个选择，要么背叛我的表妹，那也就等于背叛了我自己的荣誉誓言；要么不承认我认识她们，那样的话我就需要不停地撒谎。在思索了一番对策之后，我决定保持沉默，无论面对怎样的刑讯，都要坚持一言不发。

确定了这个对策之后，我的心情安定下来，开始仔细思考前两天发生的事情。我毫不怀疑我的两位表妹是有血有肉的人类，我更相信自己的直觉，而不是别人关于所谓魔鬼力量的推测。而且，对于她们把我搬到绞刑场的这个恶作剧，我还是非常气愤的。

又过了很长时间，我觉得饿了，想起别人曾说过，牢房里有时会放有面包和一罐水，于是我便用腿脚开始搜索起来，果真找到了些什么。我发现那是一条面包，现在的问题是，要怎么把面包送到嘴边。我躺到面包边上，想用牙齿咬住它，但是由于无法固定，面包又从嘴里滑落了。我只得把它往前顶，一直顶到墙角边，这才把它吃到嘴里。幸好这条面包是从中间切开的，如果是一整块面包，我恐怕咬都咬不动。我还找到了水罐，但是却难以喝到里面的水，我好不容易喝到了一小口，罐子就打翻了，水洒了一地。我继续探索，结果在一个角落里找到一堆干草，于是便躺了上去。绑住我双手的人技术不错，虽然绳索无法挣脱，但也不会勒疼我，所以我一点都不难受，很快就睡着了。

原注：

1 1701—1714年，因为西班牙哈布斯堡王朝绝嗣，王位空缺，法国波旁王朝与奥地利哈布斯堡王朝为争夺西班牙王位，而引发的一场欧洲大部分国家参与的大战。

第四天

睡了大概几个小时,我被人吵醒了。我看到一个多米尼克派修道士走进我的牢房,后面还跟着几个凶神恶煞般的人,他们有的举着火把,有的手里拿着些我没见过的东西,但我猜测这些是刑具。我想起自己所下的决心,并再次鼓励自己要保持沉默。我想到了父亲。他从没遭受过刑讯,但他经历过许多痛苦的外科手术,不是吗?我知道他在手术中没有因为疼痛而发出过一次呻吟。我决心以我父亲为榜样,既不吐露一句话,也不发出一声叫喊。

审讯官命人搬来一把椅子,坐到我的身边,他用一种和蔼劝说的语气,对我说了一段话,大概是以下这番说辞:"我亲爱的孩子,我可爱的孩子,你要感谢上天把你指引到这个地牢里来。不过请告诉我,你为什么在这里?你犯了什么罪?坦白吧!让忏悔的泪水尽情流淌吧!什么?你不开口?哎,我的孩子,你错了,我们并不进行审问,那不是我们的手段,我们会让犯人自己招供。这种招供,虽然有时是被迫的,但也不无价值,尤其是在能让犯人揭发同党的时候。什么?你还是不开口?你真是自讨苦吃啊!让我们来提醒你一下,你是否认识两个来自突尼斯的公主?或者更准确地说,是两个恶名昭著的巫婆、两个遭人嫌恶的吸血鬼、两个化身为人的魔鬼?既然你还是默不作声,来人,把那两个路西法①宫廷的公主带进来。"

这时,我的两位表妹被带了进来。她们和我一样,也被反绑了双手。

审讯官接着说:"我的孩子,你认识她们吗?你还是不开口!亲爱的孩子,我接下来要说的,希望不会吓到你。我们准备给你点苦头尝尝。看到那两块木板了吗?我们会把你的双腿放到两块板中间,然后再用绳子绑紧。接着再把这些楔子放到你的两腿之间,用锤子捶打下去。一开始,你的双脚会肿胀起来,接着,鲜血会从你的脚趾尖上喷涌而出,所有的脚指甲都会脱落。然后,你的脚底会崩开,混合着脂肪的模糊血肉会从脚底流出,那时你会感到剧痛无比的。看来你还是不愿开口啊。不过我刚才所说的还只是一般的刑罚,等你疼晕过去,我们会用这些瓶子里的各色药酒把你弄醒。待到你醒转过来,我们会把这些小楔子取走,换上更大的楔子。第一锤下去,你的膝盖和小腿就会碎裂。再来第二锤,你的整条腿都会裂开,骨髓和鲜血会喷涌到地上。你还是不愿意招供?好吧,来人,用刑。"

行刑者们抓住我的双腿,把它们固定在两块木板之间。

"你还不肯说吗?把楔子放进去!还不说?准备落锤!"

就在这千钧一发之际,外面传来一声枪响,艾米娜呼喊道:"噢,穆罕默德,我们得救了!佐托来救我们了!"

果然,只见佐托和他的队伍冲进牢房,赶跑了行刑者,又把审讯官拴在地牢墙上的一个铁环上,并为两位摩尔公主和我松了绑。公主们的双臂刚解放,就紧紧拥抱了我。人们费了好大劲才把我们拉开。佐托

---

① 译注:Lucifer,基督教传说中的堕落天使。

第四天

让我上马,走在队伍的前头,并保证他稍后会把两位女士护送过来。

护送我的这支先头队伍,由四名骑士组成。破晓时分,我们来到一个非常荒凉的地方,那里有几匹新马供我们替换。换马之后,我们便沿着积雪的山脊,一路骑进了高山深处。

将近下午四点的时候,我们在几个岩洞边下马,准备在这里过夜。我很庆幸能在夜幕降临之前到达这里,因为眼前的风景实在是太壮丽了,特别是对我这样一个只见过阿登山区和西兰省①的人来说。我俯瞰着广袤的格拉纳达平原,也就是当地人所戏称的"我们的小草原"¹。整个平原一览无遗,我可以看到它的六座城镇和四十个村庄,看到蜿蜒的赫尼尔河,急流从阿尔普哈拉斯的群山间奔腾而出,还能看到果园、灌木林、房舍、花园和许多农场。一眼就能望到这么多美丽的景致,我不禁沉醉在这视觉的盛宴之中,感觉自己全心全意爱上了大自然。表妹什么的早被我抛在脑后,不过她们很快就坐着驮轿出现了。

她们坐到洞中的石板上稍事休息,接着我对她们说:"女士们,奎玛达旅馆的那一夜款待我十分受用,只是那一夜结束的方式,让我感到很不妥当。"

艾米娜回答:"亲爱的阿方索,我们除了给你带来美梦之外,并没有做任何别的事。而且你有什么可抱怨的呢?这不是证明你超凡勇气的好机会吗?"

"什么?"我回答,"有人想测试我的勇气吗?要是被我知道了他是谁,我一定要和他决斗,披着斗篷也行,用手帕堵着我的嘴也行。②"

---

① 译注:荷兰的十二个省之一,位于荷兰本土西南部。
② 译注:指"接受任何形式的决斗"。

艾米娜回答："我不明白你说的斗篷和手帕是什么意思。有一些事我确实不能告诉你,也有一些事我自己也不知晓。我只是按照我们族长的指令来行事,他是马苏德族长的后人,知晓卡萨·戈麦雷斯城堡的所有秘密。我所能告诉你的就是,你是和我们血缘非常近的亲戚。你的外公格拉纳达大法官,他还有一个儿子,也就是你的舅舅。他天资聪慧,信仰了穆斯林的宗教,并迎娶了时任突尼斯地方长官的四个女儿。这四个女儿中,只有最小的那个为他诞下了后代。这个四女儿就是我们的母亲。在祖贝达降生后不久,我们的父亲和他另三位妻子都死于一场席卷巴巴利海岸的瘟疫。不过我们别再继续说这些了,这些事情你日后自会了解的。让我们来聊一聊你本人,还有我们对你的感激或者说对你勇气的崇拜吧!你在面对刑具的时候,眼神是多么坚定啊!你忠实地守护了自己的誓言!亲爱的阿方索,你比我们族中所有的英雄都更勇敢,我们两个现在都属于你了。"

祖贝达先前任由她姐姐讲述严肃的话题,不过当话题转到感情方面时,她立刻加入了进来。简而言之,我得到了无尽的夸赞和爱抚,令我心满意足。黑人女仆们备好了晚餐,佐托则亲自为我们端菜,对我们毕恭毕敬。随后,黑人女仆们在一个洞室里,为我的两位表妹准备了还算舒适的床铺。我自己则睡在另一个洞室里。这一晚我们都休息得很好。

原注:

1 la nuestra vegilla:我们的小草原。

第五天

第二天,我们的队伍很早就出发了。我们下了山,绕进狭窄深邃的峡谷中,这些峡谷更像是深沟,仿佛通向地球的深处。峡谷在山脉间纵横交错,犹如迷宫。身处其中,根本不可能保持方向感,我从始至终都没有辨别出我们走的是哪个方向。

我们就这样走了六个小时,最终来到一个荒凉破败的小镇。佐托让大家都下马,他把我带到一口井边,对我说:"阿方索先生,请您看一眼这口井,并谈一下您的看法。"

我回答说,我看见里面有水,因此判断这是一口水井。

"好吧,"佐托说,"那您就错了,因为这是通向我官殿的入口。"

说到这里,他把脑袋伸进井中,并喊了一句什么。我看到一侧井壁上高出水面几尺的地方,突然伸出了一块厚木板。紧接着,两个武夫模样的人一前一后从开口处走了出来。等他们爬出井口时,佐托对我说:"阿方索先生,我有幸向您介绍我的两个兄弟,西西奥和墨莫。您也许在某处的绞刑架上见过他俩的尸首。不过他们本人都健康着呢,他们会永远忠诚地服侍您,因为我们三兄弟都效忠于伟大的戈麦雷斯族长,接受他的雇佣。"

我回答说:"非常高兴能认识这两兄弟,你们的兄长刚刚救我于水火之中。"

我们所有人都准备好了要下井。有人拿来了绳梯,我的两位表妹下井动作之轻盈,出乎我的意料。我跟在她们后面下了井。来到木踏板上之后,我们发现一侧井壁上有一个小门,必须躬身才能通过。进门之后,我们看到一道宽敞的楼梯,是在岩石里修出来的,并有灯光照明。我们向下走了两百多级台阶,最终来到一个地下宅邸中,这里有许多个房间和厅堂,厅里的墙面上都覆盖着软木,起到防潮的作用。我后来去过里斯本附近的辛特拉修道院[1],那里也有类似的软木墙面,因此也被称作"软木修道院"。

此外,佐托的地下宅邸中还精心设置了多处火炉,使得室内的温度十分宜人。他的队伍所用的马匹都散放在四周的野地里。但如有需要,经由另一个峡谷里的入口,这些马匹也能被运进这个地下宅邸。马匹有专用的升降装置,不过很少使用。

"所有这些奇迹都归功于戈麦雷斯家族,"艾米娜告诉我说,"他们统治这片区域的时候,开凿了这些空间,或者更准确地说,他们是在原有基础上完善了开凿工程。在戈麦雷斯家族攻入阿尔普哈拉斯山区之前,这里的异教徒原住民已经开凿了大片的地下空间。资深的历史学家们声称,这里是古典时期的巴埃提卡[①]行省的纯金矿场所在地,而古代先知们曾预言,这整片地区有朝一日将回到戈麦雷斯家族的手中。阿方索,你有何看法?这将是多么巨大的一笔财富啊!"

艾米娜的这番话在我听来过于功利,我也把这个想法实言相告。然后我便转换了话题,询问她接下去的行程计划。

---

① 译注:罗马帝国在西斯班尼亚(现伊比利亚半岛)的三个行省之一。

艾米娜回答说，就现在的情形而言，她和妹妹不能继续在西班牙久留了。不过她们准备再休整几天，直到航行事宜全部安排妥当。

午餐非常丰盛，摆满了大量的鹿肉和蜜饯。三兄弟十分殷勤地服侍我们用餐。我对两位表妹说，世界上再找不到比他们更热心的吊死鬼了。艾米娜十分认同，她转而对佐托说："你和你的兄弟们一定经历过奇异的冒险，我们很想听听你们的故事。"

在一番盛情邀请之下，佐托坐到我们身边，讲起了以下这个故事。

佐托的故事

我出生在贝内文托公国的首府贝内文托城①。我的父亲也叫佐托，是一名手艺精湛的兵器工匠。但是由于城里的另两名兵器工匠名声更响，我父亲的生意只能供全家人勉强糊口，也就是我父母和我们三兄弟。

我父亲结婚三年后，我母亲的一个妹妹嫁给了一个名叫鲁纳多的油料商人。作为结婚礼物，鲁纳多送给妻子一对金耳环和一条金项链。从妹妹的婚礼上回来之后，我母亲郁郁寡欢。我父亲询问她缘由，但她一直都不肯说。最终她承认了自己是被嫉妒心所折磨，希望能和她妹妹一样，拥有那样的一对金耳环和一条金项链。我父亲没有

---

① 译注：Benevento，现为意大利南部城市。

说什么，只是想到了自己那把雕工精美的猎枪，以及配套的两把手枪和相同工艺的猎刀。这把猎枪一次装弹可以连续击发四次，我父亲花了四年时间才制作完成，他估计这把枪价值三百那不勒斯金盎司[①]。他把这一整套兵器卖给了一个收藏者，结果只卖了八十金盎司。他用这笔钱为我母亲购买了她所渴望的首饰。我母亲当天就跑到她的妹妹那儿炫耀了一番。她的耳环似乎比她妹妹的略大一些，这让她好不得意。

然而一周之后，鲁纳多的妻子来看望我母亲，她的头发编成了发辫，盘绕起来，并用一根金发簪固定发型，发簪的顶端有一朵金丝细工制作的玫瑰，内嵌一颗小型红宝石。这朵金玫瑰仿佛是扎在我母亲心头上的一根尖刺。她重新变得郁郁寡欢，直到我父亲答应送她一支类似的金发簪。可是我父亲已经没钱了，也没什么东西可变卖了，而这样的一支发簪值四十五金盎司，他陷入了和我母亲之前一样的郁郁寡欢的状态。

就在这时，有一位当地的义士来找我父亲，他名叫格里诺·莫纳迪，来拜托我父亲帮他清洁枪支。看到我父亲愁眉不展的样子，莫纳迪询问出了什么事，我父亲便说出了原委。莫纳迪思索了一会儿，对我父亲说："佐托先生，也许你还不知道，其实我欠你一个人情。几天前，在通往那不勒斯的路上，有个人被害之后横尸路旁，而他身上碰巧插着我的匕首。警察拿着这把匕首前去询问了所有兵器工匠，而你仗义地作证说并不认得这把兵器。其实这匕首是你制作并卖给我的，如果你照实说了，恐怕我就会陷入窘境。这里是你所需要的四十五金盎司，如果你还需要更多，我的钱包随时向你敞开。"

[①] 译注：一种黄金货币。

我父亲感激地收下了这份好意,并用这笔钱购买了一支缀有红宝石的金发簪。我母亲收到之后,果然马上又跑去她的妹妹家里炫耀了一番。

我母亲回到家后,确信鲁纳多夫人很快就会戴着新首饰来回访的。但是她的妹妹有另外的打算,她决定要雇一个小跟班,让他穿着贵族侍从的制服陪她去教堂。她把这个想法告诉了自己的丈夫。鲁纳多本是一个非常吝啬的人,他在购买金饰时毫不犹豫,是因为他觉得金饰是一种保险的投资,无论放在他妻子头上,还是放在自己的金库里,都是一样的。但说到要雇佣一个可怜虫,让他陪在自己妻子的长椅边站一个小时,还要为此花费一个金盎司,这是绝不可想象的,可是耐不住鲁纳多夫人无休止地胡搅蛮缠,他最终决定自己来当这个穿华丽制服的小跟班。鲁纳多夫人觉得由自己的丈夫来扮这个角色倒也无妨,于是决定下一个星期天就带上这个时髦跟班,去教区里亮个相。邻居们看到这种行为艺术,都免不得要指指点点,不过我的小姨认为,她们这是吃不到葡萄就说葡萄酸。

当她来到教堂门前的时候,周围的乞丐们纷纷起哄嘲笑,并用他们的方言大喊道:"快来瞧瞧鲁纳多,他正在给自己的老婆当跟班!"

不过乞丐们也不敢过于放肆,并没有阻挠鲁纳多夫人进入教堂。在教堂里,她获得了各种尊贵的服务,有人把圣水递到她面前,并请她在长椅上就座。而与此同时,我的母亲却没有得到任何关照,只能和一群底层妇女站在一起。

回到家后,我母亲找出我父亲的一件蓝色外套,并在袖子处用黄色布片加以装饰,这些布片来自一个强盗以前用过的子弹带。我父亲见此情景吃了一惊,连忙问她要干什么。我母亲把她妹妹的事情讲给了我父亲听，并描述了她丈夫如何唯命是从、如何身穿着跟班制服跟在她后面。

我父亲严正地说，他绝不会学这个样。不过到了下一个星期天，他还是花一个金盎司雇了一个小跟班，让他跟随我母亲去教堂。在教堂里，我母亲比鲁纳多夫人上周的风光更甚。

就在这天的弥撒结束后，莫纳迪来找我父亲，并对他说："我亲爱的佐托，关于你妻子和她妹妹之间的长期拉锯战，我都听说了。如果你听之任之的话，你这辈子都不会幸福的。现在摆在你面前的有两条路：要么你把妻子打一顿；要么你得换一种营生，能满足她奢侈生活的那种。如果你选择第一条路，我可以送你一根榛木棒，我妻子还活着的时候，我就使用过这种方法。榛木棒有很多种，其中有一类，当你握住棒子两端，在手中旋转起来，它就会指引你找到地下水或是宝藏。我要送给你的这根，并不具备这种魔力。但是当你握住其中一端，把另一端的力施加在你妻子的肩膀上时，就保证能治好她心血来潮的毛病。但是如果你想选择第二条路，以满足她高不可攀的梦想，那么我可以把你引荐给全意大利最勇敢的一群人。他们常常在贝内文托城相聚，因为这是个边境城市。你应该已经明白我的意思了，好好考虑一下吧！"

说完这些，莫纳迪把一根榛木棒留在我父亲的工作台上，然后就离开了。

与此同时，我母亲结束弥撒后正在大街上炫耀她的跟班，还领着他去了好几个朋友的家里。最后她得意扬扬地回到了家，却没料到我父亲会用什么样的方式迎接她。他用左手抓住她的左胳膊，要实践莫纳迪提议的方法。眼看到母亲晕了过去，我父亲连忙对着榛木棒咒骂起来，并请求母亲的原谅。在得到原谅之后，他与母亲又和好如初。

几天之后，我父亲找到莫纳迪，告诉他榛木棒并没有发挥预期的效果，又说道，他愿意为莫纳迪提及的那群勇士们效劳。

"佐托先生，"莫纳迪回答，"这让我有点吃惊，你都没有胆量对妻子施加一丁点的惩戒，却愿意去路边树丛里伏击过往的行人。不过凡事皆有可能嘛，人心是复杂矛盾的，所以这也没有什么稀奇。我愿意将你引荐给我的伙伴们，但在这之前，你必须要先杀一个人。所以，请你每晚收工之后，带上一把长剑，腰间别一把匕首，在圣母院大门附近招摇地来回走动。这样一来，也许你就有活可干了。再见，愿上天保佑你行动顺利。"

我父亲照着莫纳迪的话做了，很快他就发现，有好几个与他打扮相似的绅士，还有当地的警察们，都在心照不宣地向他致意。

在这样招摇了两个星期之后，有一天，一个衣着体面的男子过来与我父亲搭讪，并告诉他说："佐托先生，请收下这十一个金盎司。半小时后，你会看到两个年轻绅士从这里经过，他们的帽子上都插着白色的羽饰。你要跟在他们后面，假装有秘密口信要带给他们，你可以小声问：'哪一位是菲尔特里侯爵？'其中一个人会回答说：'我是。'这时你要一刀刺进他的心脏。另一个年轻人是个胆小鬼，一定会落荒而逃的。确保菲尔特里已死之后，你不要去教堂寻求救赎，而是要平静地回到家里。我随后会登门拜访的。"

我父亲严格遵照指令完成了这个任务。他一到家，就看到委托任务的那个陌生人也来到了家里。

"佐托先生，"他对我父亲说，"感谢你为我所做的事。这个钱包里有一百个金盎司，请你自己收下。另一个钱包里也有一百个金盎司,请在第一个执法警官上门的时候,把那个钱包交给他。"

说完这些,陌生人就离开了。

果然,警察总管很快就来找我父亲了,我父亲立刻将预备好的那一百个金盎司交给了他。为此,警察总管邀请我父亲去他家,与他的朋友们共进晚餐。他们来到公共监狱后方的一个宿舍楼,原来他的朋友们是狱卒和监狱神父。我父亲略显惊慌,毕竟他刚刚才平生第一次杀了人。

神父注意到他苦恼的神情,便对他说:"别这样,佐托先生,你不必伤神。教堂里做一次弥撒,只需要花费十二个塔罗①的钱。我听说菲尔特里侯爵被杀了。如果你愿意做二十场左右的弥撒,让他的灵魂得到安息,你还能获得彻底赦免。"

之后,晚餐进行得非常愉快,没有人再提起之前所发生的事情。

第二天,莫纳迪来找我父亲,并赞扬了他的行事风格。我父亲想把之前的四十五个金盎司还给他,佀莫纳迪却说:"佐托,你这是在伤害我的感情。如果你再提起那些钱,就等于是在责怪我给得不够多。我的钱包就是你的钱包。你已经赢得了我的友谊,我不再向你隐瞒,我本人正是之前提到的那支队伍的首领。这支队伍里的成员都是最忠勇正直的人。如果你愿意加入我们,就请去布雷西亚②买一些来复枪筒,然后到卡普亚③与队伍会合。你可以先住在金十字旅馆里,其他的事情我们自会安排妥当。"

我父亲三日之后就启程了。他的这次征程战果辉煌,且收益相当

---

① 译注:1塔罗=1/70金盎司。
② 译注:Brescia,紧邻意大利北部城市米兰。
③ 译注:Capua,意大利南部古城。

丰厚。

虽然贝内文托气候温和,但我父亲还没有完全适应这份新事业的艰辛,因此他决定,不在寒冷的季节外出征战。冬季里,他就在家陪伴家人,而我的母亲每个星期天都能拥有一个跟班,她的黑色外套上点缀着金质的搭扣,连她的钥匙环都是纯金打造的。

春天到来后的一天,一个陌生侍从在街上找到我父亲,请他跟随自己前往城门口。一位年长的绅士正等候在那里,还带着四个骑马的随从。

绅士开口说:"佐托先生,这个钱包里有五十个西昆[①]。如果你愿意蒙上双眼,随我去附近的一个城堡,我将不胜感激。"

我父亲答应了他。在经过迂回盘绕的长途跋涉之后,他们到达了老绅士的城堡。人们把我父亲带上楼梯,并取走了蒙眼布。他看到面前的椅子上绑着一个蒙面的女人,她的嘴也被堵上了。

老绅士对他说:"佐托先生,这里另有一百个西昆,请你结果了我妻子的性命。"

我父亲却回答:"先生,你误会我了。我可以在街角或树丛里守候伏击,因为这些都属于英雄的义举。但我并不是一个行刑的刽子手。"

说完这些,我父亲把两个钱包都丢在这个想要报复妻子的丈夫面前。老绅士也不再强求,只是命人把我父亲的眼睛再次蒙上,并把他送回了城门口。这一高贵无私的举动为我父亲赢得了极高的声誉。而之后他所做的另一件事,更加令他广受赞誉。

---

① 译注:1西昆约为2/3金盎司。

贝内文托城里有两位绅士，一位是蒙塔托伯爵，另一位叫塞拉侯爵。蒙塔托伯爵叫我父亲过去，让他去刺杀塞拉侯爵，并许诺给他五百个西昆的报酬。我父亲接受了任务，不过还需要一些时间准备，因为他知道侯爵的戒备非常森严。

两天后，塞拉侯爵把我父亲叫到一个偏僻地点，并对他说："佐托，这个钱包里有五百个西昆，这些都给你，请你以荣誉起誓，你会杀掉蒙塔托伯爵。"

我父亲接收了钱包，并回答："大人，我可以以荣誉起誓，我会杀掉蒙塔托伯爵。但我必须告诉你，我也同样向他起誓过，要把你杀掉。"

塞拉侯爵大笑："我相信你不会这么做的。"

我父亲则严肃地回答："很抱歉，大人，我既然已经发过誓，就必然要遵守。"

塞拉侯爵向后躲闪，并拔出了佩剑。而我父亲则从腰带上拔出手枪，击碎了塞拉侯爵的脑袋。他随后找到蒙塔托伯爵，告诉他他的敌人已经被除掉了。蒙塔托伯爵拥抱了我父亲，并给了他五百个西昆。我父亲随后略带尴尬地告诉他，在塞拉侯爵被杀之前，也曾给了他五百西昆，让他来除掉蒙塔托伯爵。

蒙塔托伯爵于是说，他很高兴比对方抢先了一步。

"大人，"我父亲回答，"这事没有什么先来后到，我只是要谨守自己的誓言。"

说完这些，他用短剑将蒙塔托伯爵刺倒。蒙塔托伯爵倒地的时候发出一声惨叫，他的随从们应声而至。我父亲用短剑护身摆脱了这些人，然后逃到山里，找到了莫纳迪的队伍。队伍里的勇士们纷纷赞扬他这种严守荣誉誓言的行为。我可以向你们保证,这些事迹如今仍在口口相传,在将来很长一段时间里,还将是贝内文托城中的一段佳话。

佐托的故事讲到这里时,他的一个兄弟过来告诉他说,备船的事情需要征求他的意见。他于是起身,请我们允许他第二天再继续讲他的故事。但他的故事让我沉思良久。他不断赞扬那些强盗的荣誉感、细致和正直,可是在我看来,对这些强盗处以绞刑都算轻的了。他理所当然地说着这些赞美之词,完全没觉得有什么问题,这让我深感困惑。

艾米娜看出了我的困惑之情,问我是怎么回事。我回答说佐托父亲的故事,让我想起了两天前一位隐修者对我说过的话,他说,美德应该建立在比荣誉感更坚实的基础上。

"亲爱的阿方索,"艾米娜回答,"你要尊重这位隐修者,相信他所说的话。你的一生里还会多次遇到他。"

之后,两姐妹就起身,和黑人女仆们一起返回了她们的内室。说是内室,其实就是这个地下宅邸里为她们留出的一个空间。她们到晚餐时分才出现,吃过晚饭以后,大家就各自休息了。

等到地下空间里完全安静下来之后,艾米娜来到我的房中,她一手拿着一盏烛灯,犹如普赛克①一般优雅,另一只手牵着她的妹妹,祖贝达此刻简直比爱神维纳斯还要美。我的床能够容纳她们二人同时坐下。

接着,艾米娜对我说道:"亲爱的阿方索,我曾对你说过,我们是属于你的。我们今天这样未经允许的行事,但愿能得到伟大族长的原谅。"

---

① 译注:Psyche,罗马神话中的灵魂女神。

"美丽的艾米娜，"我回答，"我也要请求原谅，因为如果这是对我美德的又一次考验，我恐怕自己经受不起这样的考验。"

"这一点我早就料到了。"这位非洲女子回答说。她牵起我的手，把它放在自己的后腰上，我摸到一条腰带，虽说它与维纳斯的丈夫伏尔甘所精心制作的"维纳斯之带"[①]十分相似，但却与维纳斯本人的节操毫无关系。解开这条腰带的钥匙并不在两位表妹的手中，至少她们是这样说的。

既然守卫纯真的最后一道关口得到了保障，两姐妹也就不再拒绝我探索其余那些美丽的领地。祖贝达回想起了和姐姐扮演情侣时的那些情节。艾米娜看着她的妹妹——曾经的虚幻情人，躺在我的怀中，仿佛也在这种甜蜜的凝视中获得了片刻欢愉和无限沉醉。她的妹妹如此娇弱，又如此热情，她用柔媚的轻触把我点燃，又用温柔的爱抚把我的身体穿透。我们就这样度过了一段迷人的时光，一起漫无边际地设想着未来的安排，就像所有的年轻人一样，同时品尝着眼前的甜蜜和对幸福未来的憧憬。

最终，两位表妹美丽的眼睑被困意所压倒，她们回到自己的房间去休息，剩下我独自一人。这时，我不禁想到，明早我可能又会在绞刑架下醒来，那可就太惨了。我嘲笑自己的多虑，却又难以释怀，直到睡意将我带入梦乡。

原注：

1 即建成于1560年的圣十字修道院。

---

① 译注：古代欧洲妇女被迫使用的贞操带的神话起源。

第六天

我被佐托叫醒，他说我睡了很久，现在已经是午饭时间了。我赶紧穿戴整齐，来到餐厅，两位表妹已经在那里等我了。她们继续对我眉目传情，似乎还沉浸在昨夜的回忆里，也许连饭菜是什么滋味都没有品出来。餐桌收拾好之后，佐托与我们坐到一起，继续讲述起他的故事。

佐托的故事（续）

我父亲投奔莫纳迪队伍的那年，我大约七岁。我记得我母亲和我们三兄弟都被关进了牢房，不过这只是走个形式。由于我父亲一直不断地向执法警官输送善意，警察并没有怎么为难我们，很快就宣布我们与父亲的罪行并无勾连。

警察总管本人特别照顾我们，甚至还缩短了我们的监禁期。获释回家之后，我母亲得到了邻家妇女们的热烈欢迎。因为在意大利南部，侠盗是民众追捧的英雄人物，就像西班牙的走私团伙一样。我们三兄弟也受到了大家的尊重，尤其是我，更是被誉为我们这条街上的淘气小王子。

大约在这时，莫纳迪死于一场巷战，我父亲接过了队伍的指挥权。他新官上任，准备干一票大的，于是选择埋伏在通往萨勒诺①的路边，准备伏击西西里总督的运钞车。伏击虽然成功了，但我父亲的背部被滑膛枪击伤，再也不能继续他行侠仗义的事业了。他告别队伍的场景十分感人，甚至有人说几个侠盗都流下了眼泪。我原来不太相信侠盗也会哭，直到我也有了感同身受的经历，那是因为我刺死了自己的爱人。关于这一点，我之后会详细讲到的。

侠盗队伍很快就解散了，有一些人在托斯卡纳被抓获，并被处以绞刑，另一些人则投奔了在西西里声名鹊起的泰斯塔伦加¹。我父亲则穿越海峡，逃往墨西拿，在山间的奥古斯丁教派修道院里寻求庇护。他将自己的积蓄都交给了神父们，并做了一次公开忏悔，之后便在修道院里安顿下来。那里的生活相当惬意，他可以在修道院的花园和院子里自由自在地散步。修道士们给他送来菜汤，有时也会帮他去附近的小饭馆点几个菜，一位杂务修士甚至还义务帮他包扎伤口。

据我推测，我父亲之前可能常把大量的钱财寄回家，因为我们家的生活一直很宽裕。我母亲会去参加狂欢节，也会在大斋节期间制作圣诞微缩模型，她用玩具娃娃、糖果城堡和诸如此类的可爱物件来装点模型，这些物件在当时的那不勒斯王国风靡一时，是市民阶层的一种奢侈享受。我的小姨鲁纳多夫人家也有这种模型玩具，但远没有我

---

① 译注：意大利中南部坎帕尼亚大区第二大省萨莱诺省首府。

家的那么精致。

在我的记忆中,我母亲是个心肠很软的人,我常常见到她流泪,为我父亲身处险境而感到担心。不过只要她的风头能压过她妹妹或是邻居们,她的伤心又会消失无踪。模型玩具所带给她的满足感,是她在世间所享受的最后一丝欢乐。她不知为何染上了胸膜炎,得病后几天就去世了。

母亲过世之后,我们三兄弟无所依傍,还好狱卒先生向我们伸出了援手,他让我们去他家暂住了几天,又帮我们找了一个骡夫。我们跟着骡夫横穿整个卡拉布里亚地区①,在两周之后终于到达了墨西拿。我父亲已经得知妻子过世的消息,他无比慈爱地迎接了我们,把我们的床铺安排在他的床边,并带我们认识了修道士们。我们成了修道院中的辅祭,主要负责为弥撒活动服务,还有熄蜡烛、点灯等工作。不过除此之外,我们仍旧是那三个贝内文托的淘气包。每次喝完修道士的菜汤之后,我父亲会给我们每人一个塔罗,让我们去买板栗和脆饼吃。我们会跑到码头上去玩耍,直到夜幕降临了才回去。我们就这样过着小流浪汉般的自由自在的生活,直到有一天,发生了一件事情,彻底改变了我的生活。这件事我现在回想起来,还是气愤难当。

那是一个星期天,就在晚祷之前,我刚回到修道院,口袋里装着满满的板栗,那是我买给自己和弟弟们吃的。正当我分板栗的时候,一架华丽的马车驶了过来。六匹白色骏马拉着这辆马车,前头还有另外两匹未牵绳的白马在为马车开道。这样奢华的配置,我只在意大利见过。马车门打开了,首先下车的是一个贵族侍从,接着,一位美丽

---

① 译注:现意大利那不勒斯以南的一个大区。

的女士搭着他的手臂下了车，随后下车的是一位神父和一个与我年纪相仿的男孩。这男孩面貌俊美，穿着一身匈牙利式样的华美服装，这是当时上流社会风行的儿童装扮。他的冬季外套是蓝丝绒质地的，上面绣着金线，还有紫貂皮装饰。外套长过他的膝盖，就快要盖住他那浅棕色的摩洛哥革皮靴了。他的帽子和外套一样，也是蓝丝绒质地的，上面也有紫貂皮装饰。从帽子顶端垂下来一缕珍珠流苏，直垂到他一侧的肩膀上。他的腰带上系着金色流苏和金线，上面别着一把迷你佩剑，佩剑上缀满了珠宝。就连他手中的祈祷书上，也贴着金质的裱褙。

看到这样一个和我年纪相仿的男孩，衣着如此华丽，我感到十分惊奇，于是没有怎么多想，就径自走到他面前，递给他两个板栗。我本指望他回馈这个善意的举动，没想到这个卑鄙的小坏蛋竟然举起他的祈祷书，狠狠地打在我脸上。我的左眼被打出了严重的淤青，祈祷书的搭扣还钩住了我的鼻孔，在上面撕出一道伤口，立刻血流不止。现在回想起来，当时我好像听到了那个小少爷的号啕大哭，但我已经意识模糊了。等我清醒过来时，发现自己被抬到花园里的泉水旁，我父亲和弟弟们围在我身边为我擦脸，并努力想把血止住。

在我还血流不止的时候，那个小少爷回来了，后面还跟着神父、贵族侍从和两个男仆，男仆手里还拿着几根棍子。贵族侍从简短地宣告了罗卡·菲奥丽塔公主大人的命令，要将我打到流血，以示惩戒，因为我吓到了她亲爱的儿子、她的小王子。那两个男仆立刻动起手来，对我用刑。

我父亲一开始不敢作声，因为他担心会因此而失去修道院的庇护。可是后来，看到我被这样无情地责打，他再也不能控制自己了。

他去找那个贵族侍从理论,声音里再也压不住满腔的怒火:"马上停手,像你们这种人,我曾经杀过十来个!"

贵族侍从听懂了他话里的意思,命令手下不要再打我了。然而,正当我还脸朝下倒在地上的时候,小王子竟然过来一脚踢在我脸上,还说:"真可恶,你这个小强盗!"

这最后一句侮辱让我怒不可遏。可以说从那时起,我的童年就结束了,或者说,从那时起,我再也感受不到童年的快乐了。接下去的很长一段时间里,我只要一看到衣着光鲜的人,就会克制不住怒火。

复仇一定是我们国家的原罪,虽然我当年只有八岁,但心里终日只想着一件事,就是怎样报复那个小王子。夜里我会从梦中惊醒,在梦里,我揪着他的头发,拳头像雨点一样落在他身上;白天我则会想办法怎样从远处伤害到他。因为我觉得自己没有机会再接近他了,而且我也要准备好退路,以便及时逃跑。最后我决定,要远远地把石块扔到他脸上,这也算是我的一个拿手本领。为了提升自己的水平,我每天都要找靶子练习,一练就是一整天。

有一次,我父亲问我为什么要练这个。我告诉他,我准备打烂小王子的脸,然后逃离现场,去当一个侠盗。我父亲先是露出难以置信的表情,但后来还是给了我一个赞许的笑容,这使我的决心更加坚定了。

最后,我的复仇之日终于到来了。那是一个星期天,我看着小王子的马车停下,里面的乘客一一下车,我非常紧张,但还是控制住了自己的情绪。我的小冤家在人群里发现了我,还对我吐了吐舌头。我把手里的石块朝他丢去,他应声倒地。我当即逃离现场,一刻也不敢停顿,一口气跑到了城镇的另一头。在那里,我遇到了一个熟人,他是一个年轻的烟囱清扫工。他问我要去哪里,我便告诉了他我的所作所为。他立刻带我去见了他的师父,这位师父正好缺少学徒工,因为这项工作太辛苦了,男孩们都不愿意干。他很欢迎我的到来,并告诉我说,当我的脸上满是煤灰的时候,没有人能认得出我来。他还补充道,攀爬烟囱是一项非常实用的技能。他的话一点没错,这项技能后来多次救了我的命。

刚开始的时候,烟囱灰和煤炭味让我难以忍受,不过我很快就习惯了,毕竟像我这个年纪的孩子,适应能力是很强的。我就这样当了六个月的烟囱清扫工,直到一场冒险降临到我的生活中。

当时我正在屋顶上侧耳倾听,分辨我师父的叫喊声是从哪个烟道传出来的。我感觉他正在最近的一根烟道下方叫我,于是就爬下这根烟道,结果发现烟道在屋顶下方有一个分岔。我本应该高声叫喊,确定师父的位置,但我并没有这么做,而是鲁莽地随便选择了一条岔道。等我滑到底的时候,发现自己进入了一间漂亮的客厅。而我首先看到的竟然是小王子,他只穿着一件衬衫,正在玩羽毛球。

这个小傻瓜以前应该见过烟囱清扫工,但他还是把我当作了魔鬼。他跪在我面前,乞求我不要把他带走,又保证说会做一个乖孩子。他的恳求简直快要打动我了,但我手里握着清扫烟囱的扫帚,特别想让它发挥作用。虽然小王子用祈祷书打我的仇,我已经报了,命令男仆打我的仇,也已经报了一部分,但他在我脸上踢的那一脚,还有那句"真可恶,你这个小强盗",却还让我恨意难消。而且说到底,作为那不勒斯人,我们的报复强度往往会超出原本所受的欺负。

于是我从扫帚上拔下一把枝条,撕开小王子的衬衫,让他的脊背裸露出来,然后把他抽打得皮开肉绽,至少是给了他一份深刻的教训。稀奇的是,因为过于害怕,他竟然没有叫喊出来。

等我过足了瘾之后,就把自己的脸抹干净,并对他说:"你这个蠢货,我可不是魔鬼,我是奥古斯丁修道院的那个小强盗。"此时的小王子终于恢复了叫喊的能力,开始大声呼救。但我一刻也没有耽搁,迅速从烟道里爬了回去。

等我爬回屋顶时,听见了我师父喊我的声音,但我觉得没有回答的必要了。我从一个屋顶逃到下一个屋顶,一直逃到一排马厩的顶棚上,我看到下面有一辆干草车,便借助干草堆的缓冲,顺利回到地面。然后我一口气跑回奥古斯丁修道院的大门口,并把发生的一切都告诉了我父亲。

我父亲饶有兴趣地听完,然后对我说:"佐托,佐托,看来你一定会成为一名侠盗。"

接着,他转向身边的那个人说:"莱特里奥船长,请你带他一起走吧!"

莱特里奥是墨西拿地区特有的教名[①],它源于一个圣母来信的传说。据传,圣母给墨西拿的居民写了一封信,并将日期落款为"吾子降生后的第1452年"。墨西拿人对这封信的崇拜,不亚于那不勒斯人对圣雅纳略之血[2]的崇拜。我之所以说起这个细节,是因为在一年半之后,我向墨西拿的圣母做了一次祈祷,我一度以为那是我今生的最后一次祈祷。

言归正传,莱特里奥是一艘武装帆船的船长。他的船名义上是捕

[①] 译注:意大利语中,"莱特里奥"(Lettereo)与"信"(Lettera)的词根相同。

捞珊瑚用的，但其实是用来走私货物的，如果遇到好的时机，也会干一些海盗的营生。不过他不常当海盗，因为他的船上没有炮，只能在偏僻的海岸前突袭劫掠一些船只。

  这些事情在墨西拿并不是什么秘密，莱特里奥是在帮城里的大商人们进行走私，海关官员们也能从中捞到好处。此外，莱特里奥船长的短剑功夫十分了得，这也让人有所忌惮，不敢轻易找他的麻烦。船长的身材十分魁梧，胸膛和肩膀都比常人要壮实许多；他的相貌也十分奇特，胆小的人看到他，都不免心惊胆战。他古铜色的脸膛上布满火药烧灼的细小伤痕，土黄色的皮肤上则刻满了各种奇异的刺青。几乎每一个地中海水手的身上都有刺青，他们在手臂和胸膛上刺上字母、战船、十字架等图案。莱特里奥的刺青则更胜一筹。他的一边脸颊上刻着耶稣受难像，另一边则刻着圣母像。这些图案只能看到上半部分，因为下半部分都藏在了浓密的大胡子里。他从未刮过胡子，最多就是用剪刀胡乱修剪一下。此外，再加上金耳环、红色水手帽、红腰带、无袖外套、水手裤、裸露的手臂和双脚，还有装满金子的口袋，所有这一切都烘托出了船长的独特气质。

  听说他年轻时，曾是上流社会女士们的宠儿，同时在自己的阶层里也颇有女人缘，而那些可怜的丈夫们则深受其害。

  关于莱特里奥，还有最后一点值得一提的，就是他曾经有一个人品正直的好友，人称佩坡船长。佩坡和莱特里奥曾经一起在马耳他当过海盗，但后来佩坡决定为国王效力。而相比荣誉，莱特里奥更看重金钱，他为了发财可以不择手段，于是他成了自己昔日好友的死敌。

  至于我父亲，他在避难所里养伤的日子颇为无聊，而他的伤口似乎也不可能痊愈了，所以能结交到和自己一条道上的英雄好汉，让他非常高兴。他与莱特里奥成了朋友,在把我推荐给莱特里奥的时候,他确信对方是不会拒绝的。他预料得一点不错,莱特里奥甚至因为这一份信任而深受感动,他向我父亲保证说,我的见习训练不会像一般的船上学徒那么辛苦。他还告诉我父亲,由于我曾当过烟囱清扫工,所以不出两天就能学会攀爬船帆的绳索。

这个安排让我非常高兴,因为我觉得这份新工作似乎要比清扫烟囱更高贵一些。我亲吻了父亲和两个弟弟,与他们告别,然后兴高采烈地跟随莱特里奥上了他的船。登船之后,船长命令全体船员集合,船员共有二十人,相貌全都和船长神似。船长把我介绍给了大家,然后说道:"你们这些混账给我听好了,这是佐托的儿子,你们谁要是敢动他一下,我就弄死谁。"这番话的效果很明显,我甚至被允许和其他船员同吃同住。我注意到,船上的另外两个小学徒要为船员们服务,而且只能吃他们吃剩下的食物,于是我也学着他们这么做。船员们认可了我的行为,并因此更喜欢我了。而当他们看到我攀爬三角帆桁的风采时,都立刻表示赞赏。三角帆桁是三角帆船上替代主桁的部分,但是攀爬起来比主桁要危险得多,因为主桁大多是水平方向的。

我们扬帆起航,在三天后到达了博尼法乔海峡。这个海峡位于撒丁岛和科西嘉岛之间,这片海域里有六十多艘船正在捕捞珊瑚。我们也开始了捕捞,或者说是假装开始捕捞。不过我还是学到了很多本领,仅仅四天之后,我就能像船上最骁勇的水手那样游泳和潜水了。

一星期之后,刮起了格雷大风,吹散了此地的船只,这是地中海地区的一种东北强风,每艘船都竭尽所能地寻找避风港。我们的船在一个名叫圣彼得路的避风处停泊下来,这是撒丁岛海岸上一处荒凉的海滩。我们在那里遇到了一艘威尼斯三桅帆船,这艘船似乎在暴风雨中遭受了巨大损失。我们的船长立刻做出部署，我们的船停泊到紧靠商船的地方，他让部分船员躲到货舱里去，以营造出船上人少的假象。这个措施意义不大，因为大家都知道三桅帆船上的船员比其他船只要多。

莱特里奥仔细观察了威尼斯商船的情况，发现船上共有一个船长、一个大副、六个水手和一个学徒。他还注意到，对方的上桅帆受损了，已经被取下来修补，因为商船从不携带备用帆。情报收集完毕之后，他在随船划艇上安排了八条枪和八把刀，并用柏油帆布遮盖好，然后开始等待进攻的时机。

天气好转之后，对方船上的水手爬上中桅，准备展开帆布。但由于他们操作不当，他们的大副和船长不得已也爬了上去帮忙。就在此时，莱特里奥下令让划艇下水，并和七个水手一起上艇，悄悄地登上了对方的船尾。对方船长在主帆上高喊道："别过来，你们这些盗贼，别过来。"

莱特里奥用枪瞄准了他，威胁说谁敢爬下来就射死谁。对方船长看起来是个果敢的人，他跳到桅索之间，想下到甲板去，但在中途就被莱特里奥射中了。他落到海里，再也没有出现。

对方水手们都纷纷求饶，莱特里奥留下四个水手看守对方，自己则带着另三个水手去搜船。在船长室里，他发现了一只桶，像是用来装橄榄的那种。但是这只桶非常重，而且箍得非常仔细，他由此判断，里面装的可能不是橄榄。他把桶打开，欣喜地发现里面有几袋金子。有这样的收获他已经很满足了，于是下令撤退。进攻小分队回船之后，我们便扬帆起航了。在经过威尼斯商船船尾的时候，我们还讥讽地大喊道:"圣马可①万岁!"

五天后,我们到达了意大利的利沃诺②。船长马上带着两个人去拜访了那不勒斯领事,并冠冕堂皇地宣告说,他的船员与一艘威尼斯商船上的水手发生了争斗,有个人不小心把对方船长推落到海中。此时,橄榄桶里的一小部分货品也派上了用场,提高了这个故事的可信度。

莱特里奥对当海盗有着浓厚的兴趣,他原本应该会继续他的海盗行径,但在利沃诺,有人邀请他参与另一种不同的生意,于是他选择了后者。有一个名叫纳坦·列维的犹太人注意到,教皇和那不勒斯国王通过他们的铜币铸造生意大发横财,而他自己也想从中牟利,于是他做起了假币生意。他在一个名为伯明翰的英国城镇里铸造假币,等假币数量累积到一定程度时,他在一个小渔村里安排了一个代理人,这个名为拉里奥拉的渔村正位于罗马和那不勒斯之间,而莱特里奥的任务就是在那里运输和卸货。

这门生意的利润相当可观,一年多的时间里,我们往返多次运送这些教皇国和那不勒斯王国的钱币。我们本打算继续这么干下去,不过莱特里奥非常精于投机,他向那个犹太人建议说,还可以尝试伪造金币和银币。纳坦·列维采纳了他的建议,在利沃诺建了一家小工厂,用来伪造西昆和斯库多③这两种货币。这门生意的暴利,让政府当局眼红不已。有一天,莱特里奥正准备从利沃诺起航的时候,收到了一个消息,说是佩坡船长受那不勒斯国王之命,准备前来抓捕他,

---

① 译注:圣马可被认为是威尼斯城的守护神。
② 译注:意大利西部城市。
③ 译注:意大利16—19世纪的通行货币。

不过佩坡船长要等到月底才能出发。这则假新闻其实是佩坡的一条计谋,其实他早已出发航行四天了。莱特里奥落入了这个圈套,他觉得海上风向正好,再跑一单完全来得及,于是便起航了。

第二天,天刚亮,我们就发现自己被佩坡的小型舰队包围了,这支舰队由两艘两排桨帆船和两艘斯冈帕维亚轻便战船[①]组成,我们无路可逃。莱特里奥决心背水一战,他张开所有的船帆,全速向佩坡的舰船冲去。佩坡站在舰桥上,下令抵近我们的船只并登船。

莱特里奥举起枪瞄准,并击伤了佩坡的手臂。这一切都发生在短短几秒之间。

四艘敌舰很快就冲向我们,我们听到四面八方传来的叫喊声:"降旗投降吧!你们这些奸诈的恶棍!"

莱特里奥迎风调转船头,海水没过了我们的船舷。接着,他对船员们大声说:"你们这些混账给我听好了,我是绝不会去坐牢的。在最圣洁的墨西拿圣母面前,为我祈祷吧!"

我们全都跪了下来。莱特里奥拿起几颗铁弹放到口袋里。我们都以为他要把自己沉到海底去,没想到这个狡猾的海盗还另有打算。在迎风翘起的一面船舷上,绑着一个装满铜币的大桶。莱特里奥拿起一把斧子,砍断了绑桶的绳索。大桶立刻滚到了另一侧的船舷边,我们的船本来就侧倾了,这一下彻底翻了船。跪着的船员们全都摔进了船帆里,幸好借着帆布的弹力,我们都被远远弹到了另一侧的海面上,而没有被倾覆的船身所吞没。

佩坡船长把我们这些人从海里面捞起来,只有船长、一个水手和

---

① 译注:那不勒斯王国和西西里王国的一种长战船。

一个学徒不见了踪影。我们被拉上船之后，立刻就被绑了起来，扔进了船舱里。船队在四天后到达墨西拿。佩坡船长通知当地的官员说，他船上有一些他们感兴趣的东西，可以移交给他们。我们被押解下船的场面可谓盛大。当天正好是马里纳港的花车巡游节，城里所有的贵族都出来观赏了。我们心情沉重地跟在花车后面走着，前后都有警察在看守。

小王子也在围观的人群中，他一眼就认出了我，于是大声喊道："看，他就是奥古斯丁修道院的那个小强盗！"

他一边喊着，一边冲到我面前，揪着我的头发，还抓伤了我的脸。由于我的双手被绑在身后，只能任由他欺负。

这时，我想起了在利沃诺的时候，一些英国水手所耍过的绝招。于是我甩了甩头，朝着小王子的肚子顶了过去，把他顶翻在地。他愤怒地爬了起来，从口袋里掏出一把小刀，想要刺伤我。我躲开了刀尖，并伸脚绊了他一下，使他重重地摔在地上，还被自己手里的刀给割伤了。这时他的公主妈妈来到了现场，她还想让男仆再打我一顿，但警察们阻止了她的计划，并把我们押进了监狱。

对于船员的审判很快就宣布了，水手们被处以吊坠刑，然后都得在牢房里度过余生。至于我和另一个小学徒，由于我们都未成年，所以免于刑责。我一被释放，就立刻跑到了奥古斯丁修道院，可是并没有见到我父亲。看门的修道士告诉我，我父亲已经去世了，而我的两个弟弟都到一艘西班牙船上去当服务生了。我请求见一下院长，看门人便带我去了。我把我的经历全都告诉了院长，连顶撞小王子的肚子和把他绊倒的情节都没有漏掉。

可敬的院长慈爱地听我说完，然后对我说："我的孩子，你父亲过世前，将一笔不菲的钱财赠给了修道院。这笔钱是非法抢盗所得，所以你并没有权利继承，它现在归属于上帝，并将用在上帝的仆人身上。不过我们还是自己做主留下了少量的金子，把它们赠给了收留你弟弟的那位西班牙船长。至于你，我们不能继续留你在这里了，因为我们还是得尊重罗卡·菲奥丽塔公主的意思，毕竟她是一位慷慨的捐助人。不过，我的孩子，我们在埃特纳山脚下有一个农场，你可以去那里安然度日，度过你的童年。"

说完这些，院长叫来一位杂务修士，把对我的安排告诉了他。

第二天，我就跟着这位杂务修士出发了。我到达了农场并安顿下来。有时候，农场的人会派我去城里跑腿，都是一些和农事有关的杂活。每次进城，我都尽量避开小王子。可是有一次，我正在街上买板栗的时候，他正好路过，并认出了我，还让他的跟班打了我一顿。不久之后，我就乔装打扮潜入了他家，我本可以轻易地杀了他，直到今天我还在后悔当初没有这么做。但是当时的我对杀戮之事还没有开窍，只要能鞭打他一顿，我就已经很满足了。那几年里，我每隔几个月就会撞见他一次，他常常靠着人多势众来欺压我。终于，我长到了十五岁，虽然从年龄和心智上来说还是个少年，但我的力量和勇气已经和成年男子相当了。这也并不奇怪，因为海上和山中的空气都增强了我的体格。

我十五岁那年，第一次见到了勇敢可敬的泰斯塔伦加，他是西西里有史以来最光荣也最高尚的侠盗。如果各位想听的话，明天我会讲述他的故事，他的事迹一直留存在我的心间。不过现在，请允许我暂时离开，这个地下宅邸的管理事宜千头万绪，需要我亲自去监督。

第六天

佐托离开之后,我们讨论起了他的故事,每个人的评论也显示了各自的性格。就我而言,对于佐托所描述的那些勇士们,我承认自己不禁对他们产生了一丝敬意。艾米娜坚持说,只有当一项义举能够彰显美德时,这样的勇气才是可敬的。而祖贝达则说,一个十六岁的年轻侠盗,一定会有浪漫的爱情故事。

大家吃过晚饭后,便各自休息了。到了夜里,两姐妹又突然出现在我面前。

艾米娜对我说:"亲爱的阿方索,你能为我们做出一项牺牲吗?这件事对你自己比对我们更重要。"

"美丽的表妹,"我回答,"不必这么客气,我有什么可以效劳的,请你直说。"

"亲爱的阿方索,"艾米娜说,"你脖子上所挂的那个吊坠,你称之为真十字架残片的那个东西,让我们感到不安,甚至惊恐。"

"噢,关于这个吊坠,我们不必再讨论了,"我干脆地回答,"我答应过我母亲,会永远戴着它,而且我是一个信守誓言的人,这点想必你们也都很清楚了。"

我的表妹们沉默了一阵,生了一会儿闷气,不过很快就平复了心情。这一晚我们过得和前一晚差不多,也就是说,她们的腰带都安然无恙。

原注:

1 一个侠盗人物,在狄德罗的《布博内的两友人》一书中也出现过。
2 圣雅纳略,贝内文托主教,死于305年,据传他死后保存下来的凝固血液会每年三次化为液态。

第七天

第二天早上,我比前一天起得更早,见到两位表妹时,艾米娜正在读《古兰经》,而祖贝达则在试戴珍珠和首饰。我用温柔的爱抚打断了她俩的工作,这种爱抚与其说是暧昧的动作,不如说是同龄人之间友爱的表示。然后我们便一起吃了午饭。午饭过后,佐托来到我们身边,继续讲起了他的故事。

佐托的故事(续)

我答应过各位要讲述泰斯塔伦加的故事,那么今天我就来讲一讲吧!我的这位朋友,原本在埃特纳山山脚下的卡斯特拉谷过着安宁的日子。他有一个美丽的妻子。卡斯特拉谷是一位年轻王子的领地,这位王子到那里去视察时,领地里的主要臣民们都带上自己的妻子前往迎接,其中也包括泰斯塔伦加的妻子。臣民们带来自己美丽的妻子,原本只是表达敬意的一种形式,可是这位傲慢的年轻王子非但不领情,还毫不避讳地盯上了迷人的西诺拉·泰斯塔伦加。他不知羞耻地对她直言自己感官的反应,还把手伸进了她的上衣里面。当时她的丈夫正站在她身后,见此情景,他当即从口袋里掏出匕首,刺进了年轻王子的胸膛。我想,每一个有荣誉感的男人都会这么做的。

在杀了人之后,泰斯塔伦加逃进了一座教堂,一直躲到当天夜里。不过这也不是长久之计,于是他决定加入一小股侠盗队伍,这支队伍当时正在埃特纳山的高处躲避追捕。于是他便加入了这支队伍,并被推选为首领。

当时,埃特纳火山刚经历过一次喷发,喷出了大量岩浆。就在这滚烫的洪流之间,泰斯塔伦加把队伍安顿到一个隐秘的地方,在当地,只有他一个人知道这个藏身之所的入口在哪里。在确保了自身安全之后,这位勇敢的首领写信给总督,希望他和他的同伙能得到赦免。当局拒绝了这一请求。我想,当局应该是害怕自己的权威因此受到贬损。

于是,泰斯塔伦加转而同附近地带的主要农户们达成了协议。"我们合作偷盗吧,"他说,"我会来问你们索要收成,你们觉得拿走多少合适,直接让我拿走就是了,这样互不伤害,你们的领主也无法怪罪你们。"

说到底这仍然是偷盗,不过泰斯塔伦加把盗得的财物全都分享给了同伴,自己只留下基本生活所需的物品。与此同时,他每次路过村庄,正常购买物品时,都会支付两倍的价钱。因此,他很快成了两西西里王国[1]的全民偶像。

先前我曾讲过,我父亲的队伍有一部分投奔了泰斯塔伦加,当时他们在埃特纳山的南坡上扎营,主要袭击的是迪诺托谷和迪马扎拉谷地区。而在我十五岁的那年,这支队伍回到了德莫尼谷。有一天,我看到他们来到了修道士的农场。

泰斯塔伦加的队伍如此气宇轩昂,超越了我所有的想象。他们身着洒脱的侠盗服,用丝网箍住头发,腰间挂满了手枪、匕首、长剑和长筒枪。他们在这里待了三天,吃着农场里的鸡,喝着农场里的酒。到了第四天,他们收到探报,一支来自叙拉古港[2]的龙骑兵小分队正在接近,准备包围他们。听说这个消息之后,他们都开怀大笑起来。侠盗们在路边设了埋伏,把小分队打得落荒而逃。小分队原有十倍于侠盗的兵力,但仍然不敌,因为每位侠盗都带着十件质量上乘的兵器。

侠盗们大胜而归,我远远地观摩了这场战斗,不禁热血沸腾,当即跪在首领面前,请求加入他的队伍。泰斯塔伦加询问我的来历,我回答说,自己是侠盗佐托的儿子。

听到这个令人敬爱的名字后,我父亲的那些老部下们都欢呼雀跃起来。其中一人把我抱起来,让我站到桌上,然后说:"伙伴们,泰斯塔伦加的副官在战斗中牺牲了,我们正愁找不到替代的人选呢,就让小佐托来担任副官吧。那些公爵们和亲王们,不也都是让他们的儿

---

[1] 译注:意大利统一之前意大利境内最大的国家,占据整个意大利南部,由历史上的那不勒斯王国和西西里王国组成。王国的首都是那不勒斯。波旁—两西西里王朝从1738年统治两地,但它们形式上被分为"那不勒斯王国"和"西西里王国"。1860年,两西西里王国宣告灭亡。
[2] 译注:意大利西西里岛东岸的一座城市。

子来统领军团的吗?勇士佐托的儿子,也应享有这样的待遇。我敢保证,他一定担当得起这份荣誉。"

众人对此报以热烈的掌声,并一致推举我担任副官的职位。

这个任命一开始只是一个笑话,所有的侠盗在喊我"副官先生"的时候,都会哈哈大笑。不过他们的态度很快就转变了,不只是因为我总是冲锋在前或最后一个断后,而且因为在侦察敌情和瞭望技巧方面,没有一个人能比得上我。有时候,我会爬上山岩,俯瞰整片区域,并用约定的信号发出情报;有时候,我会在敌军的核心地带待上好几天,我通常会整夜隐蔽在埃特纳山最高的几棵栗子树上,当睡意袭来的时候,我就用一根带子把自己捆在树枝上。这些事情对我来说小菜一碟,因为我既当过水手,又当过烟囱清扫工。

我的表现如此优异,最后整支队伍的安保警戒工作全都交给了我。泰斯塔伦加像父亲一样待我。可以说,我的名气几乎超越了泰斯塔伦加,小佐托的英勇事迹在两西西里王国被广为传颂。但是事业上的成就并不能代替我对爱情的向往,尤其是我这样的一个年轻人。我之前曾说过,侠盗是人民心目中的英雄,所以你们可以想见,埃特纳山上的牧羊女们都纷纷对我敞开了心扉。但我的心却注定要留给更珍贵的爱情:爱神已经为我准备了一场更伟大的爱的胜利。

我当了两年副官之后,已经年满十七岁。那一年,我们的队伍被迫再次向南迁移,因为一场新的火山爆发摧毁了我们之前的藏身地。在经过四天的行程之后,我们来到了一座名叫罗卡·菲奥丽塔的城堡,这里正是我的宿敌小王子的领地和主城堡。

我其实早已淡忘了小王子给我带来的侮辱,但这个城堡的名字再一次激起了我的深仇大恨。各位不必对此感到惊讶,因为在那样一个炎热的地区，心中的复仇之火很容易复燃。可惜小王子当时并不在城堡里，不然我必定会用火和剑来摧毁城堡。既然他不在，我决定，就尽可能地搞些破坏得了。我的伙伴们得知我复仇的原因后，都参与进来。城堡里的仆人们一开始还略做反抗，但很快就被美酒打败了：我们把城堡里的藏酒全部打开，任他们畅饮，于是仆人们马上站到了我们这一边。简而言之，我们把罗卡·菲奥丽塔城堡变成了一片丰饶乐土。

我们就这样逍遥了五天，到第六天时，我们接到探报，一整个叙拉古军团正前来剿灭我们，随后而来的还有小王子和他的母亲以及来自墨西拿的女士们。我下令让队伍撤退，但自己还是埋伏下来，想看个究竟。我藏身在一棵枝叶茂盛的大橡树的树冠上，这棵树位于城堡花园的一角，我还在花园围墙上开了一个洞，以便随时逃跑。

我看到确实有大军开来，军队在城堡前面扎营，并在四周设置了许多哨点。接着，一队驮轿也到达此处，女士们在前，小王子在后。他躺在一堆靠垫上，下轿的时候似乎不太利索，需要他家的两个年轻侍从来帮忙。他命令一队士兵在前面开道，等士兵们确认城堡里没有残敌之后，他才和女士们以及几个随从一起走进了城堡。

在我藏身的树下，有一眼淡水泉、一张大理石桌和几把花园椅。这里是整个花园中装饰最华美的一处。我猜想，城堡里的这群人很快就会来到这里，于是决定留在树上，便于等一会儿摸清情况。果然，大约半小时之后，一个似乎与我同龄的年轻女子来到了树下，她美丽的容颜堪比天使，使我的心灵受到了猛烈的撞击，差点害得我掉下树来。还好我之前用皮带把自己捆在了树上，这是我常用的办法，好让自己在树上侦察时确保安全。

这位年轻女子双目低垂，情绪似乎极为低落。她坐到椅子上，然后便趴在大理石桌上痛哭起来。我不由得沿着树干滑下，滑到一个离她更近、但又不会被她发现的地方。接着，我看到小王子出现了，手里还拿着一束花。我已经有三年没有见过他了。他已经长大成人，脸庞虽然英俊，但却透着一丝虚弱。

年轻女子看到他时，眼神里充满着难以掩饰的轻蔑，这一幕让我深感惬意。

而此时的小王子仍然是一副扬扬自得的样子，他走到年轻女子近前，对她说道："我亲爱的未婚妻，这束花是送给你的，只要你保证永远不再提起那个小浑蛋佐托的名字。"

年轻女子回答："大人，我认为您不应该给赠礼附上条件。不管怎么说，就算我不再提及英俊的佐托，您家里的其他人还是会和您说起他的。您的保姆不就说过，她从未见过这么漂亮的男孩儿吗？她说这话的时候，您也在场的！"

这句话让小王子深受刺激，他反驳道："希尔维亚小姐，请别忘记了，你是我的未婚妻。"

希尔维亚没有作答，而是继续痛哭起来。

这让小王子更加怒不可遏，他说："你这个卑贱的东西，既然你喜欢一个盗贼，那这就是你应得的待遇。"说完，他抬手打了她一个耳光。

年轻女子哭喊起来："佐托，为什么你不在这里，不来惩罚一下这个胆小鬼？"

她话音刚落，我便出现在他们面前，对着小王子说道："你一定认得我吧！我是一个盗贼，我本可以直接杀了你。但出于对这位小姐的尊重,既然她屈尊召唤我来帮助她,我愿意用你们贵族的方式来和你决斗。"

我随身带着两把短剑和四把手枪,我把这些武器均分为两份,并相隔十步的距离放在地上,接着,我让小王子先挑选武器,而他已经瘫软在椅子上。

希尔维亚对我说:"勇敢的佐托,我是贵族出身,但家道中落,我明天就得嫁给这个王子了,不然我就会被送进修道院。这两种生活都不是我想要的,我想要的是和你共度余生。"说着,她便投入了我的怀抱。

各位可以想见,这是我求之不得的事情。不过,为了防止小王子阻碍我们的逃亡之路,我拾起一把短剑,用一块石头作为锤子,把他的一只手钉在了椅子上。他尖叫一声昏了过去。

我们穿过墙上预留的洞口逃了出去,一直逃到了高山上。

我所有的战友们都有伴侣,看到我也找到了自己的伴侣,他们都为我感到高兴。那些姑娘们也承诺,会完全听命于我的希尔维亚。

我和希尔维亚共同生活了四个月,之后,我不得不离开她,因为我需要去北边侦察一下情况,上一次的火山爆发造成了不少变故。在这次旅程中,我发现了大自然里前所未见的美景:青葱的草地、天然的洞穴和阴凉的果园。以前在我眼里,这些只不过是用来隐蔽和守候伏击的地方,是希尔维亚唤醒了我这个盗贼心中柔软的部分。可惜不久之后,这颗心又变得坚如磐石了。

我返程时经过了大山的北坡,西西里人在说起埃特纳火山时,都会说"那座大山",意指这是一座极其伟大的山。我走到被称为"哲学家塔楼"[1]的地方,却无法接近它。因为火山侧面一道裂口中所喷射出来的岩浆,在塔楼上方一分为二,绕经塔楼之后,又在其下方大约一法里①处合二为一。这样,塔楼地带就成了岩浆中的一座孤岛。

我立刻意识到了这一地貌的价值,而且塔楼里还储存着不少板栗,我也不想浪费了。在搜寻了一番之后,我终于找到了之前使用过的一条地道,可以通往塔楼脚下,或者更准确地说,是通往塔楼的内部。我马上想到,可以让我们的女眷们住到这个孤岛里来。我用枝叶搭起棚屋,其中最漂亮的一间是我尽全力搭建的。之后我便回到南边,把整支队伍带了过来,大家都很喜欢这个新的藏身地。

现在回想起来,当年的孤岛,就像是命运残酷的暴风雨中一座安宁避世的小岛。火焰之河把我们与外界远远隔开。我们的心灵被爱之火焰所点燃。所有的战友们都听从我的命令,而所有的姑娘们都听命于我的希尔维亚。锦上添花的是,我的两个弟弟也来加入了我们的队伍。他们也拥有奇遇,我想,如果各位有兴趣聆听的话,他们的故事会比我的故事更加有趣。

这世上大部分人都有过幸福美满的日子,不过这种生活都是按天来计的,很少有人能连续多年过着幸福的生活。我的幸福就没能撑过一年。我队伍中的伙伴们都互相尊重,绝不会觊觎别人的伴侣,更不用说我的希尔维亚了。嫉妒之情在我们的小岛上是不存在的,或者说是暂时被隔绝的。因为有爱存在的地方,嫉妒的情绪太容易生根发芽了。

一个名叫安东尼奥的年轻侠盗爱上了希尔维亚,他的爱意如此强烈,无法掩饰。我注意到了这件事,但看到他惆怅的神情,我猜想我

---

① 译注:古1法里约合现在的4公里。

的爱人没有给他任何机会，便也没有放在心上。不过，我还是希望他能振作起来，因为我很欣赏他的勇气。相反地，队伍里还有一个叫莫罗的人，生性懦弱，我很瞧不起他。要不是泰斯塔伦加不同意，这个人早就被我踢出队伍了。

莫罗用诡计取得了年轻的安东尼奥的信任，并向他许诺，会帮助他赢得爱情。莫罗还想方设法让希尔维亚相信了他的话，以为我在附近村庄上有个情人。希尔维亚不敢来向我求证这个事，但她对我的态度却越来越不自然，让我以为她变心了。而与此同时，安东尼奥听信了莫罗的摆布，开始不断地向希尔维亚献殷勤，还表现出洋洋自得的样子，让我以为他已经得偿所愿了。

对于这类诡计，我毫无识别的经验，因此我一怒之下刺死了希尔维亚和安东尼奥。安东尼奥临死前，向我透露了莫罗的阴谋诡计。我把这个浑蛋抓来，当时我的刀尖上还滴着血，这一幕把他给吓坏了。他跪在地上，承认自己是拿了罗卡·菲奥丽塔城堡那个王子的好处，受到他的指使，来伤害我和希尔维亚的。他加入我们队伍的时候，就是抱着这个目的来的。我刺死了莫罗，然后前往墨西拿，乔装改扮混进小王子的家中，把他送往了另一个世界，和他的间谍以及我刀下的另两个死者做伴去了。我的幸福生活就此终结，我的荣耀也随之而去。我的勇气变成了对自己生命的漠视。当我开始漠视同伴的生命时，他们对我的信任也很快荡然无存了。从那时起，我可以肯定地说，我就变成了一个再普通不过的盗贼。

之后不久，泰斯塔伦加患上胸膜炎去世了，他的队伍也随之解散。我的弟弟们对西班牙很熟悉，劝我去那儿谋生。于是，我带领着十几个手下来到陶米纳湾①，在那里躲藏了三天。第四天的时候，我们偷到一艘双桅方帆船，并驾着这艘船到达了安达卢西亚海岸。

尽管西班牙有不少山区可以藏身，但我还是选择了莫雷纳山区，而且至今都没有后悔过。我曾劫持过两次运钞车，还干了几票诸如此类的大案。

终于，我的放肆行径引起了官廷的注意，加的斯地方长官受命抓捕我们，活要见人，死要见尸。于是他派出了大队人马前来围剿。而另一方面，戈麦雷斯的族长则邀请我为他服务，并允许我使用这些地下空间作为我的藏身之处。我自然是毫不犹豫地答应了他。

格拉纳达官廷不愿意承认失败，由于无法抓到我们，他们就在谷地里抓了两个牧羊人，并把他们吊死了，当作佐托两个弟弟的替死鬼。我认识这两个死者，知道他们也曾杀过人，死得不冤。但是有传言说，这两个替死鬼心有不甘，于是晚上会从绞刑架上逃脱出来，去进行各种各样的恶作剧。我本人没有遭遇过这种恶作剧，因此也不好妄加评判，但有时我在夜里路过绞刑场时，借着月光看去，确实会发现吊着的尸首不见了，而到了早上，它们又会重新出现。

亲爱的各位，以上就是我的故事。我的两个弟弟的生活，不像我这般狂放不羁，也许他们的故事会更加富有趣味。可惜他们没有时间同各位讲述故事了，因为船已经准备好了，我接到不可违抗的指令，明天一早必须登船。

佐托离开之后，美丽的艾米娜语调忧伤地说："他说的没错，每

---

① 译注：位于西西里岛的墨西拿和卡塔尼亚之间。

个人的生命中,快乐都是转瞬即逝的。我们在这里度过的三天美好时光,也许再也没有机会重温了。"

晚餐的气氛有些凝重,我匆忙吃完,和表妹们道了晚安,心中期盼着在卧房里再次见到她们,并要尽自己的努力驱散她们的忧伤。

她们比前两天来得更早一些,我欣喜地发现,她们的腰带都拿在手里,这意思再明显不过了,可是艾米娜还是不厌其烦地解释起来。

她说:"亲爱的阿方索,你给予我们毫无保留的忠诚,我们也想用毫无保留的感恩方式来回报你。我们也许永不会再见。在这种前景下,其他女子可能会疏远你,但我们却希望能活在你的记忆里,哪怕你将来在马德里遇到的女子在才学和姿色上都胜过我们,但再也没有人能超越我们的爱与热情。不过,亲爱的阿方索,你还是需要重新发誓,永不背叛我们,不论别人怎样说我们的坏话,都永远不要相信。"

对于最后这个请求,我忍不住笑了起来,不过还是按她们的意愿起了誓。作为回报,我得到了最甜蜜的爱抚。

艾米娜接着说:"我亲爱的阿方索,你脖子上的这个圣物让我们很困扰,你能把它摘下来一会儿吗?"

我没有答应,但祖贝达拿着一把剪刀绕到我身后,一下剪断了脖子后面的系绳。艾米娜拿起圣物,把它丢进了一道石头缝里。

"你可以明天再把它找回来的,"她说,"现在,把这缕发辫系在你的脖子上,这是由我和我妹妹的发丝编成的,上面挂着的这个护身符可以保证情人永不变心,它是很灵验的。"

接着,艾米娜从头上取下一枚金色发簪,将床帏牢牢别住。

关于接下来发生的事情,我也会像艾米娜所做的那样,拉起帷幔,不再赘述。你们只需要知道,我那迷人的伴侣们在这一夜成了我的妻子。诚然,有些时候,暴力的罪行会使无辜的鲜血流淌。但另一些时候,鲜血的流淌反倒可以彰显纯真与无邪。这就是所发生的一切。而经此一夜,我也可以推断出,奎玛达旅馆的那一晚,我的确只是在做梦而已。

热烈的感情最终平静下来,我们安静地躺在一起,然后听到午夜的钟声如宿命般敲响。我感到内心惊恐,不由得打了一个寒战。我对两个表妹说,我有不祥的预感,一些可怕的事情即将发生。

"我也感到害怕,"艾米娜说,"我感到危险正在降临。但是我现在要对你说的话,请你认真听好。不要相信任何人对我们的诽谤,不要相信任何证据,哪怕是你亲眼所见。"

就在此时,床帏被猛地撕开了,我看到一个身形巨大的男人站在面前,身上穿着摩尔式样的服装。他一手拿着《古兰经》,一手拿着一柄长剑。我的表妹们立刻跪在他的面前说:"噢,伟大的戈麦雷斯族长,请宽恕我们吧!"

族长用可怕的声音问:"你们的腰带呢?"他转而对我说道:"你这个可恶的基督教徒,你玷污了戈麦雷斯家族的血统。你要么成为一个穆斯林,要么就必须去死。"

这时,我听到一声可怕的嘶喊,然后看到着了魔的帕切科正在屋子的一个角落里,对我打着手势。我的表妹们也看到了他,她们怒不可遏地起身抓住他,并把他拖了出去。

"可怜的拿撒勒人,"戈麦雷斯族长接着说,"喝一口这杯子里的液体,不喝的话,你会死得很难看,你的尸体会被吊在佐托两个兄弟的尸体之间,它会变成秃鹫的美餐,也会被恶灵所玩弄,成为它们邪恶游戏的工具。"

在此情况下，我别无他法，荣誉感要求我必须选择自尽。我痛苦地高喊道："噢，父亲，如果你遭遇到这些，你也会和我做出同样的选择吧。"

我拿过杯子一饮而尽。一阵可怕的疼痛袭来，我便失去了意识。

原注：

1 这座塔楼建成于哈德连皇帝的时代，据传与古希腊哲学家恩培多克勒有关，据说这位哲学家跳进了埃特纳火山口。

第八天

既然我有幸能在这里向各位讲述我的故事,就说明那一天我并没有中毒身亡,我以为是毒药的那杯液体,其实只是让我昏了过去而已。我不知道自己昏睡了多久,只知道当我醒来的时候,看到的又是兄弟谷的绞刑架。只是这一次,我心里反而感到了一丝欣喜,因为好歹我还活着。而且这次我也没有躺在两具尸体的中间,而是躺在了它们的左侧。它们的右侧还躺着一个人,我以为那也是一个被吊死的人,因为他看上去面如死灰,脖子上还套着一圈绳索。不过很快我就意识到,他只不过是睡着了,于是我赶快把他叫醒。

这个陌生人醒来后,看到自己的处境,竟然笑了起来,并说道:"不得不承认,在学习卡巴拉神秘哲学①的时候,人确实容易受到妄想的侵扰。邪灵会化身为千万种形态,让人分辨不清究竟是在和谁打交道。"

"不过,"他继续说,"为什么我的脖子上会绕着一圈绳索?我记得这原本是一缕发辫啊。"

这时他才看见了我,并对我说:"你这么年轻,应该不是一位卡

---

① 译注:又称"希伯来神秘哲学",是从基督教产生以前开始,在犹太教内部发展起来的一整套神秘主义学说。

巴拉秘法师，不过你的脖子上也有一圈绳索啊。"

确实如此，我记了起来，艾米娜把一条发辫系在了我的脖子上，那是由她和她妹妹的发丝编成的。这情况让我有点不知所措了。

卡巴拉秘法师盯着我看了一会儿，然后说："不，你不是秘法师，你的名字叫阿方索，你的母亲是戈麦雷斯家族的人，而你是瓦龙卫队的一名上尉，你很勇敢，但还有一点天真。别在意，我们先离开这里，再想想接下去该怎么办吧。"

绞刑场的大门敞开着，我们便走了出去。该死的兄弟谷再一次出现在我的面前。秘法师问我准备去哪里，我告诉他，我决心要走这条路前往马德里。

"很好，"他说，"我正好也要走这条路。不过我们还是先补充点营养吧！"

他从口袋里拿出一个镀金的杯子、一壶鸦片类制剂和一个水晶制成的小药瓶，药瓶里装着某种棕色的液体。他往杯子里倒了一勺鸦片类制剂，又加入几滴棕色液体，让我一口气喝完。我爽快地按照他的要求一饮而尽，因为我已经快要饿晕了。这杯灵药效果神奇，我感到自己的体力迅速恢复了，便兴致高昂地踏上了行程；要是没有这杯灵药，我当时恐怕连路都走不动。

当我们走近那倒霉的奎玛达旅馆时，太阳已经高高挂在空中了。

秘法师停下脚步，然后说："昨晚，在这家旅馆里，我遭受到了无情的戏弄。不过，我们还是要冒险进去看一看，我还有一些食物留在了里面，够我们饱餐一顿的。"

于是我们便踏进了这家可怕的旅馆。在餐厅里，我们发现餐桌是布置好的，上面有一盘山鹑肉饼和两瓶酒。秘法师看起来胃口不错，

第八天

他的吃相也勾起了我的食欲，要不是有他带动，我是不敢吃任何东西的，因为这几天来的所见所闻已经让我思绪如麻，我已经不能分辨自己在做什么了。如果现在有人告诉我，我并不存在，我可能也会相信的。

吃过饭之后，我们开始逐个查看房间。我们来到了我离开安杜哈尔镇那天入住的房间，我认出了那张简陋的草垫床，便坐了上去，开始回想之前所发生的一切，尤其是地下宅邸里的那些事。我还记得，艾米娜警告我说，不要相信任何诋毁她的话。

正当我沉思之际，秘法师发现了一个东西，在地板缝隙里闪闪发亮。我仔细地看了一下，发现那正是我的圣物吊坠，是两姐妹从我的脖子上取下来的。我分明亲眼见到她们把它丢进了一道石头缝里，可是现在它又在地板缝隙中出现了。我开始相信，自己也许从来都没有离开过这个该死的旅馆，那些所谓隐修者、宗教审讯官和佐托兄弟们，全都是魔法炮制出来的可恶幽灵。我用剑挑起我的圣物，把它重新挂在了脖子上。

秘法师看到这一幕，不禁笑了起来，并对我说："骑士先生，原来这是你的啊！如果你在这里住过，那就难怪你会在绞刑架下面醒来了。先不管这些，我们得赶紧起程了，这样今晚才能赶到隐修者的住处。"

于是我们便出发了，途中我们就遇到了隐修者，他正在步履艰难地行走着。远远地看到我们之后，他对我大喊："啊，我年轻的朋友，我正在找你呢！快回我的小屋去，把你的灵魂从撒旦的魔掌里解救出来！不过首先请搀扶我一下，我为了找你已经筋疲力尽了。"

我们就地休息了一会儿，然后继续往前走，年迈的隐修者靠着我们的轮流搀扶,才勉强能走得动。最后我们终于到达了他的小屋。

一进屋,我就看见帕切科四仰八叉地躺在屋子的正中间。他好像已经去到了地府的门前,胸口痛苦地起伏着,格格作响,仿佛死神正在一步步地迫近。我试着和他说话,但他并没有认出我来。

隐修者拿起圣水,朝这个着了魔的人周身上下洒了一遍,然后对他说:"帕切科,帕切科,我以救世主的名义,命令你讲述昨晚的遭遇。"

帕切科颤抖着身子,发出一声凄厉的哀号,然后便开始了他的讲述。

帕切科的故事

神父,昨晚你还在小教堂里诵读连祷文的时候,我听到一记敲门声,门外还传来一声羊叫,和我们养的那只白色母山羊的叫声一模一样。我以为自己忘了给它挤奶,所以它跑来提醒我了。我会这么想也不足为怪,因为前两天确实发生了这样的事情。于是我就走到小屋外,也确实看到了那只白色母山羊,它正背对着我,所以可以看到它肿胀的乳房。我本想抓住它,帮它挤奶,没想到它从我的手中挣脱了出去,一会儿往前跑、一会儿又停下来等我,就这样一直把我引到了小屋附近的那片悬崖边。

第八天

在悬崖边缘处,这只母山羊突然变成了一只黑色的公山羊。这突如其来的变身把我吓了一跳,我想要逃回小屋,但公山羊切断了我的退路,它后腿直立起来,用一双充血的眼睛怒视着我,吓得我无法动弹。

接着,这可恶的山羊开始用角顶我,逼着我朝悬崖边退去。当我退无可退之时,它又停了下来,仿佛要欣赏一下我命悬一线的绝望画面。之后它便把我推下了悬崖。

我以为自己会摔得粉身碎骨,没想到那只山羊竟先我一步到达了悬崖底部,而我正好落在它的背上,没受一点儿伤。

在我还惊魂未定之时,新的恐惧又袭来了,这只可恶的山羊一驮起我就开始狂奔起来。它奔跑的姿态异乎寻常,只需轻轻一跳,就能从一个山顶跳到另一个山顶,跨越深不见底的峡谷,就好像跨越一条小水沟那么轻松。最后,它抖了抖身子,把我甩进了一个洞穴的底部。在洞里,我看见了这位年轻的骑士,他两天前曾来过我们的小屋。我见他睡在床上,身边还有两位非常美丽的女子陪伴,她们都穿着摩尔式样的服装。那两位年轻的美人先是爱抚了他一番,接着从他脖子上取下了一件圣物。圣物一旦取下,她们的美貌骤然间就消失了,我仔细一看,她们分明是兄弟谷的那两个吊死鬼。但在这位年轻骑士的眼里,她们仍然是美丽的模样,还用最亲热的昵称呼唤她们。接着,其中一个吊死鬼取下了自己脖子上的绳索,把它套在了这位年轻人的脖子上,年轻人似乎还很感激,用爱抚的动作给予了回应。最后,他们拉起了床帏,接下去发生了些什么,我就不知道了,但我可以想象,那一定是某种可怕的罪行。

我想大声喊叫,但却发不出声音。就这么过了一会儿,午夜的钟声响起，我看到一个魔鬼走了进来，它头上竖着喷火的角，后面跟着的一群小鬼，小心地捧着它火红的尾巴。

魔鬼一手拿着一本书，另一只手拿着一根干草叉。它威胁这位年轻人，如果不改信伊斯兰的宗教，就会失去生命。看到一个基督徒的灵魂正危在旦夕，我拼尽全力喊出了声，并对他打手势示意，可就在这时，那两个吊死鬼跳到我身上，把我拖出了洞穴。在洞穴外，我又见到了那只黑山羊。一个吊死鬼骑上了山羊，另一个骑到了我的脖子上，它们就这样骑着我们跨越了高山深谷。

骑在我身上的那个吊死鬼，不断用它的爪子踢着我的两肋，就算是这样，它仍然嫌我跑得不够快，于是便在途中抓了两只蝎子，放在自己的脚上，把它们当作马刺。之后，它便开始野蛮地刺戳我的身体。最后我们终于来到了小屋门前，它才放过了我。直到今天早上，您发现了我不省人事地躺在那里。神父，我在您怀里醒来的时候，以为自己得到了拯救，可是蝎子的毒液已经进入了我的血管，正在折磨我的五脏六腑，我一定活不成了。

说到这里，这个着了魔的人发出一声可怕的嘶吼，然后便陷入了沉默。

接着，隐修者对我说："我的孩子，他说的经过你都听到了。你是否曾和两个魔鬼有过鱼水之欢？快忏悔吧！承认你的罪过！上帝的仁慈是无限的。什么？你不愿开口？你变得铁石心肠了吗？"

我思索了一会儿才回答："神父，这位着了魔的先生所看到的和我看到的并不一致。我们两个人中，至少有一个人被蒙蔽了，也可能我们看到的都是幻觉。不过这里有一位绅士，一位卡巴拉秘法师，他也曾在奎玛达旅馆度过了一夜。如果他愿意告诉我们他的经历,也许我们就能对过去几天的遭遇产生新的认识。"

"阿方索先生,"秘法师回答,"像我这样研究神秘科学的人,是不能泄露天机的。不过我还是会尽我所能,满足各位的好奇心。不过也不急于今晚,我们先吃点晚饭,然后上床休息吧。明天大家的心神会更安定一些。"

隐修者为我们准备了一份简朴的晚餐,吃过饭后,每个人都只想着赶快睡一觉。秘法师声称,自己愿意睡在那个着了魔的人身边。我则和之前一样,去小教堂里过夜。那张折叠床还在原地,我便躺了上去。隐修者向我道了晚安,并提醒我说,保险起见,他出去的时候会把门锁上。

只剩我一人之后,我开始回想起帕切科的故事。我很确定在地下宅邸里见到过他,也很确定看到了两个表妹扑向他,把他拖出了卧室。但艾米娜曾警告过我,不要怀疑她和她的妹妹。无论如何,控制了帕切科的魔鬼也可能迷惑了他的心智,让他看到各种幻象。我仍然在寻求一种解释,好证明我的表妹们是真实的,也好继续在心里爱着她们。这时,午夜的钟声传了过来。

不久之后,我听到了敲门声,还有类似山羊的叫声。我拿起佩剑,走到门口,大声对着门外说:"如果你是魔鬼,可以试试看打开这扇门,因为隐修者已经把它锁上了。"

羊叫声消失了。我回到床上,一觉睡到天亮。

第九天

第二天，隐修者过来把我叫醒，坐到我的床边，对我说："我的孩子，我可怜的小屋昨晚遭遇了更多魔鬼的袭击，就连提贝德沙漠的苦行僧们[1]都不曾见识过撒旦如此强烈的恶意。我也不知道应该怎样看待和你一起来的那位先生。你说他是一位卡巴拉秘法师。他给帕切科提供了一些治疗，也确实能看到不错的疗效。但他所用的方法，并不是神圣的教会所规定的驱魔仪式。跟我到小屋来吧！我们可以先吃早饭，再请这位先生讲述他的故事，昨晚他答应过我们的。"

我起了床，跟着隐修者来到小屋。我发现帕切科的状态确实好了很多，他的脸也没有那么丑陋了。虽然一只眼还是瞎的，但舌头已经可以收回嘴里，不再口吐白沫，剩下的一只眼睛看上去也不再那么惊恐了。我夸赞了秘法师的神技，他回答说，这些只是雕虫小技。隐修者为我们端来了早饭——一些热羊奶和板栗。

正吃着早饭时，我们看到一个瘦削苍白的人走了进来，他的脸上去有些可怕，但又说不出哪里可怕。这个陌生人跪在我面前，脱下了他的帽子，我看到他头上绑着一条发带。他把帽子伸到我面前，似乎是在乞讨，于是我便丢了一个金币进去。

这个奇怪的乞丐感谢了我，并说："阿方索先生，您的善心必将得到回报。我来找您,是为了告诉您,波多拉皮塞镇①上有您的一封信,在读到这封信之前,切勿进入卡斯蒂利亚。"

说完这件事,陌生乞丐又跪到隐修者的面前,隐修者在他的帽子里塞了一大把板栗。

他又跪到秘法师面前,不过很快就站了起来,并对他说:"我不要你的施舍,你要是胆敢说出我是谁,我保证你会后悔的。"

说完这话,乞丐就离开了小屋。

他走之后,秘法师开始大笑起来,对我们说:"为了证明我一点儿都不在乎他的威胁,我首先要告诉大家他是谁。他就是那个流浪的犹太人,也许你们都听说过,在过去的一千七百年里,他从没有坐下或躺下过,也从没有休息过,更没有睡过觉。他会边走边吃您的板栗,从现在到明早的这段时间里,他能走完一百八十英里的路程。他通常会在非洲的广袤沙漠里穿行流浪,以野果为食。猛兽们不会伤害到他,因为他的前额上刻着一个'Taw'字样的圣符②,你们刚才也看到了,他用一根发带遮住了这个符号。他很少在这一带出没,除非有某位卡巴拉秘法师用魔法强迫他过来。我可以向各位保证,并不是我把他叫来的,因为我对他很反感。但是我也得承认,他消息非常灵通,所以请不要忽视他带给你的消息,阿方索先生。"

"秘法师先生,"我回答道,"刚才这个犹太人告诉我说,波多拉皮塞镇上有我的一封信,我希望可以在后天到达那里,并读到那封信。"

"不用等这么久,"秘法师说,"如果我不能帮你早点拿到信,

---

① 译注:现卡斯蒂利亚-拉曼恰自治区雷阿尔省的一个城镇。
② 译注:Taw,希伯来文字母表里的最后一个字母,代表完善和忠于教义,额头上有这一符号的人可免受末日审判。

那我对精灵世界的掌控力也太低了。"

接着,他把头转向右侧,用命令的语气说了几个词。五分钟之后,我亲眼看着一封厚厚的写给我的信落在桌上,于是我打开它念了起来:

亲爱的阿方索:

  我谨以斐迪南四世陛下之名,命令你暂勿进入卡斯蒂利亚地界。这一严肃裁决之所以产生,是由于你不幸触犯了神圣法庭的威严,该法庭旨在保护西班牙的宗教纯洁性。不要因此而懈怠了你为国王效力的忠心,随信附上一张三个月的准假单,在此期间,你务必在卡斯蒂利亚和安达卢西亚的边界上停留,避免在两省境内引起注意。我们将安抚令尊的情绪,避免他因此事件而过度烦恼。

  此致
敬礼

战争部部长
堂桑乔·德·托尔·德·佩纳

信中还附上了一张为期三个月的准假单,格式规范,上面还有完备的签名盖章。

我们对秘法师如此高效的信使大加赞赏,接着便请求秘法师遵守约定,讲一讲前一晚在奎玛达旅馆所发生的事情。他像之前一样回答说,他的故事里可能包含一些我们无法理解的事。沉思片刻之后,他便讲起了自己的故事。

第九天

卡巴拉秘法师的故事

我的西班牙名字叫作堂佩德罗·德·乌泽达，在此名下，我拥有一座漂亮的城堡，就在离这儿三英里远的地方。不过我的真名是扎多克·本·马蒙拉比①，我是一个犹太人。在西班牙坦承这一身份，对我来说有点风险，但一方面我相信各位会为我保守秘密，另一方面，我也想提醒各位，想要伤害到我绝非易事。

星相对我命运的影响，在我刚出生时就显现出来了。我父亲在为我测算星相时，欣喜地发现，我降生的那一刻，太阳正好进入了处女座。他想了各种办法来达成这一目标，但连他自己也没有想到，目标能达成得如此精准。我的父亲马蒙，是他那个年代最顶尖的星相学家，这一点自不必多言。但对他而言，星相学还算不上什么艰深的学问，他在卡巴拉神秘哲学上的造诣，比之前所有拉比们都要深厚。

我出生后的第四年，我的父亲喜得一个双子座千金。虽然我们的星座有所不同，但我们接受的教育是一样的。在我未满十二岁、我妹妹未满八岁的时候，我们就已经掌握了希伯来语、迦勒底语、叙利亚迦勒底语、撒马利亚语、科普特语和阿比西尼亚语，还有其他多门已经失传或即将失传的语言。此外，我们不需要借助纸笔，就能按照卡巴拉秘法的规则，把一个词语中的所有字母以各种形式排列起来。

在我将满十三岁的时候，我们俩开始接受严格的教育。此外，为

---

① 译注：犹太人中的一个特别阶层，指熟悉《圣经》和口传律法而担任犹太教会众精神领袖或宗教导师的人。

了维护处女座端庄审慎的特质,我们吃的肉必须是未成年的动物;更为细致的规定是,我只能吃雄性动物的肉,妹妹只能吃雌性动物的肉。

  我十六岁那年,我父亲开始向我们传授卡巴拉生命之树的秘法。首先,他让我们学习《光辉之书》[2]。之所以叫这个名字,是因为这本书太耀眼了,令人目眩神迷,无法清醒地读懂其中的内容。接下来,我们学习的是《隐秘书》,这本书中连最简明直白的段落看上去也像是一则谜语。最后,我们开始学习《大评注》和《小评注》[①],这两部对话集得名于犹太最高评议会引申而来的大、小神圣聚会。在这两部对话集中,上述两本书的作者西蒙·巴·约海拉比用对话体的形式简化了表述。他假装在向朋友们解释最基础的知识,其实却在字里行间透露了最惊人的秘密;或者说,所有这些惊人启示都直接来源于先知以利亚,因为他偷偷离开天庭,加入了西蒙和他的朋友们的对话之中,并假称自己为阿巴拉比。

  像你们这样未经启蒙的读者或许会以为,通过拉丁语译本就可以对这本神书略知一二。拉丁语译本是1684年在一个叫作法兰克福的德国小镇上出版的[3],这个版本还附上了迦勒底文的原文。但对于我们秘法师来说,要是谁以为仅凭视觉器官就能读懂这本神书,那我们只能报之以嘲笑。或许对于某些现代语言来说,光凭眼睛看就足够了,但在希伯来语里,每个字母都是一个密码,每个单词都是一个秘符串,每个短语都是一句惊人的咒语,当你用正确的气息和方式念出来时,可以产生山崩石裂、河水枯干的效果。更不用说,天主正是用言语创

---

① 译注:《大评注》(*iddra rbba*)和《小评注》(*iddra zouta*)均为《光辉之书》的附文。此处的"评注"一词原指耶路撒冷的一个议事会,后来泛指对于圣书的评注。

造了这个世界，又把自己化身在言语之中。

言语可以震荡空气、震撼心灵，它既作用于感官，也作用于灵魂。即便是像你们这样未启蒙的人也能轻易地理解到，言语是物质和智慧之间的真正媒介。可以说，我们俩每一天的成长，不仅是知识的增长，更是力量的增长。就算我们不敢施展秘法，至少也能够感受到它的存在和增长，并为此感到满足。

但我们学习卡巴拉秘法的喜悦，很快就被一件宿命中的大事给打断了。随着时间的推移，我和妹妹发现，我们的父亲马蒙的身体越来越虚弱。他看上去就像是一个纯粹的灵魂，勉强借住在人类的皮囊里，为了让尘世间的低等感官感知到他。

终于，有一天，他把我们叫到他的书房里。他看起来既脆弱又神圣，让我们心生忧虑，不由得跪倒在地。父亲也没有让我们起来，只是拿出一个沙漏放到面前，并说道："沙漏中的沙子流完之时，我就已经不在人世了，所以你们要仔细听好我说的每一句话。"

"我先对你说吧，我的儿子。我为你选定了天庭里的妻子，她们是所罗门王和希巴女王的女儿。她们原本的命运是作为凡人降生到凡间，但所罗门向希巴女王吐露了天主的圣名，女王在分娩时喊出了他的名字。'大东方'[4]的圣灵们及时赶到现场，接过了这对双胞胎，若是再迟一点，她们就要接触到这片叫作凡间的不洁之地了。她们被带到了神界，获得了长生不老的能力，将来还可以把这种能力传递给她们共同的丈夫。她们的父亲在创作被称为'歌中之歌'的《雅歌》时，心中想的正是这两个美妙的女儿。这首以九句为一段的祝福新婚的颂歌，你必须勤加研习。"

"至于你，我的女儿，你的婚姻将更加美妙。那一对完美的双胞胎兄弟[5]，希腊人所称的迪奥斯库里，或者腓尼基人所称的卡比里，也就是天庭中的双子兄弟，将成为你的丈夫。我该怎么说呢，你的内心如此温柔，我担心会有一个凡人……沙子已经漏完了……我要归天了。"

说完这些，我父亲便慢慢消失了，他原先所在的地方，只剩下一小堆浅色的、闪着亮光的骨灰。我将这些珍贵的遗物收集起来，保存在一个骨灰瓮中，并把骨灰瓮放置在我们家的一个神堂里，让他安息在小天使的翅膀之下。

各位不难想象，对永生的期盼和对两位天庭妻子的向往，让我更加热诚地投入卡巴拉神秘哲学的研究中。不过，要想达到天庭的高度，我还需要花费好几年的苦功。一开始，能成功召唤十八级的小精灵，就让我感到很高兴了。不过，在循序渐进的过程中，我的胆量变得越来越大。去年，我开始尝试研习《雅歌》的第一段。还没念完第一句歌词，就有一阵巨响传来，我的城堡好像快要崩裂了。但我并没有感到惊恐，相反，我据此推断，我的研习方法是正确的。我继续念第二句歌词，刚念完就发现，我桌上的一盏灯自己跳到了地板上，它一路弹跳着，来到房间后侧的一面大镜子前。我朝镜中看去，看到了一双形态精巧的女孩的脚，过了一会儿，另一双小巧的脚也显露出来。我得意地想，这两双迷人的脚的主人，一定是所罗门王的两位天庭女儿。不过这一晚的研习，我想就到此为止吧。

第二天晚上，我继续这项研习，然后看到了两双玉足上方的脚踝。第三天晚上，我看到了小腿和膝盖。不过那天之后，太阳就离开了处女座，我的研习也只能暂停了。

之后，当太阳进入了双子座，我的妹妹也开始了相同的研习，并且也看到了令人惊讶的画面。这一部分，在此我就不赘述了，因为这

第九天

和我本人的故事没有关系。

今年,我准备再次开始研习,这时我听说,有一位著名的秘法师将要经过科尔多瓦。我和妹妹商量了一下,决定在他路过时去拜会他一下。我那天出发得有点迟了,所以一天下来只赶到奎玛达旅馆。我发现这家旅馆由于闹鬼的传言而被废弃了。但我并不害怕鬼魂,于是就在餐厅里安顿下来,然后命令小鬼内姆拉为我准备晚饭。内姆拉是一只自卑到没有存在感的小精灵,我一般指使它干些杂活,刚才帮你去波多拉皮塞镇取信的就是它。那天晚上,他进到安杜哈尔镇上一位本笃会修道院院长的住处,很不礼貌地拿走了人家的晚餐,带给了我,就是第二天你也看到的那盘山鹑肉饼。我当时太累了,所以没怎么吃东西。我把内姆拉派回城堡服侍我妹妹,然后便倒头大睡。

午夜时分,我被一阵钟声吵醒,一共敲了十二响。在这个序曲之后,我以为某种幽灵会出现,于是准备好了要把它赶走,因为幽灵们一般都是很烦人的东西。我正这么想着,突然看到房间正中的桌子上有一道光亮了起来。一个天蓝色的小拉比从这道光中走了出来,在一张小桌子前摇晃着身子,就好像真的拉比在做祈祷一样。它只有一尺来高,而且它身上不只衣服是蓝色的,连它的脸庞、胡须、小桌子和小书本都是蓝色的。我很快意识到,这不是一个幽灵,而是一个二十七级的精灵。我不知道它的名字,之前也从没有遇到过它。不过我还是念了一句通用咒语,这句咒语对所有的精灵都管点用。

接着,这个天蓝色的小拉比就转身对我说:"你的研习方向完全颠倒了,所以所罗门王的女儿们才会先出现脚。你应该从最后一段歌词开始,寻找这两位天庭美人的名字。"

说完这些,小拉比就消失了。他告诉我的方法与卡巴拉秘法的所有规则相悖，但我还是抱着侥幸尝试了他的方法。我从《雅歌》的最后一句开始念起，还发现了天庭两姐妹的名字，她们分别叫作艾米娜和祖贝达。这一发现让我深感惊讶，不过我还是呼唤了她们的名字。这时，我脚下的大地开始剧烈地震颤起来，我仿佛看到天空都塌陷下来，压在了我的头上，之后我便失去了知觉。

等我醒来的时候，发现自己正在一个光辉灿烂的空间里，两个比天使还要俊美的年轻男子，正把我扶在怀里。

其中一个对我说："亚当的孩子，快醒来吧！你正处在永生者的殿堂。我们的统治者以诺长老[6]与神同行，是第一个活着升天的人类。我们的大祭司是先知以利亚，如果你想参观某一颗星球，他的双轮马车可以随时供你驱使。至于我们，我们是守望天使[7]，是神之子与人类女性所生的儿子，我们中的一些人成了巨人族，不过人数不多。来吧，我们带你去见我们的君王。"

我跟着他们来到了以诺长老的王座下，我不敢正视他炯炯有神的双眼，只敢抬眼看他的胡须。他的胡须闪着银光，就像被雨云遮挡的月亮所散发出来的微光。

我很担心我的耳朵承受不了他发出的声音，但其实他讲起话来并不震耳欲聋，反而相对柔和。跟我说话的时候，他的嗓音变得更加柔和："亚当的孩子，你的妻子们即将和你相见。"

接着，我便看到先知以利亚走了进来，他牵着两位美丽女子的手，她们的魅力超越凡人的想象。两位美人清丽卓绝，仿佛可以透过肌肤看到她们的灵魂、看到如火的热情在她们的血管里流淌，与鲜血融为一体。跟在她们身后的两个巨人，手中抬着一个三脚架，其材质比黄金更贵重百倍，如同黄金比铅要贵重百倍。我的双手与所罗门王两位女儿的玉手相牵,她们的发丝编成的一缕发辫,挂在了我的脖子上。这时,一道纯净明亮的火焰从三脚架中喷出,我的肉体凡躯在转瞬之间被蒸腾殆尽。

之后,我们被领到一张卧榻边,卧榻上透射着华美的荣耀之光和炽烈的爱情之火。一扇巨大的窗户打开,窗外是三重天界[8]的浩瀚美景。在天使的仙乐声中,我到达了极乐之巅……

后来的情况就不用多说了吧,第二天我在兄弟谷的绞刑架下醒来,发现自己躺在两具腐烂尸体的旁边。还有这位仁兄,和我同病相怜。由此我推断出,我一定是遇到了两个非常邪恶的幽灵,它们的真实属性我还不得而知。说实话,我很担心这一段遭遇会让真正的所罗门王之女对我产生成见,毕竟我还只见过她们的玉足而已。

"你这个蒙昧的可怜虫!"隐修者呵斥道,"难道你没有一丝悔恨吗?这一切不过是你那怪异的修行所带来的幻觉。这些淫妖不但戏弄了你,还残忍地折磨了可怜的帕切科,同样可怕的命运,也许还会降临到这位年轻人的身上,他的心肠坚硬如铁,拒绝坦白自己的罪行。阿方索,我的孩子,噢,阿方索,忏悔吧!趁现在还来得及。"

对于隐修者喋喋不休的劝告,我感到十分反感,我绝不会做这样的忏悔。我冷淡地回答说,虽然我很敬重他的神圣劝诫,但我只信奉荣誉的准则。之后,我们便转换了话题。

秘法师对我说:"阿方索,既然宗教裁判所正在追缉你,而国王又命令你在这个偏远地界上停留三个月,那你不妨来我的城堡里小住几日吧!你会见到我的妹妹丽贝卡,她的美貌和她的学识一样令人赞叹。来吧!你是戈麦雷斯家族的后人,我们对这个家族也很感兴趣。"

我看着隐修者，想通过他的眼神揣测出他对这件事的看法。

秘法师好像猜透了我的心思，他转而对隐修者说道："神父，我对您的了解比您以为的要多。您的信仰给了您巨大的力量，我的修行虽然不如您那么神圣，但也并非邪恶的行径。您也一起来吧，把帕切科也带上，我会把他医治好的。"

隐修者没有立刻回答，转而开始了祈祷。在沉思了一番之后，他走到我们面前，带着喜悦的神情对我们说，他准备好和我们同行了。

秘法师把头转向右侧，命令精灵备马。一转眼，小木屋门口就出现了两匹马，还有两头给隐修者和帕切科准备的骡子。虽然本·马蒙曾说过，城堡离此地有一天的行程，但我们只花了一个小时就到达了。

一路上，本·马蒙不停地和我讲述他那个学识渊博的妹妹的事情。在我的想象中，她应该长得像希腊神话中的美狄亚那样，黑发披肩，手里握着一根魔法棒，嘴里轻声念着难懂的咒语。但我的想象显然是错误的。甜美的丽贝卡来到城堡门口迎接我们，她是一位十分可爱迷人的金发美女，金色的卷发自然地垂在肩头。她身穿一件式样简单的白色长裙，上面缀有珍稀材质的搭扣。可以看出，她并没有刻意穿着打扮。但就算是精心打扮，可能都不如这样自然天成的效果好。

丽贝卡搂住哥哥的脖子说道："你把我吓坏了，头一夜你和家里失去了联络，那晚发生了什么事？"

"我等会儿会告诉你的，"本·马蒙说，"不过现在，先来迎接我带来的客人吧！这位是山谷里的隐修者，这位年轻人是戈麦雷斯家族的后人。"

看到隐修者的时候，丽贝卡并没有特别高兴，不过在看到我的时候，她的脸羞红了起来，并带着一丝忧伤地说道："为了你的幸福着想，但愿你不是像我们这样的人。"

我们走进城堡，吊桥在我们身后收拢起来。这座城堡非常雄伟，而且看起来井井有条。城堡里似乎只有两个仆人：一个年轻的黑白混血男仆和一个同样年纪、同样混血的女仆。本·马蒙首先带我们参观了他的图书室，这是一间圆形小厅，也兼作餐厅之用。黑白混血男仆铺好桌布，端来一盘炖菜，并准备了四份餐具，美丽的丽贝卡并不和我们同桌用餐。隐修者比平时吃得更多，看上去也更和善了。一只眼的帕切科似乎已经不再受到魔鬼的困扰，但还是一副严肃沉默的模样。本·马蒙胃口不错，却一副心事重重的样子，并坦白地对我们说，前一天的遭遇还有很多让他想不明白的地方。

用餐完毕之后，他对我们说："亲爱的客人们，这里有一些书籍可供各位消遣，我的仆人也会尽心为各位服务。不过请允许我和妹妹先行告退，我们有一项重要的工作要完成。我们明天午饭时再见。"

说完这些，本·马蒙就离开了，我们这些客人便把自己当成了主人。

隐修者从书架上取下一本记录沙漠修士生活的书，让帕切科为他高声朗读几个章节。我则来到了露台上，看见下方是一道深谷，在深不见底的地方，有一条急流穿过，只有听到它咆哮的声音才知道它的存在。山中虽然荒无人烟，但其间的景色让我感到十分愉悦，或者更准确地说，我任由自然风景映射在我的心灵之中，不再多加思考。我感受到的并不是忧伤，而是一种虚无感，过去几天里我被各种强烈的情绪所左右，让我的理智根本无力应对。对于自己的遭遇，我想了很久,但一直没有想通,所以不敢再多想,否则我就要失去理智了。能够在乌泽达的城堡里过上几天清静的日子,对我来说就是最重要的。我离开了露台,返回图书室中。

之后,年轻的仆人端来了一些餐点,有干果,也有一些荤的凉菜,全都是洁净的肉食。吃完之后,我们就被带到了不同的房间,隐修者和帕切科同住一间卧室,我则住在另一间。

我躺下之后,很快就睡着了。

不久之后,我被美丽的丽贝卡唤醒,她对我说:"阿方索先生,请原谅我打扰了你的休息。我刚从哥哥的房间过来,我们尝试了最强大的咒语,想要弄清楚他在那个旅馆里遇到的幽灵究竟是谁,但并没有成功。我们认为,戏弄他的可能是异教的神灵[9],我们对这些神灵也束手无策。但是以诺长老的神殿确实是他所见的样子。这件事情对我们至关重要,我恳求你,把你的所见所闻告诉我们。"

说完这些,丽贝卡坐到了我的床上,不过她的这个举动并没有别的意思,只是为了听我讲述自己的见闻。但她并没有如愿,因为我对她说,我曾发过誓,永远不会告诉别人这段经历。

"可是,阿方索先生,"丽贝卡继续说道,"对两个女魔鬼所发的誓,你怎么能当真呢?现在我们已经知道,这两个女魔鬼名叫艾米娜和祖贝达,但我们还不知道她们是什么属性的魔鬼,因为我们的秘法和其他学问一样,并不是万能的。"

我还是不肯说,也请这位美丽的姑娘不要再问了。

她用一种善良的眼神看着我,说:"你真幸运,可以用美德的准则来指导自己的行为,坚守自己的良心!我和哥哥的命运则如此不同!我们努力去看到凡人看不到的东西,努力去理解凡人无法理解的事情。但我并不热爱这些崇高的知识,也不在意那些降妖除魔的无用法术。我满心所想的只是赢得一位男子的心。但我的父亲另有安排,我也不得不向这样的命运低头。"

丽贝卡说这些话的时候,还掏出了一条手帕,擦拭自己的泪痕。她接着说道:"阿方索先生,请允许我明天同一时间再到这里来,我会努力让你放下固执,或者用你的话来说,放下你对誓言的坚守。太阳很快就要进入处女座了,到时候一切都来不及了,该发生的事情一定会发生。"

向我告别时,她同我友好地握了握手,看得出来,她不太情愿回到自己的卡巴拉秘法修行中去。

原注:

1 指以底比斯的保罗(约230—341)为榜样,在尼罗河谷地区按照最严格形式进行苦修的苦行修士。

2 《光辉之书》是由摩斯·本·谢姆托(1250—1305)于13世纪末用阿拉米语写成的,但作者将其托为犹太法典学者西蒙·巴·约海(90—160)的作品。生命之树是一种集合几何图形,展示了神力的十种表现形式。与之相关的文本包括《大评注》和《小评注》。

3 指克洛尔·冯·罗森洛特的作品《卡巴拉释秘》,实际于1677或1678年在萨尔茨堡首次出版。

4 "大东方"是耶路撒冷神殿的一部分,那里供奉着圣人中的圣人。

5 Thamim,指完美的存在。

6 详见《创世记》5:21-4。

7 根据《以诺书》的描述,守望天使与塞特(亚当之子)的女儿们所生的后代,是名为Nephilim的巨人族。详见《创世记》6:1-4。

8 《以诺书》中提到,共有七重天界。

9 baalim:异教的神灵。

第十天

这天早上,我比平时起得更早一些。我来到露台上,呼吸着清新的空气,再过一会儿,阳光的炙烤就会让室外空气变得酷热难耐了。外面一丝风都没有,深谷里河流的咆哮似乎也平静了一些,使鸟儿们的歌唱变得清晰可闻。

大自然的安宁让我的内心沉静下来,我终于可以从容地整理思绪,想一想从离开加的斯到现在,到底经历了些什么。我想起了加的斯市的长官堂恩里克·德·萨所说的一些话,开始怀疑他也许与神秘的戈麦雷斯家族有瓜葛,也许知道家族的部分秘密。正是他把那两个随从(洛佩兹和莫斯奇托)推荐给了我。我猜想这两个随从是遵从了他的指令,才把我抛弃在了可怕的兄弟谷的入口处。我的表妹们常常暗示说,我需要通过某种考验。据此我推测,在奎玛达旅馆里,我一定是被灌下了某种催眠药,然后又被抬到了绞刑架下面。帕切科的一只眼睛可能并不像他自己所说的那样,是在两个吊死鬼的情爱诱惑下丢失的,他的恐怖故事很有可能是捏造的。至于隐修者,他之所以不厌其烦地劝我忏悔、劝我吐露秘密,也许因为他也是戈麦雷斯家族派来考验我,看我是否能守口如瓶。

终于,我感觉已经想通这些事情的前因后果了,而且其中也没有任何超自然的力量。就在这时,我听到远处传来一阵悦耳的旋律,好像是从山的那一边传来的。音乐声很快就变得清晰起来，我看到一群快活的吉普赛人正踏着节拍前行，他们一边唱着歌，一边用摇铃和鼓声伴奏。他们来到露台附近，开始搭建临时营地。我也有机会近距离观察他们的服饰和装备，可以看出，这群人的气质很不错。我猜想，这可能就是隐修者提起过的那群人，正是这些吉普赛盗贼庇护着岩石旅馆的老板。但是这群人气质不凡，看起来并不像是贼。我看到他们支起了帐篷，把锅子架到火上，把婴儿摇篮吊挂到附近树林里的树枝上。做完所有这些准备工作之后，他们再次享受起了流浪生活的乐趣，对他们来说，种种乐趣中最绝妙的一项，就是放空自己。

他们首领的帐篷显得尤为突出，入口处竖着一根权杖，顶端有一个银色的球形把手。此外，这顶帐篷看起来很新，还装饰有大量的流苏，对于吉普赛帐篷来说，这些都不太常见。不过更令我吃惊的是，我看到帐篷里走出来的两个人，正是我的两位表妹，她们身穿优雅的服装，西班牙人称之为"吉普赛女便装"。她们走到露台附近，但貌似并没有看到我。她们呼唤着同伴，然后跳起了一支著名的舞蹈：

> 当我的情郎帕可
> 牵起我的手来共舞
> 我那娇小的身体
> 仿佛化作了一颗杏仁糖
> ……

热情的艾米娜和甜美的祖贝达穿着摩尔长裙的时候，就已经让我神魂颠倒了，而现在，她们全新的装扮更让我觉得赏心悦目。不过，我还是能感觉到她们脸上有一丝暗暗嘲讽的意味,就像是占卜女郎的那种气质,这提醒了我,她们以这种意想不到的新造型出现在我面前,可能又在准备用新的恶作剧来戏弄我了。

秘法师的城堡防备严密,所有的入口钥匙都在他一个人的手里,因此我无法接近这群吉普赛人。不过,城堡里有一条隧道通向河边,虽然隧道尽头有一道铁栅栏,但在那里我可以离他们更近一些,甚至和他们说话,而不必担心被城堡里的其他人发现。于是我便穿过隧道来到铁栅栏边,发现两位女郎就在河的另一边。不过这时我发现,这两人并不是我的表妹,而且她们的气质也很寻常,与普通的吉普赛人并无二致。

认错了人,我感到有点羞愧,于是默默地走回到露台上。从这里自上往下看的时候,那两个女郎又变成了我的表妹。她们似乎也认出了我,对着我大笑了一阵,然后走进了她们的帐篷。

这一幕让我感到愤愤不平。"苍天在上,"我自言自语道,"这两位魅力无穷的美女难道真的是妖精变化而成的吗?或者说,她们真的是变化多端、专门捉弄凡人的女巫吗?又或者,一种更可怕的情形是,上天竟允许这两个吸血鬼来到凡间,借用被吊死的囚犯的尸体化为人形?"就在不久之前,我还确信不存在超自然力量,可现在我又陷入了困惑之中。

我带着一片混乱的思绪回到了图书室,发现桌上有一本厚厚的用哥特字体印刷而成的书,叫作《哈珀奇闻录》。这本书摊开在桌上,书页上还被人特意折了个角,这个标记处正好是一个章节的开头,于是我便读起了这个故事[1]。

第十天

蒂博·德·拉·雅基埃尔的故事

从前,在法国罗讷河畔的里昂市,有一位名叫雅克·德·拉·雅基埃尔的富商。其实,他是在退出商界、进入政坛之后,才开始使用雅基埃尔这个姓氏。他被选为里昂市的市长。能获得这个职位的人,必须拥有丰厚的个人财富和完美的声誉,雅基埃尔市长正是这样一个人。他对待穷人十分仁慈,也积极捐助修道士和其他宗教人士,从法律角度来说,这些人都是真正的穷人。

市长的独子——蒂博·德·拉·雅基埃尔,是国王卫戍部队的一名少尉,但他的声誉却与父亲有着天壤之别。他是一个固执好斗的人,随时随地都可能拔剑挑衅,也是个拈花惹草的浪荡子,是赌场里的常客;打碎窗户、砸烂灯盏、亵渎神灵、咒骂他人,这些事对他来说都是家常便饭;他常在街上拦住行人,强行用自己的旧衣服换取对方的新衣服,或者用自己的旧帽子换别人的新帽子。因此不久之后,蒂博大人的"美名"就传遍了巴黎、布卢瓦①、枫丹白露和其他皇家行宫的所在地。最终,我们的圣君弗朗索瓦一世也听说了这个年轻军官的行径,他责令这个年轻人回到里昂,在他父亲的家中认真悔罪思过。好市长雅基埃尔先生当时住在白苹果广场边上的圣拉蒙街的街口。

年轻的蒂博回到家中,却受到热烈的欢迎,仿佛他获得了罗马的全部特赦衣锦还乡似的。善良的市长先生不但命人宰杀最肥美的小牛,还大摆宴席招待朋友们。宴席花费的金币数量比来宾的人数还要

---

① 译注:法国中部城市,国王行宫所在地。

多。这还不算,来宾们还齐齐举杯,祝愿这位年轻人身体健康、识体明理、诚心悔过。

但这些善意的祝福却把他给惹恼了,他从桌上拿起一只金杯,倒了满满一杯葡萄酒,然后说道:"我以魔鬼撒旦本人的名义起誓,要是我真的变成了一个好人,就让我的肉体和灵魂都化在这杯酒里。"

这些可怕的话语让宾客们汗毛倒竖,他们忙不迭地划起了十字,有些人甚至愤而离席。

蒂博也离开了宴席,跑到白莱果广场上去闲逛了一圈。他遇到了之前认识的两个老朋友,这两人也和他一样,都是浪荡子。他拥抱了这两个朋友,然后把他们带回家,旁若无人地喝起葡萄酒来,完全不顾及父亲和其他宾客的感受。

第二天,蒂博仍然和前一天一样胡作非为,之后的日子也如此。善良的市长心都要碎了,他决定向自己的主保圣人——圣雅各求助,并在圣雅各①的像前供奉一支十磅重的大蜡烛,上面还有两个金环作为装饰,每个金环重五马克②。可是,当他把蜡烛放到祭坛上时,却不小心手滑了一下,蜡烛掉了下来,还打翻了圣像前面的一盏银灯。市长订制的这支蜡烛原本有别的用途,但他心中最牵挂的就是儿子改邪归正,所以他诚心诚意地把蜡烛供奉了出来。然而,当他看到蜡烛滑落到地上,还打翻了灯盏时,深感这是一个不祥之兆,只能难过地回到家中。

这一天,蒂博大人照常和朋友们在一起饮酒厮混,他们再一次喝

---

① 译注:耶稣十二门徒之一,公元44年成为第一位为主捐躯的门徒。后成为西班牙士兵、朝圣者、骑士的主保圣人。
② 译注:古时金银的重量单位,1马克≈8盎司。

得天昏地暗。此时夜色已深了，外面一片漆黑，但他们还是决定去白莱果广场透透气。来到广场，他们挽起手臂，大摇大摆地迈起步子，以为这样就能吸引姑娘们的注意。但是这一招并不管用，因为就像我之前所说，到处一片漆黑，广场上根本没有女人往来；就算姑娘们透过窗户张望，也看不见他们的身影。于是年轻的蒂博扯开嗓子，像往常一样诅咒起来："伟大的魔鬼啊！我愿意把自己的灵魂和肉体献给你，只要你的女儿女魔王能经过我的身边，和我共度良宵。此刻酒精让我的血液变得燥热难耐。"

这些话连蒂博的两个朋友都听不下去了，他们还不至于像蒂博那样无可救药。其中一个人说道："大人，我的好朋友，你可别忘了，魔鬼是人类永久的敌人，就算你不呼唤它的名字，它也已作恶多端了。"

听了这话，蒂博只是回答道："我既然说了，就不会反悔。"

话音刚落，这三个浪荡子就看到一个蒙着面纱的女人从旁边的一条巷子里走过来。这个人身形苗条，看上去很年轻，身后还跟着一个黑皮肤的小仆人。这个仆人突然摔了一跤，把手里提的灯笼摔碎了。年轻女子看上去十分害怕，不知如何是好。于是蒂博大人走上前去，尽可能礼貌地伸出手臂，表示愿意陪她回家。可怜的弱女子推辞了一番，最后还是答应了。蒂博转头对他的朋友们小声说道："看到没有，我的祈祷这么快就灵验了。祝你们晚安。"

两个朋友领会了他的意思，便识相地告辞，他们一边笑着，一边祝他幸福。

蒂博让这个年轻女子挽住自己的胳膊，那个小仆人提着摔坏的灯笼走在他们前面。一开始，女子显得十分紧张，站都站不稳，不过慢慢地，她就不再那么惊惶了，还顺势靠在了蒂博的胳膊上。她不时会跟跄一下，于是就会更用力地搂住蒂博的胳膊，以免摔倒。她的护花使者也牢牢地搀扶着她，把她的手臂贴近自己的胸膛，当然，这个动作他做得很小心，以免自己的猎物受到惊吓。

他们就这样走了很长时间，最后，蒂博觉得他们已经在里昂的大街小巷里迷了路。但这一点并没有令他不高兴，如果这个美丽的姑娘迷了路，他的小心思就更加容易得逞了。不过，他还是很好奇这个姑娘的来历，于是就请她坐到一户人家门前的一条石椅上。女子坐下后，他就坐到她的身边，风度翩翩地牵起女子的手，开始花言巧语："噢，可爱的迷途之星，既然命运让我们在今夜相逢，求求你不要对我隐瞒，请告诉我你的芳名，家住何处。"

年轻女子起初还有些害羞，但慢慢沉稳下来，讲起了自己的故事。

松泊城堡的美丽少女的故事

我名叫奥兰狄娜，至少松泊城堡里的那几个人这样叫我。我们一起住在比利牛斯山脉中的这座城堡里，城堡里只有几个人，一个是我的女家庭教师，她是一个聋人；一个是女仆，说话结结巴巴的，基本就是一个哑巴；还有一个是看门的老人，他是一个盲人。

看门人平日里没什么事可干，因为他唯一的工作就是每年一次打开城堡的大门，让一位绅士进来。这位绅士来到城堡，只是为了看一眼我的脸,然后用我听不懂的巴斯克方言①和我的女教师说上几句话。幸运的是,我被关到松泊城堡之前,就已经会说话了,不然的话,和这两个女伴关在一起,我永远也不会说话。至于那个瞎眼的看门人,只有在饭点时才会看到他。我们的房间里只有一扇窗,他会通过窗上的栅栏把饭食递进来。我那失聪的女教师,每天都在我耳边大声教授着道德准则,用吼叫来形容毫不过分,但我却很少能听得进去,就好像我也变聋了似的。她总是在和我讲婚姻的责任,却从不告诉我婚姻是什么。关于其他的事情,她也是这样一味说教,却不愿意解释清楚。我那结巴的女仆,常常想要为我讲一个有趣的故事,但总是连第一句话都说不完,最后只得作罢,连道歉时都是结结巴巴的,并不比讲故事的时候好一些。

我刚才说过房间里只有一扇窗,我指的是面向城堡正面院子的方向只有一扇窗。房间里还有几扇窗,都面向后院,后院里种着几棵树,勉强可以算个花园,通往后院的路只有一条,要经过我的卧室。我会在花园里种一些花,这算是我的一种消遣。

这些还不是全部的事实,因为我还有另外一种消遣,和种花一样纯真。我屋里有一面大镜子,我每天一起床就会去照镜子。而我的女教师起床后,也会穿着简单的睡衣,过来和我一起照镜子。我喜欢和她比较身材,这件事让我觉得很有趣。而到了晚上,等女教师入睡之后,我会继续沉浸在这种消遣中。有时候,我会想象镜中人是一个和我同龄的伙伴,她会回应我的动作,分享我的情绪。我对这种幻想游

---

① 译注:一个非印欧语系的语言,使用于巴斯克地区(西班牙东北部的巴斯克和纳瓦拉两个自治区,以及法国西南部)。

戏越来越入迷，也越来越觉得充满乐趣。

我之前讲到有一位绅士每年都会过来一次，他会看着我的脸，用巴斯克语和我的女教师谈话。这一年他来的时候并没有仔细看我的脸，而是拉起了我的手，把我领到一驾封闭的马车前面，把我和女教师都关了进去。我用了"关进去"这个词，真的毫不夸张，因为马车里唯一的光线，是从车顶方向射进来的。直到第三天，或者说第三天夜里，我们才被放出来，那时天色已经很晚了。

有人打开了车门，对我们说："我们目前位于白莱果广场和圣拉蒙街的交汇处，雅基埃尔市长府邸的门前。你们接下来要去哪里？"

"我们要去市长府邸后面的第一户人家。"女教师回答说。

听到这里，蒂博竖起了耳朵，因为他家确实有一位邻居名叫松泊先生，大家都知道，他是一个嫉妒心很强的人。这位松泊先生常常当着蒂博的面吹嘘，说他将来会向大家证明，自己有办法确保妻子的忠贞；他还提到过，他在自己的城堡里养育着一名少女，这个女孩将来会成为他的妻子，以验证他的说法。但年轻的蒂博并没想到，松泊先生所说的这个少女已经来到了里昂，现在就坐在自己的身边，这让他感到欣喜不已。

这时，奥兰狄娜继续讲起了她的故事。

我们穿过大门，进到屋内，被人带着穿过了几间华丽的房间，然后通过一条旋转楼梯走上了一个塔楼。塔楼很高，我以为到了白天就可以看到整个里昂市的全景。但其实，就算白天我也看不到任何风景，因为塔楼内的窗户都被厚重的绿布封得严严实实。塔楼内部的照明，靠的是一盏珐琅装饰的水晶枝形吊灯。女教师让我在椅子上坐好，给我一串玫瑰念珠作为消遣，然后就离开了塔楼，还在门上加了三道锁。

只剩我一人后，我把念珠丢到地上，从腰带里取出一把剪刀，在窗前的绿色帷幔上割开一个小孔。透过小孔，我看到另一户人家的一扇窗离得很近，窗内是一个灯火通明的房间，里面有三个年轻的绅士和三个姑娘，他们正在吃晚饭。这些人那么漂亮和快乐，超越了我的一切想象。他们唱歌、饮酒、欢笑，还互相拥抱，有时还会抬起对方的脸，不过和松泊城堡那位绅士的动作完全不同，尽管绅士每次来都只为了做这一个动作。此外，这些年轻的男女还不断脱去身上的衣服，就和我每晚在镜子前一样。而且说实话，他们宽衣解带的样子也十分优美，不像我的女教师那样没什么看头。

说到这里，蒂博大人想了起来，她所描述的正是自己前一天和朋友们所办的晚餐派对。他伸手揽住奥兰狄娜柔软的腰肢，让她靠在自己的胸前。

"对，"她说，"那些年轻人就是这么做的。确实，我感觉他们都深爱着彼此，但其中一个男子声称，他的感情比另两个男子更浓烈。'不，我才是。'另两人并不服气。于是那个自我吹嘘的人，就用一种奇特的方式证明了自己。"

听到这里，蒂博想起了那天晚餐时发生的事情，差点笑出声来。

"美丽的奥兰狄娜，"他说，"那个男子做了什么？"

"先生，你可不要笑，"奥兰狄娜回答，"我可以肯定，那是一个绝妙的主意，我看得目不转睛，直到我听到有人开门的声音，便立刻捡起念珠，坐了回去。进来的人是我的女教师。"

"她默默地牵起我的手，把我带下楼，来到一驾马车前。这驾马车并不是封闭的，所以我可以看到外面的风景。但那时天已经黑了，所以我只能隐约看到我们走了很远的路，最后来到了城市边缘的乡野地带。马车停在了城郊最偏僻的一所房子前面。那房子看起来像是一间简陋的茅草屋顶小屋，但是房子的内部却非常漂亮。如果我的小仆人找到了路，我就可以带你去看了。"蒂博看到小仆人已经借到了火，重新点亮了他的灯笼。

奥兰狄娜的故事说完了，蒂博亲吻了她的手，说："美丽的迷途女士，请告诉我，你独自居住在那间房子里吗？"

"是的，"这位美丽的少女说，"还有我的小仆人和女教师。但我想，她今晚不会回到那里去了。那位来城堡看望我的绅士派人带信给我，让我带着女教师去他的一位姐妹家里与他相见，但他的马车要去接一位神父，所以就不能来接我了。于是我们便步行出发。途中，有个人拦住了我们，向我表达仰慕之情，由于我的女教师耳聋，误以为那个人在冒犯我，于是就骂了回去，引得很多人围拢过来看热闹。我感到很害怕，于是就跑了起来，我的小仆人也跟在我后面，后来他摔倒在地，把灯笼也摔坏了。就在那时，仁慈的先生，我有幸遇见了你。"

这番纯真的话语让蒂博大人感到心动，他刚想说几句漂亮话作为回应，小仆人就提着点亮的灯笼回来了。灯笼照亮了蒂博的脸，奥兰狄娜惊呼起来："我看到了什么？你不就是那位想出绝妙主意的绅士吗？"

"是的，正是在下。"蒂博说，"我向你保证，我做的那件事并不适合迷人而尊贵的年轻女士。而那一晚我的女伴们，都不是这样的人。"

"但是看上去，你同时真心爱着她们三个人。"奥兰狄娜说。

"那是因为我一个也不爱。"蒂博回答。

他们就这么你一言我一语，边走边聊，不知不觉就来到了城郊一所孤零零的小屋前面。小仆人从腰带上取下一把钥匙，打开了门。

屋内的装饰完全不像茅草屋，里面有几幅佛兰德斯挂毯，上面绘制的精美人像栩栩如生，还有几盏枝形吊灯，灯臂都由精致的纯银打造。屋内还有一套象牙和黑檀材质的奢华家具，扶手椅上铺着热那亚天鹅绒，金色流苏作为装饰，床上还铺着来自威尼斯的云纹绸缎。但是这一切，蒂博大人都没有看在眼里，他的眼中只有奥兰狄娜，他希望这场浪漫奇缘，在当时当下就能进入最精彩的部分。

这时小仆人走了进来，开始布置餐桌。蒂博发现，这个仆人并不像他以为的那样是个小孩，而是一个脸色漆黑、面目丑陋的老侏儒。不过侏儒端过来的餐食倒是十分精美：一个镀银的餐盘里装着四只色泽诱人、精心烹制的山鹑，还冒着热气。此外，侏儒还拿来了一瓶香料甜酒。蒂博刚享用完这顿大餐，就感觉血管里似乎有液体的火焰在窜动。奥兰狄娜吃得很少，她一直注视着自己的客人，眼神时而温柔纯真，时而又充满狡黠，看得蒂博快要紧张起来。

仆人收拾完餐桌之后，奥兰狄娜牵起蒂博的手，说："英俊的先生，接下来这一晚，你准备怎样度过呢？"

蒂博一时竟不知道如何回答。

"我有一个主意，"奥兰狄娜说，"这里有一面大镜子，我们可以玩一下我在松泊城堡里玩过的那个游戏。当时我会和我的女教师比较我们的身体构造是否有所不同,并以比为乐。现在,我想和你比较一下。"

奥兰狄娜搬来两把椅子,放到镜子前面。接着她解开了蒂博的翎领,并说:"你的脖子和我的差不多,肩膀也差不多,但我们的胸部竟如此不同!去年,我的胸前还和你差不多,但是今年那里突然变得丰满起来,连我自己都快认不出自己了。解开你的腰带,脱掉你的紧身马甲。为什么马甲上有那么多系带?"

蒂博再也控制不住自己了,他把奥兰狄娜抱到铺有威尼斯云纹绸的床上,直感到自己飘飘欲仙……

不过还没有飘多久,他就感觉后背上有尖爪刺入的痛感。

"奥兰狄娜,奥兰狄娜,你在做什么?"

奥兰狄娜早已不见踪影,在她原先所处的位置上,蒂博看见了一堆奇形怪状、令人作呕的东西。

"我不是奥兰狄娜,"魔鬼用可怕的声音说,"我是魔鬼别西卜。明天你就会看到,我是附身在什么样的身体上来勾引你的。"

蒂博想要呼唤耶稣的名字,但是魔鬼看出了他的意图,用牙齿咬住了他的喉咙,让他无法喊出那个神圣的名字。

第二天,赶集卖菜的农民们经过路边的一个堆放垃圾的窝棚时,听到里面传来呻吟的声音。他们走进去查看,发现蒂博正躺在一具半腐烂的尸体上。农民们把他扶起来,抬到用篮子连成的担架上,送回了里昂市长的家里。雅基埃尔市长认出了自己的儿子。

人们把这个年轻人抬到床上,不久之后,他似乎恢复了一些意识,用微弱难辨的声音说道:"为神圣的隐修士开门。为神圣的隐修士开门。"

一开始，大家都听不懂他在说什么。后来终于有人开了门，一位可敬的修道士走了进来，他请求和蒂博单独相处一会儿。他的请求得到了允许，门也关上了，屋内只剩下他们二人。人们听到隐修士劝诫了很久，也听到蒂博用一种坚定的声音回答道："是的，神父，我愿意忏悔，我坚信上帝的仁慈。"

最后，一切都安静了下来，人们走了进去，发现隐修士已经消失了，蒂博也已经死了，双手紧握着一个十字架。

我刚读完这个故事，就看到秘法师走了进来，他似乎想从我的眼神中揣测这个故事给我带来了怎样的启发。事实上，我确实深受震撼。但我不想让他看穿这一点，于是就回到了自己的房间。回房之后，我开始反思自己的遭遇，几乎就快要相信是魔鬼附身在两个吊死的人身上前来戏弄我，而我就是第二个蒂博。这时一阵铃声传来，午餐已经备好了。秘法师并没有来吃午饭。我自己心事重重，所以看谁都像是心事重重的样子。

午饭过后，我又来到露台上，看到吉普赛人在离城堡较远的地方扎了营。那两个神秘的吉普赛女子没有再出现。夜幕降临后，我便回到了自己的卧室，等待丽贝卡。等了很久，她并没有出现，于是我便睡着了。

原注：

1 蒂博·德·拉·雅基埃尔的故事出现在1687年的《哈珀奇闻录》（共8卷）的第3卷中，该故事名为《羞耻的欢愉》。

第十一天

我是被丽贝卡唤醒的。睁开眼时,看到这位犹太姑娘已经坐在我的床边,握着我的一只手。

"勇敢的阿方索,"她说道,"昨天你想和那两位吉普赛姑娘搭讪,但是通往河流的铁栅栏锁上了。这是铁栅栏的钥匙,请拿好,如果她们今天又来到城堡附近,我恳求你能跟着她们去营地看一看。如果你能告诉我哥哥一些和她们有关的信息,他一定会非常高兴的。至于我,"她带着忧伤的语气说道,"我现在必须离开了。我的命运要求我这么做,这奇特的命运。噢,我的父亲啊!您为什么不为我安排一个平凡的人生呢?那样的话,我就能和现实中的人相爱,而不用追求什么镜花水月了。"

"你说的镜花水月,是什么意思?"

"没什么,没什么,"丽贝卡回答,"总有一天你会知道的。再见。再见。"

这位犹太姑娘满怀伤感地离开了,我不禁想起她的哥哥曾提到过,她命中注定要嫁给天庭双子,但要为他们保守忠贞,对她而言很可能是一件难事。

我来到露台上,发现吉普赛人迁到了离城堡更远的地方。我从图书室里取来一本书,却无心阅读。我感到心神不宁,思虑重重。最后,大家又坐回到餐桌边。和之前一样，谈话的主题总是围绕着幽灵、鬼魂和吸血鬼展开。城堡的主人告诉我们，在上古时代，人们对鬼魂还没有正确的认识，于是把它们叫作安普沙、拉瓦伊和拉弥亚①。不过说到上古时代的秘法师，他们的水平并不比当代的秘法师差，只不过当时他们自称为哲学家，和那些对秘法一无所知的哲学家们齐名，容易产生混淆。

隐修者谈到了术士西蒙[1]，但乌泽达则认为，提亚纳的阿波罗尼乌斯②才是古代最伟大的秘法师，因为他拥有超凡的能力，可以控制恶魔世界中的所有幽灵。说到这里，他拿来一本菲洛斯特拉托斯的希腊语著作[2]，这本书是1608年由莫莱尔出版的版本。他毫不费力地将希腊语翻译成西班牙语，讲起了以下故事。

吕西亚的曼尼普斯的故事

从前，在哥林多有一位名叫曼尼普斯的吕西亚人，时年二十五岁，既英俊又睿智。城中流传说，他与一位美丽且多金的异邦女士偶然相识，而这位女士十分青睐他。他在通往耕格勒港③的路上偶遇了这位女子，女子走上前来，风情万种地说："曼尼普斯，我对你仰慕已久。

---

① 译注：几种鬼怪的名称。
② 译注：新毕达哥拉斯学派哲学家、术士。
③ 译注：希腊哥林多（今译科林斯）东部的一个港口。

我是一个腓尼基人,住在哥林多的城郊,离这里并不远。如果你愿意到我家来,就能听到我唱歌,还能喝到你从未喝过的葡萄酒。你不会有任何情敌,我将永远保持忠贞,如我相信你会永远对我一心一意一般。"

尽管这位年轻人是一个哲学家,但他还是无法抵挡如此美丽的女子所吐露出来的甜言蜜语,于是便对这位新恋人许诺了真心。

当阿波罗尼乌斯第一次见到曼尼普斯时,对着他仔细打量了一番,如同雕塑家准备塑造雕像前仔细观察自己的模特。接着,阿波罗尼乌斯说道:"英俊的年轻人,你正和一条美女蛇陷入爱河。"

听到这话,曼尼普斯吃了一惊。阿波罗尼乌斯继续说道:"你所爱的女人不可能成为你的妻子。你觉得她爱你吗?"

"当然,"曼尼普斯说,"她非常爱我。"

"你准备和她结婚吗?"阿波罗尼乌斯问。

"如果有情人可以终成眷属,我将会非常高兴。"曼尼普斯回答。

"婚礼什么时候举行?"阿波罗尼乌斯问。

"也许就在明天。"曼尼普斯回答。

阿波罗尼乌斯留意着婚礼举办的时间,等宾客们悉数到场的时候,他走进去问:"这场盛宴的女主人在哪里?"

曼尼普斯回答:"她就在不远处。"

接着,他面带羞愧地站起身来。

阿波罗尼乌斯接着说:"这里的金银器皿和所有装饰,是属于你,还是属于那位女士?"

曼尼普斯回答:"是那位女士的。我的所有财产只是一件哲学家的斗篷。"

第十一天

接着,阿波罗尼乌斯问道:"你们有谁见过坦塔洛斯①的花园吗?那个既存在又不存在的花园?"

宾客们回答:"我们在荷马的作品中读到过,但没有亲眼见过,我们还没有下过冥界呢。"

阿波罗尼乌斯对他们说:"你们在这里所见的一切,就像那个花园一样,全都是虚妄的幻境。为了让你们明白我所说的都是实话,我可以告诉大家,那位所谓的女士,其实是一种叫作拉瓦伊或者拉弥亚的蛇妖。这种蛇妖所渴求的并不是爱情的欢愉,而是人类的肉身。它们想要吃谁的肉,就会先挑起他的爱欲。"

这时,那个假冒的腓尼基女人说:"闭嘴。"

接着,为了表现她的愤怒,她开始谴责起了哲学家们,并把他们称为疯子。不过,阿波罗尼乌斯口中一念出咒语,桌上的金银餐具都消失了,与此同时,侍酒师和厨师们也消失了。这时,蛇妖假装哭泣起来,并哀求阿波罗尼乌斯不要再折磨她了。但阿波罗尼乌斯还是继续施加压力,直到蛇妖终于承认了自己的身份,并坦白说,她取悦于曼尼普斯,就是为了将来吃掉他,还说自己喜欢吃年轻英俊的男子,因为他们的鲜血最为滋补。

"以我之见,"隐修者说,"蛇妖想吞食的并不是曼尼普斯的肉体,而是他的灵魂。这故事里的蛇妖,不过是淫妖的一种。不过我无法想象,阿波罗尼乌斯口中的咒语能有这么强大的威力,因为说到

---

① 译注:希腊神话中,坦塔洛斯被罚站在一棵果树下的水池中,但当他伸手摘果子或取水时,却永远无法企及,比喻能够看到目标却永远达不到目的的痛苦。

底,他并不是一个基督徒,因此无法使用教会赋予我们的神圣武器。此外,在基督降世之前,哲学家们或许还拥有一些对抗魔鬼的神力,但十字架一出现,他们喋喋不休的预言便被压制下来,而这些偶像崇拜者们的神力也随之一并消失了。因此我认为,阿波罗尼乌斯连最低等的恶魔都无法驱除,连最弱小的鬼魂都无法震慑。因为这些鬼魂来到人间,都得到了神的允许,是来劝导人们参与弥撒的。这也证明了异教徒的时代不存在什么鬼魂。"

乌泽达表达了不同的意见,他坚持认为,异教徒和基督徒一样,饱受着鬼魂的袭扰,当然袭扰的原因不尽相同。为了证明这一点,他拿来了一本罗马元老普林尼的书信集,并读出了以下这个故事[3]。

哲学家雅典纳哥拉的故事

在雅典城内,有一座宽敞舒适的大宅,但这栋房子名声不佳,因此被废弃了。从前,每到夜深人静时分,住在这里的人们常能听到金属撞击的声音,如果更仔细地听,还能听到铁链咔嗒作响的声音,由远及近。接着,一个幽灵便会出现,它看上去像是一个瘦削而颓丧的老人,留着长长的胡须,头发倒竖,脚上和手上的铁链发出可怕的声响。所有亲眼见过这个恐怖幽灵的人,都患上了失眠症。而失眠症会引发其他一系列疾病,让人不得善终。因为尽管幽灵不会在白天出现,但它在人们脑中的印象却挥之不去；尽管造成恐惧的原因已经消失了，但恐怖的感受却丝毫不减。最终，原主人搬离了这里，把这座大宅拱手让给了幽灵。不过，他们还是竖起了一块告示牌，宣称这所房子可以出售或者出租，希望能有一个对这些恐怖事件一无所知的人被骗过来接盘。

此时，哲学家雅典纳哥拉来到城中，看到了告示牌，便询问起了房子的价格。这所房子过于公道的价位引起了他的怀疑。他四处打听了一番，了解了此地发生过的恐怖事件。不过这些传闻并没有把他吓倒，反而激起了他的兴趣，他很快就办完购房手续，搬了进去。当天夜里，他吩咐仆人把他的床放在前厅，并搬来一张写字台和一盏灯，然后便让仆人们到后屋去休息了。他担心自己的神经过于兴奋，会被莫名的恐惧和无端想象出来的幽灵吓倒，于是便专心于写作，让手眼心神都专注起来。

上半夜，整栋房子里一片宁静，没有任何异样。不过夜深之后，他开始听到金属撞击和铁链摩擦的声音。但他并没有抬起头，也没有放下笔，只是在心中暗暗鼓励自己，不要理会这些噪音。

可是这些声音越来越响，一开始似乎在门口徘徊，后来直接进入屋内。他抬起头，看到了一个幽灵，和人们描述的样子一模一样。幽灵站在那里，抬手召唤他跟自己走。雅典纳哥拉则示意幽灵稍等片刻，然后继续埋头写作，就好像什么事都没有发生一样。这时，幽灵又开始晃动铁链，声音直钻哲学家的耳朵。

雅典纳哥拉转过身来，看到幽灵又在抬手召唤他。于是他站了起来，拿起灯盏，跟着幽灵走了出去。幽灵的步态缓慢沉重，似乎被铁链拖住了步伐。终于走到院子里的时候，它突然间就消失了，只剩下哲学家一人。雅典纳哥拉找来一些树叶和青草，放在幽灵消失的位置上，作为标记。第二天，他找到当地法官，请求他们开掘此处。地面挖开之后，人们在里面发现了一具戴着锁链的白骨。经过时间和地底潮气的侵蚀，白骨上的皮肉已经腐烂殆尽，只留下一串镣铐。人们把遗体收集起来，并由镇上负责人出面进行了安葬。这具尸首在得到了最后的体面安葬之后，便再也没有打扰过这座宅院的清静。

秘法师念完故事之后，还补充道："尊敬的神父，鬼魂在历史上的各个年代都曾出现过，比如恩多女巫[4]的传说就是一个例证。而历史上的秘法师们，也都有召唤鬼魂的神力。不过我也承认，恶魔的世界也发生过剧烈的变化。比如吸血鬼就是一项新发明，请允许我这样说。以我个人之见，吸血鬼可以分为两个种群：一类是匈牙利和波兰的吸血鬼，它们本身就是尸体，趁着夜色逃出墓穴吸食人血；另一类是西班牙的吸血鬼，其本质是邪灵，它们会随便找一具尸体，然后附身在上面，并能把尸体变成任意形态……"

我感到话题的走向不太对劲，于是便有些失礼地匆忙起身，离开了餐桌，来到了露台上。我在露台待了不到半个小时，就看到那两位吉普赛女郎出现了。她们似乎正朝着城堡走来，从远处看，她们真的很像艾米娜和祖贝达。我立刻决定要使用早上得到的钥匙。回到卧室里，我拿上佩剑和斗篷，快步跑到铁栅栏。不过打开栅栏之后，另一道更难逾越的障碍还在等待着我，那就是眼前的这条急流。我只得贴着露台的底墙，紧抓着安装在上面的一排铁环，慢慢往前移动。最终，我来到了布满石块的河床上，踩着石块，跳跃着来到了河对岸，与那两位吉普赛女郎迎面相逢。她们并不是我的表妹，身上没有那种高雅的气质，不过倒也不像普通的吉普赛女子那样粗俗，我甚至觉得，她们是在玩扮演吉普赛人的游戏。两位女郎一上来就要为我看手相。她们一个摊开我的手掌，另一个假模假式地开始看相，说：

"Ah, Señor, que veja en vuestra bast? Dirvanos kamela ma por quien? Por demonios！"

这句话的意思是："啊，先生，我在你的手心里看到了什么？这么多的爱是给谁的？给魔鬼的！"

各位完全可以想象，我根本不可能猜到，吉普赛土话"dirvanos kamela"意指"这么多的爱"。不过，两位女郎还是不厌其烦地把这句话解释给我听。随后，她们一人挽着我的一只手，把我带进了营地，并把我介绍给了一个看上去十分健壮的老人，说是她们的父亲。

老人略带戏谑地对我说："骑士先生，你知道吗？我们这群人在这一带的名声可不怎么好，你一点都不害怕吗？"

听到"害怕"这个词，我立刻伸手要拔剑，不过吉普赛老人友好地伸出手，说："我很抱歉，骑士先生，我完全无意冒犯你。其实我的想法正好相反，我是想诚挚地邀请你和我们共度几日。如果你对山间的旅行感兴趣的话，我们保证可以带你看到最秀丽、最壮观的峡谷，还有一些令人惊心动魄的如画风光。另外，如果你喜欢打猎的话，你也有充足的时间享受打猎的乐趣。"

我毫不犹豫地接受了这个邀请，因为我已经开始厌倦秘法师的大道理和城堡里封闭的生活了。

随后，吉普赛老人把我领进他的帐篷，并说："骑士先生，无论你和我们共度多长时间，这间帐篷都可以归你使用。我会命人在旁边搭建一个小型的敞开式帐篷，并亲自睡在那里，以便更好地守护你的安全。"

我回答这位老人说："我身负着瓦龙卫队上尉的荣誉，我的安全势必只能仰赖我自己的佩剑。"

这个回答让他不由得笑了起来，说："骑士先生，这附近的盗匪都有滑膛枪，他们杀一个瓦龙卫队的上尉，就和杀一个普通人一样容易。我会和他们打好招呼的，哪怕之后你离开我们独自行动，也不会遇到危险。不过在那之前，我们还是小心谨慎为妙。"

老人的话很有道理，我甚至为自己的鲁莽感到一丝羞愧。

这天晚上，我们在营地里闲逛了一圈，与年轻的吉普赛女郎们聊了一会儿天，我觉得，这些女郎应该是全世界最不羁也最欢乐的一群女人了。之后，晚餐准备好了，餐桌搭在首领帐篷附近的一棵角豆树的树荫下。我们闲适地坐在一张鹿皮上，一张水牛皮上放置着食物，这张牛皮被处理成了摩洛哥革的质地，作为桌布使用。食物味道很不错，尤其是野味。首领的女儿们在杯中斟满了酒，不过，我还是选择了从附近山石间接来的清泉水。首领一直兴味盎然地和我聊着天，他似乎对我的经历了如指掌，而且还预言说我还会经历更多艰难险阻。

最后，到了休息时间。一个人在首领帐篷里为我铺好了床，还有一名警卫在门前为我放哨。到了午夜时分，我突然被惊醒了。我感到自己的毯子两侧被同时掀起，两个人钻进了我的被窝。"仁慈的上帝啊，"我心里默念，"明天我不会又要在两个吊死鬼中间醒来吧？"

不过这个念头很快就消失了。我猜想，眼下所发生的事情，应该是吉普赛人热情好客的一种体现，作为我这样一个年轻军官来说，如果不能做到客随主便，也实在是说不过去。再后来，我慢慢沉入了梦乡，并确信陪在我身边的人一定不是两个吊死鬼。

原注：

1 据传是某个诺斯底宗派的创始人（《使徒行传》8:924）。

2 弗莱维厄斯·菲洛斯特拉托斯，出生于希腊的诡辩家，于公元3世纪创作《提亚纳的阿波罗尼乌斯传》。吕西亚的曼尼普斯的故事出现在该书第3卷中。

3 书信集第7卷，第27封信。

4 详见《撒母耳记》（上28:7-19）。

第十二天

果然，被吉普赛人拆帐篷的喧闹声给吵醒时，我并不在兄弟谷的绞刑架下，而是在自己的床上。

"骑士先生，快起来，"首领对我说，"我们今天要赶很远的路。我们有一头全西班牙最好的骡子，可以让给你骑。骑上它，你不会有任何旅途劳顿之感。"

我匆忙穿好衣服，骑上了这头骡子。首领带着我和四个武装到牙齿的吉普赛人，走在队伍的最前面。大队人马则远远地跟在我们后面，其中领头的是昨晚疑似与我共度良宵的两位女郎。山路十分崎岖，因而我有时走在她们上方几百尺的地方，有时又处于她们下方几百尺的地方。我停下来仔细观察，发现她们真的很像我的表妹。看到我困惑的样子，老首领似乎有点幸灾乐祸。

经过大约四个小时的艰难跋涉，我们来到了深山高处的一个平坦地带，发现了大量的包裹。老首领清点了包裹之后，对我说："骑士先生，这些货物来自英格兰和巴西，足够供应给安达卢西亚、格拉纳达、巴伦西亚和加泰罗尼亚四大王国了。我们的小小事业，会给国王造成一丁点的损失，不过他也能以另一种方式得到补偿，因为这点微不足道的走私货，能够抚慰他的臣民，让他们愉快地生活下去。再说了，在西班牙，每个人都能从中捞到好处。有的货物会流入军营，有的会流入修道院的小单间，还有的甚至会进入逝者的墓穴。这些标有红色标记的包裹是留给法警的，他们可以凭借这些赃物去海关官员那里邀功，所以他们对我们的生意也会多加关照。"

　　说完这些，吉普赛人首领把这些包裹藏到了山石的孔洞中。随后，他命人在一个洞穴里准备午饭。从这个洞穴中向外看，美景一望无际，地平线如此遥远，似乎和天空融为一体。此时的我越来越懂得欣赏自然之美，因此眼前的美景让我感到心醉神迷。不过，这种迷醉的心情被首领的两个女儿给打破了。她们送来了餐食，如我所说，从近处看，她们根本不是我的表妹。她们暧昧的小眼神仿佛是在说，她们对我的表现很满意。但我心中却有一个声音在说，昨晚陪伴我的并不是眼前这两个人。

　　女郎们端来了一盘热气腾腾的炖菜，这是先遣小队在这里煮了一上午的佳肴。老首领和我都大快朵颐，唯一的不同是，他一边吃菜，一边畅饮着皮酒囊中的佳酿，而我还是选择附近打来的清泉水。

　　饱餐一顿之后，我对首领说，我对于他的故事很感兴趣。首领先是推辞了一番，不过，在我的坚持下，他还是答应我，讲起了自己的故事。

吉普赛人首领潘德索夫纳的故事

　　西班牙境内的所有吉普赛人，都知道我名叫潘德索夫纳，这个是

第十二天

我的姓氏阿瓦多罗翻译成的吉普赛语的名字,因为我本不是吉普赛人。

我的父亲名叫堂菲利佩·阿瓦多罗,大家都说,他是同龄人中最严肃、办事最有条理的一个人。他的日常生活一成不变,我只需要告诉你,他在某一天里做了些什么,你就能够以此类推,了解他的整个人生,或者至少了解他两段婚姻之间的那段人生。他的第一段婚姻给了我生命,而第二段婚姻则导致了他的死亡,因为那种不规律的生活打破了他原有的生活节奏。

当我的父亲还住在他的父亲家里的时候,他就深深爱上了一位远房亲戚。成为一家之主后,他立刻迎娶了那位亲戚——我的母亲。我母亲在生我的时候难产而死。我父亲因此伤心欲绝,把自己封闭在家里,一连过了好几个月,连最亲近的人都不见。时间可以疗愈一切,也抚平了他的伤痛,终于有一天,他现身阳台门口。阳台正对着托莱多大街,他呼吸着新鲜空气,一刻钟之后,他又打开了面向小巷的那一扇窗。在小巷对面的房子里,有几个他的熟人,他愉快地向他们打招呼致意。接下来的几天里,他也这么做。他走出了封闭生活的消息,终于传到了我母亲的舅父耳朵里,他名叫赫罗尼莫·桑特斯,是德亚底安隐修会[1]的一名修士。

这位修士拜访了我的父亲,祝贺他恢复了健康。他先是简单谈及宗教可以给予人们的慰藉,接着又花费大量的篇幅劝我父亲参与娱乐活动,甚至直接建议我父亲前往剧院看戏。我父亲十分信任赫罗尼莫修士,于是当晚就前往克鲁斯剧院。剧院里正在上演一部新戏,伯拉克斯派的人都很支持这部新戏,而索里瑟斯派的人则希望这部戏演砸。这两个戏剧派别之间的争斗,让我父亲感到很有意思,于是从此之后,他再也没有错过任何一场演出。他甚至决定支持伯拉克斯派,并且坚持只去克鲁斯剧院，只有当克鲁斯剧院歇业的时候，他才会转去王子剧院。

每当演出结束之后，他都会加入男士们的两排队列末端，夹道欢送式地目送女士们一一离场。但我父亲并不像其他人那样轻浮地检视异性，恰恰相反，他对女士们并没有多少兴趣。等到最后一位女士离场了，他就会马上前往马耳他十字街，简单吃过晚饭之后再回家。

我父亲每天早晨的第一件事，就是打开面向托莱多大街的阳台门，呼吸一刻钟的新鲜空气；接着，他会打开面向小巷的那扇窗，如果对面窗口有人，他就会彬彬有礼地向对方问候，说上一声"你们好"，再把窗关上。这一句"你们好"，有时也许是他一整天里说的唯一一句话，因为尽管他热切关注克鲁斯剧院里的所有戏剧演出，也只会用鼓掌来表达，不会开口评论。如果对面窗口没有人，他就会耐心地等待有人出现，表达他的礼貌问候。

之后，我父亲便会前往德亚底安会参加弥撒，从教堂回到家时，他的女佣已经把房间打扫干净了。他会仔细认真地加以检查，看每一件家具是否都放回到了前一天所在的位置，不能有分毫之差。对这项工作，他非常重视，女佣的扫帚下哪怕漏过了一丝灰尘，都会被他发现。

房间整理得井井有条之后，我父亲会拿出一把量规和一把剪刀，裁剪出二十四张尺寸一致的小纸片，然后在每张纸片里放上一小撮巴西烟丝，再卷成二十四支烟卷。这些香烟的卷制如此精密、尺寸如此规整，简直可以称得上是全西班牙最完美的香烟。清点阿尔巴公爵府屋顶上的瓦片时，他会抽六支烟；清点进入托莱多古城门的人数时，再抽六支烟；之后，他便会盯着自己的房门，直到女佣把他的午饭送到。

午饭过后，他会把剩下的十二支烟抽完。接下来，他就会盯着壁炉台上的钟，直到每天的剧院演出时刻来临。如果当天没有演出，他就会前往莫雷诺书店。当时的莫雷诺书店里聚集着一批文化人,我父亲会聆听他们高谈阔论,但不会参与到讨论中。在他身体不舒服的时候,他会派人去莫雷诺书店,把克鲁斯剧院当天上演剧目的剧本买回来,等到演出开始的那一刻,他就会准时打开剧本开始阅读,甚至严格按照伯拉克斯派的习惯,在相应桥段处适时地鼓掌。

这是一段非常单纯的生活,不过我的父亲还是想要履行自己的宗教义务,于是请求德亚底安会为他安排一位告解神父。我的舅公赫罗尼莫·桑特斯修士被派了过来,修士借此机会提醒我父亲说,他的儿子还活着,这个孩子还住在堂娜费丽萨·达拉诺萨姨妈家里。不知道是因为我的出现会让他想起自己的挚爱之人是因我而死,还是因为害怕我的啼哭会打扰他清静的生活,总之我父亲请求赫罗尼莫修士,永远不要让我接近他。不过与此同时,他还是关照了我的利益,把马德里附近一家农场的收益转到我的名下,并请德亚底安会修士充当我的监护人。

哎,现在看来,我父亲不愿意接近我,也许是因为他早有预感,上天赋予我们父子二人的个性竟是如此天壤之别。我刚才也说到了,我父亲的生活方式极其刻板。而至于我本人,我敢说,世界上再也找不出第二个像我这么随心所欲的人了。

就连这种随性的生活观念本身也在不断发生着变化。在浪迹天涯的旅途中,我常常会渴求那种安宁静好的生活;而当我安定下来之后,又会萌生出探索未知世界的冲动。所以,当我了解自己之后,我终止了这种生活方式上的无休止的切换,选择与这群吉普赛人生活在一起。一方面,这是一种相对稳定的隐逸生活,另一方面,我又不至于陷入一成不变的生活中去,我害怕每天看到同一片树林、同一片山石,更害怕每天看到同样的街道、同样的城墙和同样的屋顶。

故事说到此处，我打断了吉普赛人首领，并对他说："阿瓦多罗先生——或者该称您为潘德索夫纳先生——在您浪迹天涯的生活中，一定有很多奇异冒险吧！"

吉普赛人首领回答："骑士先生，来到这片荒野之地后，我确实见证了一些奇异的事件。不过在此之前，我的生活平平无奇，如果非要说有什么特别的，那就是我对于不同生活方式的热切追求，虽然每种生活方式我都坚持不到两年以上。"

回答完我的问题后，吉普赛人首领接着讲起了自己的故事。

我刚才说到了，我的姨妈达拉诺萨女士收养了我。她本人并没有子女，因而把全部的姨母之爱和母亲之爱，都倾注在了我的身上。简而言之，我是一个被宠上天的孩子。我变得越来越随心所欲，随着力量和头脑的日渐成长，我更学会了如何利用这种溺爱。不过，另一方面，由于我的要求几乎都能得到满足，所以我对其他人也有求必应。从这个角度来说，我也是一个乖巧听话的孩子。无论遇到什么情况，姨妈在教育我时，脸上总是带着温柔慈爱的微笑，我也总会听从她的教导。看到我的表现良好，善良的达拉诺萨姨妈认为，我的天性再加上她的辅导，定会使我成为一个优秀的人。但是，她的幸福感有一处严重的缺失，那就是我的父亲无法关注到我的进步，她无法让他了解到我的成就，因为他一直坚持不见我。

不过，有什么固执是女人们不能战胜的呢？达拉诺萨姨妈坚持不懈地恳求她的舅父赫罗尼莫修士，并最终产生了效果。修士决定，在我父亲下一次忏悔的时候，要对他的良心进行谴责：他怎么可以这么

第十二天

冷漠无情地对待一个不能给他带来任何损害的孩子。

赫罗尼莫神父履行了自己的承诺,不过我父亲对于在自己家里接待我这件事,还是高度警惕。赫罗尼莫神父于是建议他说,可以在丽池花园里与我相见。但是前往丽池花园的行程,并不在我父亲一成不变的每日生活路线之中。与其违背自己的生活规律,他更愿意在家里和我见面。赫罗尼莫神父把这个好消息带给了我的姨妈,姨妈听闻之后,简直要高兴得晕过去了。

说到这里,我需要补充说明一下,十年来谨小慎微的独居生活,在我父亲身上留下了特别的印记,他开发出各种奇怪的狂热爱好,其中一项就是制造墨水。这件事的起因是这样的:

有一天,他来到莫雷诺书店,听到几位律师和西班牙最了不起的几个文化人在谈论关于难以获取好的墨水的话题。人们都说到处都买不到好墨水,就算是自己制作,也很难成功。店主莫雷诺说,他的店里有一本配方集,对于这个事可能有所帮助。于是他便去寻找这本书,不过并没有马上找到。等他带着书回来时,人们已经转换了话题,开始热烈地讨论起了近期一部新戏的演出反响。关于墨水,已经没有人想要聊了,也不想阅读相关的书籍了。不过我的父亲与众人不同。他拿起这本书,很快翻到了墨水配方一章,并且惊讶地发现,那些西班牙最聪明的头脑都搞不懂的技术,他竟然轻易地读懂了。实际上,制作墨水的工序并不复杂,只需要将没食子酊剂[①]和硫酸盐溶液混合在一起,再加入一些树脂就行了。不过,该书的作者强调说,想要制作出优质的墨水,就必须一次性放入大量原料,并且持续加热。不断

---

① 译注:没食子酸可以用来制造多种燃料、焰火稳定剂、蓝黑墨水等。

搅拌，因为树脂与金属物质之间没有化学亲和力，很容易析出。此外，枞脂很容易分解腐坏，要想防止这种情况发生，就要加入少量酒精。

我父亲买下了这本书，第二天，他就买来了所需的原料、称取原料的秤和全马德里最大的瓶子。因为配方集的作者建议，制作墨水时，一次性加入的原料越多越好。制作非常成功，我父亲把生产出来的墨水灌在小瓶里，带到了莫雷诺书店，请店里的文化人们试用。那些人对这款墨水交口称赞，并表示愿意购买。

在离群索居的独处岁月里，我父亲还从不曾这样为他人服务过，更没有收获过他人的赞美。能够帮助到别人，让他感到很高兴；能够得到赞美，则让他更加喜不自胜。于是他便全心全意地投入这项令他心满意足的工作中。虽然他买到了全城最大的瓶子，但马德里的文化人们一转眼就清空了他的库存。于是，我父亲派人去巴塞罗那购买细颈大瓶，就是地中海水手们用来存酒的那种瓶子。有了这个大瓶，他就可以一次性制作二十瓶墨水。第一批墨水刚出产，马德里的文化人们就将其抢购一空，对我父亲的称赞和感谢之声也不绝于耳。

不过玻璃瓶越大，使用起来就越困难。原料无法充分加热，搅拌起来也更加困难，而最困难的问题，就是怎样把制好的墨水倒出来。于是我父亲又派人去托博索①，买来了当地制作硝酸盐所用的大型陶罐。陶罐运到之后，我父亲把它架在一个小火炉上，炉中燃烧的炭火可以持续加热陶罐；他还在陶罐底部安装了一个龙头，以便取出制好的墨水；爬到炉子上方，就能用一根木棒方便地搅拌原料。这种陶罐比人还要高，所以你可以想象，我父亲每次可以制作多少墨水。而

---

① 译注：西班牙托莱多省的一个市镇。

且,每取出一些墨水时,他就会向罐中加入同等重量的原料。

每当有知名文人家的女仆或随从前来购买墨水时,我父亲都十分开心。当这些文人出版了某部文学作品,在莫雷诺书店里引起讨论时,我父亲就会扬起自豪而满足的笑容,仿佛他也为这部作品做出了自己的贡献。说到这里,我必须补充一点,到后来,全城的人都把他称为"大墨水罐堂菲利佩",而他的姓氏,阿瓦多罗,却没有多少人知晓。

他的这些事情,我全都了解。我听说他的脾气古怪、居室整洁,再加上那个大墨水罐,所以特别想去亲眼看一看这一切。至于我的姨妈,她坚信,只要父亲见到我,就会立刻放弃所有狂热的爱好,从早到晚全心全意地宠爱我。最后,我们相见的日子终于定下来了。每个月的最后一个星期天,我父亲都会去赫罗尼莫神父那里忏悔。到时,神父会让他坚定与儿子相见的决心,并告诉他,我在他的房子里等他,神父也会陪他一起过来。在和我们交代这些安排时,赫罗尼莫神父还特别建议我不要触碰父亲房间里的任何东西。我答应了这个要求,而我的姨妈也保证会把我看好。

我翘首期盼的这个星期天终于到来了。姨妈把我精心打扮了一番,给我穿上一件时髦的粉色外套,上面还有银色的装饰和巴西黄宝石制成的纽扣。她向我保证说:我看起来就像丘比特本人,父亲看到我的模样,一定会满心欢喜的。怀抱着这样的希望和美好的期待,我们愉快地穿过乌苏里纳大街,来到了普拉多大道上,几位路过的女士对我表达了喜爱之情。最后,我们来到了托莱多大街,走进了我父亲的房子。人们把我们领进了他的房间,我姨妈担心我活泼好动,便让我坐在一张椅子上,自己坐在我的对面,拽住我的围巾边缘,以防我站起身来触碰任何东西。

一开始，我还能乖乖地坐着，为了解闷，我打量起这间房间。这里确实是一尘不染，令我非常佩服。放置制墨器材的角落和房间的其他部分一样干净。巨大的托博索陶罐看起来就像一件装饰品，陶罐旁边的一个装有玻璃门的高柜里面放置着制墨所需的所有原料和工具。

一看到火炉和陶罐边上这个又高又窄的橱柜，我就忍不住想要爬上去。心想，当父亲回来后，房间里到处都找不到我，最后发现我就藏在他头顶的时候，那场面一定很滑稽。于是我迅速挣脱了姨妈拽着的围巾，一下跳上了炉台，然后爬上了橱顶。一开始，姨妈还不禁为我的好身手鼓起了掌，不过紧接着，她就开始劝说我快点下来了。

就在此时，有人通报我父亲回来了，正在上楼。我姨妈跪倒在地，恳求我赶快从我的"瞭望哨上"下来。她苦苦哀求，我没法不答应，但是就在我准备爬回炉台的时候，我感到自己的脚碰到了陶罐的边沿。我想在这个边缘上保持平衡，但我感觉高柜很快就要被我拽倒了，于是只能松开手，掉进了大墨水罐中。要不是我姨妈抓起搅拌用的木棒，狠狠地砸烂了陶罐，我可能就要被淹死在里面了。

就在这时，我父亲走了进来。眼前是一条墨水流成的黑河，里面还有一个漆黑的人形正在厉声尖叫。我父亲当即逃下楼，还不幸扭伤了脚，最后晕倒在地。

至于我嘛，我并没有一直尖叫。因为吞下的墨水让我十分难受，后来我也晕了过去。我大病了一场，又休养了很久，才完全恢复了意识。我姨妈宣布的一个好消息，加速了我的康复。她说，我们要离开马德里到布尔戈斯[①]去生活了。对旅行的期盼让我欣喜若狂，人们都担

---

① 译注：西班牙北部城市。

心我又要失去理智了。不过我的喜悦心情很快就被破坏了,因为姨妈问我,想要坐她的马车还是坐驮轿。

"两样都不坐,"我忿忿不平地回答,"我又不是女人。我要骑马,至少也要骑骡子,我的鞍座上要拴一条漂亮的塞哥维亚[①]步枪,腰带上还要别两把手枪和一柄长剑。如果你不给我这些,我就不去了。毕竟,我这么要求也是为你着想,因为保护你是我的职责。"

我还说了很多类似的蠢话,我觉得自己说得天经地义,但在旁人听来,这些话从一个十一岁的小孩嘴里说出来,实在好笑。

搬家的准备工作让我忙得不亦乐乎。我忙来忙去,跑上跑下地搬东西,还到处发号施令,简直就是一只忙碌的蜜蜂。我忙成这样也是有原因的,姨妈准备把所有的家具都带到布尔戈斯,在那里搭建一个新家。最后,启程的好日子终于到来了。大件行李经由帕兰达托运过去,而我们自己则走上了通往巴拉多利德的路。

姨妈一开始想坐马车,但看到我这么坚持要骑骡子,她便也和我一起骑上了骡子。她那头骡子上的鞍座被换成了舒适的小座椅,座椅绑在驮鞍上,上面还加装了一顶遮阳伞。赶骡人在她前面牵着骡子,确保她安全无虞。余下的队伍由十二头骡子组成,看上去十分威风。我自封为这支华丽旅行队的队长,时而走在队伍头上,时而走在队伍末尾。无论何时,我手中都紧握着一件武器,尤其是在山路转弯处,或者其他可能发生危险的地方。

你完全可以想象,一路上我没有任何机会展示自己的勇武精神。我们平安到达了阿尔巴霍斯旅馆,遇到了两支和我们规模相当的旅行

[①] 译注:现卡斯蒂利亚-莱昂自治区塞哥维亚省的省会。

队。牲畜们被拴在马厩的隔栅里，旅人们则聚在另一头的厨房中，两屋之间仅两道石梯相隔。当时绝大部分的西班牙旅馆都是这样的空间格局，整栋建筑不过是一间长长的平房，一大半被骡子占据，一小半留给旅人们。不过正因为这样，气氛才变得更加欢乐。赶骡人在照管驮畜的同时，还能和旅馆的老板娘打情骂俏，老板娘凭借着自己的地位和女性的泼辣，也毫不示弱。直到严肃稳重的旅馆老板进来，他们才暂停下来，不过很快又打起了嘴仗。在一个牧羊人嘶哑的歌声中，女仆们打起响板跳起了舞。旅人们互相做着自我介绍，邀请彼此共享食物。所有人都聚集在炉火周围，介绍自己是谁，要到哪里去，有时还会讲些故事。那种美好的生活已经远去；如今我们的旅馆变得更舒适了，但当年旅人们那种热闹的社交生活，如果没有亲身体验，是无法想象其中的魅力的。我能告诉你的只是，正是在那一天，我被这种旅途生活深深地吸引了，并决定要一辈子走在路上。而这也正是我的人生写照。

那一天，还发生了一件特别的事情，更坚定了我的决心。晚饭过后，围聚在炉火边的旅人们分享了各自旅途上的见闻，最后，一个一直不曾开口的人对大家说："各位在旅途中遇到的事情，听来都十分有趣，也引人思考。至于我嘛，我倒希望自己的遭遇从来都没有发生过。经过卡拉布里亚的时候，我经历了一场奇异、古怪而又惊悚的冒险。这件事情我实在无法忘记，它萦绕在我脑海中，挥之不去，让我所有的快乐都失去了意义。如今，它还是令我感到深深的忧郁，让我快要失去理智了。"

这个开场白引起了在场所有人的好奇。大家都劝这位旅人把自己的奇异经历分享出来，或许心中会轻松一些。大家劝了很久，最后，他终于讲起了自己的故事。

第十二天

朱利奥·罗马蒂和萨莱诺山公主的故事

我名叫朱利奥·罗马蒂，我的父亲彼得罗·罗马蒂是巴勒莫乃至全西西里最有名的律师。各位可以想象，他十分热爱自己的职业，因为这份职业给了他体面的生活。不过，他对哲学有着更深的兴趣，会利用法律事务之外的一切空闲时间来钻研哲学。

我可以毫不自夸地说，在这两个领域里，我都继承了父亲的才华。在二十二岁时，我就已经取得了法学博士学位，从那时起，我便投身到数学和天文学的研究之中，我的水平提升很快，已经可以就哥白尼和伽利略的理论撰写评论了。和大家说起这些，并不是为了自我吹嘘，而是因为我即将要讲到的事情过于离奇，我不希望大家把我当成一个没头脑的迷信的人。事实上，我对迷信和轻信都十分反感，因此，神学是唯一一门我不感兴趣的学问。对于任何其他学问，我都会沉迷其中而无法自拔。如果在一门学科里学累了，我唯一的放松方式就是换一门学科继续研究。过度的学习使我的健康受到了影响，我父亲也想不出什么适合我的娱乐放松方式，于是就建议我做一次环欧洲旅行。四年的游历结束之后，才能回到西西里。

起初，我很不情愿离开我的书本、研究和天文台，但是父命难违，我只能启程。不过，刚踏上旅途，我就感到身体好转了。我的胃口更好，精力也更旺盛了，总之，我的健康得到了恢复。我坐驮轿启程，不过从第三天起，我就开始骑骡子了，而且并未感到辛苦。

许多人周游了世界，却不了解自己的家乡。我不希望成为这样

萨拉戈萨手稿

的人，也不想辜负自己的故土，于是决定就从自己的家乡开始我的旅行，要欣赏一下大自然赐给我们的无限丰饶的这座岛屿。我没有选择从巴勒莫到墨西拿的海岸路线，而是经由卡斯特罗诺沃和卡塔尼塞塔，一路走到了埃特纳火山脚下。在一个我已经记不得名字的村庄里，我为进山做了一些准备工作，预备在山里待上一个月，结果确实待了那么久。我在山里验证了一些有关气压计的近期实验数据。晚上，我就观测星空，还欣喜地发现了两颗前所未见的星星。在巴勒莫的天文台里看不到这两颗星，因为它们都在地平线之下。

离开埃特纳火山的时候，我内心十分不舍。在山上的时候，我仿佛已经与万千天体的缥缈光辉融为一体，我对它们的运行规律已经了然于胸。此外，高山上稀薄的空气也以一种特殊的方式影响着我们的身体，能加速我们的脉搏和呼吸。最后，我离开了大山，来到了卡塔尼亚。

和巴勒莫一样，卡塔尼亚城里也有很多社会名流，不过这里的人更有见识。倒不是说这里的人比我们岛上其他地方的人更热衷于数学，而是他们对艺术和历史颇感兴趣——从艺术到文物、从古代历史到当代历史，以及所有在西西里岛上生活过的不同民族的历史。古迹的发掘和其中所发现的手工艺品，为当地所有人津津乐道。

我来到卡塔尼亚的时候，人们刚巧从地底深处发掘出了一块漂亮的大理石书板，上面写满了陌生的文字。我仔细看了一下，发现这些是迦太基文[①]。由于我通晓希伯来语，所以很快就翻译了出来，在场人

[①] 译注：迦太基语原指腓尼基人（圣经称伽南人）使用的语言，属闪含语系闪语族西支，与希伯来语关系密切。

第十二天

士一致称赞。这一成就让我在当地广受欢迎。城中最尊贵的人士纷纷用高薪挽留我,但我离家远行另有目的,于是我婉拒了他们,起程前往墨西拿。墨西拿以其商业活动闻名天下,我在那里停留了一周,然后就跨越海峡,来到了雷吉欧[①]。

来到雷吉欧之前的旅程还算轻松愉快。不过到了这里之后,行程就变得困难起来。当时的卡拉布里亚地区,有一个名叫佐托的强盗横霸一方,而海上又布满了的黎波里坦[②]的海盗。我完全不知道应该如何前往那不勒斯,要不是一丝羞耻心作祟,我可能当时就返回巴勒莫了。

我在雷吉欧逗留了一个星期,前路十分迷茫。有一天,我在码头上来来回回转了很久,然后来到一片偏远的海滩,坐在一堆石块上。

这时,有一个英俊的男子前来和我搭讪,他披着一件红色的斗篷,坐到我身边。没有任何寒暄,他直接问:"罗马蒂先生是在思考代数问题,还是天文问题呢?"

"都不是,"我回答,"罗马蒂先生唯一思考的问题,就是如何从雷吉欧前往那不勒斯,并避开佐托先生的匪帮的袭扰。"

陌生男子表情严肃地说:"罗马蒂先生,您的才华已经为您的家乡争光了。如果您能够完成旅行,开阔眼界,您将为家乡带来更多的荣誉。佐托是一位绅士,他不会妨碍您进行如此高贵的远征。请收好这些红色的羽毛,拿一根插在您的帽檐上,其他的分给您的随从,然后勇敢地上路吧!因为我就是您口中可怕的佐托,为了证明这一点,

---

① 译注:现意大利南部港口城市。
② 译注:现利比亚西北部地区。

我给您看一下我的职业工具吧！"

说着，他便展开自己的斗篷，向我展示了他腰间所挂的手枪和短剑。接着，他握了握我的手，就离开了。

故事说到这里，我打断了吉普赛人首领，并告诉他说，我也听说过佐托家的事情，还认识小佐托的两个弟弟。

"我也认识他们，"潘德索夫纳说，"他们和我一样，也为戈麦雷斯的伟大族长效力。"

"什么？您也为他效力？"我吃惊地大叫起来。

这时，一个吉普赛人走了过来，与首领耳语了几句。首领立刻起身离去了，只留我一个人在原地，继续消化刚刚听到的信息。

我心想，这个巨大的阴谋究竟是怎么回事？看起来，这些人的目的仅仅是向我隐瞒各种秘密，或者用魔法迷惑我的双眼。我刚觉得看穿了有些魔法中的奥妙，又会被新的事件全部推翻，重新陷入困惑之中。很显然，我本人也是这个隐形剧本中的一个角色，这些人都努力把我留在此地，强化我们之间的关联。

首领的两个女儿打断了我的思绪，她们邀请我一起去散步。我答应了，跟着她们。她们用纯正的西班牙语聊天，不夹杂任何吉普赛土话。她们的谈吐很优雅，性格也十分活泼开朗。散步归来后，我们吃了晚饭，便各自休息了。

这一夜，没有表妹出现。

原注：

1 德亚底安会是一个强调禁欲守贫的天主教隐修会，于1524年创建于罗马。

第十三天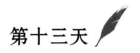

吉普赛人首领命人给我端来了一份丰盛的早餐,然后对我说:"骑士先生,我们的敌人——也就是海关缉私警察们——正准备包围我们。眼下最好的办法就是撤出战场,让他们扑个空。我们特意为他们留了一些包裹,其他包裹都已经藏到了安全的地方。请慢慢享用早餐,饭后我们就出发。"

缉私警察们已经出现在山谷的另一侧了,我赶紧吃完早饭,吉普赛人的大部队已经开拔了。我们翻山越岭,朝莫雷纳山区荒无人烟的深山中行进。最后,我们来到了一个深谷之中,先头部队已经等候在此,并为我们准备好了午饭。吃过午饭之后,我请吉普赛人首领继续讲述他的人生故事。

吉普赛人首领的故事(续)

上回说到,我聚精会神地听着朱利奥·罗马蒂讲述他的奇异经历，他的故事发展如下。

朱利奥·罗马蒂的故事（续）

佐托的人品远近闻名，我对他的承诺也深信不疑，于是就愉快地回到了旅馆，请人帮忙找一个赶骡人。好几个赶骡人前来应征，因为此处的强盗从不伤害他们及他们的牲畜。我从中选择了一个名声最好的赶骡人。我自己骑一头骡子，我的仆人也骑上一头，另两头骡子驮我的行李。赶骡人也骑着自己的骡子，他的两个随从则需要徒步跟在后面。

第二天天一亮，我们就出发了，途中我发现佐托手下的几个侠盗似乎正远远地跟着我们，走过一段路之后，又换一批侠盗继续跟着我们。这样一来，我的安全得到了充分的保障。

这一路我走得非常愉快，精力也一天比一天旺盛。在距离那不勒斯还有两天行程的时候，我突然心血来潮，想绕道去萨莱诺看一看。因为我对文艺复兴艺术史颇感兴趣，而意大利的文艺复兴摇篮正是萨莱诺医科学校[①]，所以我自然对此地很好奇。现在想来，不知是怎样的厄运，带我走上了这样一条不祥之路。

---

① 译注：欧洲最早的医学院，坐落于意大利南部海港小城萨莱诺。

第十三天

　　我在布鲁吉奥山离开了大道，附近村庄的一名向导把我带进了一片难以想象的荒芜之境。中午时分，我们来到一间摇摇欲坠的破屋前，尽管向导一再向我保证说这是一家旅馆，但看起来实在不像，就连老板迎接我的样子也不同寻常。他不但没有为我提供食物，还乞求我分一些干粮给他。我确实随身带着一些凉的熟肉，于是就分给了他、我的向导和仆人一些。而赶骡人和随从们则在布鲁吉奥山等候我们。

　　午后两点左右，我离开了这家破烂的旅馆，走了没多久，就看见前方山顶上有一座巨大的城堡。我问向导这座城堡叫什么名字，里面有没有人居住。他回答说，附近一带的人都把它简称为"那座山"或"那座城堡"。整座城堡都被废弃了，已经变为一堆瓦砾。不过，在城堡的墙内，萨莱诺的方济会都修建了一座小教堂和几个单间，有五到六个修士常住在里面。接着，他又天真地补充道："关于这座城堡，有很多奇怪的传说，但我却无法说给你听，因为每当有人说起这类故事，我就会立刻从厨房逃到我大姨子佩珀家里去，我总能在她家遇到一位方济会神父，并可以亲吻他的肩衣。"

　　我问向导，我们是否会路过那座城堡，他回答说，我们会经过那座山的半山腰。

　　此时，天空阴云密布，将近傍晚时分，一场暴风雨倾泻而下。当时我们正走在一道山脊上，四周没有避雨之处。向导说附近有一个山洞，我们可以过去避雨，但通往山洞的路特别难走。我决定冒险过去，但我们刚要翻越山石，就有一道闪电打在我们身边。我的骡子脚下打滑，把我甩到了山坡下面。我抓住了一棵树，挪到了相对安全的位置，接着，我大声呼喊我的同伴，但是无人应答。

　　一道接一道的闪电让我看清了周围的环境，我小心挪动着步伐，紧紧抓着树干，慢慢地往前走，走到一个小洞前。洞口前没有道路的痕迹，很可能不是向导所说的那个洞穴。

狂风暴雨和电闪雷鸣一刻都不停歇。我穿着湿透的衣服，瑟瑟发抖，只得在这个憋屈的小洞里躲了几个小时。突然间，我想我看到山谷下方有几支火把在移动，还听到了他们的声音。我以为那是我的同伴，于是高声呼救，并得到了回应。

很快，一个英俊的年轻人来到我的面前，身后还跟着几个随从，他们有的举着火把，有的拿着衣服。

年轻人彬彬有礼地问候了我，说："罗马蒂先生，我们是萨莱诺山公主的手下。您在布鲁吉奥山找的那个向导告诉我们，您在这座山里迷路了，因此我们依照公主的命令，在山里搜寻您的踪迹。请换上这身衣服，随我们到城堡里去吧。"

"什么？"我说，"你指的是山顶上那座无人居住的城堡吗？"

"并非如此，"年轻人回答说，"您将看到的是一座华丽的宫殿，离此处只有两百步路。"

我心想，可能是当地的某位公主在附近有一所行宫，于是就换了衣服，跟着这个年轻人走了。我们很快就来到一扇黑色大理石门前，不过，由于火把照不到宫殿的正面，我看不清宫殿真正的样子。我们走了进去，走到台阶下方后，年轻男子便退下了。我向上走了一层阶梯之后，遇到了一位绝色女子，她对我说："罗马蒂先生，萨莱诺山公主派我来向您介绍这座宫殿里的美景。"

我回答说："如果公主的侍女都如此美丽，那公主本人一定国色天香。"

的确，眼前这位将要带我参观的女子，容貌如此美丽无瑕，气质又如此高贵，让我起初误以为她就是公主本人。我还注意到她的穿着和上世纪的家族肖像有些类似，不过我心想，也许这就是那不勒斯女士们的服装时尚吧，是怀旧式的复古风潮。

我们走进第一间房，里面所有的东西都由实银打造而成。地砖是银质的，有的表面呈亚光，有的则呈亮面。墙上的挂饰也是银质的，远看如同锦缎一般；背景是光滑的亮面，而前景则是亚光的枝叶图案。天花板被雕刻成古代城堡的木质形制。最后，镶板、挂饰边缘、枝形吊灯、画框和桌子全都是巧夺天工的银质艺术品。

"罗马蒂先生，"这位自称为侍女的女子说，"您似乎在这间银质房间里逗留了很长时间，这里不过是公主殿下的仆人们所用的前室。"

我竟无言以对，只好跟着她走进下一个房间，这里与上一个房间看上去很像，只不过所有的东西都由镀金的实银制成，房内的装饰品都闪着金光，是五十年前流行的式样。

"这里是侍从们、大管家和其他侍卫官所用的前室。在公主本人的房间里，我们看不到任何金银质地的物品。她欣赏简约的风格，比如这间餐厅⋯⋯"说着，她打开了一扇侧门，我跟着走了进去。房间内墙上覆盖着彩色的大理石，腰线挂着一幅精美绝伦的纯白大理石浮雕。一旁的漂亮橱柜里摆满了最高级的水晶花瓶和印度瓷碗。

接着，我们回到侍卫官的前室，并穿过前室来到了正厅。

"这间大厅也许值得您欣赏。"侍女说。

她说得一点不错。首先惊艳到我的是青金石铺就的地面，青金石之上还覆盖着一层佛罗伦萨马赛克式样的硬石镶嵌。这种工艺非常复杂，单装饰其中的一小块就要花费几年的时间。整体的镶嵌设计给人一种和谐一体的观感。不过，仔细观察细节时又会发现，不同的区域

› 萨拉戈萨手稿

里的图案各不相同，不过这一点都没有影响到整体画面的对称性。确实，尽管镶嵌手法统一，但呈现出来的画面却纷繁多姿，有笔触细腻的花卉、有精致的珐琅贝壳，还有蝴蝶与蜂鸟。世界上最珍稀的宝石都被用在整幅画面中，描绘了大自然最美丽的杰作。在这华丽的地面正中，有一个以色彩丰富的石片拼制而成的装饰盒图案，周围还有一圈大型珍珠装饰。如同佛罗伦萨硬石镶嵌一样，所有图案看上去都是立体的。

"罗马蒂先生，"侍女说，"如果您逗留太久，我们永远也看不完了。"

我抬起头，首先映入眼帘的是一幅拉斐尔的画作，很像《雅典学院》（School of Athens）的草图，不过其色彩格外鲜明，像是用油彩画成。①

接着，我又看到了《翁法勒脚边的赫拉克勒斯》（Hercules at the feet of Omphale），画中的赫拉克勒斯由米开朗基罗所绘，而女性形象则显然出自圭多·雷尼¹的手笔。总之，大厅里的每一幅画作都比我以往看过的版本品质更高。墙上的装饰毯由纯净的绿色天鹅绒制成，这种色彩更彰显出了画作的美感。每扇门的两边各有一尊比真人略小的雕塑，共四尊。第一尊是菲狄亚斯（Phidis）②著名的《爱神维纳斯》（Venus），交际花芙里尼③曾要求将其供为祭品。第二尊是

---

① 译注：《雅典学院》是意大利画家拉斐尔·桑西于1510—1511年创作的，是一幅壁画作品。
② 译注：菲狄亚斯，雅典人，被公认为最伟大的古典雕刻家。
③ 译注：公元前4世纪古希腊著名的交际花。生于维奥蒂亚的特斯皮埃，随后来到雅典成为一名交际花，在这里赚取了声名以及财富。她的情人雕塑家普拉克西特列斯以她为原型塑造了不少作品，据说她正是著名雕塑《尼多斯的阿芙洛蒂忒》的模特。

《农牧之神》（*Faun*），也是菲狄亚斯的作品。第三尊是普拉克西特列斯（Praxiteles）的《尼多斯的阿芙洛蒂忒》（*Venus*）原作，美第奇家族所收藏的那尊只是赝品。第四尊是优美绝伦的《安提诺乌斯》（*Antinous*）[①]。而各扇窗户边，还有其他几组雕塑。

大厅四周摆放着一圈带抽屉的展示柜，这些橱柜并非青铜材质，而是镶嵌着最精美的珠宝，只有在国王的私人厅室中，才能看到这种珠宝所勾勒的多彩浮雕。展示柜里陈列着尺寸巨大的金质徽章。

"每次午餐之后，公主都会来这里看一看，"侍女说道，"欣赏这些收藏品时，我们常会展开愉快而又有益的探讨。不过还有很多地方要参观呢，请随我来。"

接着，我们走进了卧室，卧室是八边形的，里面有四个壁龛，每个壁龛里都放着一张巨大的床。房间内没有镶板，墙上没有挂毯，天花板上也没有装饰，不过到处都罩着一层印度式薄纱。薄纱悬挂的形态优美，绣工卓越，质地非常精细，宛如阿拉克涅[2]手中的针线所织出的一层薄雾。

"这里为什么有四张床？"我问侍女。

"因为当夜间闷热难耐时，可以换一张床睡。"她回答。

"为什么床的尺寸都那么大呢？"我又问。

"因为公主在入睡前，有时想要和贴身侍女们聊聊天，侍女们也可以坐到床上。不过，我们还是先去看看浴室吧！"

浴室是一个圆形的房间，边缘处镶有各色珍珠母贝，墙体上半部

[①] 古罗马皇帝哈德良的同性情人，死后被人神化。有资料说安提诺乌斯是一神教体系吞没古代西方世界之前的最后的异教神灵。

分没有帷幔,而由一张由珍珠织成的大网覆盖,垂挂下来的流苏上,每一颗珍珠的大小和色彩都一模一样。屋顶由一面镜子构成,从镜中可以看到缓缓游动的金鱼。房间内并未放置浴缸,而是一个圆形的浴池,边缘环绕着一圈人造泡沫,浴池内则镶嵌着来自印度洋的华美贝壳。

看到这里,我再也控制不住激动的心情,忍不住赞叹:"噢,女士,天堂也不过如此吧。"

"天堂?"侍女的神色变得癫狂而绝望,"天堂,您刚才说的是'天堂'吗?罗马蒂先生,我恳求您,不要再提那个词了,我认真地恳求您。请随我来。"

随后,我们来到了一个巨大的鸟笼前,里面养着许多热带鸟类和本地鸣禽。鸟笼边有一张餐桌,上面只为我一人准备了餐具。

"噢,女士,"我对这位美丽的侍女说道,"真不敢想象,我竟然能在这样仙境般的环境里用餐!你似乎不准备坐到桌边,而我也不愿意独自用餐,除非你愿意好心地为我讲解一下,在这绝美宫殿里生活的公主究竟是谁。"

侍女亲切地笑了起来,为我端来了餐食,然后坐了下来,开始了她的讲述。

"我是萨莱诺山最后一位亲王的女儿。"

"谁?你是说你自己吗?"

"我是说我们的公主是这位亲王的女儿。请不要再打断我了。"

第十三天

萨莱诺山公主的故事

萨莱诺山亲王是古老的萨莱诺公爵的后裔，是西班牙最高贵族[①]，是高级警官、大元帅、国王的御马监、王室管家和王室狩猎总管。总之，他身兼那不勒斯王国的所有要职。尽管他还在为国王效力，但他自己门下也豢养着一批名士，其中不乏拥有贵族头衔的人。比如斯宾纳韦德侯爵就是他的首席侍从，并获得了亲王的充分信任，他的妻子也享有同等的信任，斯宾纳韦德侯爵夫人是亲王夫人的首席侍女。

我十岁的时候……我是说，亲王的独生女十岁的时候，她的母亲就过世了。此后，斯宾纳韦德侯爵夫妇也离开了亲王在城中的宅邸。斯宾纳韦德侯爵前往各地管理亲王的封地，而他的夫人则负责我的教育事务。他们将自己的大女儿劳拉留在了那不勒斯城中。劳拉在亲王的宅邸中拥有着不容明说的地位，而她的母亲则带着小公主前往萨莱诺山生活。

小公主艾尔弗丽达受到的教育并不严格，相反，她身边的人却接受了大量的训练。他们训练的目的就是猜准我的所有小心思。

"你的所有小心思？"我问这位女士。

"我说过了，请您不要打断我。"她有些生气地回答。接着，她继续讲起了故事。

[①] 译注：grandee，（旧时西班牙或葡萄牙的）贵族中最高的等级。

我喜欢用各种手段来测试侍女们的忠诚度。我会给她们发布相互矛盾的命令，这样一来，她们总有一半任务完不成，接着我就会惩罚她们，要么狠狠地掐她们，要么用别针扎她们的手臂和大腿。这群侍女很快就逃走了，于是斯宾纳韦德侯爵夫人又招了一批新的侍女。不过这批人不久之后也逃走了。

在此期间，我的父亲病倒了，于是我们便回到那不勒斯去看望他。我不常见到他，不过斯宾纳韦德侯爵夫妇一步都没有离开过他的身边。最后，我父亲去世了，他留下一份遗嘱，将斯宾纳韦德侯爵任命为他女儿的唯一监护人，也负责统管他所有的领地和其他财产。

料理后事花费了几个星期的时间，之后我们便回到了萨莱诺山，我继续狠掐我的侍女们。在这种天真无邪的消遣中，四年时间一晃就过去了。我越来越喜欢这种权力的游戏，因为斯宾纳韦德侯爵夫人向我保证，我的行为完全没问题，服从我是每个人应尽的职责；而那些不能执行或者不能很快执行命令的人，活该受到任何形式的惩罚。

最终，所有的侍女都先后离我而去，直到有一天晚上，连服侍我宽衣解带的人都没有了。我愤怒地大哭起来，跑到了斯宾纳韦德侯爵夫人房里，她说："宝贝，可爱的小公主，你眼睛那么美丽，不要再哭了，今晚我亲自来服侍你上床，明天我就帮你再找六个侍女，一定会让你满意的。"

第二天早上，我一醒来，就看到斯宾纳韦德侯爵夫人带来了六个漂亮的女孩。我一看到她们，心里就泛起一种异样的情愫，而她们看起来也心有所动。我首先平复了心情，只穿着睡袍就从床上跳了下来，一一拥抱了她们，并且保证说，我绝不会打骂她们。确实如此，就算她们为我更衣的时候手脚笨拙，甚至敢与我顶撞，我也从来没有

第十三天

对她们发过脾气。

"但是,女士,"我对公主说道,"这些人可能是男孩,只不过假扮成了女孩。"

公主用尊贵的语气对我说:"罗马蒂先生,我说过,不要打断我的话。"

接着,她又继续讲了起来。

我十六岁生日那天,被告知来了一批贵客,他们分别是国务秘书、西班牙大使和瓜达拉马公爵。瓜达拉马公爵是来向我求婚的,而另外两位先生只是来表示支持。年轻的瓜达拉马公爵无比英俊,不得不承认,我对他动心了。

当天傍晚,瓜达拉马公爵邀我去城堡周围散散步。还没有走出多远,就看到一头疯牛从树丛里钻了出来,朝我们直直地冲了过来。瓜达拉马公爵迎了上去,一手拿着斗篷,一手举着佩剑。公牛愣了一下之后,朝着瓜达拉马公爵撞了过去,结果被瓜达拉马公爵的剑刺穿了身体,倒在了他的脚下。我本以为是瓜达拉马公爵的勇气救了我的命,结果第二天我就听说,瓜达拉马公爵的仆人早就把公牛准备在了那里,瓜达拉马公爵安排这一整出戏码,就是为了能按照他们家乡的习俗向我大献殷勤。可是我一点儿也没有感动,相反,他给我造成了如此大的惊吓,令人无法原谅。于是我拒绝了他的求婚。

听说我拒绝了求婚,斯宾纳韦德侯爵夫人感到很高兴。她借此机会告诉我说,我拥有这么多特权,如果委身于一个公爵,降低了自己的身份,太得不偿失了。不久之后,那位国务秘书又来拜访我,这一次，他带来了另一位大使和努代尔——汉斯伯格公国的亲王。这位亲王是一个矮胖、虚弱、肤色和面色都十分苍白的大人物，他想向我介绍他在神圣罗马帝国所继承的领地，但他的意大利语夹杂着蒂罗尔[①]口音。于是我模仿起了他的口音，并劝他赶快回去照管他所继承的领地。他略带恼火地离开了。斯宾纳韦德侯爵夫人听说后，高兴地把我吻了一遍。为了把我留在萨莱诺山，她做了很多努力，您刚才也都亲眼看到了。

"确实如此，"我感叹道，"她做得很成功，这个地方简直就是人间天堂。"听到这话，公主愤怒地站起身来，并对我说道："罗马蒂，我说过，不许再提那个词。"

紧接着，她大笑起来，笑声癫狂又可怕，嘴里还不断地念着："噢！是的，天堂，天堂。他说起天堂来，还真是轻松啊。"

场面变得十分尴尬。最后，公主终于恢复了平静，丢给我一个严厉的眼神，命令我跟她走。

她打开了门，我们走向地下室。地下室尽头有一片湖，看上去像是银色的，走近一看才发现，这是一片水银湖。公主拍了拍手，只见一个黄脸侏儒划来了一条船。我们登上了船，这时我才看清，侏儒的脸是金色的，脸上有钻石制成的眼睛和珊瑚制成的嘴唇。也就是说，这是一个机械玩偶，他用小小的船桨控制着小船，在水银湖上从容地航行。这位新奇的领航员带着我们来到了一道石门的脚下，石门打开之后，我们又进入了另一个大厅。大厅里有无数个机械玩偶，组成了

---

① 译注：奥地利西南的一个州。

第十三天

一道令人惊奇的景观：孔雀开屏，展示出了珐琅的尾羽，上面还点缀着各种珠宝；鹦鹉披着绿宝石的羽毛，从我们头顶飞过；乌木制成的小黑人端出金色的餐盘，上面放满了红宝石樱桃和蓝宝石葡萄。地下室里还有无数个这样令人称奇的机械玩偶，一眼望不到边。

这时，不知为何，我突然忍不住想重复"天堂"这个词，想看看公主会有什么反应。我实在压抑不住这种致命的好奇心，于是说道："女士，毫无疑问地说，你住的地方真是一个人间天堂。"

公主展露出迷人的笑容，对我说："为了让你更好领略此地的妙处，请允许我向你介绍我的六位侍女。"

她从腰带上取下一把金钥匙，打开了一个覆盖着黑色天鹅绒、点缀着实银装饰的大箱子。

箱子一打开，一具骷髅从里边跳了出来，并朝我恶狠狠地冲过来。我连忙拔剑迎战。骷髅扯下自己左侧的手臂骨当作武器，对我发起了疯狂的进攻，我与它斗得不分上下。可是这时，另一具骷髅从箱子里钻了出来，它从第一具骷髅上扯下一根肋骨，狠狠地敲打我的脑袋。我掐住了它的脖子，它便用硬邦邦的手臂骨将我死死抱住，想把我摔到地上。我刚把它摆脱，第三具骷髅从箱子里跳了出来，和前两具骷髅并肩作战。之后，另三具骷髅也现身了。我感到获胜无望，再打下去恐怕连命都没有了，于是只能跪倒在地，乞求公主饶我一命。

公主命令骷髅退回到箱子里去，然后说："罗马蒂，永远不要忘记你在这里看到的一切，一辈子都不能忘记。"

她一边说着，一边抓住我的胳膊，我感到火烧一般，直疼到骨头里，然后就昏了过去。

不知过了多久，我才醒过来，这时，我听到附近有吟唱的声音，发现自己躺在一大片废墟中央。我想要找路走出去，便在一个内院里发现了一座小教堂，修道士正在做晨祷。祷告结束之后，修道院的院长把我请进了他的房间，我努力恢复自己的神志，把发生的一切都告诉了院长。说完自己的遭遇之后，院长说："我的孩子，你胳膊上被公主抓过的地方，现在还有痕迹吗？"

我卷起衣袖，发现自己的胳膊确实烧伤了，烧伤处的印记分明就是公主的五根手指。

接着，院长打开了床边的一个箱子，从里面拿出一张羊皮纸。"这份文件是建立这所修道院的敕令，"他说道，"它或许能解释你看到的究竟是什么。"

我展开羊皮卷轴，看到了以下内容：

在上帝降世后的第1503年、那不勒斯与西西里王国的腓特烈国王即位后的第九年，艾尔弗丽达·德·萨莱诺山以大不敬的姿态，公开妄称自己拥有人间天堂，并自愿放弃死后进入永生天国的权利。然而，圣星期四[①]与耶稣受难日之间的夜晚，一场地震摧毁了她的宫殿，宫殿的遗址成为撒旦的居所。作为人类的敌人，它在遗址内召集了无数恶魔。这些恶魔利用邪恶的装置，不断袭扰人类，不但让敢于踏入萨莱诺山的旅人们频遭厄运，甚而连居住在附近的虔诚的基督徒们都难以幸免。为此，本人教皇庇护三世，上帝最卑下的仆人，特发此敕令，准予在该城堡遗址附近建立一所修道院，云云。

---

① 译注：基督教纪念最后晚餐的节日。

敕令中的其他内容，我已经记不得了。只记得院长宽慰我说，现在已经很少发生此类闹鬼事件了，但也并没有完全绝迹，尤其是在圣星期四与耶稣受难日之间的夜晚。与此同时，他建议我安排几场弥撒，以安抚公主的亡灵，我本人也需要参加。我采纳了他的建议，之后就继续踏上了旅途，可是那个决定命运的夜晚所见到的一切，都久久萦绕在我心头，使我深陷忧郁，难以排遣。而且，我的胳膊也还一直很疼。

说到这里，罗马蒂卷起了衣袖让我们看，大家看到，他的胳膊上确实留有公主的指痕，像是烧伤留下的疤痕。

听到这里，我打断了吉普赛人首领的讲述，并告诉他说，我在秘法师家里翻阅过《哈珀奇闻录》，读到过一个类似的故事[3]。

"或许是这样的，"吉普赛人首领说，"或许罗马蒂讲述的故事是从那本书里看来的，然后安到了他自己身上。不过无论如何，他的故事让我萌发了对旅行的极大热情，也隐约期盼着这样的奇异冒险会降临到我的头上，不过这点期盼并没有成真。话说回来，也许我们在年幼的时候，特别容易受到这类故事的影响，这种荒唐的期盼左右了我的人生，到现在仍然没有完全消散。"

"潘德索夫纳先生，"我对吉普赛人首领说，"您之前是不是提起过，自从您来到这片山区之后，经历过一些堪称奇异的事件？"

"是的，"他回答，"我经历过的一些事情，能让我联想起罗马蒂的故事。"

这时，一个吉普赛人走过来打断了我们的谈话。吃过午饭之后，吉普赛人首领有其他要事要办，我便拿上自己的枪去打猎了。我翻越了几个山头，在一个山顶上眺望脚下长长的山谷，隐约间仿佛看见了佐托的两个兄弟的绞刑架。我感到一阵好奇，便快步走下山去，山脚下果然就是那个绞刑架，两个死人还吊在上面。

我不想多看，于是就心情低落地爬上山，回到了营地。吉普赛人首领问我去了哪里，我回答说，看到了佐托的两个兄弟的绞刑架。

"那两个人还吊着吗？"吉普赛人首领问。

"您的话是什么意思？"我回答，"难道他们还会消失吗？"

"经常消失，"吉普赛人首领说，"特别是夜里。"

这短短的几句话让我忧心忡忡，我发现自己仍然没能摆脱这些可恶幽灵的纠缠，不管它们是不是吸血鬼，是不是受人利用要折磨我，对我而言它们都是一个巨大的威胁。这天剩余的时间里，我一个人闷闷不乐，连晚饭都没有吃就上床休息了。入睡之后，我做了噩梦，梦到了吸血鬼、幽灵、鬼魂和吊死的人。

原注：

1 Guido Reni（1575—1642）。
2 阿拉克涅是古罗马传说中一个精于纺织的女子，她在一次织布比赛中战胜雅典娜，被雅典娜变作蜘蛛。
3 相应故事出现在《哈珀奇闻录》的第3卷中，该故事名为《吕桑的奇异鬼魂》。

第十四天

吉普赛女郎们为我送来了热巧克力,还好心地陪我一起吃早饭。饭后,我拿起枪,在一种致命的好奇心驱使下,又来到了佐托两个兄弟的绞刑场外面。我发现尸首不见了,于是便穿过场院的大门走了进去,然后发现这两具尸首躺在地上,中间还躺着一个姑娘,仔细一看,原来是丽贝卡。我尽可能轻柔地把她唤醒,不过眼前的情景还是把她吓得不轻,一副楚楚可怜的样子。她全身颤抖着,不停地哭泣,然后就晕了过去。我把她抱起来,带到附近的一眼泉水边,把泉水泼在她的脸上,她这才慢慢清醒过来。至于她是怎么来到绞刑架下面的,我自然不敢问,不过她自己先讲了起来。

"我早就预料到,"她说,"你守口如瓶会给我们带来灾祸。你不愿意讲出自己的经历,害得我也落入了这些可恶的吸血鬼的魔掌。昨晚发生的可怕事件,我至今都难以置信,但我还是会尽力回忆起来,讲给你听。不过,为了便于你掌握事情的全貌,我会从我生命稍早一些时候开始讲起。"

丽贝卡沉思了一会儿,然后讲起了自己的故事。

▎萨拉戈萨手稿

丽贝卡的故事

　　我哥哥讲述他的故事的时候，也连带提到了我的一些事情。我父亲想让他成为希巴女王两个女儿的丈夫，想让我嫁给统帅双子座的两位神灵。我哥哥对他这门婚事十分期待，在研习卡巴拉秘法的时候就更加用功了，而我恰恰相反。对我来说，同时嫁给两个天界的神灵，是一件想想都可怕的事情。单是想到这件事，我就心神不宁，连一两句卡巴拉密语都念不出来。我每天都想把功课拖到第二天再做，就这么明日复明日，到最后，这门高深而又危险的功课就被我完全荒废了。

　　不久之后，我哥哥就发现我已经不再研习卡巴拉秘法了，他严厉地批评了我。我向他保证会改正，但并没有采取任何实际行动。最后，他威胁我说要向父亲汇报这件事。我乞求他饶过我这一次，他答应可以等到下一个星期六。可是到了下个星期六，我仍然什么都没有做，于是他半夜来到我的房间把我叫醒，并告诉我说，他准备召唤父亲的在天之灵，也就是可怕的马蒙。我顿时跪在地上，乞求他可怜可怜我，但他并不为所动。接着，我听到他念起了恩多女巫的古老咒语。我父亲突然间就显灵了，他端坐在一张象牙宝座上，可怕的眼神里充满死亡的威胁。我害怕他一张口就会要了我的命，但他还是呼唤了亚伯拉罕和雅各之神名。他竟然敢召唤如此神圣的名字。

　　说到这里，这位年轻的犹太姑娘用手捂住了脸，仿佛回到了那个

第十四天

可怕的场景中，忍不住颤抖起来。过了一会儿，她平复了心情，继续讲述起来。

之后我父亲说了些什么，我全都没有听到，因为在他讲完之前我就已经晕倒了。清醒过来之后，看到我哥哥把生命之树的典籍递到我面前，我顿时又感到一阵眩晕，不过还是遵从了他的意愿。显然我哥哥猜到，我需要从第一章的原理开始从头学起，于是耐心地一条一条提醒我。我从音节的拼读开始，慢慢进展到词汇和咒语。最后，我终于爱上了这门高贵的学问，在父亲的天文台里彻夜研习，只有当第一缕晨光打断我的研习时才会上床休息。每一次我都倒头便睡，连我的黑白混血女仆祖里卡为我更衣的时候，我都没有意识。休息几个小时之后，我又会回到秘法的研习中。不过你将会看到，这种生活并不适合我。

你认识祖里卡，也亲眼见识过她的魅力。她是一个非常美丽的姑娘，有着最温柔的眼睛和最甜美的笑容，身形也完美无瑕。有一天早上，我从天文台回来，唤她为我更衣时，她却没有听见。她的房间就在我隔壁，于是我走了进去，看见她正半裸着身子，探出窗外，朝山谷对面打着手势，还送出了飞吻，仿佛她的整颗心都随着这飞吻飘了出去。当时的我还不懂爱是什么，这是我第一次亲眼看到示爱的情景。我感到既不安又震惊，不由得像一尊雕塑一样呆立在那里。祖里卡转身看到了我，顿时，她胸前黝黑的皮肤上泛起了一阵红晕，然后蔓延到了全身。我也红了脸，接着脸色惨白，眼看就要晕倒在地。祖里卡过来抱住了我，我可以清晰地感受到她的心跳，感受到她内心的波澜起伏。

祖里卡匆忙地帮我换好衣服,我躺到床上之后,她满心欢喜地退下了,连关门的动作都透露着喜悦。不久之后,我听到有人走进了她的房间。一阵本能的好奇迅速袭来,驱使我跑到她的门前,透过钥匙孔张望起来。我看到了坦仔——我们家那个年轻的黑白混血男仆,他朝祖里卡走去,手捧着一篮刚从田野里采来的鲜花。祖里卡也朝他跑去,拿起几束花放到胸前。坦仔把脸埋进花束中,深情地闻着花香和情人的气息。我清楚地看到,一阵剧烈的颤抖穿透了祖里卡全身,我似乎也能够感同身受。她躺进了坦仔的怀里,而我则回到自己的床上,把羞愧和懦弱都埋进了被窝。

我的泪水打湿了床铺,我哭得喘不过气来,最后,我悲痛地哭喊起来:"噢,我的第一百一十二代先祖母啊,以撒的妻子,我继承了您的芳名,如果您能在上帝的怀抱中看到我的处境,请您安抚马蒙的在天之灵,并告诉他,他为女儿安排的荣耀人生,我实在是配不上。"

我的哭喊声吵醒了我哥哥,他来到我的房中,以为我生病了,便给我服用了一些镇静剂。中午时分,他又来看望我,发现我的脉搏跳得很快,便自告奋勇地代替我进行秘法研习。我愉快地接受了他的好意,因为我已经无心工作了。傍晚时分我就睡着了,其间所做的梦和往常完全不同。第二天,我在完全清醒的状态下,继续做着前一晚的美梦,或者至少说,我心不在焉的样子,看上去就像是在做白日梦一样。

一天晚上,我哥哥来到我的房中。他手臂下夹着生命之树的典籍,手中拿着一条星光闪耀的丝带,上面绣着琐罗亚斯德①为双子星座取的七十二个名字。

"丽贝卡,丽贝卡,"他对我说,"别再胡思乱想那些不正经的事情了,现在,你要开始尝试控制要素精灵和地狱幽灵。这条绣满星辰的丝带会保护你,免受它们的袭扰。去附近山里找一个合适的研习场所吧,千万别忘了,这次研习的结果将决定你的命运。"

他一边说着,一边把我拉到城堡门外,并关上了大门。

只剩我孤身一人之后,我鼓起了勇气。那是一个漆黑的夜晚,我穿着睡袍,光着脚,披散着头发,手中只有一本书。我向着离城堡最近的那座山走去。途中,一个牧羊人对我欲行不轨,我用拿书的手推了他一下,他立刻倒在我脚下死去了。你不用感到惊讶,因为这本书的封面是用诺亚方舟上的木片制成的,凡人只要一碰到,就会立刻死亡。

登上山顶的时候,太阳刚刚升起,我选择此处开始行动。不过,我必须等到第二天的午夜才能开始研习,于是我找了一个山洞休息一下。在山洞里,我遇到了一只母熊和一窝熊崽。母熊向我猛扑过来时,我的书本封面发挥了作用——母熊在我面前倒地而亡。看到它肿胀的乳头,我才感觉到自己已经饥饿难耐,可我并没有召唤精灵的能力,甚至不能召唤等级最卑微的小精灵。于是我决定躺在母熊身边,吮吸它的乳汁。母熊的身体还留有余温,所以乳汁喝起来也不会反胃,只不过我还得和一窝小熊抢着喝。阿方索,请你想象一下,一个十六岁的姑娘,从来没有离开过她出生的城堡,突然陷入了这样一

---

① 译注:拜火教创始人,"琐罗亚斯德"的波斯语译名为"查拉图斯特拉"。

个糟糕的境地。我掌握着惊人的法力,但我从未使用过,因为稍不留神,这种法力就会反过来伤害我自己。

这时,我看到青草开始枯萎,空气中弥漫着滚烫的蒸汽,鸟儿飞着飞着就落地而亡。我心想,可能恶魔得到了风声,正汇集到此处。一棵树突然爆燃起来,冒出的黑烟没有上升,而是环绕在洞口前,让我陷入了一片漆黑之中。原本倒在我脚边的母熊好像又活了过来,它眼中闪烁着火焰,瞬间驱散了黑暗。一只狡黠的精灵从母熊的口中钻了出来,看上去像是一条长着翅膀的蛇。这是内姆拉,一只最低等级的精灵,我哥哥有时选它为我服务。紧接着,我听到了守望天使的说话声,他是堕落的天使中最著名的一只。这时我意识到,他们已经来到了我身边,祝贺我迈出踏入灵界的第一步。他们的语言在《以诺书》(*Enoch*)第一部中有记载,我曾深入研究过那本书。

最后,守望天使的王子赛米阿玛斯现身了,他告诉我,现在可以开始了。于是我从洞中走出来,将那条绣满星辰的丝巾围成一个圈,然后打开我的书,大声念出了那些可怕的咒语,此前,我只敢在心中默念。阿方索先生,请你谅解,我无法告诉你接下来发生了什么,反正是一些你无法理解的事。我要告诉你,我获得了某种超凡的力量,可以驾驭精灵,此外,我还学会了怎样与天庭双子建立联结。差不多同一时间,我哥哥成功地看到了所罗门王女儿们的足尖。等到太阳进入双子座的时候,我也开始了自己的行动。那一天,或者说那晚,我以惊人的毅力进行了刻苦的研习,最后实在过于困倦,就沉沉地睡去了。

第二天早上,祖里卡把镜子拿到我面前,我在镜中看见了两个人形,正站在我的背后,转过身去,却什么也没有看见。但我朝镜中看时，他们又出现了。但是这些幻影一点都不可怕。我看到的是两个年轻男子，他们比常人略高一些，肩膀也更宽一些，他们的肩膀和女性一样，有着圆润的线条。他们的身躯也偏向女性化，但胸部仍是平坦的。他们的手臂浑圆，形态优美，放在身体两侧，摆出类似于埃及雕塑的姿势。他们有着浓密的蓝金色卷发，发卷一直垂到肩上。至于他们的容貌，我就不赘述了，你可以想象一下半神们的俊美容颜，因为他们确实是来自天庭的双子。两人头顶上燃烧的小小火焰，让我认出了他们。

"这两位半神着怎样的服装？"我问丽贝卡。

"他们什么都没穿，"她回答道，"他们每人都有两双翅膀，一双伏在肩头，另一双则收拢起来，围在腰间。他们的翅膀是全透明的，和蝇翅一样，不过上面布满了蓝金色的脉络，正好遮住了一切少女不宜的景观。"

"他们来了，"我心想，"他们就是我命中注定的天庭丈夫。"我忍不住暗自把他们和祖里卡的年轻情人做起了对比，不过这个想法让我感到十分羞愧。我朝镜中望去，看到两位半神正表情严肃地看着我，仿佛已经参透了我的心思，因为我这种无心的对比而感到生气。

接下来的几天，我都不敢朝镜中看，不过最后，我还是鼓起勇气看了一眼。天庭双子把手臂环抱在胸前，神情和蔼，我的羞愧之情随之烟消云散。不过，我还是不知道应该和他们说些什么。为了摆脱这种窘境，我拿起了一本伊德里斯[1]的书，也就是你们所称的阿特拉斯。这本书是我们所拥有的最美的诗集，伊德里斯优美的诗句中仿佛渗透着天体运行的和谐美感。我对这位作者的语言并不熟悉，因此担心自己读得不好，我朝镜中偷瞥了一眼，想看看我的听众们有何反响。结果令我非常高兴。我看到两兄弟互相交换着眼神，似乎对我的举动十分满意。他们还时不时地透过镜子看我，每当我们眼神相对时，我都非常紧张。

这时，我哥哥走了进来，镜中的人影随之消失。他告诉我他看到了所罗门王两位女儿的足尖。他情绪十分振奋，而我也能够感同身受。那个时刻，我感到心中充满了一种从未有过的情感。练习秘法时常有的暗自得意的心情渐渐由一种难以言表的、无比甜蜜的痴情替代，我从未体验过这种感觉。

我哥哥命人把城堡大门打开。自从我那次深山之行后，大门就一直关闭着。我和哥哥一起愉快地出门散步。在我眼中，田野仿佛被涂上了一层最鲜亮的色彩。我可以看到哥哥的眼中闪烁着光亮，与专注学习时的那种光亮截然不同。我们走到一个鲜橘果园的深处，然后各自冥想起来。回城堡的路上，我们仍旧沉浸在自己的遐想之中。

在服侍我就寝时，祖里卡拿来了一面镜子，我看到镜中不只有我一个人。我让她把镜子拿开，自顾自地认为，只要我不看镜子，别人就看不到我。我躺下入睡之后，却进入了一个奇异的梦境。我仿佛看到在深邃的天穹中，有两颗明亮的星辰正庄严地沿着黄道[①]飞行，突然间，它们离开了轨道，接着又重新出现，周身环绕着安德洛梅达[②]的腰

[①] 译注：天文学术语，由于地球绕太阳公转，从地球上看，太阳在天穹背景上慢慢移动，一年正好移动一圈，回到原位，太阳如此经过的路线就叫"黄道"。
[②] 译注：安德洛梅达在希腊神话中是埃塞俄比亚国王克甫斯（仙王座）和王后卡西奥佩娅（仙后座）的女儿。

带,也就是仙女座的星云。

这三个天体在苍穹中共同遨游,随后它们停了下来,变化为燃烧的流星;接着,它们又变成三个明亮的圆环,迅速旋转一阵之后,逐渐合为一体;最后,圆环变为一个蓝宝石王座上的光环。我看到双子伸出双臂,让我站到他俩中间。我努力想从床上起来,加入他们。但这一瞬间,我仿佛感到男仆坦仔正抱着我的腰,不让我起身。我感觉自己被紧扣在床上,喘不过气来,最后终于一下子惊醒了。

卧室里黑沉沉的,不过透过门上的缝隙,我可以看到祖里卡的房里有亮光。我听到了她的呻吟声,以为她生病了。我本应该呼喊她,但不知为何并没有这么做。在一阵羞耻而急切的冲动驱使下,我又趴到了钥匙孔边。我看到坦仔正在对祖里卡为所欲为,这一幕让我震惊得动弹不得。我闭上双眼,晕倒在了地上。

清醒过来的时候,看到我哥哥和祖里卡正站在我的床边。我狠狠地瞪了祖里卡一眼,告诉她不要再出现在我的面前。哥哥问我为什么这么生气,我红着脸把自己的所见告诉了他。他回答说,前一晚他已经准许他们二人成婚了,但他没有预见到这件事对我的影响,因而感到十分抱歉。尽管我只在视觉上遭到了亵渎,但天庭双子十分敏感,这一点让我哥哥感到很不安。至于我,只感到满心羞愧,再也没有脸面去看镜中的景象了。

我哥哥并不了解我和双子交往的具体情形,他只知道我和他们已经不是陌生人了。看到我深陷忧郁的样子,他担心我的研习要前功尽弃了,于是,在太阳即将离开双子座的时候,他觉得有必要提醒我一下。我如梦初醒,一想到马上就要与我的天神分别了,就止不住地颤抖,接下来的十一个月,我都见不到他们,甚至不知道他们对我的评价如何，我轻妄的行为是否已经配不上他们的尊重和关注了。

我决定到城堡中一个层高很高的房间里去，那里有一面十英尺①高的威尼斯镜。为了保持镇静，我还带上了一本伊德里斯的诗集，其中包含关于创世的诗歌。我在离镜子很远的地方坐了下来，开始大声朗诵。

念到一半时，我停了下来，然后鼓起勇气，高声地问双子兄弟是否亲眼见过这些创世奇迹。这时，威尼斯镜脱离墙面，来到我的面前。我看到双子兄弟带着满意的神情对我微笑，还点头确认，他们确实见证了创世的情景，和伊德里斯的描述完全一致。

于是我胆子更大了。我合上书，直视着两个天神爱人的眼睛。这个忘我的瞬间差点让我性命不保。我基本上还是一个凡人，所以无法承受这样高强度的眼神交流。他们眼中射出的神圣火焰差一点把我吞噬。我赶紧低下头，让自己镇定了一下，然后继续高声地念起诗来。不过这回，我恰巧念到了第二篇章，诗人在这一章描绘了神之子与人类之女的爱恋。如今，我们已经很难想象创世之初时人们的爱恋方式了。我很难读懂诗中丰富的描写，所以只能断断续续地念下去。每到停顿之时，我总会情不自禁地朝镜中看去，看到双子兄弟似乎听得越来越入迷。他们向我伸出双手，靠近了我的椅子。我看到他们肩头闪亮的双翼张开了，而环绕腰间的那对翅膀似乎也轻微地震颤了一下。我以为这对翅膀也将要张开，赶紧伸手捂住了眼睛。这时我感觉这只手被亲吻了一下，接着，拿书的那只手也得到了亲吻。就在这时，我听到镜子粉碎的声音。我意识到太阳刚刚离开了双子座，双子兄弟是

---

① 1英尺=0.304 8米。

第十四天

在和我吻别。

第二天，我在另一面镜子里看到了两个人影，更准确地说，是我的两个天庭爱人的模糊轮廓。到了第三天，我就完全看不到他们了。为了熬过他们离开后的漫长时光，我每晚都待在天文台，眼睛紧贴着望远镜，关注着我的双子星座，直到星座西沉，落到地平线以下，我仿佛还能看到他们。最后，直到巨蟹星座的末端都从天空消失之后，我才回到床上休息。我的床铺常常沾满了莫名流淌的泪水。与此同时，我哥哥满怀爱意与希望，更专注地投入到了神秘哲学的研究之中。有一天，他告诉我，他夜观星象，发现有一位在苏菲金字塔里住了两百年的著名秘法师，已经动身前往美洲，将在埃及科普特历的二月二十三日七点四十二分准时经过科尔多瓦。

那天晚上，我来到天文台，发现哥哥说得没错，只不过我的计算结果和他的稍有偏差。我哥哥坚持认为他算的时间是准确的，并且十分自信，他决定亲自到科尔多瓦去走一遭，以证明他是对的，而我算错了。他本可以迅速到达目的地，就我和你讲故事的这点时间就够了。但他偏偏想要享受远足的快乐，于是准备沿山路前行。他选择了一条风光最美的山路，以便在旅途中大饱眼福。沿着这条路，他来到了奎玛达旅馆。内姆拉随他同行，就是那天我在山洞中见到的那只狡猾小精灵。我哥哥让它找点晚饭来，于是内姆拉就去偷了一位本笃会修道院院长的晚餐，拿回了旅馆。之后，我哥哥不需要内姆拉了，就派它回来服侍我。当时我正在天文台夜观星象，发现我哥哥可能正身处险境。我命令内姆拉返回旅馆，不得离开主人一步。它得令出发了，不过很快又回来对我说，它被一种强大的力量所阻止，无法进入旅馆。这让我更加忧心如焚。不过最后，我还是等到哥哥和你平安返回了。

　　我从你身上感受到一种从容淡定的气质,由此判断你不是一个秘法师。我父亲曾预言说,我将为一个凡人吃尽苦头。我曾担心你就是那个凡人。不过很快,我的心就被其他忧虑所占据了。我哥哥给我讲了帕切科和他本人的遭遇。不过他还补充说,连他自己也不知道面对的是何种魔鬼,这一点令我十分惊诧。我们耐着性子等到夜幕降临,入夜后,我们念出了最可怕的咒语,不过毫无用处。我们无法确定这两个神秘女子的属性,也无法确定我哥哥是否因此而丧失了永生的权利。我本以为通过你的故事,我们可以得到一些启发,但你受到某种誓言的束缚,一个字都不肯吐露。

　　于是,为了帮助我哥哥,也为了平复他的焦虑,我决定亲自去奎玛达旅馆住上一晚。我昨天出发,到达山谷入口的时候,夜已经很深了。我拢起几缕雾气,把它们化作一团精灵萤火,命令它为我带路。这是我们家族的一项秘密法术,我的第七十三代先祖父的亲兄弟摩西,就是用类似的法术创造出火柱,引领以色列人走出了沙漠。

　　我的精灵萤火变得十分明亮,在我前方为我引路,但它选的并不是最近的一条路。我注意到了它的小伎俩,但没有予以足够的重视。

　　到达旅馆时,已经是午夜时分了。我走进院子,看到屋内有亮光,还传出旋律优美的乐声。我坐在院中的石椅上,开始施展卡巴拉秘法,但没有得到任何反馈。现在回想起来,也许是由于那乐声太悦耳迷人了,以至于我没能正确地施展秘法,而漏掉了一些关键的步骤。不过当时,我以为自己施展正确了,并由此推断,旅馆里既没有恶魔,也没有幽灵,那么住在里面的只可能是人类。于是我任由自己沉醉在他们的歌声中。我听到在一种弦乐器的伴奏下,有两个人在唱歌，他们嗓音优美，和声协调，真可谓此曲只应天上有。

这曼妙的歌声让我的心变得柔软起来，迷人的温柔感觉难以言表。我在石椅上坐了很长时间，听他们歌唱。不过最终我还是走进了屋内，因为这才是我此行的目的。我走上台阶，在正中的一间屋子里遇到了两位年轻的绅士。这两个人又高又帅，正坐在桌前用餐饮酒，还兴致盎然地唱着歌。他们穿着东方式样的服装，头上戴着缠头巾，裸露着胸膛和双臂，腰带上别着昂贵的兵器。

当时我以为这两位陌生人是土耳其人。他们为我搬来一把椅子，递给我一盘丰盛的食物，又在我的玻璃杯里倒满了酒。接着，他们又唱起歌来，并轮流弹拨一把双首琴，作为伴奏。

他们潇洒的做派充满了感染力，既然他们不受礼节的束缚，那我也变得无拘无束起来。我感到饿了，就大口吃菜。桌上没有水，我就喝酒。最后，我心血来潮地同两位年轻的土耳其男子一起唱歌，他们似乎很享受我的歌声。我唱了一首西班牙塞吉迪里亚歌曲，他们也以一首相同节奏和主题的歌曲作为回应。

我问他们在哪里学的西班牙语。

其中一人回答："我们出生在希腊的摩利亚半岛，职业是水手。在每个港口，我们都能轻易地学会当地的语言。好了，塞吉迪里亚歌曲已经唱得够多了，请听一听我们故乡的歌曲吧！"

阿方索，我该怎么形容呢？他们家乡的歌曲旋律能激发出灵魂中各种微妙的心绪。正当你的心被融化到温柔似水时，一阵出乎意料的旋律转折又会把你带回到纵情欢愉的状态。

我并没有被他们的表演所迷惑，在仔细观察之后，我发现这两个假冒的水手长得一模一样，而且和我的天庭双子十分相像。

萨拉戈萨手稿

"你们是出生在摩利亚的土耳其人吗?"我问。

"并不是,"那个还未讲过话的人回答,"我们是出生在斯巴达的希腊人,是同卵双胞胎。"

"同卵双胞胎?"

"啊,圣洁的丽贝卡,"另一个人说,"你怎么会认不出我们呢?我是波吕杜克斯①,这是我的兄弟。"

我从椅子上跳起来,逃到房间的一个角落里。此时,这对双胞胎变成了出现在我镜中的模样,张开了翅膀。我感觉自己被托举到空中,幸好我灵机一动,呼喊出了一个神圣的名字,这个名字其他秘法师都不知晓,只有哥哥和我知道。就在这时,我掉到地面,这一摔让我失去了意识。直到被你救起之后,我才恢复过来。我的直觉告诉我,我还没有失去对我而言最重要的东西。不过,我已经厌倦这些奇异法术了。噢,神圣的双子啊,我配不上你们,这一点我很清楚!我命中注定只是一个凡人!

听完丽贝卡的故事,我的第一反应是:她从头到尾都在戏弄我,她唯一的目的就是取笑我轻信无知。我不太客气地离她而去,然后思考起了她的故事。"这个女子要么是和戈麦雷斯家族是一伙的,想考验我并让我改信伊斯兰教,"我心想,"要么就是出于什么别的目的,想要探听我表妹们的秘密。又或者我的表妹们确实是魔鬼;又或者她们是遵照族长的指令,假扮成这个样子……"当我还在苦苦思索

---

① 译注:在希腊神话中,宙斯将波吕杜克斯和卡斯托尔兄弟二人安置在天上,成为双子座。

这些可能性时，突然看到丽贝卡在空气中画着圈，同时施展着其他诸如此类的花招。接着，她来到我面前，对我说："我把我的方位告诉哥哥了，他今晚就会过来的。在等他的这段时间里，我们去吉普赛人的营地里坐坐吧。"

她大大方方地靠在我的胳膊上，我们很快就来到吉普赛老首领的营地，首领礼数周全地向这位犹太姑娘致以问候。这一整天，丽贝卡都表现得非常自然，仿佛已经把神秘哲学全抛在了脑后。她哥哥在天黑之前就到达了。他们一起离开了，我也上床休息了。躺好之后，我又想起了丽贝卡的故事。我想，这是我第一次听到有关卡巴拉秘法、精灵和星座的事情。在她的叙述中，并没有什么值得质疑的内容。我就这样在困惑的思绪中沉入了梦乡。

原注：

1 《古兰经》里提到的一名先知。

第十五天

我起得很早，为了打发早餐之前的时间，就出去散了会儿步。走到不远处时，我看到秘法师和他的妹妹似乎在激烈地争论着什么。我退到路边，不想打扰他们。不久之后，秘法师就快步往营地方向走去了，而丽贝卡则急匆匆地朝我走来。我迎上前去，陪她继续散步，但我们两个人谁都没有说话。

最后，这位美丽的犹太姑娘首先打破了沉默，对我说："阿方索先生，我要告诉你一个秘密，如果你对我的命运还有一丝关心的话，就一定不会无动于衷。我刚刚决定放弃秘法的研习了。昨晚我为此做了激烈的思想斗争。我父亲赋予我的永生命运到底有什么价值呢？我们难道不都是永生的吗？每个人死后不都会进入公正的永恒天国吗？在这短暂的人生中，我想要活得精彩。我想与一个凡人丈夫共度一生，而不是守着两颗星星度日。我想生儿育女，等我的孩子们也生儿育女之后，我就可以心满意足地终结这一生，在儿孙们的怀抱中入睡，然后飞升到亚伯拉罕的怀抱中。对于我的人生计划，你怎么看？"

"我十分赞同，"我对丽贝卡说，"不过，你哥哥对此有何看法呢？"

"一开始他很生气，"她承认，"不过最后，他向我保证，如果他与所罗门王的两位女儿无缘牵手的话，他也会做出和我一样的选择。等到太阳进入处女座之后，他就会做出决定。眼下，他只想搞清楚，那些在旅馆里戏弄他的吸血鬼究竟是什么来路，就他所说，这两个吸血鬼名叫艾米娜和祖贝达。关于这件事，他不会再逼你讲出自己的经历了，因为他声称，你知道的并不比他多。不过今天晚上，他准备召唤那个流浪的犹太人，就是你在隐修者的小屋里见过的那个人。我哥哥想从他那里得到一些消息。"

丽贝卡说到这里时，有人过来通知我们，早餐已经备好了。餐食摆放在一个空间宽敞的洞穴中，人们把帐篷都收了进来，因为天空已经开始变得阴沉。不久后，就听到了雷暴声。看起来，我们这一整天都要在洞中度过了，于是，我请求吉普赛老首领继续他的故事，他便讲述了起来。

吉普赛人首领的故事（续）

阿方索先生，你应该还记得，上回讲到了罗马蒂口述的萨莱诺山公主的故事。我也告诉了过你，公主的故事给我留下了多么深刻的印象。那天晚上，我们睡下之后，卧室里只剩下一盏烛灯的微弱光芒。我不敢朝房间的黑暗角落看，更不敢直视旅馆老板存放大麦的那个大箱子。我觉得箱子里随时有可能跳出公主的六个骷髅。我用毯子蒙住头,眼不见为净,接着很快就睡着了。

第二天一早,我在骡铃声中醒来,比大部分人起得都早。我早已忘记罗马蒂和他的公主的故事,一心只想着继续踏上旅途的快乐。这天的旅程非常舒适,太阳并不是很大,有时候会被云层遮挡,于是赶骡人决定这一整天都要抓紧赶路,只在一处名叫多斯莱昂纳的饮水处休息一次。这个饮水处位于通往塞哥维亚和马德里两条大路的分岔口。这里绿树成荫,泉水从两座狮子雕塑的口中喷涌而出,流进大理石铺就的水槽中,使这个地方显得更加优美雅致。

我们到达饮水处的时候,正值中午时分,我们刚一到,就看到一支来自塞哥维亚方向的旅行队也朝这里走来。一位姑娘骑在第一头骡子上,看上去和我年纪相仿,实际上比我稍大一点,而牵着骡子的也是一个年轻的赶骡人——一个英俊的十七岁少年,虽然穿着一身赶骡人的朴素装扮,但还是可以看出他的俊美容貌。他们身后的一位中年女士看上去很像我的达拉诺萨姨妈,倒不是因为她们容貌相仿,而是因为她的举止与和善的表情同我姨妈一模一样。在她身后,还跟着几个随从。

由于我们先到达饮水处,已经把餐食摆好,于是就邀请新来的队伍分享我们的午餐。他们答应了,但都闷闷不乐的样子;那个姑娘看上去尤为悲伤。她不时向那个年轻的赶骡人投去温柔的眼神,赶骡人便殷勤地服侍她用餐。中年女士一直用心疼的眼神看着他们,眼中还闪着泪光。我注意到了他们悲伤的情绪,本想安慰他们几句,但又不知道从何说起,于是也只能闷头吃自己的午饭。

再次出发之后,我姨妈和那位中年女士并排前行,我则绕到了那位姑娘身边。我清楚地看到那个年轻的赶骡人触碰了她的手和脚,还假装在调整鞍座；我甚至看到他亲吻了一下她的脚。

两个小时之后，我们来到了奥梅多镇，准备在这里过夜。我姨妈命人在旅馆门前放上几把椅子，然后邀请那位女士一起落座聊天。不久之后，她让我去准备几杯热巧克力。我跑进旅馆找我们的仆人们，不知怎么就跑进了一间房间，看到那个年轻人和小姑娘正紧紧相拥、伤心落泪。这一幕让我心如刀绞，于是我也张开双臂，抱住了年轻人的脖子，和他们一起痛哭起来，哭得我都喘不过气来了。正在这时，两位女士走了进来，我姨妈看到这个场景，心里也很难过，就把我带出了房间，问我为什么要哭。由于我也不知道为什么要哭，所以也没办法回答她。听说我连原因都不问就跟着别人一起哭，我姨妈不禁笑了起来。此时，另一位女士关上了门，可以听到她和小姑娘在房里抽泣；直到晚饭她们才出来。

晚餐的气氛很沉闷，大家都简单吃了几口就不吃了。

餐桌收拾干净之后，我姨妈向那位女士问："夫人，苍天在上，我绝不敢对自己的邻居有恶意的揣测，尤其是对您，因为您看上去是一个善良而虔诚的基督徒。不过，我有幸与您共进晚餐，将来如果有幸，我也希望能继续有机会和您共进晚餐；可是我的外甥，他看见那位年轻的姑娘和那个英俊的赶骡人紧紧拥抱在一起；关于这一点，我们不需要指责他，当然我也没有权利……不过，既然有幸和您同桌用餐……而且前往布尔戈斯的路途还那么长……"

说到这里，我姨妈感到非常尴尬，连话都说不下去了。这时，另一位女士主动开口了。"夫人，您说得很对，"她说，"您看到那一幕之后，完全有权利询问我，为什么我表现得那么宽容。我有一千个理由可以拒绝告诉您原委，但是我觉得我有必要告诉您事实。"

于是这位善良的女士拿出自己的手帕，擦了擦眼泪，讲起了自己的故事。

玛丽亚·德·托雷斯的故事

我是塞哥维亚的法官埃马努埃尔·德·诺努尼亚的女儿。我十八岁时嫁给了退役上校堂恩里克·德·托雷斯。我母亲很早之前就过世了，而我婚后两个月时，父亲也过世了。于是，我把我的妹妹艾尔维拉·德·诺努尼亚接来一起生活，她当时还不到十四岁，但她的美貌已经广为传颂。我父亲并没有为我们留下什么遗产；至于我的丈夫，他虽然颇为富有，但出于家族原因，我们必须要为五位马耳他骑士支付退休金，还要为六位有亲戚关系的修女支付修道院的费用，因此我们的收入只能勉强应付家庭支出。不过，宫廷为我丈夫准备了一份退休金，我们的生活才稍微宽裕了一点。

当时，塞哥维亚有许多贵族家庭和我们一样，日子过得紧巴巴；出于共同的需要，他们设计了一套省钱的方法。他们基本上互不拜访；女士们站在自家窗前，而男士们则在窗前的街道上仰望。他们常常弹起吉他，深情地吟诵诗文，这两件事情不用花费一分钱。城中的软呢布制造商们都生活富裕，我们既然比不过他们，就选择鄙视和嘲笑他们。

第十五天

　　随着我妹妹渐渐长大，我们家窗前的街道上的吉他越来越多。有些人吟诵诗文时，由一旁的人伴奏；有些人则自弹自唱。城中的其他丽人们都对此嫉妒不已，但我们家这位集万千宠爱于一身的人，对这些求爱者却毫不在意，她几乎从不现身窗前。出于礼节，我只能站到窗前，向街道上的人们致以礼貌的问候。这种礼貌问候变成了我不可推卸的工作，不过，每当最后一个求爱者离去后，我都会如释重负地关上窗，这时，我的丈夫和妹妹已经在餐厅等我了。我们的晚餐总是很简朴，不过我们会把这些求爱者的笑料当作佐餐的佳品。我们把每个求爱者都取笑了一遍，我相信，如果这些人听到了我们的玩笑，一定再也不会出现在窗前的街上了。这些玩笑不免尖酸刻薄，不过我们乐在其中，有时甚至一讲就讲到深夜。

　　一天晚上，正当我们嘲讽求爱者时，艾尔维拉突然变得严肃起来，对我说："姐姐，你有没有注意到，每当所有求爱者从我们窗前离开，我们客厅的灯暗下之后，总能听到远处传来一两首塞吉迪里亚歌曲，弹唱者似乎十分专业，并非业余歌手？"

　　我丈夫也认同说他确实听到过这种歌声，我也做了相同的回答。接着，我们就取笑起了妹妹，说她又拥有了一个新的追求者。不过我们注意到，她对于这个玩笑的反应似乎与平时不同，这次她好像略有一些不快。

　　第二天，在与妹妹的求爱者们告别之后，我关上了窗，熄灭了客厅里的灯，然后留在客厅里静静等待。很快，我就听到了妹妹所说的歌声。开始是一段技巧精湛的前奏，之后，歌者唱了一首描写神秘喜悦的歌曲，接着又用羞涩的语调唱了一首爱情歌曲，再之后，一切就安静了下来。离开客厅的时候，发现我妹妹正躲在门后倾听。我并没有戳穿她，但我注意到她似乎心神不定，正痴痴地想着些什么。

那位神秘的歌者每晚都会吟唱他的小夜曲，我们也听习惯了，总是要等到他唱完再吃晚饭。

艾尔维拉对这持续不断的神秘歌声感到十分好奇，但她的心还没有被打动。就在这时，塞哥维亚又迎来了一位大人物，引得人们纷纷瞩目，钱袋子也变得按捺不住了。此人名叫洛韦拉斯伯爵，一个被宫廷驱逐出来的人，而在外省人眼里堪称一个重要人物。

洛韦拉斯生于墨西哥维拉克鲁斯①。他的母亲是墨西哥人，为他们家族带来了一大笔财富，而且当时的宫廷十分看重来自美洲的人，于是他便横跨大洋，来西班牙寻求最高贵族的头衔。您完全可以想象，此人出生于新世界，对于旧世界的宫廷礼仪必然知之甚少。不过他腰缠万贯，连国王也只能对他的可笑行为假意逢迎。不过，由于这一切都来自他的自负和骄傲，他最终成了人们嘲弄的对象。

在那个时期，宫廷里的年轻人们热衷于选择一位女士，并向她表达仰慕之情。他们会穿上心上人所喜爱的颜色的服装，在诸如骑马比武等特定场合下，佩戴上代表心上人的符号徽章。

自命不凡的洛韦拉斯伯爵，戴上了阿斯图里亚斯公主的符号徽章。国王认为这只是一个无伤大雅的玩笑，但公主却感到深受冒犯。于是一位王室警卫到洛韦拉斯伯爵家里逮捕了他，把他押送到塞哥维亚的城堡塔楼中。他在塔楼里被关了一个星期，然后就被放了出来，只是不能够随意离开塞哥维亚市。他被驱逐的原因并不体面，但是这位伯爵在任何情况下都能自吹自擂。他向人们说起自己的"不轨行

---

① 译注：墨西哥东岸的最大港口城市。

为",暗示公主私下里已经委身于他。

事实上,洛韦拉斯伯爵已经膨胀到了无以复加的地步,他认为自己无所不知,无所不能。不过,他自认较为得意的领域还是斗牛、唱歌和跳舞。

他的追随者们都对他十分恭敬,不敢在唱歌和跳舞这两项上对他提出质疑,但斗牛可就没有这么宽容了。尽管如此,这位伯爵在手下斗牛士的帮助下,仍然觉得自己天下无敌。

如我所说,我们那里的贵族家庭通常都闭门谢客,只接待首次登门拜访的客人。由于我丈夫的出身和军事成就都可圈可点,洛韦拉斯伯爵便认定了要首先拜访我们家。我站在高处的迎宾台上会见了他,而他则停留在低处,因为按照我们省内的风俗,女士和登门拜访的男士之间要保持充分的社交距离。

洛韦拉斯伯爵讲起话来口若悬河。就在他长篇大论的时候,我妹妹走了进来,坐到我的身边。她的美貌令伯爵深受震撼,瞬间石化了。他结结巴巴地说了几句不知所云的话,接着便问起我妹妹最爱的颜色是什么。我妹妹回答说她并没有最爱的颜色。

"女士,"洛韦拉斯伯爵说,"既然您对这一话题如此漠不关心,那我只能用一种颜色来表达自己忧伤的心情,从今以后,棕色就将是我的颜色。"

我妹妹从没听过这样的奉承话,一时之间不知道如何作答。洛韦拉斯伯爵起身,恭敬地离去了。我们听说,那天晚上他去别家拜访的时候,不停地说艾尔维拉的美貌多么令人惊艳,第二天,我们又听说,他已经定做了四十套棕色的制服,上面还绣有金色和黑色的装饰。

正是从那一天开始，每天晚上那动人的歌声消失了。

洛韦拉斯伯爵听说，塞哥维亚这里的贵族家庭不会接待再次来访的客人，于是便加入到了我们窗前街道上的求爱人群中，而且每天都来。由于他并没有得到西班牙最高贵族的头衔，街上的这些年轻贵族也都拥有卡斯蒂利亚的爵位，因此他们都把洛韦拉斯伯爵当作平辈来看待，也没有对他特别地谦让。不过渐渐地，金钱再次显示出了它的能量；当洛韦拉斯伯爵的吉他响起时，其余人的吉他则万马齐喑，正如他讲话时一样强势，他把我们窗下的音乐会变成了他一个人的独奏会。

但洛韦拉斯伯爵并不满足于这种唯我独尊的地位，他很希望我们能看到他斗牛时的风采，也渴望与我妹妹共舞一曲。于是他略带浮夸地告诉大家，他已命人将一百头公牛从瓜达拉马运到了塞哥维亚。此外，在离斗牛场一百步远的地方有一个公共广场，他将在广场上铺设地板，这样在斗牛结束后的夜晚，人们就可以在广场上纵情起舞。这个消息虽然简短，却在塞哥维亚引起了剧烈的反响：人们兴致高昂，就算不准备散尽财产，至少也要好好地挥霍一番。

斗牛表演的消息一经传出，城里的年轻人便疯狂起来，他们四处奔走，展现出斗牛士一般的风采，并大量订购传统的金色斗牛服和鲜红的斗篷。至于女士们的行动，就算我不说，您也一定想象得到。当然了，她们会翻遍自己的衣橱，试穿每一件礼服，试戴每一顶假发；她们还召来了裁缝和制帽师，她们的花销，哪怕是暂时赊账，也为整体妆容加了一把力。

在这个激动人心的消息宣布后的第二天，洛韦拉斯伯爵又准时来到了我家的窗下，告诉我们，他召集了二十五家甜品饮料商，并邀

第十五天

请我们来评判他们产品的优劣。这时,我们面前的街道上出现了许多身着棕色和金色制服的仆人,他们手上都端着装有点心饮料的镀金餐盘。

第三天,同样的情形又上演了,我丈夫终于忍无可忍。他认为我们家变成了一个公共集会的地点,这并不是一件体面的事情。不过,他还是好心地征求了我的意见。和往常一样,我完全支持他,于是,我们决定搬到比利亚卡村暂住,我们在那里拥有一处房产。我们发现这样做还有另一个好处,那就是省钱。如果我们搬去村里暂住,就会错过洛韦拉斯伯爵的几场斗牛表演和舞会,相应地,就能省下定做新衣服的钱。不过,由于比利亚卡村的房产还需要修缮,我们的搬家计划还得延迟三周。洛韦拉斯伯爵一得到这个消息,就跑来告诉我们:他多么伤心,他对我妹妹又多么一往情深。至于艾尔维拉,她似乎已经忘记了那个每晚歌唱的神秘歌者。但即便如此,她还是对洛韦拉斯伯爵的求爱完全无动于衷。

说到这里,我要补充一件事,那个时候我的儿子只有两岁,正是您见到的我们的小赶骡人。他名叫隆泽托,这个孩子为我们全家带来了骄傲和欢乐,艾尔维拉对他的爱一点都不比我少,可以说,当我们每天被窗下的无聊喧闹搞得不厌其烦时,这个孩子是我们唯一的安慰。可就在我们刚决定要搬去比利亚卡村时,隆泽托就染上了天花。您应该可以想象我们的悲痛心情。我们没日没夜地照顾他,而就在此时,那个神秘歌者的歌声又出现了。每当前奏响起,艾尔维拉就会面色绯红,不过之后,她还是会全心全意地照顾隆泽托。等孩子康复之后,我们就又打开了面向街道的窗户,从这天起,神秘歌者的歌声又消失了。

我们重新打开窗户之后，果然又看到了洛韦拉斯伯爵。他告诉我们，斗牛表演之所以会延期，都是为了等我们，他还请我们定一个时间。我们实在无法拒绝这样的好意，于是这场盛事的日期就定在了下一个星期天，对于不幸的洛韦拉斯伯爵来说，这个日子或许离得太近了。

斗牛的场景您应该也很熟悉，毕竟所有的斗牛都大同小异。当然，您也许知道，贵族斗牛的方式与平民斗牛的方式是不一样的。贵族会首先骑在马上，手持一根长矛。当他们发出第一击之后，就要接受公牛的回击。不过，由于他们的坐骑都接受过斗牛训练，所以公牛只会擦过马匹的臀部，不会造成什么伤害。这时，贵族斗牛士要下马，手持一把剑继续竞技。如果想要顺利地进行这一阶段，就必须选用一头老实的公牛，不能出什么幺蛾子。但伯爵手下的斗牛士却犯了一个错误：选用了一头狡猾的公牛，那头牛原本有别的用场。后来，专业斗牛士发现了自己的错误，但洛韦拉斯伯爵已经进入了竞技场，不可能再退出来了。他似乎并没有意识到自己正身处险境。他围着公牛绕了一圈，然后将手中的长矛刺进了公牛的右肩，做这个动作时，他伸长了手臂，上身倾斜着凑近对手的两个牛角之间，完全合乎规范。

受伤的公牛似乎要往门口方向逃去，不过突然间，它杀了一个回马枪，朝着洛韦拉斯伯爵猛撞过来，把他撞得人仰马翻，马匹被撞到了护栏外，而洛韦拉斯伯爵还留在护栏的里面。紧接着，公牛便向他冲了过来，用牛角挑起了他斗篷的衣领，在空中甩了几圈，把他抛向了斗牛场的另一侧。这一下，公牛一时找不到对手去了哪里，就满场搜寻起来，最终确定了对手的方位。它怒视着洛韦拉斯，蹄子不停地刨着地面，尾巴也愤怒地摇个不停。就在这千钧一发之际，一个年轻人翻越护栏进入场内，接过洛韦拉斯伯爵的剑和红色斗篷，勇敢地站到公牛面前。狡猾的公牛做了一系列的佯攻姿势，但并没有骗过眼前这个未知的对手。最后，公牛双角贴地向他猛冲过去，却一头撞上他的剑尖，倒在他的脚下，死了。这时，胜利者将剑和斗篷扔到公牛身上，朝我们包厢的位置看过来，并对我们鞠了一躬，接着，他便翻出护栏，消失在了人群中。艾尔维拉紧紧地握着我的手说："我可以肯定，他就是那位神秘歌者。"

故事说到这里时，吉普赛人首领的一个亲信走过来，对首领说了几句话。首领请我们允许他明天再接着讲故事，然后就去打理他的小小王国的事务了。

"故事停在这里，真让人恼火，"丽贝卡说，"我们的首领把洛韦拉斯的命运中断在这个节骨眼上，如果他在竞技场里待到明天，就没有人能救得了他了。"

"别着急，"我回答，"你大可以放心，这些富人永远不会被抛弃的，他手下的斗牛士会给他必要的援助。"

"你说得没错，"犹太姑娘说，"我着急的应该不是这件事，我想知道的是那个屠牛勇士的名字，他到底是不是那个神秘的歌者。"

"可是，女士，"我说，"我以为没有什么事可以瞒得过你的眼睛。"

"阿方索，"她反驳，"请不要再和我提起秘法的事。从现在开始，我只想知道别人告诉我的事情，我想掌握的唯一秘诀，就是怎样让我爱的人高兴。"

"所以,你已经有爱的人了?"

"当然没有。这种事情相当困难。不知道为什么,我觉得自己不会轻易爱上和我同一宗教信仰的男子,我也绝不会和你们宗教的信徒成婚,所以我唯一的选择就是穆斯林。听说突尼斯和菲斯①城里的男子都英俊和蔼,如果我能找到这样一个深情的男子,那就很好了。"

"可是,你为什么那么恨基督徒?"我问丽贝卡。

"请不要问我这个问题,"她回答,"你只需要知道,除了我自己的宗教之外,我能接受的只有伊斯兰教。"

我们在这个话题上又聊了一会儿,就有点聊不下去了。和这位年轻的犹太姑娘告辞后,我便出去打猎了,晚饭时才回来。我发现大家的情绪都很不错,秘法师正说起那个流浪的犹太人,说他已经启程了,很快就会从非洲腹地来到这里。丽贝卡对我说:"阿方索先生,你很快就能见到他了,这个人亲眼见过你崇拜的那个救世主。"

这些话不太顺耳,于是我转换了话题。这天晚上,我们都很希望吉普赛人首领能继续讲他的故事,但他推辞说等到明天再接着讲。于是我们就各自休息了,这一夜我睡得很好,一觉睡到天亮。

---

① 译注:摩洛哥历史名城,摩洛哥最古老的皇城。

第十六天

　　一大清早，我就被蝉鸣声唤醒了，安达卢西亚这一带的蝉鸣叫起来特别活泼欢快。此刻的我，已经能够敏锐地感知到大自然的种种美好。我走出自己的帐篷，眺望着远方地平线上晨曦初露的美景。接着，我又想到了丽贝卡。"她说得对，"我心想，"我们应该追求凡尘俗世中的欢乐，不必虚度这一生的时间去幻想一个理想的天国，反正我们早晚都会去往天国。人世间平凡的美好和愉悦的感观如此丰富，享受到这些，我们短暂的一生不也够充实了吗？"我在这样的思考中沉浸了一会儿，尽管这只是我一些微不足道的感想。随后，我看到大家都陆续前往山洞中吃早饭，便也走了过去。在清新的山间空气中安睡了一夜的人们，此时都胃口大好。胃得到满足之后，我们请求吉普赛人首领继续讲他的故事，他便讲述了起来。

萨拉戈萨手稿

吉普赛人首领的故事（续）

各位，上回说到，我们离开马德里两天后，在前往布尔戈斯的旅途上遇到了一位年轻的姑娘，她的恋人是玛丽亚·德·托雷斯女士的儿子，这个少年此时装扮成了赶骡人的模样。至于这位玛丽亚女士的故事，上回我转述到：洛韦拉斯伯爵在竞技场的一端奄奄一息，而竞技场的另一端，一位神秘歌者不顾自身安危，杀死了愤怒的公牛。玛丽亚·德·托雷斯女士的故事，接下来是这样的：

玛丽亚·德·托雷斯的故事（续）

可怕的公牛倒在了自己的血泊之中，见此情景，洛韦拉斯伯爵的侍从们冲进竞技场援救他们的主人。洛韦拉斯伯爵已经晕过去了，人们把他抬到担架上，送回了家里。可以想象，斗牛盛事也因此中止，大家都各自回到了家。不过到了晚间，我们听说洛韦拉斯伯爵已经脱离了生命危险。我丈夫派了一个小信使去打听他的消息，信使去了很久，最后，他为我们带回了下面这封信：

第十六天

尊敬的堂恩里克·德·托雷斯先生：

谨以此信告知您，造物主的仁慈让我暂且余力尚存，但胸口的剧痛令我十分忧虑，也许我不能从此次的伤情中完全康复。堂恩里克先生，如您所知，上天让我享尽了世间的荣华富贵。我特此立下遗嘱，将我名下的一部分财富赠给舍命相救的陌生勇士。

至于剩余部分财产，我诚心诚意地将其献给您的妻妹、无与伦比的艾尔维拉·德·诺努尼亚。我恳求您向她转达：她在一个人的心中激起了景仰荣耀的豪情，而这个人也许很快就要化归尘土，幸而此刻，蒙上天眷顾，他仍有余力可以署下自己的名字：洛韦拉斯伯爵、贝拉·隆萨与克鲁兹·贝拉达侯爵、塔利亚韦德及里约·弗洛罗世袭长官、托勒斯克与里加·富埃拉与门德斯与隆佐斯领主，等等，等等。

您也许会感到吃惊，我怎么能背得出那么多的头衔，那是因为我们常常把这些头衔一个接一个地安到我妹妹的头上，以此来取笑她。久而久之，我就全都能背下来了。

我丈夫一收到这封信，就立刻把其中的内容告诉了我们，并询问我妹妹应当如何回信。艾尔维拉回答说，首先，她会尊重我丈夫的建议，不过她也坦白说，伯爵在其言行中所体现出来的狂妄自大，令她印象深刻，与之相比，他身上的优秀品质则显得微不足道了。

我丈夫立刻领会了这些话的意思，于是他在给洛韦拉斯伯爵的回信中写道：尽管艾尔维拉年纪还小，无法领受洛韦拉斯伯爵大人的美意，但她和其他家人一样，衷心祝愿洛韦拉斯伯爵大人早日康复。然而，洛韦拉斯伯爵并没有看出这是一封拒绝信，甚至还放出消息说他和艾尔维拉的婚事已定。在此期间，我们已经搬去了比利亚卡村。

我们的房子位于村庄尽头，再过去一点就是田野。这个位置的风景十分优美，而且房子也已经修缮一新。我们正对面是一间农舍，不过装饰得极具品味。门前台阶上摆放着花盆，精致的窗户前还挂着鸟笼，窗台上还摆放着其他一系列赏心悦目的装饰品。我们听说这间农舍刚被出售给了一位来自穆尔西亚的自耕农。在我们省内，自耕农指介于贵族和佃农之间的一种身份。

到达比利亚卡村时，时间已经不早了，我们从地窖到阁楼，把整个房子里巡视了一遍；然后便命人把椅子搬到门前，坐下来享用热巧克力。我丈夫和艾尔维拉开起了玩笑，说这么寒酸的一所房子怎么配得上未来的洛韦拉斯伯爵夫人。艾尔维拉心情愉快地接受了这个玩笑。不久之后，我们看到四头健壮的牛拉着一辆大车从田野里走了过来。走在前边赶车的是一个雇农，大车后面则跟着一位年轻人，手臂上还挽着一位年轻姑娘。年轻人身材非常高大，当他走近时，艾尔维拉和我都认了出来，他就是救了洛韦拉斯的那个人。我丈夫没有注意到他，但我妹妹给了我一个眼神，我立刻就领会了。这位年轻人和我们打了招呼，却没有要相互介绍认识的意思，随后他便走进了对面的农舍。那位年轻女子则似乎正仔细观察我们。

"真是一对金童玉女啊！"我们管家堂娜玛努埃拉说。

"金童玉女？这是什么意思，"艾尔维拉问，"他们结婚了吗？"

"是的，结婚了，"堂娜玛努埃拉说，"告诉你们实情吧，他们的婚姻违背了父母的意愿，那个姑娘是和他私奔过来的。这儿的每个人都知道他们的事情。很明显,他们并不是农民。"

我丈夫问艾尔维拉为什么如此在意这件事情,他还补充说:"或许他就是那位神秘的歌者。"

就在这时,我们听到吉他的乐音从对面房子里传来,相伴而来的歌声,证实了我丈夫的猜测。"真奇怪,"他说,"既然他和别人结婚了,那他当时唱的那些小夜曲,应该是唱给恋人听的,他的恋人也许住在我们隔壁。"

"事实上,"艾尔维拉说,"我认为那些歌是唱给我听的。"

听到这么率真的话语,我和丈夫都笑了。之后,我们再也没有谈起这个话题。在比利亚卡村小住的六周时间里,对面房子里的窗帘一直紧闭,我们也再没见过对面的邻居。我甚至以为,他们比我们先离开比利亚卡村。

在即将返城的时候,我们听说洛韦拉斯伯爵的伤势正逐步康复,斗牛盛事也要重新开始了,尽管洛韦拉斯伯爵本人不会再上场。我们回到了塞哥维亚。欢乐的庆典令人目不暇接,精心筹备的社交活动也接二连三地上演。最后,洛韦拉斯伯爵的良苦用心终于打动了艾尔维拉,他们举办了华丽隆重的盛大婚礼。

婚礼刚过去三周,洛韦拉斯伯爵就得到消息,他的流放期已经结束了。他得到允许,可以再次进入宫廷。一想到可以与我妹妹一起前往,他就喜不自胜,但离开塞哥维亚之前,他想查明到底是谁救了他的性命。于是他让城里的传令员宣布,如果有人能说出这位救命恩人是谁,就可以获得一百枚八字金币作为赏金,一枚八字金币值八个皮

萨拉戈萨手稿

斯托尔①。第二天，他收到了这样一封信：

> 伯爵大人：
>
> 　　阁下的努力毫无意义，请不要再徒劳寻找那个救了您性命的人，您只需要知道，您已经夺走了他的性命。

洛韦拉斯伯爵把这封信拿给我丈夫看，并用无比傲慢的口气说，这样一封信只可能来自他的情敌，但他并不知道艾尔维拉此前还有过其他心动的对象。如果他知道这一点就绝不会和她结婚。我丈夫请求伯爵不要这样信口开河，从此以后他再也没有踏进过伯爵府一步。

进宫这件事肯定没有下文了，洛韦拉斯伯爵变得阴沉而狂暴。他所有的自负都化为嫉妒，而嫉妒又点燃了持久的怒火。我丈夫把那封匿名信的内容告诉了我，我们一致认定，比利亚卡村的那个农民一定就是那个神秘的追求者。我们派人去打探他的消息，但他已经离开村庄，那所农舍也已经卖掉了。

艾尔维拉怀孕了。关于她丈夫感情上的转变，我们一直尽可能地瞒着她。她自己也察觉到了这一点，但是并不知道其中的原委。洛韦拉斯伯爵宣布说，为了不打搅他的妻子，他将和她分床休息。只有在用餐的时候，他才会见她。就算见面谈话时，他也阴阳怪气，言语十分尖刻。

我妹妹怀孕到九个月的时候，洛韦拉斯伯爵离开了家，假称自己有生意上的事要去加的斯处理。一周之后，一位公证员给艾尔维拉带

---

① 译注：一种西班牙钱币。

第十六天

来一封信，需要在见证人面前当众宣读。于是我们都聚到了一起，信的内容如下：

> 夫人：
>
> 我发现了你与堂桑乔·德·佩纳·松布拉之间的私情。我对此早有怀疑。他在比利亚卡村的停留证实了你的不忠，尽管堂桑乔的妹妹为此事做出了拙劣的掩饰，假称自己是堂桑乔的妻子。我据此认为，你选择我，是看中了我的财产。我的财产从此与您无关，我们也将不再共同生活。我将支付你的生活费用，至于你即将诞下的那个孩子，我不会将其认作自己的子嗣。

艾尔维拉没有听到完整的内容，刚念完第一句，她就昏了过去。我丈夫当晚就出了门，为我妹妹所遭受的羞辱报仇。此时，洛韦拉斯伯爵已经登船前往美洲，我丈夫于是登上了另一条船。一场突如其来的暴风雨让他们双双殒命海底。艾尔维拉生下的孩子，就是我身边的这个女孩，生下她两天之后，艾尔维拉也去世了。我真的想不通，为什么老天没有把我也收了去？可能是极度的悲痛反而给了我力量，让我能够忍受这悲惨的命运。

我给这个小女孩也取名为艾尔维拉，并努力为她争取父亲财产的继承权。听说我们必须要去墨西哥法庭起诉，于是就给美洲那边写了一封信。得到的反馈说遗产已经分配给了二十个旁系亲属，而且众所周知，洛韦拉斯伯爵拒绝把我妹妹的孩子认作自己的子嗣。我全部的收入也不够支付二十页法律诉讼函的费用，于是只能在塞哥维亚当地登记了小艾尔维拉的出身和家世信息。我卖了城里的房子，领着两个孩子搬到了比利亚卡村去生活。当时，我的小隆泽托将满三岁，而小艾尔维拉才刚满三个月。最令我不能忍受的就是要整日面对那个该死的陌生人所住过的农舍，他的神秘感情真是害人不浅。最后，我终于放下了心结，我的孩子们成了我最好的慰藉。

我在比利亚卡村隐居了不到一年时，收到了来自美洲的一封信：

女士：

　　这封信来自一个不幸的人，他诚惶诚恐的爱情给您的家庭带来了厄运。对于无与伦比的艾尔维拉，我的恭敬之情更甚于所谓的一见钟情。因此，我不敢贸然表达自己的爱意，只有当街道上的人们都散去、没有人能发现我的大胆行径时，我才会弹起我的吉他。

　　征服我的心的这种魅力，也令洛韦拉斯伯爵臣服。当洛韦拉斯伯爵宣布这一消息的时候，我就想，如果我的爱情会招致任何非议，我有责任把它完完全全地深埋在心底，不再有任何的起心动念。但是当我得知您和家人准备前往比利亚卡村时，我斗胆买下了村里的一间农舍。我躲在窗帘后面，偷偷地凝视着我的心上人，我可能永远都不敢和她交谈，更不用说求爱了。和我住在一起的是我的妹妹，我请她假扮我的妻子，以免引起任何怀疑，以免别人发现我是一个乔装打扮的爱慕者。

　　之后，由于深爱的母亲身体抱恙，我们便赶回了家中。

　　回到塞哥维亚之后，我发现艾尔维拉已经成为洛韦拉

第十六天

斯伯爵夫人。我为自己失落的爱情而哭泣，尽管我从不敢表达这份爱意。我逃到另一个半球的丛林深处，尝试隐藏自己的痛苦。我在那里听说了自己无意间挑起的事端及可怕的后果，这一切都归罪于我那诚惶诚恐的爱情。已故的洛韦拉斯伯爵曾声称，艾尔维拉怀的是我的孩子。对此，我郑重声明，他所说的都是谎言。

基于此，我以自己的信仰和救赎发誓：我永远不会迎娶其他女子，只会娶艾尔维拉的女儿为妻，由此便可证明，她并非我的骨血。我召唤圣母和其子的神圣血液，以见证这一事实。在我人生的最后时刻，他们会为我带来救赎。

堂桑乔·德·佩纳·松布拉

附：本信附有墨西哥阿卡普尔科市府长官及其他几位见证人的联署。请塞哥维亚法庭对此信进行官方记录，给予法律认可。

刚读完这封信，我就把这个该死的佩纳·松布拉狠狠地骂了一顿，连同他那诚惶诚恐的爱情。"你这可悲、荒谬而又疯狂的恶魔！你简直就是撒旦！为什么我们不能亲眼看着那头公牛把你五脏六腑都撕碎？你那该死的敬意害死了我的丈夫和妹妹。你让我的生活充满了悲苦的泪水和贫困，现在竟然还敢来向一个十个月大的婴儿求婚。让上天……"我不停咒骂，把满心的怒气都发泄了出来，随后，我前往塞哥维亚，为堂桑乔的这封信做了法律认证。回城的时候，我发现自己的财产状况已经惨不忍睹。我卖掉城里的房子,把所得的钱作为退休金补偿给了那五个马耳他骑士;我丈夫的退休金也被取消了。我和那五个马耳他骑士和六个修女都做了最后的了断。自此以后,我唯一的财产就只剩下比利亚卡村的那幢小房子。这份房产对我而言更加珍贵了,所以我想要归家的心情也更加迫切。

我发现孩子们其实依然健康快乐。我留下了那位一直照顾孩子的女佣,外加一个仆人和一个车夫,他们就是我所有的帮佣了。从此,我过起了无欲无求的生活。

我的出身和我丈夫的军衔,让我在村里保有一定的地位,每个人都尽力为我提供帮助。六年时光就这样过去了,我希望能永远过这样的生活。

有一天,村长跑来找我。他之前对堂桑乔那份荒谬的宣言有所了解。他把一份报纸递给我,对我说:"女士,请允许我向您表示祝贺,您的外甥女将拥有一段了不起的婚姻。请看一下这篇文章。"

  堂桑乔·德·佩纳·松布拉为国王建立了赫赫功勋,不但征服了新墨西哥北部两个银矿资源丰富的省份,还有勇有谋地平定了秘鲁库斯科的叛乱,因此,他被授予西班牙最高贵族的光荣称号、并获得佩纳·贝雷斯伯爵的头衔。日前,他已作为菲律宾大都督走马上任。

"感谢上帝!"我对村长说,"小艾尔维拉就算不嫁给他,至少也拥有了一个可靠的保护人。但愿他能从菲律宾平安归来,成为墨西哥总督,帮助我们把应得的遗产争取回来。"

第十六天

四年后,我热切的盼望果然变为了现实。佩纳·贝雷斯伯爵被任命为墨西哥总督,于是我便以外甥女的名义给他写了一封信。他回信告诉我,如果我认为他已经忘记了无与伦比的艾尔维拉的女儿,那就是对他最大的侮辱;他不但没有忘记这个人,还在墨西哥法庭上为她做好了周全的准备。但是这次诉讼会延续很长的时间,他也不敢催促法庭,因为他这辈子只会娶我外甥女一人,如果为了她的利益而动用特权来干预司法,会带来不好的影响。这时我才意识到,这位伯爵的决心没有丝毫松动。不久之后,一位加的斯银行家给我汇来了一千枚八字金币,却不告诉我这笔钱来自谁。我怀疑这是墨西哥总督汇来的。但我还是留了个心眼,并没有接受这笔钱,甚至碰都没有碰一下。我请那位银行家帮我把金币存到了协定银行①。

我都尽可能地保守着这些秘密,但纸终究包不住火,很快,比利亚卡全村都知道了总督对我外甥女的用心。从那时起,人们都把她称作小总督夫人。

我的小艾尔维拉当时才十一岁,面对这种情况,任何一个与她同龄的女孩都会骄傲得不行,但直到很久之后我才发现,小艾尔维拉的理智和情感都早已有了归属,虚荣与自负已经不可能在她的心中生根发芽。幼年的时候,她就已经开始咿咿呀呀地说着一些有关爱情的词语。她把这些早熟的情感全都寄托在了她的表哥隆泽托身上。我常常想把他们两个分开教养,但又不知道该如何安置我的儿子。因此我只能责备我的外甥女,但这么做也只是适得其反,她不再愿意向我吐露心声。

---

① 译注:法国银行家安托万·克罗扎于1701年开设的银行。

如您所知,在外省,我们的阅读材料仅限于长篇小说、中篇小说和爱情诗歌,朗诵爱情诗歌时,我们常用吉他伴奏。比利亚卡村里有几十本这样的杰出文学作品,喜爱读书的人可以互相借阅。我规定小艾尔维拉一个字也不许读这些书,但其实,在我立下这个规矩之前,她早就将书中的所有内容熟记于心了。

不同寻常的是,我的小隆泽托也长成了一个追求浪漫的人。他们二人心心相印,配合默契,尤其是在向我隐瞒一些事情的时候。其实这也不难,因为如您所知,母亲和姨妈对这类事情的观察力和丈夫一样迟钝。不过我对他们的小伎俩还是有所察觉,曾想过要把小艾尔维拉送到修道院里去上学,可是我付不起食宿费用。现在看来,我该做的事情一件也没有做。如今,这个姑娘并不盼望成为总督夫人,她更愿意扮演苦情恋人的角色,当一个悲剧性的命运受害者。她还把这种情结传递给了她的表哥,这两个人决心要维护神圣的爱情,绝不向残暴的命运低头。他们产生这样的想法已经有三个月之久了,而我竟然完全没有发觉。

有一天,我在养鸡棚看到了他们两人最为悲情的一幕。小艾尔维拉倚在一个鸡笼上,手中拿着一块手帕,泪如雨下。隆泽托则跪在十几码远的地方,也在撕心裂肺地痛哭。我问他们俩在干什么,他们回答说正在排练小说《弗恩·德·罗萨和琳达·莫拉》(*Fuen de Rozas y Linda Mora*)中的一个场景。

这一次我没有被他们骗到,我在他们的戏剧表演里看到了真情实感。我假装没有察觉,然后找到我们的神父,向他请教对策。神父思索了一会儿,对我说,他可以给一位神父朋友写信,让隆泽托到他那

第十六天

里去；与此同时，我应当向圣母做连续九天的祷告，并锁好小艾尔维拉的卧室门。

我向神父表达了谢意，按他的要求做了连续九天的祷告，锁好了小艾尔维拉的房门。但不幸的是，我忘记锁窗户了。有一天晚上，我听到小艾尔维拉的房间里有异动，于是打开了她的房门，发现她和隆泽托正睡在床上。他们穿着睡衣就跳下了床，跪在我的脚边，并告诉我说他们已经成婚了。

"谁给你们证婚的？"我怒吼，"哪个神父会做这么卑鄙的事情？"

"不，母亲，"隆泽托神情严肃地回答，"没有神父为我们证婚，我们在一棵大栗子树下私订了终身。在清晨第一缕阳光的照射下，自然之神接受了我们的神圣誓言，四周的鸟儿们见证了我们的幸福时刻。母亲，这就是美丽的琳达·莫拉和幸福的弗恩·德·罗萨成婚的场景，就白纸黑字地记载在他们的故事里。"

"哦，可怜的孩子们啊！"我说，"你们没有成婚，也不可能成婚，你们是表兄妹啊！"我感到悲痛难耐，连责备他们的力气都没有了。我让隆泽托离开房间，然后就倒在了小艾尔维拉的床上，泪水浸湿了她的床铺。

吉普赛人首领说到这里，想起来还有一些事务待处理，便向我们告辞了。

他离开之后，丽贝卡对我说："这两个孩子的故事令我很感兴趣。坦仔和祖里卡这对混血恋人的爱情已经很迷人了，英俊的隆泽托和温柔的小艾尔维拉之间的爱情,一定更加充满魅力,好比丘比特和普赛克的传说。"

"这个比喻真是绝妙!"我回答,"由此可见,你已经像精通以诺和阿特拉斯的典籍那样,精通了奥维德①之术。"

"我相信,"丽贝卡说,"你所说的那种法术,和我迄今为止研习过的法术一样危险。爱情和卡巴拉秘法一样,都有独特的魔力。"

"说到卡巴拉秘法,"本·马蒙说,"那个流浪的犹太人昨晚已经横穿了亚美尼亚山区,正朝我们赶来。"

我对这个话题实在不感兴趣,大家谈起这个话题时,我一点儿都听不进去。于是我离开营地,出去打猎了,将近天黑的时候才回来。这时吉普赛人首领有事不在,我就和他的两个女儿一起吃了晚饭,因为秘法师和他的妹妹也不在营地。和这两位姑娘单独相处时,我感到有些尴尬。不过,我觉得她们并不是晚上进我帐篷的那两个人,那两个人应该是我的表妹。但我仍然搞不清楚我的两位表妹,或者说那两个魔鬼,究竟是什么来路。

---

① 译注:古罗马诗人,公元1年发表《爱的艺术》,描写爱的技巧。

第十七天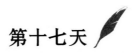

我看到大家都前往山洞里集合,于是也跟了过去。我们匆忙地吃过早饭后,丽贝卡首先开口,请求首领继续讲玛丽亚·德·托雷斯的故事。吉普赛人首领非常爽快地接着讲述起来。

玛丽亚·德·托雷斯的故事(续)

我在小艾尔维拉的床上哭了很久,然后回到自己的床上,又哭了更长时间。如果当时我能向他人求助,也许我的痛苦就不会那么强烈。但我实在不敢把家丑外扬,况且我自己也感到羞愧难当,因为我觉得这一切都是我的错。因此,我在家里哭了整整两天两夜。到了第三天,我看到一支长长的骡马队伍停到我家门前。有人来通报,塞哥维亚的行政长官到了。一番寒暄之后,这位长官告诉我,西班牙最高贵族、墨西哥总督佩纳·贝雷斯伯爵给他寄来了一封信,命令他将该信转交给我,出于对伯爵的无上敬意,他决定亲自把这封信交到我手

上。我向他表达了谢意,并接过了信,这封信的内容如下:

女士:

十三年零两个月之前,我斗胆写信给您,向您表明,我此生只愿娶小艾尔维拉·德·诺努尼亚一人,我在美洲写那封信时,小艾尔维拉只有七个半月大。随着她的魅力日增,我对这个可爱人儿的敬意也变得越来越深。我原打算直奔比利亚卡村,直接跪在她的脚下。但奉国王陛下的圣令,我不得进入马德里周边一百五十英里范围内的地界。因此,我期待在塞哥维亚通往比斯开的道路上与您相见。

您忠实的仆人敬上

堂桑乔·佩纳·贝雷斯

这就是那位永远满怀敬意的总督寄来的信。尽管我还沉浸在悲痛中,这封信却让我不由得笑了起来。行政长官又交给我一个钱袋,里面装的是我存在协定银行的那笔钱。随后,他便向我告辞,在村长家吃过午饭后,就回塞哥维亚去了。

至于我,呆立在原地,仿佛变成了一座雕塑,一手拿着信,一手拿着钱袋。直到村长过来时,我还是一副惊讶得手足无措的样子。村长告诉我,他已经护送长官离开了比利亚卡村,现在他可以为我效劳,帮我准备骡子、赶骡人、鞍座和干粮,也就是出行必备的所有东西。

我请好心的村长帮忙安排。得益于他尽心尽力的帮助,我们第二天就启程了。昨晚,我们投宿在贝尔德镇。今晚来到了这里。明天我们就能到达雷亚尔镇了,那位满怀敬意的总督会在那里等候我们。但我应该对他说些什么呢?当他看到小艾尔维拉的泪水时,他又会说些什么呢?我不敢把儿子留在家里,怕村里人起疑心,而且说实话,他苦苦地哀求我带他一起来,我实在难以拒绝,所以我只能把他假扮成一个赶骡人。天知道明天会发生些什么,我既害怕又盼望那个真相大白的时刻。当然,我很有必要与总督相见。我必须问清楚,他为了小艾尔维拉的财产诉讼做了哪些事。如果这姑娘已经不配成为他的妻子,我也希望他能关心这个孩子,担任她的保护人。可是,凭我这把年纪,我该怎么向他坦白自己的疏漏呢?说实话,假如我不是一个基督徒,面对这样的处境,我真想死了算了。

这位善良的女士讲完了她的故事,又陷入了悲痛之中,泪流满面。我善良的姨妈也拿出了自己的手帕,哭了起来。我也跟着她们一起哭。小艾尔维拉哭得喘不过气来,大家只好帮她把胸衣的带子解开,让她上床休息。之后,大家也各自休息了。

吉普赛人首领的故事(续)

我躺到床上就睡着了。第二天,天还没亮,就感觉到有人在拽我的胳膊。我被惊醒了,差点喊出声来。

"小点声！"一个声音说，"我是隆泽托，艾尔维拉和我想到了一个脱离窘境的办法，至少能应付好几天。这是我表妹的衣服，你把这套衣服穿上，艾尔维拉会穿上你的衣服。我的母亲心很软，她会原谅我们的。至于那些从比利亚卡村随我们而来的赶骡人和仆人们，你也不必担心，他们已经离开了，因为总督派了自己手下的仆人来替换他们。那个贴身女仆和我们是一伙的。赶快穿上这套衣服，去艾尔维拉的房间睡吧！她会换到你的房间来。"

我想不到任何理由拒绝隆泽托的建议，于是迅速穿好了衣服。我当时十二岁，比同龄人长得更高一些，因此这个十四岁的卡斯蒂利亚姑娘的衣服非常合身，因为，想必各位都知道，卡斯蒂利亚女子普遍比安达卢西亚女子长得要矮一些。

穿好衣服后，我就躺到了小艾尔维拉的床上。不久之后，我听到有人来告诉她的姨妈，说总督的大管家已经在旅馆厨房里等她了，旅馆厨房也可作为公共休息室。

不一会儿，就有人喊小艾尔维拉前去会见，于是我便假扮她走了过去。她的姨妈看到我之后，把双手举向天空，跌坐在身后的一把椅子上，还好大管家并没有注意到她的表现。管家跪在地上，转达了他的主人对我的敬意，又呈给我一个首饰盒。我彬彬有礼地接了过来，并请他起身。这时，总督的一众随从都走进来向我致意，高喊了三声："总督夫人万岁！"

随后，我姨妈也走了进来，小艾尔维拉跟在她身后，打扮成了男孩的模样。我姨妈向玛丽亚·德·托雷斯使了个眼色，意思是她已经知道了我们的计划，并向她表示同情，除了让我们继续演下去之外，也没有什么更好的办法了。

第十七天

　　大管家问我，这位女士是谁。我告诉他，这是来自马德里的一位女士，准备前往布尔戈斯，把她的外甥送进德亚底安会的学校。管家邀请她乘坐总督的驮轿。我姨妈请求说，她的外甥也需要坐驮轿，因为他体质虚弱，一路上又经历了旅途劳顿。管家便照办了。之后，他把戴着手套的手伸向我，把我扶上了驮轿。我的驮轿排在队伍最前面。大队人马就这样浩浩荡荡地起程了。

　　就这样，我变成了未来的总督夫人，手里捧着一个镶钻的首饰盒，坐在一顶镀金的驮轿里，前面有两头白色的骡子牵引，还有两个侍从骑着马在轿旁护卫着我。对于一个十来岁的男孩来说，这种处境着实奇特。我开始思考起了婚姻这件事，尽管我对这种结合的本质还不甚了解，但我很清楚，总督不可能和我结婚，我所能做的就是尽可能地向他隐瞒真相，时间拖得越长越好，好让我的朋友隆泽托能想出最终脱离困境的方法。能够为自己的朋友出一把力，是一件高尚的事情。简而言之，我决定要演好这个少女的角色，便马上练习起来。我倚靠在驮轿里，挤出矫揉造作的笑容，装出一副高贵典雅的样子。我还提醒自己，下轿走路的时候步子不能迈得太大，不要做出任何潇洒豪迈的动作。

　　正想到这里时，我看到前方尘土飞扬，看来应该是总督到了。管家扶着我下了驮轿，让我挽住他的手臂。总督下马之后，单膝跪地，对我说："女士，请您收下这些爱的信物。从您出生的那天起，这份爱就开始了，它会一直持续到我去世的那天。"接着，他吻了吻我的手，没有等我回答，就把我又扶上了驮轿。他自己也骑上了马，命令队伍前行。

　　他在我的驮轿一侧昂首阔步地纵马前行，目光总是正视着前方，于是我便借此机会,近距离地观察他。他已经不再是玛丽亚·德·托雷斯口中的那个英俊青年了。那个杀死了公牛、跟着大车回到比利亚卡村的人,如今已经不再年轻。尽管总督仍称得上英俊,但由于热带阳光的曝晒,他的肤色变得更接近于黑色,不再白皙。他浓密的眉毛压在眼窝上方,使他的脸看上去威严可怕,尽管他很努力地做出和蔼的表情,但看上去就像在做鬼脸一样,让人无法感到亲切。他和男人说话时,声音就像隆隆的雷声;和女人说话时,他的嗓音会特意切换为假声,听上去十分滑稽;对仆人说话时,就好像在指挥一支军队;而对我说话时,就像是从上级那里接受行军的命令。

我越看他心里就越不安。我预见到,当他发现我是男孩的那一刻,一定会给我一顿毒打。这个想法让我不寒而栗。因此,我不需要假装羞涩了,因为我总是浑身颤抖,不敢在别人面前抬起头来。

我们到达了巴拉多利德。管家伸手扶着我,把我带进了一间专为我准备的房间里。我的两位姨妈也跟着进来了。小艾尔维拉也想跟着进来,但人们只当她是一个多事的小男孩,就把她打发走了。至于隆泽托,则和马夫们住在一起。

房间里只剩下我们三个之后,我跪在两位姨妈的脚下,乞求她们不要告发我。我向她们描述了万一事情有一丝一毫的败露,我将面临怎样的惩罚。想到我即将遭受鞭打的情景,我的姨妈感到十分绝望,她也和我一起向另一位姨妈求情。不过她并不需要这样做,因为玛丽亚·德·托雷斯和我们一样胆战心惊,她只希望这个故事的高潮能尽量晚点到来。

之后,有人来通报,午餐已经备好。总督在餐厅门前迎接我,把我带到了我的位子上,让我坐在他的左边。"女士,"他说,"我现

第十七天

在不公开自己的身份,但是我总督的荣誉只是暂时受到了搁置,并不会被削减。因此,我斗胆坐在您的右侧,如一位高贵的东道主在宴请女王时坐在女王右侧一样。"

接着,管家按照宾客的身份安排大家入座,玛丽亚·德·托雷斯被奉为上宾。

我们默默地吃了好一会儿。然后,总督对玛丽亚·德·托雷斯说道:"女士,我在美洲时,您写给我的那封信中似乎在质疑我能否信守自己在十三年零几个月前所作的誓言。这让我感到十分伤心。"

"大人,"玛丽亚说,"如果我早知道您对这件事情这么认真,我应该把外甥女培养得更好才是。"

"你们欧洲人会这么想,可以理解,"总督说,"在新世界,每个人都知道我绝不食言。"

他们的对话就这样生硬地结束了,谁都没有再说话。用餐完毕之后,总督把我送回了我的房间门口。两位姨妈去找小艾尔维拉了,她和管家在同一桌吃饭。而我则和她的贴身女仆在一起,如今她变成了我的女仆。她知道我是一个男孩,但还是勤快地为我服务,不过她也被总督的威严给吓坏了。于是我们互相打气,最后一起开心地大笑起来。

我的姨妈们回来了。总督事先说过,他今天不会再来看我们了,于是姨妈们偷偷地把小艾尔维拉和隆泽托带了进来。我感到无比高兴,我们像发疯一样大笑起来。姨妈们也暂时忘记了忧愁,变得和我们一样兴高采烈。

夜深之后,一阵吉他乐声传来,我们看到深情的总督披着一件深色的斗篷,栖身在附近一幢房子的阴影下。他的嗓音已经不再年轻,

225

但还是十分动听。他唱出了优美的旋律,可以想象,他在音乐上投入了大量的时间。

小艾尔维拉精通恋爱之道,她拿起我的一只手套,把它抛到了街上。总督拾起手套,亲吻了一下,然后把它按在胸前。我刚想要对此做出得体的回应,却突然想到,一旦总督发现了我是什么样的艾尔维拉,我这种投入的表演,将会给我带来更多的鞭打酷刑。我的心情突然低落下来,只想赶快上床睡觉。小艾尔维拉和隆泽托离开时,也难过得哭了一会儿。

"明天见。"我说。

"也许吧!"隆泽托回答。

这天晚上,我和小艾尔维拉的姨妈在同一个房间里休息,我尽可能地多穿一些衣服上床,她也如此。

第二天,我的达拉诺萨姨妈叫醒了我们,并告诉我们:小艾尔维拉和隆泽托昨晚逃走了,没人知道他们的下落。听到这个消息,玛丽亚·德·托雷斯仿佛受到了雷电般的暴击。而对我来说,我马上意识到了自己唯一能做的就是替小艾尔维拉扮演好总督夫人的角色。

吉普赛人首领说到这里时,有一个吉普赛人来找他商量事情。于是他站起身,请我们允许他把剩下的故事留到第二天再讲。

吉普赛人首领离开后,丽贝卡略有些不耐烦地指出,首领的故事总是停在最精彩的地方。接着,我们又聊了一些别的事情。秘法师说他已经得到消息,那个流浪的犹太人已经穿越了巴尔干地区,很快就能到达西班牙。那天后来还发生了些什么,我不太记得了,所以我还是直接跳到后一日吧!次日的故事更加精彩。

第十八天

天还没亮，我就起床了。我一阵心血来潮，很想去兄弟谷那个不祥的绞刑场里转一转，看看那里是否出现了新的受害者。果然，我没有白跑一趟，那里真的有一个男子，正躺在两具尸首的中间。这个人面如死灰，和尸体也差不多了。我摸了摸他的手，发现他的手虽然僵硬，但还有一丝余温。我从附近河里舀来一点水，泼到了他的脸上。看到他有所反应，我便把他抱起来，带到了绞刑场的外面。这个人恢复意识之后，瞪大了双眼惊恐地看着我。紧接着，他挣脱了我，朝野地里跑去。我在原地站了一会儿，不过，眼看着他越跑越远，即将消失在树林中，我担心他会在野外迷路，便觉得自己有义务去把他找回来。他回头看见我在追他，就跑得更快了——最终他摔了一跤，太阳穴上方磕出了一道伤口。我拿出自己的手帕为他包扎了伤口，还从自己的衬衫上撕下一根布条，绑住了他的手。他一言不发地任凭我处置。看到他这么服从，我觉得自己有责任把他带到吉普赛人的营地里去。我让他扶着我的胳膊，他也照办了。一路上，我们就这么并排走着，但从他的口中我一句话也套不出来。

回到营地时，大家已经聚集在山洞里，准备吃早饭了。人们为我留了一个位置，又为这个陌生人空出一个位置，没有人问起他是谁。在西班牙，这是一项几乎人人遵守的待客之道。陌生人大口地喝着热巧克力，似乎很久都没有吃东西了。吉普赛人首领问我，这个人头上的伤是不是强盗造成的。

"并不是，"我回答，"我在兄弟谷的绞刑架下发现了这个不省人事的男子。他一醒过来就朝野地里跑去。我担心他在荒野里迷路，就追了上去。我追得越紧，他就逃得越快。他就是这样受伤的。"

听到这里，陌生人放下了汤匙，对我严肃地说："先生，你的描述很不准确，我想，你可能没有系统地学习过正确的规则。"

各位不难想象，这些话令我多么生气。不过我还是按捺住了脾气，回答："陌生的先生，我斗胆向你保证，我受过最良好的教育，而且这些教育对我的前途起到了关键性的作用，使我有幸成了瓦龙卫队的一名上尉。"

"先生，"陌生人回答，"我所说的需要学习的规则，指的是重物在一个斜面上加速运动的规则。事实上，既然你提到了我的摔倒，还想描述它的起因，你就应该这样阐述，由于绞刑场位于山坡的顶端，所以我是沿着一个斜面向下跑的。由此，你可以把我逃跑的路线想作一个直角三角形的斜边，这个三角形的底边和地面平行，而直边则通过绞刑架的最低点，和底边构成了一个直角。接下去，你应该阐述，我沿着斜面下行的加速度，和我从那个高度直挺挺跳下来的加速度之比，就等于三角形的直边和斜边的长度之比。以此方式计算得出的加速度，才解释了我为什么会摔得那么猛，而不是因为我急于逃走才越跑越快的。不过，就算你不懂这些，也不妨碍你成为瓦龙卫队的上尉。"

说完这些，陌生人拿起汤匙，继续喝起了他的热巧克力。对于这番推论，我一时间竟不知道该如何作答，也不知道他究竟是认真的，还是在取笑我。

看到我恼火的样子，吉普赛人首领决定转换一个话题，于是说："这位精通几何学的先生想必已经非常疲惫了，今天就请他讲述自己的事情，一定是不合适的，因此，如果各位没有意见的话，我想接着昨天的故事继续讲下去。"

丽贝卡回答说，她对此无比期待。于是吉普赛人首领就讲述了起来。

吉普赛人首领的故事（续）

昨天故事被打断的时候，我正说到，我的达拉诺萨姨妈跑来告诉我们，隆泽托和扮作男孩的小艾尔维拉一起私奔了，这个消息让我们都陷入了惊恐之中。托雷斯姨妈同时失去了自己的外甥女和儿子，悲痛无以复加。而对于我来说，既然小艾尔维拉已经远走高飞了，我现在只剩下两条出路，要么代替她成为总督夫人，要么接受一顿比死亡还要可怕的鞭刑。我正盘算着自己灰暗的前景时，大管家来告诉我，已到出发的时间了。他让我挽住他的手臂，护送我下楼。我心中认定，只能选择扮演好总督夫人这条出路，于是立刻端起一副尊贵的架势，庄重而又文雅地挽住了管家的手臂。看到这一幕，我的姨妈们虽然心情悲痛，但还是忍不住笑了出来。

这一天，总督没有在我的驮轿边骑马随行，而是在托尔克马达的旅馆门前迎接我们。看来，我前一天晚上的示爱举动让他又增添了勇气。他取出了珍藏在胸前的手套给我看，又伸出手把我扶下驮轿，并轻轻地握了一下我的手，还亲吻了上去。得到一位总督这样的礼遇，我不禁感到一丝得意，但是一想到所有这些礼遇换来的将是一顿鞭打，我就又忧愁起来。

我们在一间专为女士准备的房间里稍坐了一会儿，就有人来通报，午餐已经备好了。我们的座位安排和前一晚差不多。大家默默地吃过第一道菜，等第二道菜上来时，总督对达拉诺萨姨妈说："女士，我听说了您的外甥和那个放肆的小赶骡人的恶作剧。假如我们是在墨西哥，我转眼就能把他们抓回来。不过，我已经派人去追捕他们了。等我找到他们以后，您的外甥将在德亚底安会的院子里接受一顿严肃的鞭刑，而那个小赶骡人得去船上服苦役。"

听到"苦役"这个词，苦苦思念着儿子的玛丽亚·德·托雷斯顿时晕倒在地，而在德亚底安会的院子里接受鞭刑的场景，也把我吓得从椅子上掉了下去。

总督连忙殷勤而又贴心地将我扶了起来。我内心镇定了一些，收起慌张的表情，然后继续用餐。吃完午餐之后，总督没有护送我回房间，而是请我和两位姨妈坐到旅馆对面的树荫下，并说："女士们，我注意到，今天我表面上严厉的举止令你们感到不适。我的各种工作职责让我形成了这种严厉的习惯。我也留意到，各位对我的了解仅限于我人生中极少的几个片段，至于我具体的生活经历和人生信条，各位可能还不太清楚。因此我想，各位可能想要了解我的人生故事，我现在开始讲述，应该也算妥当。我希望各位在听了我的故事之后，至少不会像刚才那样惧怕我了。"

　　说到这里，总督沉默了下来，等待我们的回复。我们都表示很愿意对他有更深的了解。他对我们的关注表达了谢意，然后就开始讲述起来。

佩纳・贝雷斯伯爵的故事

　　我出生在格拉纳达周边的乡村里，我父亲在浪漫的赫尼尔河河畔拥有一幢乡村别墅。各位都知道，西班牙诗人们在创作田园诗歌时，总是把格拉纳达作为背景，这令我们深信，此处的气候很适宜爱情生长，几乎每一个格拉纳达人的青春岁月、甚至终其一生，都在追逐爱情。

　　格拉纳达的年轻人在踏入社会时，首先要做的就是挑选一位女士，并为其殷勤效力。如果那位女士接受了他的敬意，他就可以自称为她的"爱情奴仆"，也就是臣服于她的魅力的人。一旦拥有了一名爱情奴仆，这位女士就默认不能再将自己的手套或玉手递给其他男子。当她需要喝水时，爱情奴仆拥有为她端水的优先权，他会跪到她面前，把杯子递给她。爱情奴仆有权骑着马在她的马车门边进行护卫、在教堂里为她递上圣水，还拥有其他诸如此类的特权。丈夫们从不会为这种爱情关系吃醋，他们也大可不必吃醋。主要原因是他们的妻子不会让爱情奴仆踏进家门，家中反正也有好多陪媪①和侍女们可以使唤；更坦白的原因是我们那里的女人即使想要背着丈夫偷情，也不会选择她们的爱情奴仆。她们宁可挑选年轻的亲戚，因为亲戚是可以上门的，而那些最声名狼藉的女人们，则会在下层人中物色情人。

我刚踏入社会时，格拉纳达流行的就是这种爱情风尚，但我对这种风尚却完全不感兴趣。这倒不是说我对女性没有好感，恰恰相反，我们那里的风气对于心灵的甜蜜滋润，我比其他人都更有感触。我进入青年时代的第一个标志，就是产生了对爱情的渴望。

我很快就确信了，我们那里的女士们和她们的爱情奴仆之间，所进行的无非是一种淡而无味的表演。这种关系并不罪恶，但它所产生的后果是：注定无法拥有她的男人，却被激起了仰慕之情；而拥有她身心的男人，却为此而感到冷落疏离。这种分裂的情感令我十分厌恶。我认为，爱情和婚姻本就应该是一体的，如维纳斯一般美丽的婚姻之神，成了我最隐秘也最珍贵的幻想，成了我想象中的偶像。简单来说，我必须承认，我对这个偶像是如此的珍视，为之投入了所有的精神力量，以至于我的理智都受到了影响。从这个意义上来说，我也许算得上是一个真正的爱情奴仆。

每当我去别人家做客时，所感兴趣的并不是众人讨论的话题，我会沉浸在自己的幻想中，把这所房子想象成我和未来妻子的住所。我会用最精美的印度挂毯、中国席垫和波斯地毯来装点她的客厅，我甚至已经能看到她从地毯上走过的足迹。她所坐的应该是敷有瓷面的座椅。当她想要到外面透透气时，就可以走到繁花似锦的露台上，那里

---

① 译注：西班牙等国旧时雇来监督少女、少妇的年长妇人。

第十八天

还会有一个鸟笼,里面养着各种各样最珍奇的鸟类。至于她的卧室,我不敢做具体的想象,因为那是一个圣殿,我不能用自己的想象去亵渎它。就算是与人交谈时,我也会沉浸在这种幻想里,只有当别人问起我的看法时,我才会说上几句,不过也往往是答非所问,而且我回答的态度也不太好,因为我在头脑中布置家居的时候,不喜欢被别人打扰。

我在别人家做客的时候,常会有这种奇怪的举止,在路上行走的时候也是这样。在穿越溪流时,我会踏入及膝深的河水中,让我想象中的妻子扶着我的胳膊,踩着垫脚石往前走,并赐给我一个绝美的微笑,以回报我殷勤的服侍。我很爱小孩子,每次遇到小孩,我都会上前疼爱一番。对我来说,母亲哺育婴儿的场景,是大自然中最高贵圣洁的画面。

故事说到这里,总督对着我温柔而又充满敬意地说:"对于这件事,我的看法至今没有改变,而且我也相信,可敬的小艾尔维拉是不会用奶妈的乳汁去玷污孩子的血液的。"

这个话题让我感到一阵凌乱。我赶紧双手合十说:"大人,以上天之名,请您不要和我谈起这些事,因为我还听不懂。"

总督回答:"女士,我很抱歉,让您纯洁的心灵受到了震惊。我会接着讲我的故事,不会再犯同样的错误了。"

于是他继续讲述起来。

我时常出现这种神游天外的症状,格拉纳达的人都以为我精神失常了。这样说也不是完全没有道理,或者更准确地说,人们之所以觉得我发疯了,仅仅是因为我的疯法和他们的疯法不一样。我如果愿意选择一位格拉纳达女子做她疯狂的爱情奴仆,人们就会觉得我的神志正常了。不过话说回来,疯子的名号总归不好听,于是我决定离开自己的故乡。之所以这么做,还有另外一个原因。我希望能和未来的妻子幸福地生活在一起,只因为有她才会感到幸福。如果我娶了一位格拉纳达女子,倚仗着我们当地的风俗,她就会觉得自己有权利去接受一个爱情奴仆的表白。我刚才也说到了,这种情况我是不能接受的。

于是我离开了家乡,进入了宫廷。宫廷里竟然也流行着同样的爱情风尚,只不过说法不同而已。当时,"爱情奴仆"这个称谓还没有从格拉纳达传到马德里。宫廷里的女子们将她们喜欢但又不愿意认真对待的情人称为"情郎"。还有一类人被称为"奉承者",他们得到的待遇更差,最多只能收获女士们的一个微笑,而且每个月只有一两次机会。尽管如此,这些情人们还是无一例外地将心上人所爱的颜色穿在自己的身上,并每日在她的马车前后殷勤护卫,美丽的普拉多大道上扬起的尘土遮天蔽日,让周围几条街的居民都难以忍受。

我既没有丰厚的财产,也没有高贵的出身,因而在宫廷里不会受到女士们的青睐。不过高超的斗牛技艺让我在宫里出了名。国王陛下曾与我有过几次对话,而最高贵族们也都赏光与我结交为友。我与洛韦拉斯伯爵相识已久,但我在斗牛场上救他的时候,他已经昏迷了,所以没有认出我来。他手下的两个斗牛士都和我很熟,不过他们当时可能忙于别的事务,否则不可能不去领那一千枚八字金币。洛韦拉斯伯爵宣称,谁能告诉他救命恩人的名字,谁就能获得这笔赏金。

有一天,在财政大臣家的晚宴上,我结识了坐在我身边的堂恩里克·德·托雷斯先生,也就是您可敬的丈夫,女士。他当时来马德里

第十八天

办事。那是我第一次有幸与他交谈，他的品行正直可靠，所以我很快就和他聊到了婚姻和爱情话题。我问起堂恩里克先生，塞哥维亚的女士们是否也有所谓的"爱情奴仆""情郎"或是"奉承者"。

"并没有，"他回答，"以我们那里的风俗，目前还不能接纳这种风尚。在我们那里，当女士们走在佐科多维尔观光大道上时，都要用纱巾半掩住面部，不论她们是步行还是乘坐在马车上，贸然上前搭讪都是不礼貌的。不论是男性友人还是女性友人，我们都只接待他们的首次登门拜访。不过，我们有一个风俗，那就是在比街面高出一点的露台上度过傍晚的时光。年长的人会在熟人的露台下停留，和朋友聊聊天。年轻人则会从一个露台流连到另一个露台下，如果见到了心仪的女子，他们就会在这家人门前一直待到夜幕降临。"

"不过，在整个塞哥维亚城里，"托雷斯先生补充道，"要数我们家的露台底下最热闹了。他们全是为了我的妻妹——艾尔维拉·德·诺努尼亚而来的。艾尔维拉不但具有和我妻子一样的优秀品质，还拥有全西班牙无与伦比的美貌。"

托雷斯先生的话给我留下了深刻的印象，一位绝色美人，还拥有各种优秀的品质，而且还生活在我国少有的一个没有爱情奴仆的地区，我觉得，这样的一个人一定能为我带来幸福。我会有意和一些来自塞哥维亚的人们聊起这个话题，他们都证实说，艾尔维拉的美貌确实无与伦比。于是我决定去亲眼验证一下。

在离开马德里之前，我对艾尔维拉的爱意就已经不断增长了，不过与此同时，我的羞涩也在不断增长。所以来到塞哥维亚之后，我不敢去拜访托雷斯先生，或是其他我在马德里时结识的熟人。我希望艾尔维拉能够首先对我产生好感，而不是我先对她产生好感。我很羡慕那些拥有伟大名号或是卓越品质的人，他们人还未到，美名已经先传到了。我担心，如果我在初次见面时不能给她留下一个良好的印象，我就无法在她心中占据任何位置了。

我在旅馆里待了好几天，一个朋友也没见。后来，我前往托雷斯先生所住的那条街。我看到街对面的一所房子上挂着告示牌，便询问是否有房出租。屋主带我看了阁楼上的一间房间，每月租金两个里亚尔。我化名为阿隆佐，租下了这间房，并告诉屋主，我是一个来此地办事的生意人。

不过事实上，我唯一要办的事，就是透过窗帘缝朝街对面偷看。傍晚时分，我看到您和无与伦比的艾尔维拉出现在了露台上。我敢这样说——第一眼看去，她和其他美人没有什么区别。不过看了一会儿之后，我就发现，尽管她标致柔和的五官使她看上去不是那么惊艳，但只要与其他女子一比较，她的美貌就会立刻脱颖而出。我甚至敢这样说，托雷斯女士，虽然您也是一位美人，但您是无法与她相比的。

我在阁楼里的观察令我感到很放心，因为艾尔维拉对所有的求爱者都无动于衷，甚至有一些厌烦的样子。不过，这个观察也让我打消了加入这些绅士们的念头——因为他们的做法只会令人感到厌烦。于是我决定，继续这样透过窗户观察，耐心地等待一个展示自我的良机。说老实话，我当时寄希望于在斗牛比赛中一展身手。

女士，也许您还记得，当年我的嗓音十分动听，我不禁希望有人能听到我的歌声。当所有的求爱者都回家之后，我下楼来到街上，用我的吉他伴奏，以最佳状态唱了一首塞吉迪里亚歌曲。接下来的几个傍晚，我都坚持这样弹琴唱歌，我还观察到，您在听完我的歌之前，不会退回屋内。这一点让我的心中充满了甜蜜的感觉，但这种感觉还

第十八天

远远不能给我以希望。

后来，我听说洛韦拉斯伯爵被驱逐到了塞哥维亚。这个消息让我感到十分绝望。我毫不怀疑，他很快就会爱上艾尔维拉，而我也确实没有猜错。他按照马德里的风俗，公开自称为您妹妹的"情郎"，还自说自话地为她想出了一个代表色，并把这代表色绣在了自己的制服上。从我的阁楼上居高临下观察，我对他愚蠢而傲慢的做派已经看得很清楚了，而我也高兴地发现，艾尔维拉并不欣赏他的人品，对于他张扬出来的浩大声势也无动于衷。不过他毕竟是一个富翁，而且很有可能成为最高贵族。我有什么可以和这些优势相匹敌的呢？也许什么都没有。说实话，我对此确信不疑，而且我对艾尔维拉的爱是无私的，所以最终，我默默地衷心祝愿她能够嫁给洛韦拉斯。我放弃了与她相见的念头，也不再唱起那些古老的西班牙情歌了。

在此期间，洛韦拉斯伯爵只是用各种花哨的方式表达着自己的情意，并没有什么实质性的行动来向艾尔维拉求婚。我还听说，托雷斯先生准备搬到比利亚卡村去暂住。住在他家对面的这段愉快的日子，让我决定也到乡村去，以便延续这种快乐。我来到比利亚卡村，假称自己是来自穆尔西亚的一个自耕农。我在您家的房子对面买下了一间农舍，并按照自己的品位装饰了一番。但是伪装的爱慕者很容易被人识破，所以我灵机一动，把我妹妹从格拉纳达请来，请她假扮我的妻子，我以为这样就能消除所有的怀疑了。我做完这些安排后，就回到了塞哥维亚，我听说洛韦拉斯伯爵正在筹备一场盛大的斗牛表演。不过，托雷斯女士，我记得您当时有一个两岁大的儿子。他近况如何啊？

托雷斯姨妈想到,总督问起的这个孩子,正是他一个小时前说要发配到船上去做苦役的那个赶骡人。她感到心情凄惶,无法作答,便拿出自己的手帕,哭了起来。

"请您原谅,"总督说,"我可能勾起了您的伤心往事。不过,为了继续讲述我的故事,我需要提及您那不幸的孩子。"

"您也许还记得,他当时染上了天花。您无微不至地照顾着他,我也知道,艾尔维拉也不眠不休地守在这个小病人的床边。我产生了一个无法抑制的念头,想让你们知道,还有一个人也想分担你们的愁苦。于是每天晚上,我都会在靠近你们窗口的地方,唱几首旋律忧伤的罗曼曲。托雷斯女士,不知道您还记得这些事情吗?"

"我对此记忆犹新,"她回答,"就在昨天,我还向这位女士讲起了这些事情呢。"

总督于是继续讲起了他的故事。

全城人都知道了隆泽托得病的事,因为这件事情导致斗牛表演被延期了。这个孩子的康复成了全城欢庆的事件,斗牛表演也终于拉开了帷幕。不过并没有持续多久,因为洛韦拉斯伯爵第一次出场,就被公牛顶成了重伤。当时,我把公牛一剑刺死之后,我朝您所在的包厢看去,看到艾尔维拉正靠在您身边,明显正在谈论我,她脸上的表情让我心中十分甜蜜。随后,我就混入人群离开了。

第二天,洛韦拉斯伯爵稍微好转了一点,就向艾尔维拉提出了求婚。我听说他的求婚被拒绝了,但他自己坚称,艾尔维拉已经答应了他。不过,有消息说你们全家正准备搬往比利亚卡村,所以我推断,他的求婚并没有成功。于是我先行前往比利亚卡村,尽力展现出一个自耕农的形象，我会亲自赶车拉犁，或者说假装赶车拉犁，因为实际的工作都是由我的雇农完成的。

几天后，我赶着耕牛回家，我妹妹和我走在一起，她假扮成我妻子的模样，挽住我的手臂。这时，我看到了您，还有艾尔维拉和您的丈夫，正坐在自家门前喝热巧克力。您和您妹妹都认出了我，而我并没有表明自己的身份。不过，为了激起你们的好奇心，我心生一计，在回到自己的房里之后，我弹起了几首曾在隆泽托得病期间弹过的曲子。一旦等到洛韦拉斯求婚失败的确切消息，我就准备向艾尔维拉求婚。

"啊，大人啊，"玛丽亚·德·托雷斯说，"您当时确实成功地得到了艾尔维拉的关注，她也确实拒绝了洛韦拉斯伯爵的求婚。她之所以后来又嫁给了洛韦拉斯伯爵，是因为她以为您已经成婚了。"

"女士，"总督说，"本人不才，上天显然是为我安排了另一种命运。事实上，假如我与艾尔维拉步入了婚姻的殿堂，美洲的阿西尼伯因人和奇里卡瓦阿帕契人[①]就不会改信基督教了，而十字架，我们神圣的救赎标记，也不会遍布在维赫梅尔海以北三个纬度的地区。"

"或许是吧，"玛丽亚·德·托雷斯说，"不过，假如是那样的话，我的妹妹和丈夫也就不会死了。不说这些了，大人，请继续讲述您的故事吧。"

您搬到比利亚卡村之后的几天，一个来自格拉纳达的特派信使来

---

① 译注：美洲平原印第安民族。

萨拉戈萨手稿

向我通报说,我母亲病情危重。爱情让位给了孝心,我和妹妹一起回家了。我母亲的病拖了两个月,最后,她在我们的怀中离开了人世。我为她进行了哀悼。不过,不久之后,我就回到了塞哥维亚,进城之后,我听说艾尔维拉已经成为洛韦拉斯伯爵夫人。我还听说,洛韦拉斯伯爵悬赏一千枚八字金币,以求得到他的救命恩人的身份信息。我写了一封匿名信作为回应,然后就回到了马德里,准备寻觅一份前往美洲的工作。我得到工作之后,立刻就启程了。我在比利亚卡村短暂停留的原因,是一个只有我妹妹和我本人知晓的秘密,至少我是这样认为的,但我的仆人们都是天生的间谍,什么都逃不过他们的眼睛。其中一个贴身男仆不愿意随我前往新世界,于是就跑到洛韦拉斯伯爵府中当起了仆人。他把我在比利亚卡村购置农舍和乔装改扮的事情都说了出去。他先是和伯爵夫人的陪媪总管的女仆吐露了这个秘密,女仆又告诉了陪媪,而陪媪为了殷勤献媚,又把这件事情告诉了伯爵本人。伯爵把乔装改扮、匿名信、我的斗牛技巧和我前往美洲等种种事情串联起来,得出了自己的结论,认为我曾经是他的妻子的情人。所有这些事情,我是后来才慢慢知道的。在我刚到达美洲时,收到了一封令人震惊的信,信的内容是这样的:

堂桑乔·德·佩纳·松布拉!

我听说了您与我那无耻的妻子之间的私情,我将剥夺她洛韦拉斯伯爵夫人的名号。如果您觉得合适的话,等她生下孩子之后,请您派人来接走这个婴儿。至于我本人,我将很快在您之后到达美洲,届时,我只愿能见您最后一面。

第十八天

这封信让我陷入了绝望。而当我听说了艾尔维拉、您丈夫和洛韦拉斯伯爵的死讯之后,更是悲痛到无以复加,我本来还想和洛韦拉斯伯爵澄清整件事情的。当时,我只能尽全力驳斥那些谣言,并为他的女儿争取应有的权益。为此,我庄严地起誓,等到这个孩子长到适婚年龄时,我就会娶她为妻。履行完这些义务之后,我觉得就可以自行了断了,尽管我的宗教禁止我这么做。

有一个与西班牙结盟的蛮族,当时正在和附近的蛮族开战。我成功地加入了他们的部落。作为加入部落的仪式之一,我必须在全身上下文上一条蛇和一只龟,而他们所用的工具仅仅是一根针。他们在我的右肩文上了蛇头,蛇身在我身上环绕十六圈,而蛇尾则文在我左脚的大脚趾上。

在这个仪式期间,负责文身的那个蛮族人会故意在腿骨等敏感部位下针,而接受文身的人不允许发声,哪怕是最轻微的呻吟。正当我饱受煎熬之时,平原上响起了敌方蛮族的战斗呼号,而我的部落中的人们则吟诵起了死亡之歌。我挣脱了几位祭司的阻拦,抄起一根狼牙棒就冲向了战场。我们一共缴获了两百三十张头皮,我在战场上被推选为部落酋长。两年之后,这些新世界的部落都改信了基督教,并臣服于西班牙的王权统治。再后来的事情,相信各位多少也都听说了。作为西班牙国王的一个臣民,我获得了自己能够获得的最高荣誉。不过,可敬的艾尔维拉,我必须告诉您,您是不可能成为总督夫人的。因为马德里议会有一项政策,不允许已婚男子去新世界担任如此重要的职务。当您屈尊嫁给我的那一刻,我就将放弃总督的职位。我能够敬献在您脚下的,仅仅是西班牙最高贵族的头衔和一笔财产。我将与您共享这笔财产,具体来说是这样的:

萨拉戈萨手稿

在我征服了新墨西哥北部的两个省份之后，国王让我任意挑选一个银矿，并赐予我开采权。我挑选了一位来自维拉克鲁斯的平民作为合伙人。第一年，我们就得到了三百万皮阿斯特①的收益。不过，由于银矿开采权归属在我的名下，所以第一年我比合伙人多拿了六十万皮阿斯特。

这时，被我带到营地的那个陌生人打断了故事。"先生，总督获得了一百八十万皮阿斯特，他的合伙人获得了一百二十万皮阿斯特。"

"大概是的吧。"吉普赛人首领说。

"只需要用总数的一半加上差额的一半，"陌生人继续说，"这个人人都会算。"

"你真棒！"吉普赛人首领回答。然后他继续讲起了故事。

总督还想继续向我介绍我的财产，他说："第二年，我们开采到地下更深处，我们需要搭建起巷道、集水坑和隧道。开采的成本占比原先只有四分之一，现在又增加了八分之一，而开采产量则减少了六分之一。"

这时，我们那位几何学家从口袋里拿出了笔记本和一支铅笔。不过他以为那是一支羽毛笔，于是就蘸了蘸热巧克力。接着，他发现热巧克力书写起来并不方便，就准备在自己的黑色外套上擦拭这支笔，

---

① 译注：西班牙及北美各国殖民地曾使用的一种货币。

第十八天

结果却擦到了丽贝卡的裙子上。随后，他就在笔记本上写下了一串数字。看到他专注忘我的样子，我们都笑了起来。这时，吉普赛人首领继续讲起了故事。

"第三年，我们的问题更大了，我们不得不从秘鲁找来矿工，并支付给他们十五分之一的收益，这里面还没有算上成本，那一年的成本增加了十五分之二。不过开采产量和第二年相比，增长了十又四分之一倍。"

我看出来，吉普赛人首领是想要给几何学家的计算增加一些难度。事实上，他的故事已经变成了一道数学题，他就这么继续讲述起来："女士，自此以后，我们的分红每年减少十七分之二。我将开采收益存在银行里，因而还有利息。利息和本金相加，我共有五千万皮阿斯特的财产。我将这笔财产敬献到您的脚下，连同我的头衔、我的心和我的手。"

这时，几何学家站起身来，一边在笔记本上写着数字，一边沿着上山的原路往外走。不过，他很快就偏离了这条路，拐到了吉普赛女子取水所走的一条岔道上。不久之后，我们听到了他掉进河里的声音。我立刻跑过去救他。我跳进河里，和急流做了一番搏斗之后，终于把这个心神恍惚的几何学家救到了岸上。我们帮着他吐出吞下的河水，又点起了一个大火堆。接着，他用虚弱无力的眼神看着我们，对我们说："先生们，假设总督和他的合伙人的分红比例是一千八百比一千两百，也就是三比二，那么总督最终的财产应该是六千零二万五千一百六十一皮阿斯特。"

说完这句话之后,几何学家就陷入了一种昏昏沉沉的状态,我们也不想打搅他,因为他看上去急需睡眠。他真的一觉睡到了晚上六点,不过醒来之后,他也只不过是从原先昏昏沉沉的状态,切换到了一种啰啰唆唆、神神叨叨的状态。

首先,他问我们是谁掉进了河里。我们告诉他,正是他本人掉进了河里,是我把他救起来的。

随后,他用一种相当礼貌友好的态度对我说:"我也不知道自己游泳能游得那么好。我很高兴能为国王救下他最杰出的军官之一,因为你是瓦龙卫队的一名上尉。你曾告诉过我这件事,我的记性很好的。"

大家都笑了起来,可是几何学家仍在说个不停,他那些不着边际的胡话给我们增添了很多乐趣。

秘法师也是一副心神恍惚的样子,并不比几何学家好到哪里去。他一直在说流浪的犹太人的事情,说他能带来有关那两个魔鬼艾米娜和祖贝达的信息。

丽贝卡挽着我的胳膊,把我带到了一个方便说悄悄话的地方。"阿方索先生,"她说,"我恳求你告诉我,在你踏入这片山区之后,对于你的所见所闻,你有哪些判断;也请你告诉我,对于那些恶意捉弄我们的吊死鬼,你有何看法。"

"女士,"我回答,"你的问题太为难我了。你哥哥所关心的事情,对我而言是一个未知的秘密。至于我本人,我相信自己是被人灌下了迷药,然后被抬到了绞刑架下面。是你告诉了我,戈麦雷斯家族暗中控制着这片地区。"

"没错,"丽贝卡说,"我认为他们是想让你改信伊斯兰教。也许你应该顺从他们的意愿。"

"什么?"我大喊,"你也参与了他们的计划吗?"

"没有,"她回答,"也许我有自己的计划。我曾告诉过你,我永远不会爱上和我同一宗教的男子,也不会爱上基督徒。不过,我们还是先回去吧,这件事我们以后再说。"

丽贝卡回去找她哥哥了,而我则自己散了一会儿步,思考着我的所见所闻。可我越是认真地思考,就越是想不明白事情的来龙去脉。

第十九天

大家一早就在山洞里集合了,不过吉普赛人首领并没有出现。几何学家看起来恢复得很好,不过他还是坚信,是他把我从河里救出来的。他用一种施恩不图报的表情看着我,仿佛是我的救命恩人一般。

丽贝卡注意到了这一点,觉得很好笑。我们吃过早饭之后,她便说:"先生们,首领不在,真是太遗憾了,因为我特别想知道他是怎样接受总督的好意和财产的。不过,我们中间有一位先生,可以为我们弥补这一缺憾。他可以讲述自己的故事,他的故事一定非常有趣。他所精通的那些学问,我本人也有所涉猎,对于这样一个人,我乐于了解他的任何事情。"

"女士,"几何学家回答,"我不认为你涉猎过我所研究的那些学问,因为大多数女士们连这些学问的基础知识都无法理解。不过,既然你盛情邀请,我自当从命,我会告诉你我的故事,首先,自我介绍一下,我名叫……名叫……"

"什么?"丽贝卡说,"你已经心神恍惚到连自己的名字都忘记了?"

"并不是这样的,"几何学家说,"我不是一个心神恍惚的人,反倒是我的父亲,他的人生中有过一个了不得的心神恍惚的时刻。他把自己的签名误写成了弟弟的名字,这一恍惚间的行为,使他一下子失去了自己的妻子、财产和辛勤劳动所应得的奖赏。所以,为了避免自己重蹈覆辙,我把自己的名字记在了笔记本上。每当我需要签名的时候,我就打开笔记本照抄一下。"

"可是,"丽贝卡说,"现在是让你说出自己的名字,不是让你签名。"

"你说得很有道理。"几何学家说。于是他把笔记本放回口袋里,然后讲起了他的故事。

几何学家贝拉斯克的故事

我名叫堂佩德罗·德·贝拉斯克,我是著名的贝拉斯克侯爵家族的后人。自从火药发明以来,家族成员们都在炮兵部队中效力,成了西班牙炮兵部队中最优秀的军官。堂拉米罗·贝拉斯克是腓力四世[1]时期的炮兵总指挥,腓力四世的后任君主还授予了他最高贵族的荣誉。他有两个儿子,都有了自己的家室。长子这一脉继承了家族财产和最高贵族的头衔,但他们并不追求官中那些安逸的职位,这些家族领袖们坚持投身于光荣的炮兵事业,这也是他们荣誉的来源。此外,他们还坚持扶助和保护幼子这一脉的后人,并将其视为自己的职责。

这个传统一直延续到了堂桑乔这里,他是第五代贝拉斯克公爵,拉米罗长子的曾孙。这位可敬的绅士和他的几位先辈一样,担任着炮兵总指挥的光荣职务，他还是加利西亚①的地方长官，并居住在那个省份。他迎娶了阿尔巴公爵的一个女儿。这段婚姻给他带来的幸福，不亚于与阿尔巴家族联姻给我们家族所带来的荣誉。可惜阿尔巴公爵夫人并不如她丈夫所期盼的那样多产，她只诞下了一个女儿，名叫布兰卡。阿尔巴公爵希望自己的女儿能嫁给贝拉斯克家族幼子一脉的后人，好将长子一脉的最高贵族头衔和家族财产能继承过去。

我父亲名叫堂恩里克，他的弟弟名叫堂卡洛斯，他们两兄弟的父亲和这位阿尔巴公爵同是拉米罗的后人，而且是平辈的关系。我祖父去世之后，阿尔巴公爵将我父亲和他的弟弟收留到了自己家中。我父亲当年十二岁，他的弟弟十一岁。他们两兄弟的性格迥然不同。我父亲认真、勤奋、心思敏感；他的弟弟则是一个轻浮鲁莽的人，做什么事情都漫不经心。阿尔巴公爵对他们个性上的差异看得很明白，于是他决定，选择我父亲当他未来的女婿。为了防止布兰卡芳心错许，他将堂卡洛斯送到巴黎，请他的亲戚——驻法大使埃雷拉伯爵代为照管。

凭借自己优良的品性和不懈的努力，我父亲赢得了阿尔巴公爵日渐增长的好感，也获得了布兰卡的青睐。布兰卡已经知道了自己将来会嫁给这个人，并越发对自己父亲的这一安排感到称心如意。她甚至对这个年轻人的事业也深感兴趣，默默地关注着他的科学成就。试想，这个年轻人凭借早熟的智慧，已经通晓了人类的全部知识，而他的同龄人只是刚刚掌握了一些皮毛。试想，与此同时，这个年轻人还

---

① 译注：西班牙历史地理区，面积约29 435平方千米，位于伊比利亚半岛西北角，包括拉科鲁尼亚、蓬特韦德拉、卢戈和奥伦塞省。

与年纪相仿的女孩坠入了爱河，这个女孩聪慧过人，渴望对他有更多的了解，也为他的成就而感到高兴。在人生中这个短暂的阶段，我父亲享受到的幸福生活正是这样的。布兰卡又怎么会不爱他呢？他为阿尔巴公爵带来了骄傲和欣慰，也成了全省人民的宠儿。他还未满二十岁的时候，名气就已经传播到了西班牙之外。

布兰卡对于未婚夫的爱，包含着热情与虚荣的成分，而恩里克对于她的感情，则是全心全意的纯粹的爱。他也对公爵充满敬爱，同时也时常会想念自己的弟弟堂卡洛斯。

"我亲爱的布兰卡，"他常对自己的恋人说，"你不觉得吗？没有卡洛斯在身边，我们的幸福是不完整的。我们这里有这么多可爱的姑娘，一定有人能让他安定下来。他是一个性情不定的人，很少给我写信，但是一个温柔贴心的妻子一定能驯服他的心。亲爱的布兰卡，我很爱你，也很爱你的父亲，但既然老天给了我一个弟弟，我们为什么总要分开生活呢？"

有一天，阿尔巴公爵唤我父亲前去见他，并对他说："堂恩里克，国王陛下给我写来了一封信，我想把信的内容告诉你，陛下在信中是这样说的：

爱卿：

　　议会决定要重新设计我们王国的外围防御工事。我们注意到，欧洲的城防工程体系目前分为沃邦式和库弘式[2]两种。请召集我国最聪明的臣民，就此课题撰写论文，并将他们的书面提案送至议会商讨。若议会对某篇论述感到满意，其作者将得到授权，亲自落实他的设计草案，王国也将赐予他相应的奖赏。愿上帝保佑您顺利推进此项工作。

国王亲谕

"我亲爱的恩里克，"阿尔巴公爵说，"你想参加这次提案竞赛吗？我必须提醒你，你的对手们都是经验丰富的工程专家，不但有来自西班牙的，还有来自欧洲其他国家的专家们。"

对于阿尔巴公爵的提议，我父亲思索了一会儿，然后自信地说："大人，我想参加这次竞赛，我一定不会让您失望的。"

"很好，"阿尔巴公爵说，"尽力去做吧，这项任务完成之后，你的大喜日子也就不远了，布兰卡将成为你的妻子。"

各位可以想见，我父亲是多么热情地投入了这项工作。他日以继夜地努力着，当他实在是头脑疲惫，必须要休息时，他就会和布兰卡一起憧憬未来的美好生活，也会期盼着和卡洛斯重逢的美好时刻。一年时间就这样过去了。

最终，众多提案论文从西班牙和全欧洲的西面八方汇聚而来。人们将所有提案密封起来，并存放在阿尔巴公爵的办公室里。我父亲的论文也到了收尾阶段，他略做修改，使其更趋完善。关于这篇论文的完美程度，我只能大致上给大家介绍一下。他首先构建起了自己的攻防体系原则，并用库弘的体系与之进行对比，列举了二者的异同之处。他认为沃邦体系比库弘体系更为高明，不过他也预测，沃邦将会对自己的体系进行第二轮修改。历史证明了，我父亲的预测都是准确的。他的这些论点不仅有现成理论的支撑，还考虑到了具体的地理位置信息和成本核算，最关键的是，他所进行的海量计算，其复杂程度令专家们都望而却步。

第十九天

我父亲写完论文的最后几句时,觉得自己的提案里还存在上千处之前未曾发现的疏漏,他战战兢兢地将论文呈送给阿尔巴公爵。第二天,阿尔巴公爵拿着论文对他说:"我亲爱的侄儿,看来你是赢定了。现在,你只需要全心全意地筹备自己的婚事,婚礼很快就将举行。"

我父亲跪在阿尔巴公爵脚下,对他说:"大人,我恳求您大发善心,召我的弟弟回来。如果我不能在婚礼前与分别已久的弟弟拥抱,那么我的幸福将是不完整的。"

阿尔巴公爵皱了皱眉,然后说:"我预感到,堂卡洛斯一定会喋喋不休地跟我们讲伟大的路易十四和他的华丽宫廷。不过既然这是你的心愿,我们就让他回来吧!"

我父亲亲吻了公爵的手,随后就去找他的未婚妻了。他把几何学暂时放到一边,把时间都留给了爱情,让爱充盈着自己的灵魂。

与此同时,国王非常重视这个防御工程项目,命令专家们研读和审核所有的提案。最终,众人一致判定,我父亲的提案是最佳的。内阁大臣给他写来了一封信,告诉他国王对他的提案非常满意,并希望他能自己提出需要什么奖赏。在单独写给阿尔巴公爵的另一封信中,内阁大臣私下里和阿尔巴公爵通气说,如果这位年轻人想要炮兵总指挥的军衔,他很有可能如愿。

我父亲把信拿给了阿尔巴公爵看,而阿尔巴公爵也把自己收到的信的内容告诉了我父亲。我父亲声明,他觉得自己还配不上这样的荣誉,并请阿尔巴公爵代为回信。公爵没有答应这个请求。

"内阁大臣的信是写给你的,理应由你自己回信,"他说,"内阁大臣这样做,一定有他自己的道理。在给我的信中,他把你称为

'年轻人'，可见国王对你的年轻有为印象深刻，内阁大臣一定希望能将这个年轻人的亲笔回信呈送给国王。当然，我可以给你一些遣词造句上的建议，以免你的回信显得过于冒昧。"

说到这里，阿尔巴公爵来到他的秘书处，写下了一封信，信的内容如下：

大人：

欣闻阁下的通知，国王对我的首肯，已然是任何卡斯蒂利亚贵族所能期待的最高恩赐。不过，鉴于您善意的提点，我斗胆请求国王陛下为我赐婚，我想要迎娶的是布兰卡·德·贝拉斯克，她是我们家族财产与头衔的继承人。这桩婚事不会削减我为国王效力的赤诚之心。我的几位先辈曾有幸担任过炮兵总指挥一职，如果有一天我的德才能配得上这一军衔，我将感到十分荣幸。

阁下的忠实仆人，云云

我父亲对阿尔巴公爵的鼎力相助表达了谢意，然后就拿着信回到了自己房里，逐字逐句地誊写下来。不过，当他准备签名的时候，听到有人在院子里高喊道："堂卡洛斯来啦！堂卡洛斯来啦！"

"谁？我弟弟吗？他在哪里？我要去拥抱他。"

"堂恩里克先生，请您签名。"内阁大臣派来的信使说。一边是信使的催促，一边是迎接弟弟到来的欣喜，我父亲匆忙间签下了"堂卡洛斯·德·贝拉斯克"这个名字，而不是"堂恩里克·德·贝拉斯克"，他封好信之后，就跑出门去拥抱弟弟了。

两兄弟拥抱过后,堂卡洛斯立刻退后一步,开心地大笑起来,他说:"我亲爱的恩里克,你真像是意大利喜剧里边的小丑啊。你戴的领圈[3]就像是横穿下巴的一个剃须盆,不过我喜欢你这个样子。我们进去见见老先生吧。"

他们前去拜见了老公爵,堂卡洛斯按照法国宫廷里时兴的做法,紧紧拥抱了他,差点把他勒死。他接着说:"亲爱的叔叔,大使那老家伙让我给您带来一封信,我尽心地保管这封信,不过还是落在我的洗浴服务员那儿了。不过也无所谓了,格拉蒙、罗克洛尔和其他那些老家伙们都托我给您带个好儿。"

"我亲爱的卡洛斯,"阿尔巴公爵说,"这些人我一个都不认识。"

"那太糟糕了,"卡洛斯说,"他们都是了不得的人物。话说回来,我的嫂子在哪儿呢?她一定长成了一个大美人。"

这时布兰卡走了进来。堂卡洛斯步态轻佻地朝她走去,并说:"啊,美丽的嫂子,在巴黎,我们见到女士们都要亲吻的。"说着他就亲了上去,把恩里克直接吓呆了。他本人和布兰卡见面的时候,旁边必有陪媪做伴,他到现在还从不敢亲吻布兰卡的手。

堂卡洛斯又说了很多极为不妥的话,让恩里克感到恼怒,也让阿尔巴公爵不由得皱起了眉头。最后,阿尔巴公爵对他说:"去把你的旅行装束换掉吧。今晚有一场舞会,你要记得,山那边的人们认为得体的举动,在我们这里可能是非常失礼的。"

卡洛斯一点也没有感到羞愧,他说:"叔叔,我会去换上路易十四给他的侍从们钦定的制服,您会看到,这位君王无论做什么都很出色。我会邀请我美丽的堂妹跳一支萨拉班德舞。这是一种西班牙舞蹈,但您会看到,法国人是怎样改编这支舞蹈的。"

说完这些话,卡洛斯嘴里哼着吕利①的小曲走了出去。他的哥哥被他这些不检点的言行给气坏了,他努力向阿尔巴公爵和布兰卡道歉,但这只是多此一举。阿尔巴公爵早就对卡洛斯抱有成见了,而布兰卡却完全没有受到冒犯。最后,舞会终于开始了。

布兰卡登场时,身穿的是一套法国时装,而不是西班牙服装,这让每个人都吃了一惊。她说,这套时装是她的舅公大使先生送给自己的,她的堂哥帮她带了过来。这样的解释也令人感到甚为不妥,继续引发着人们的惊叹。

堂卡洛斯让大家等了很久,最后终于出现了,一身路易十四宫廷里的装扮:蓝色外套上绣着银色装饰,白色缎面的领巾和饰带上也绣着银色的装饰,衣领用了阿郎松针绣花边的工艺,还戴了一顶异常蓬松的金色假发。这身打扮本来已经够亮眼的了,和本地人的穿着一对比,更显得光彩夺目。因为上一任哈布斯堡君王在西班牙倡导的是一种非常低调的服饰观念。连西班牙服装唯一的亮点——原先的翎领——也被替换成了领圈,就是如今法警和律政官员们所戴的那种领圈,这种领圈真的很像喜剧小丑的装扮,卡洛斯的形容可以说是恰如其分。我这位个性张扬的亲戚,在着装上已经与西班牙绅士大相径庭了,而他走进舞会礼堂的样子更是令人侧目。他没有向任何人鞠躬或问候,而是对着乐队大声地吼:"先停一下,你们这帮无赖!如果你们不马上演奏萨拉班德舞曲的话,我就要用小提琴砸你们的耳朵了!"接着,他把自己带来的乐谱递给乐队,在舞池里找到了布兰

---

① 译注:Jean-Baptiste Lully,法籍意大利作曲家,法国歌剧的创始者。

卡,把她带到礼堂中央,与她共舞了一曲。

我父亲也承认,卡洛斯的舞技的确超群,而原本就美丽优雅的布兰卡,在与他共舞时显得更加迷人。一曲萨拉班德舞终了,所有的女士们都起立赞美布兰卡的舞姿,不过,就在她们盛赞布兰卡的时候,眼睛却都盯着卡洛斯,好让他明白,他才是她们称赞的对象。布兰卡当然看得透女士们的这些伎俩,不过,她们的青睐更加提升了这个年轻人在她心中的地位。

这一整晚,卡洛斯都没有离开过布兰卡的身边。当他哥哥靠近她时,他就会说:"恩里克,我的朋友,别待在这里了,去解几道代数题吧。等布兰卡成为你的妻子之后,你还有足够的时间来陪她过那种乏味的生活。"卡洛斯如此挖苦讽刺的时候,布兰卡还放肆大笑起来,更助长了他的气焰。而可怜的恩里克只能手足无措地退下。

晚餐备好之后,堂卡洛斯牵着布兰卡的手,把她带到了餐桌的主位上,在她身边坐了下来。阿尔巴公爵对此情景皱起了眉头,但恩里克却恳求他不要责备自己的弟弟。

在餐桌上,堂卡洛斯向一众宾客介绍起了路易十四所举办的一系列欢庆活动,尤其是芭蕾舞剧《爱的奥林匹斯》,路易十四在其中亲自出演了太阳神一角。卡洛斯声称,他本人对这段舞蹈非常熟悉,而月亮女神黛安娜一角,由布兰卡来扮演是再合适不过了。他随后还分配了其他角色。在晚餐结束之前,一场路易十四芭蕾舞剧就已经安排妥当了。恩里克离开了舞会,而布兰卡没有注意到他离开了舞会。

第二天,我父亲按约定的时间去找布兰卡时,却发现她正在和堂卡洛斯练习舞步。三周时间就这样过去了。公爵的脸色变得严峻,而恩里克则尽力掩饰着自己的悲伤。卡洛斯继续滔滔不绝地说着他那些傲慢的言论，这些话却被城里的女士们奉若神谕。布兰卡一心只想着巴黎和路易十四的芭蕾舞剧，对身边发生的一切浑然不觉。

有一天，当所有人都聚在餐桌前时，阿尔巴公爵收到了宫廷送来的一封信。这封信来自内阁大臣，信的内容是这样的：

大人：

国王陛下恩准了您的女儿与堂卡洛斯·德·贝拉斯克的婚事，并授予他最高贵族的头衔与炮兵总指挥的职务。

致以诚挚的问候，云云

"这是怎么回事？"阿尔巴公爵怒吼起来，"为什么这信上写着卡洛斯的名字？布兰卡明明许配给了堂恩里克。"

我父亲劝说阿尔巴公爵平息怒火，然后对他说："大人，我不知道为何信中出现了卡洛斯的名字，而不是我的名字，但我相信这不是我弟弟的错，或者说，在这件事上没有人犯错，名字的更改全都是天意。而且说实话，您一定也注意到了，布兰卡小姐并没那么喜欢我，而对卡洛斯情有独钟。因此她的手、她的人和她的头衔都应该属于卡洛斯。对于这一切，我已经无权享有了。"

阿尔巴公爵转过身对他的女儿说："布兰卡，布兰卡，你真的这样薄情寡义、荒唐无耻吗？"

布兰卡瘫倒在地，不停地哭泣，最后，她终于承认了自己爱的是卡洛斯。

阿尔巴公爵带着绝望的心情对我父亲说："亲爱的恩里克，即使他夺走了你的爱人，也不可能夺走你炮兵总指挥的职务。这是你应得

第十九天

的前程,我还会将自己的一部分财产留给你。"

"大人,"恩里克回答,"您的所有财产都归属于您女儿,至于总指挥的职务,国王将它授予了我弟弟,这是明智的选择。因为以我现在的精神状态,已经不适合担任这个职务或其他任何军职了。让我去过隐居的生活吧,我要去找一个神圣的庇护所,在圣坛前面倾倒自己的痛苦,把我的痛苦当作祭品,奉献给为人类受难的上帝。"

我父亲离开了阿尔巴公爵府,进入一家卡玛尔迪斯修道院,当起了见习修士。堂卡洛斯与布兰卡成婚了。婚礼办得相当冷清,阿尔巴公爵拒绝参加婚礼。布兰卡看到父亲心灰意冷的样子,也为自己引起的这些事端而感到难过,尽管堂卡洛斯还是一副无所谓的样子,但心中也被这种阴郁的气氛搞得闷闷不乐。

不久之后,阿尔巴公爵患上了急性痛风,感到自己将不久于人世。他派人前往卡玛尔迪斯修道院,请堂恩里克修士回家见他最后一面。公爵的大管家阿瓦雷斯来到修道院传达这一请求。卡玛尔迪斯修士们没有回答,因为他们的戒律禁止他们开口说话。不过修士们还是把管家带到了堂恩里克的房间。阿瓦雷斯看到,堂恩里克躺在一个草堆上,身上穿着破烂的衣服,腰上还绑着一条锁链。

我父亲认出了阿瓦雷斯,对他说:"阿瓦,我的朋友,你觉得我昨天那支萨拉班德舞跳得如何啊?路易十四认为我跳得很好,但那帮无赖乐师们演奏得太差劲了。还有,布兰卡对我的舞蹈有什么评价吗?布兰卡,布兰卡,回答我,你这个淘气鬼!"说完这些,我父亲摇晃着锁链,朝自己的胳膊上咬了一口,接着便升起癫狂的怒火。阿瓦雷斯不禁流下了眼泪。他离开修道院,回去向公爵报告了这个悲伤的消息。

第二天，阿尔巴公爵的痛风蔓延到腹部，连医生也回天乏术了。临终之时，他对自己的女儿说："布兰卡，布兰卡，堂恩里克很快也会随我而去的。我们两个都原谅你了。"这就是公爵的遗言，它深深地蚀刻在布兰卡的灵魂里，让她心中生出痛苦的悔恨。布兰卡就此深陷忧郁之中，无法逃离。

新任公爵想方设法逗他的妻子开心，但是并没有成功。于是他便任由她伤心沉沦，自己则从巴黎召来了一个名叫花园小姐的交际花。布兰卡只得退隐到一家修道院中。炮兵总指挥的职务对新任公爵来说很难胜任，尽管他也为此努力了一阵子，但还是无法承担起这么大的荣誉，于是他辞去了这份工作，转而请求国王赐给他一个宫中的职位。国王将他任命为寝宫侍从总管，他便搬到马德里，和花园小姐住在了一起。

我父亲在卡玛尔迪斯修道院里待了三年，那些善良的修士们用天使般的耐心尽力照顾着他，终于使他恢复了理智。随后，他前往马德里，去拜访内阁大臣。大臣把他请进了自己的办公室，对他说："堂恩里克先生，您的事情国王也听说了，他责备我办事不周。但我给他看了您的来信，上面签的确实是堂卡洛斯的名字，就是这封信。请告诉我，您为什么不署上自己的名字呢？"

我父亲接过了信，认出了自己的笔迹，并对内阁大臣说："哎，大人，我现在想起来了，当时我正准备签名的时候，有人通报说我弟弟来了。听到他的名字，我十分欣喜，所以就误把他的名字签了上去。不过这个错误并不是我不幸的根源，当时就算我得到了炮兵总指挥的职位，也没有心力来胜任这一工作。如今，我的神志已经完全恢复了，有充足的能力来落实国王当年的计划。"

第十九天

"我亲爱的恩里克,"内阁大臣说,"所有关于防御工事的提议都已经作废了,在宫中,已经过去的事情最好就不要再提了。我现在能提供给你的,只有北非休达港①的指挥官一职,这是目前唯一的职位空缺。而且你出发去休达港之前,也没有机会觐见国王。我承认,这个职务对你而言是大材小用了,而且你还这么年轻,就要被困在北非这样一个弹丸之地,也不太公平。"

"这个职位吸引我的正是这一点,"我父亲回答,"我想,只有离开欧洲,我才能逃离自己的残酷命运;在世界的另一个角落,我会成为一个全新的人,在一片更加仁慈的星空之下,最终找到内心的安定和幸福。"

我父亲很快收到了任命函,他出发前往南部港口阿尔赫西拉斯,登船出海,随后顺利地到达了休达港。下船之后,他突然有了一种美妙的感受,仿佛是在与暴风雨搏斗许久之后,终于找到了一个宁静的港湾。

作为新任指挥官,他的第一个任务就是了解自己的职责,不只是为了完成工作,而是为了做得更好。尽管他对防御工事很感兴趣,但这里的工事不需要他费太多的心,因为虽然休达港的四面都有蛮敌环伺,但这里地理条件优越,足以抵抗入侵之敌。因此,他可以运用自己全部的精力和智慧,为当地驻军和百姓改善生活,在条件允许的情况下,为他们谋求各种福利。为了做到这一点,他放弃了前任指挥官历来享有的各种特权和好处。这一举动让他在这个小小的殖民地里广

---

① 位于北非北段,与摩洛哥接壤。1688年,葡萄牙将休达割让给西班牙,从此成为西班牙属地。

受拥戴。我父亲还倾尽良苦用心，为当地的政治犯们着想，有时会下令，在严格的律法中网开一面，让政治犯们与家人见面，或是为他们谋求一些诸如此类的权益。

将休达港治理得井井有条之后，我父亲又投入了精密科学的研究之中。当时，整个科学界都在关注伯努利兄弟[4]之间的争论。我父亲将他们二人戏称为厄特克勒斯和玻吕尼刻斯①，不过他对他们争辩的内容也进行了认真的研究，并常常匿名发表论文，以出其不意的方式参与这场争论，支持其中的一方或另一方。当等周定理被提交给欧洲最伟大的四位几何学家进行裁定时，我父亲也同步发表论文，探讨分析方法的问题，他的这些方法被认为是数学理论创新中的杰作。不过没有人相信，这些论文的作者真的甘愿这样寂寂无闻，所以人们推断，这些论文都是那两兄弟分别发表的。其实大家都想错了，我的父亲虽然热爱科学，但并不想因此而出名。他不幸的命运使他变成了一个低调而羞怯的人。

雅各布·伯努利正要取得全面胜利的时候，却不幸去世了，他的弟弟成了战场上的霸主。我父亲明确地发现，约翰·伯努利只考虑到曲线的两个要素，这是错误的，但这场科学界的论战已经旷日持久，我父亲不想再生事端了。与此同时，约翰·伯努利却是一个闲不住的人，他首先向洛必达侯爵[5]宣战，声称其理论发现都是剽窃了自己的成果，接着，又直接向牛顿开战。这些新论战的主题都是微积分，当时莱布尼茨和牛顿同时提出了微积分概念，而英国全国上下把这件事情

---

① 译注：希腊神话中，俄狄浦斯的长子厄特克勒斯，因王位继承问题而与其弟玻吕尼刻斯发生矛盾。

第十九天

当作了国家大事。

就这样,我父亲度过了人生中最美妙的一段时光,他远远地观望着全世界最伟大的头脑们碰撞出来的耀眼的火花,在争斗中所使用全人类最锋利的智慧武器。

我父亲对于精密科学的热爱,并没有妨碍他关注其他的科学。休达港的礁石下生活着很多海洋生物,它们有许多与植物类似的特质,可以看作连接植物界和动物界的桥梁。我父亲常常把这些海洋生物装在标本瓶里,兴致盎然地观察它们的神奇构造。他还建立了一间图书馆,存放拉丁语书籍,或者说是拉丁语译本,将它们作为历史参考资料。他之所以要收藏这些书籍,是为了用实证资料来支持雅各布·伯努利在他的《猜度术》一书中所提出的概率原理。

我父亲就过着这样纯粹的精神生活,在观察和冥想之间来回切换,几乎到了足不出户的程度。他倾尽所有智慧,不断思考科学问题,常常忘却了那段残酷的岁月,忘记了自己在厄运的重压下丧失了理智的悲惨生活。不过,有时候昨日也会重现,这一般发生在夜间。当白天的工作耗干了他的脑力之后,由于他不习惯于自身之外的消遣,他会独自走上露台,视线越过大海,眺望着远方地平线上的西班牙海岸。这番景致让他想起了曾经的光辉岁月:当时的他,拥有家庭的温暖、恋人的爱慕和权贵的敬重,而他的内心既燃烧着青春的火焰,也闪耀着成熟的智慧;既能够体验人类生活中的所有美好感情,也能够感知为人类尊严加冕的所有精妙思想。

接着,他又会想起,他的弟弟是怎样夺走了他的爱人、他的财富和他的头衔,而他自己却只能神志不清地躺在草堆上。有时候,他会拿起自己的小提琴,拉一首萨拉班德舞曲——让布兰卡情归卡洛斯的那首致命的舞曲。这旋律会让他热泪纵横。哭过之后,心情也变得轻松不少。十五年时间就这样过去了。

有一天晚上,休达的副总督来找我父亲商议公事。他来时天已经很晚了,正好撞见我父亲心情忧郁的样子,他考虑了一会儿,然后说:"我亲爱的指挥官,请您听我说两句。您心情不好,总是充满忧伤,这已经不是秘密了,我们大家都看在眼里,包括我的女儿。您刚到休达的那年,她只有五岁,从那以后,她每天都会听到人们对您的赞颂,因为您就是我们这个小殖民地的保护神。她常常对我说:'我们亲爱的指挥官总是满怀忧伤,那是因为他的忧伤无人可倾诉。'到我们家来坐坐吧,堂恩里克,这对您有好处,总好过您成天在那里数浪花。"

我父亲答应了,他拜访了伊内丝·德·卡丹萨,并在六个月之后与她成婚,十个月后,我就出生了。

当我见到世间第一缕光亮时,我父亲把我抱到怀里,抬起头对着天空说:"噢,万能的神力啊,您的指数无穷大,您是所有递增序列的终极数值。噢,我的上帝,请您看一看,又一个脆弱的生命被投射到了宇宙之中。如果他注定要像他的父亲一样郁郁寡欢,就请您发发善心,划一个减号,把他从这天地之间消除吧!"

祈祷完之后,我父亲充满爱意地亲吻了我,然后说:"不,我可怜的孩子,你不会像我这样郁郁寡欢的。我以神圣的上帝之名起誓,我绝不会教你数学,你将学习萨拉班德舞、路易十四的芭蕾舞以及我所知道的任何轻佻的玩乐方式。"接着,我父亲泪流满面地把我交还给了助产师。

现在,请大家注意我命运的奇特之处。我父亲发誓,绝不会教我数学，而要教我舞蹈。不过，现在的我却恰恰相反。我对于各种精密科学十分精通，对舞蹈却是一窍不通。我说的不是萨拉班德舞，因为这种舞蹈已经不流行了，事实上，我不能理解，为什么人们能够记住瓜德利尔舞的舞步。舞步就像是一种没有恒定规则的递增数列，也不能用公式来表达，我不知道为什么有人能够记住这些舞步。

堂佩德罗·德·贝拉斯克的故事说到这里时，吉普赛人首领来到山洞中告诉我们，为安全起见，我们的营地要搬迁到阿尔普哈拉斯山区的更深处去。

"太好了，"秘法师说，"这样我们就能更早碰到流浪的犹太人了，由于他没有权利停下来休息，所以他会跟着我们的队伍一起行进，我们可以一路上跟他交谈，这样就更有趣了。他是一个见多识广的人，没有人比他的经历更丰富了。"

接着，吉普赛人首领又对贝拉斯克说："先生，你想和我们一起走，还是需要我派人送你去附近的镇上？"

贝拉斯克考虑了一会儿，然后说："在我前天夜里所住的简陋房间里，我在床边落下了一些笔记，第二天早上，我是在绞刑架下面醒来的，是这位瓦龙卫队的上尉发现了我。请您派人去奎玛达旅馆，帮我找一下笔记。如果笔记丢了的话，我就没有必要继续旅行了，那样的话我就只能回休达去了。不过，如果您能派人去旅馆帮我找找的话，我就能继续跟大家一起走了。"

"我的手下都可以为你效力，"吉普赛人首领说，"我会派几个人去旅馆搜寻，他们会和我们在下一个驻扎点会合。"

大家都整理好了行装，我们走了十八英里的路，当晚在深山中的

> 萨拉戈萨手稿

一个山顶上过了夜。

原注：

1 Philip IV，1621—1665年执政。

2 沃邦（Sebastien Le Prestre de Vauban，1633—1707）和库弘（Menno van Coehoorn, 1641—1704）都是当时最著名的军事工程专家。

3 西班牙式领圈。

4 指数学家雅各布·伯努利（Jakob Bernouilli, 1654—1705）和约翰·伯努利（Johann Bernouilli, 1667—1747）。

5 约翰·伯努利曾当过洛必达侯爵纪尧姆（Guillaume, Marquis de l'Hospital, 1661—1704）的老师，在洛必达侯爵死后，约翰·伯努利公开将这位学生的数学发现据为己有。

第二十天

一整个早上，我们都在等待吉普赛人首领派去奎玛达旅馆的那几个人，他们去找贝拉斯克遗失的笔记了。闲来无事，大家都只能眼巴巴地望着山下的小路，等待他们出现，我想，这也是所有人类的正常表现吧。只有贝拉斯克除外，他在山坡上发现了一块石板，表面被水流冲刷得十分平滑，于是就在石板上写满了 x、y 和 z。他埋头计算了一阵之后，转过身来问我们，为什么大家都这么着急的样子。我们告诉他，这是因为他的笔记还没有送到。他回答说，很感谢我们能代替他着急，等他算完这题之后，就会跟我们一起着急地等待。等他解完了方程式之后，他又问我们，大家都在等什么，为什么我们还不出发。

"天哪，"秘法师对几何学家贝拉斯克先生说，"就算你自己没有体验过焦虑的感觉，你总在别人身上多少见识过焦虑是怎么回事吧。"

"你说得没错，"贝拉斯克回答，"我常能在别人身上观察到焦虑的情绪。以我之见，这是一种不断增长的不适感，但它的增长方式没有任何规律可循。不过，我们可以笼统地说，它是与惯性力的平方成反比的。由此可得，假如我对焦虑的抵抗力是你们的两倍，那么一个小时之后，我只会感受到一倍的焦虑，而你们会感受到四倍的焦虑。以此类推，所有具有动力性质的情感，都可以这样计算。"

"看起来,"丽贝卡说,"你对人性的源头有深刻的认知,而几何学是通往幸福的最保险的一条路。"

"女士,"贝拉斯克说,"以我之见,追求幸福这件事就好比是解一道二次方程或是三次方程。你知道最终数值,也知道它是所有根的乘积,但在穷尽所有除数之前,你会先求得一定数量的虚根。与此同时,沉迷于计算的一天就这么愉快地过去了。人类生活也是同理,你会把一些无谓的情绪当作是真实的情感,不过与此同时,你也就这么度过了人生,而且也有所作为。运动是自然界的普遍规律,没有什么东西是真正静止的。一块石头看上去是静止的,但那是因为地面对石块的反作用力不小于石块对地面的压力。如果你把脚踩在石头上,就能看到它是如何运动的了。"

"那么,"丽贝卡说,"你能用数学来解释爱情的动态规律吗?比如说,随着两个人了解的加深,男方的爱意会减少,而女方的爱意会增加,这是为什么呢?"

"女士,你提出的这个问题,"贝拉斯克说,"有一个前提条件,那就是两个人的爱,一个在递增,一个在递减。因此,一定存在某个时刻,这两个人的爱是相等的,他们彼此之间的爱意正好相等。由此,这个问题可以用最大值和最小值的思路来解,并且可以用一个曲线函数来表达。对于这类问题,我想到了一个非常简洁优美的解题思路。就是用x……"

贝拉斯克正分析到这里时,被派往奎玛达旅馆的几个人回来了。贝拉斯克仔细检查了他们带回来的笔记,然后说:"我的笔记大部分都在这里了,只有一份不见了,不过那一份也并不重要,只是我在遭遇绞刑架惊魂的前一晚正在研究的资料。不过这事并不要紧,没必要

第二十天

为此而拖延大家的行程。"

于是我们又踏上了行程,走了大半天之后,我们停下来扎营,并聚集到了吉普赛人首领的帐篷中。吃过晚饭之后,我们请求他继续讲他的故事,他便讲述起来。

吉普赛人首领的故事(续)

上回讲到,可怕的总督正在屈尊向我介绍他的财产。

"我还记得,"贝拉斯克说,"他的财产共有六千零二万五千一百六十一皮阿斯特。"

"真棒!"吉普赛人首领说,然后他继续讲起了故事。

如果说初次见面的时候,总督已经吓到了我,那么更可怕的是,我听说了他身上有一条蛇的文身,是用一根针刺出来的,这条蛇在他身上绕了十六圈,蛇尾停留在他左脚的大脚趾上。这个画面让我完全无心关注他的财产状况简介。但托雷斯姨妈却恰恰相反,她鼓起全部的勇气对总督说:"大人,您的财产无疑是非常丰厚的,但这位小姑娘的财产应该也相当可观。"

"女士,"总督回答,"洛韦拉斯伯爵奢靡的生活方式,使他挥霍了大量的财产。尽管我自担成本进行了一系列努力,也只争取到了以下这些剩余的财产:圣多明哥的十六个种植园、圣鲁格尔银矿的二十二份股权、菲律宾公司的十二份股权、协定银行的五十六份股权,还有其他一些零星的财产,总价值一共是两千七百万皮阿斯特左右。"

接着,总督叫来了他的秘书,让他取来一个用印度珍稀木材制成的小盒子。随后,他跪在我面前,说:"迷人的姑娘啊,我心中仍然十分想念您的母亲,请您屈尊收下这十三年来我努力的成果。我花费了这么长时间,才从您那些贪婪的亲戚们手中争取到这些财产。"

一开始,我本打算用一种高贵温柔的姿态接过小盒子,但是一想到跪在我面前的这个男人曾经打碎过无数印第安人的头颅,或是我被迫扮演女性的角色,感到羞愧难当,又或是受到其他某种情绪的侵袭,我几乎要晕厥过去了。不过托雷斯姨妈受到了两千七百万皮阿斯特的鼓舞,胆量顿时大了很多,她把我扶在她的怀里,有些心急地伸手接过了小盒子,并对总督说:"大人,这个小姑娘从没见过男子跪在她的面前,请您允许她先行回房休息一下。"

回到房间之后,我和姨妈们牢牢锁住房门,托雷斯姨妈再也掩饰不住狂喜的心情,一遍又一遍地亲吻着小盒子,并感谢上天,让小艾尔维拉拥有了一个不但安逸而且光辉灿烂的未来。

不久之后,有人敲门,我们看到总督的秘书带了一个公证员过来。公证员核验了小盒子里的证券文书,并请玛丽亚·德·托雷斯为这些财产出具一份收据。他还补充说,由于我还未成年,所以不需要我的签字。

随后,我和姨妈们再次锁好了房门。"女士们,"我说,"小艾尔维拉的未来已经得到了保障,但你们准备如何把我这个假冒的艾尔维拉·德·洛韦拉斯送到德亚底安会的学校里去呢?又要到哪里去寻找真正的小艾尔维拉呢?"

我话音刚落,这两位女士就不停地哀叹起来,达拉诺萨女士仿佛已经看到了我遭受鞭刑的场景。而玛丽亚·德·托雷斯则担心着她的外甥女和儿子,这两个孤苦无依的孩子在外流浪,面临着无数未知的风险。她们忧心忡忡地上床休息了,而我则思考了很久,要怎样摆脱目前的窘境。我也许可以逃跑,但总督一定会派人四处追缉我。我没有想到任何办法,然后就睡着了。我们距离布尔戈斯只剩下一天的行程了,一想到我在那里所要出演的剧情,我就感到坐立不安;但我还是得再次坐上驮轿,而总督也再次骑着马在驮轿一侧随行。他时常扮出温柔的表情,好让他那习惯性的严肃神情显得柔和一些,这一点让我感到非常别扭。

就这样,我们一路前行,来到了一处树荫浓郁的水池旁,布尔戈斯的市民们已经为我们准备好了餐点。

总督把我扶下了驮轿,不过,他并没有带我前去享用餐点,而是让我坐到一旁的树荫下。他坐到了我的身边,并对我说:"迷人的艾尔维拉,我越是有幸与您接近,就越是深深地感觉到,上天是特意派您来为我的人生抹上一道亮丽的晚霞。我的大半生都面对着狂风暴雨,为了祖国的福祉和国王的荣耀而不懈奋斗。我为西班牙守住了菲律宾群岛,我开拓了大半个新墨西哥,我将动乱中的印加人带回到正确的生活轨道上。我常常需要赌上性命,去战胜暴风雨肆虐的海洋、赤道地区险恶的气候和开采矿井时产生的致命气体。谁能补偿我人生中最好的这些年华呢?我本可以早早地退休,享受生活的愉悦,结交好友,体会各种甜蜜的感情。不过,连拥有至高权力的西班牙与印度群岛之王,或许都没有能力给予我补偿。只有您,可敬的艾尔维拉,才拥有这样的能力。当我们的命运结合在一起时,我将别无他求,每天只为了满足您的所有心意而奔忙。您一个简单的微笑,就能使我快乐,您最细微的一个爱意表达,就能让我欣喜若狂。"

"在动荡了大半生之后,能拥有一个安宁的晚景,这个念头令我十分着迷,因此,昨晚我做了一个决定,要让您属于我的那一时刻提早到来。为此,我现在要暂时与您分别,美丽的艾尔维拉,我会先行赶到布尔戈斯去做准备,到时您会看到我精心准备的成果。"

说完这些话,总督跪在我面前,亲吻了我的手,然后翻身上马,疾驰而去。

各位一定不难想象,我当时感到多么的苦恼。我预想了各种令人不快的前景,这些绝望的想象,最终总是以德亚底安会院子里的一顿鞭刑作为结尾。我来到姨妈们身边,她们正在吃着餐点。我想把总督的最新决定告诉她们,却找不到机会,因为那个铁面无私的大管家一直在催我上轿,我也不得不从命。

在布尔戈斯城门口,我们遇到了我未来丈夫的一个小侍从,他请我们前往主教宫。我感到冰冷的汗珠从额头上淌下,这也许是我还活着的唯一迹象了,因为从其他方面来看,恐惧已经让我四肢瘫软,无法动弹了。直到看到大主教出现在我面前时,我才回过神来。大主教坐在总督对面的一把扶手椅上,神职人员们坐在他的下方,而布尔戈斯的市民代表们则坐在总督这一侧。在礼堂的另一头,圣坛已经为了婚礼而布置一新。大主教站起身来,祝福了我,并吻了我的额头。

我心中翻腾起万般情绪,不由得跪在大主教的脚边。就在那一刻，我不知怎么地灵光一闪，对着大主教说："大人，请可怜可怜我吧！我想要当一个修女！我想要当一个修女！"

我的喊声穿透了整个礼堂，在说出这个心愿之后，我顺势昏倒在地。等我醒来的时候，发现自己正躺在姨妈们的怀里，而她们二人也早已瘫坐在地，悲痛难耐。我偷偷地半睁着眼，看到大主教正毕恭毕敬地站在总督面前，等候总督做出决断。

总督请大主教先坐下，给他一点时间思考。大主教坐下之后，我看到了我那威严爱人的脸色，神情比平时更加严峻了，连最大胆的人见了都会畏怯颤抖。他沉思了一阵，然后骄傲地站起身来，戴上了帽子，并对大家说："我不该再隐瞒自己的身份了，本人正是墨西哥总督。主教大人可以不必起立。"其他在场人士纷纷恭敬地站起身来。

"先生们，"总督说，"十四年前，我遭受到了恶毒的诽谤，被怀疑是这位年轻女士的父亲，我想不到其他平息谣言的方法，于是只能宣称，等她长到适婚年龄之后，就会娶她为妻。就在她的美貌与美德日渐增长的同时，我也得到了国王的认可，我的地位也在不断提升，最终，我获得了至高的荣誉，成为王权最信赖的人之一。与此同时，我履行诺言的时刻也到来了。我请求国王允许我回到西班牙成婚。马德里议会的回复是，我可以回国，但无法享有身为总督的荣耀，除非我放弃结婚的念头。同时，我也不得进入马德里周边一百五十英里范围内的地界。我很清楚自己只有两个选择，要么放弃结婚的念头，要么放弃王权的恩宠。不过，既然我许下了诺言，我就无怨无悔。"

"当我见到迷人的艾尔维拉的时候，我意识到，上天指引我离开了荣誉之路，是要我在安逸的退休生活中享受另一种幸福。但是，既然现在连上天也心生嫉妒，要把这个超凡脱俗的灵魂召唤回自己身边，那我愿意诚心诚意地奉还。请把她送到圣母领报修道院去吧，让她去那里当见习修女。我会给国王致信，请他允许我进入马德里。"

说完这些，威严的总督向众人脱帽致意，然后又戴上了帽子，把帽檐压到眼睛下方，带着十分严肃的神情回到了自己的马车上。大主教、地方官、神职人员和他们的随员们前呼后拥地一起走了出去。礼堂里只剩下我们几个，还有几个教堂司事在拆卸圣坛上的装饰。我和姨妈们逃到相邻的一个房间里，我趴在窗户上，想看看有没有逃跑的办法，以免被送进女修道院里去。

从这扇窗户望出去，我看到了一个内院，内院中间还有一座喷泉。我看到那里有两个衣衫褴褛、身形疲惫的男孩，正在焦急地取水解渴。我认出了其中一人的衣服，正是我换给小艾尔维拉的那套衣服。我定睛一看，果然是她，而另一个衣着破烂的男孩则是隆泽托。我惊喜地大叫起来。房间里有四个出口，我打开的第一扇门外，正好有一道阶梯通向内院。我奔向那两个小流浪汉，把他们带到了屋内。善良的玛丽亚·德·托雷斯紧紧拥抱着这两个孩子，高兴得简直要昏死过去了。

这时，我们听到大主教回到礼堂的声音，他已经送走了总督，正准备要把我送到圣母领报修道院去。我及时奔到门口，把门锁上了。我的姨妈哭喊道，这个小姑娘又昏过去了，现在不能见任何人。我和小艾尔维拉匆忙地换回了衣服，姨妈们还在她的头上裹上了绷带，做出晕倒受伤的假象，她们还仔细地遮掩住她的半张脸，这样别人就更难识破我们的调包计了。

等一切准备就绪之后，我和隆泽托一起逃了出去，而姨妈们则打开了面向礼堂的门。大主教已经离开了,只留下了代理主教,等着护送小艾尔维拉和玛丽亚·德·托雷斯去修道院。达拉诺萨姨妈则前往玫瑰旅馆,并让我前去和她会合。我们在旅馆里住了整整八天,庆祝这场大冒险的大团圆结局,回顾着那些胆战心惊的时刻。隆泽托也卸去了赶骡人的身份,和我们同住,他还告诉大家,自己是玛丽亚·德·托雷斯的儿子。

我的姨妈到圣母领报修道院去看望过几次。托雷斯姨妈和小艾尔维拉约定,让她一开始假装出对宗教生活极为热忱的样子,然后再慢慢地降低热情程度,最后她会想办法把小艾尔维拉从修道院里接出来,再向罗马教廷申请豁免,好让她和自己的表哥结婚。不久之后,我们听说,总督已经到达了马德里,并得到了最高礼遇的迎接。他还获准将自己的财富和头衔都传给他的外甥,也就是他请去比利亚卡村的那个妹妹的儿子。随后,他就登船返回美洲了。

至于我嘛,这次非凡的冒险经历,激发了我心中想要浪迹四海的情结,德亚底安修会的隐居生活,也让我感到十分恐惧。不过那是我舅公的决定,即使我百般拖延,最后也不得不接受这个命运。

吉普赛人首领说到这里时,有人进来,请他出去处理事务。他这个奇异的冒险故事,让我们所有人都有所触动。不过,秘法师向我们保证说,流浪的犹太人的故事将会更加奇异;他还补充说,明天我们就一定能见到这个奇人了。

第二十一天

我们再次出发了。秘法师向我们许诺，当天就能遇到那个流浪的犹太人，看得出来，他正焦虑地等待那个人出现。终于，我们在远处的山头上看到了一个人影，他疾步如飞，根本不需要沿着既有的道路前行。"啊哈，你们看到他了吗？"乌泽达说，"那个懒惰的蠢人，那个无赖！从非洲腹地走到这里，居然只用了一个星期的时间！"

转眼之间，流浪的犹太人就来到了我们面前。当他走近时，秘法师大声问他："嘿！我还有希望得到所罗门的女儿们吗？"

"不可能了，"犹太人大声回答，"你已经无权再和她们有任何瓜葛了，你甚至丧失了二十二级以上的精灵，你指挥不动了。我相信，不久之后，我也将不再受你的掌控。"

秘法师似乎陷入了沉思，过了一会儿，他开口说："很好。那我就和我妹妹一样了。这件事我们稍后再谈。旅行者先生，现在我命令你，走在这位年轻军官和那位年轻绅士的坐骑中间，那位绅士是几何学界的荣耀精英。把你的故事讲给他们听。我警告你，讲故事的时候不要不老实，也不要拐弯抹角。"

那个犹太人看起来不太情愿，但秘法师对他说了几句晦涩难懂的话之后，可怜的流浪者就开始讲起了他的故事。

第二十一天

流浪的犹太人的故事

当年,众多犹太家族追随大祭司阿尼亚,在古埃及国王托勒密·菲洛墨托尔①的允许下,他们在下埃及地区建起了神庙[1],而我的家族正是其中之一。我的祖父名叫希西加。当著名的埃及艳后克丽奥佩特拉与她的弟弟托勒密十三世成婚之时,希西加进入到她的王室之中,成了女王的珠宝商。此外,采办布匹与饰物也是他的职责,到后来,他还要负责组织节庆活动。总之,我可以毫不夸张地说,我的祖父在亚历山大宫廷里绝对是一个不可或缺的人物。我说这些并不是为了炫耀,炫耀对我来说又有什么好处呢?我的祖父在一千七百多年前就去世了,他去世那年是奥古斯都大帝在位的第四十一年。当时我年纪还小,只是隐约记得,有个名叫德里乌斯的人常常和我讲起当时发生的事情。

此时,贝拉斯克打断了流浪的犹太人的讲述,并问他,这个德里乌斯是否就是克丽奥佩特拉的乐师,常在历史学家弗拉维奥·约瑟夫[2]和蒲鲁塔克的作品中出现。

"就是他。"犹太人说。接着,他又讲起了故事。

托勒密十三世与他的姐姐一直没有孩子,因此怀疑他的姐姐不能生育。三年之后,他与姐姐解除了婚姻关系。克丽奥佩特拉退隐到了

---

① 译注:即托勒密六世。

红海边的一个港口。我的祖父也随她一起流放,就在那时,他为自己的女主人购置了两颗珍珠,其中一颗后来被溶解在宴会菜肴中,被马克·安东尼一口吞下。

与此同时,内战在罗马帝国全面爆发。庞培逃到托勒密十三世那里寻求庇护,结果却被他砍掉了脑袋。托勒密十三世这种背信弃义的行为,原本是为了讨好恺撒,结果却打错了算盘。恺撒决意让克丽奥佩特拉重登王位。亚历山大城中的居民都站在他们的国王这一边,他们的赤胆忠心可谓绝无仅有。但托勒密国王在一次事故中溺水而亡。这样一来,没有什么再能阻挡克丽奥佩特拉的野心了,而她对恺撒的感激之情也是无穷无尽的。

恺撒离开埃及之前,将克丽奥佩特拉嫁给了年幼的托勒密,这是她的另一个弟弟,也可以说是她的小叔子、她原来的丈夫——托勒密十三世——最年幼的一个弟弟。当时这个弟弟只有十一岁。克丽奥佩特拉怀孕了。她为自己的孩子取名为恺撒利昂,这样一来,人们就不会对孩子的父亲是谁有任何疑问了。

我的祖父当年二十五岁,他也开始考虑自己的婚姻。这个年纪结婚,对于犹太人来说已经有点晚了,但他万万不能接受在亚历山大本地家族中挑选一个妻子。并不是因为耶路撒冷的犹太人将此地的犹太人视作分裂分子,而是因为,根据我们的教义,神庙只能有一座。而大部分人都认为,阿尼亚在埃及建起的神庙恐怕将引起分裂,就如同撒玛利亚[①]的神庙一样,那座神庙被犹太人视为令人憎恶的荒芜之所。

[①] 译注:没有被亚述王掳走的以色列居民和迁来的外族人杂居通婚,产生了众多混血后代,逐渐融合同化而成为新的民族,即撒玛利亚人。

这种虔诚的心愿和宫廷生活中挥之不去的厌倦感，使我祖父想要回到上帝的圣城生活，在那里成婚。不过就在那时，有一个名叫西勒的来自耶路撒冷的犹太人，正携家带口来到亚历山大做生意。我祖父爱上了他的大女儿梅丽亚。他们的结婚庆典规模盛大。克丽奥佩特拉和她的丈夫亲自到场，为这场婚礼增添了无限荣耀。

　　几天之后，女王召我祖父进宫，对他说："亲爱的希西加，我刚得到消息，恺撒已经被选为了终身独裁官。他领导的民族征服了全世界，命运之神赋予了他史上最高的地位，比所有其他凡人都要高贵得多，包括埃及王柏罗斯、塞索斯特利斯法老、波斯王居鲁士和亚历山大大帝。我的小恺撒利昂能有这样一位父亲，我能有这样一位爱人，让我感到前所未有的自豪。恺撒利昂就快四周岁了，我希望恺撒能够见见他，把他抱在怀中。我希望能在两个月内就出访罗马。你一定能够理解，我必须在罗马展现出女王的排场。我最卑贱的奴仆也必须身着黄金布料，我最低等的家具也必须用纯金打造，镶满珠宝。至于我，将只佩戴珍珠，衣裙只用最细软轻透的足丝①织物作面料。把我的首饰盒和宫中的黄金都拿去吧。我的财政大臣会拨付给你十万塔兰同②金币，这是我把两个省的土地出售给阿拉伯王的收益。去吧，两个月之内务必安排妥当。"

　　克丽奥佩特拉当时二十五岁。她年幼的弟弟、四年前与其成婚的丈夫，当时年仅十五岁。他对她的爱激烈而炽热。当他发现她即将要离开时，顿时陷入了可怕的绝望之中。他与女王告别之后，看着她的

---

① 译注：用海底巨型软壳动物的分泌物织就的珍贵面料。
② 译注：古代中东和希腊–罗马世界使用的质量单位。

船扬帆远行，不由得悲从中来，人们都担心他会郁郁而终。

克丽奥佩特拉启程后，用了不到三周的时间，就到达了奥斯提亚港①。她看到众多华美的贡多拉船，正准备迎接她驶入第伯尔河。毫不夸张地说，她是以胜利者的姿态入城的，而那座城市很少迎接他国君王，除非被绑在罗马将军的战车上进城。

恺撒，这位最风度翩翩、功业也最辉煌的男人，用至高的礼遇欢迎克丽奥佩特拉入城，但他表现出来的爱意，却与她的期待稍有落差。不过在女王心中，抱负胜过了情感，所以她没有把这一点放在心上，只想尽快地了解罗马城。她心思敏锐，很快就发现独裁官身边危机四伏。她将自己观察到的都告诉了恺撒，但在英雄的心里，容不下任何形式的恐惧。看到恺撒拒绝听取自己的建议，克丽奥佩特拉便转而考虑，怎样才能让自己从中受益。她很清楚，恺撒迟早会成为阴谋的牺牲品，罗马的统治阶层也会分裂成两个宗派。一派是自由的拥护者，其领袖是年迈的西塞罗。这是一个虚荣自负的人物，他以为自己口若悬河的演讲就算得上伟大的功业，他既想在图斯库卢姆的别墅里从容地做学问，又想享受政治家忙碌的生活附带的好名声。该派中的所有成员都满怀理想，但又没有能力实现理想，因为他们都忽视了人性的力量。另一派则是恺撒的拥护者，他们都是勇敢的战士，更是一群无畏的嗜酒之徒。他们可以放纵自己的欲望，也懂得怎样利用他人的欲望。克丽奥佩特拉果断地选边站队。她对安东尼表现出极高的敬意，对西塞罗却颇为轻慢。这一点让西塞罗一直耿耿于怀，从他当时

---

① 译注：古罗马时代的一个海港。

写给哲学家阿提库斯①的几封信里，就可见一斑。

克丽奥佩特拉无意观赏这出闹剧的结尾，她早已洞察了其中的暗流汹涌，于是启程回到了亚历山大。她年幼的丈夫欣喜若狂地欢迎她回来。亚历山大城中的人们也沉浸在欢乐之中。克丽奥佩特拉装出一副与民同乐的姿态，很快便赢得了亚历山大居民的忠心。不过，那些了解她本性的人却知道，她的情感流露很大程度上是出于政治的算计，她流露出来的基本都是虚情假意。事实也确实如此。当她认为亚历山大已经是囊中之物之后，立刻前往孟斐斯城，把自己打扮成埃及的生育女神爱希丝，头上还戴着母牛的牛角；这身装扮让当地的埃及人无比仰慕，她甚至成了埃及邻国纳巴泰和利比亚等国的人民心中广受爱戴的人物。

最后，女王又回到了亚历山大。当时，恺撒已被谋害而死，罗马帝国的疆域内到处都燃起了内战的战火。从这时起，克丽奥佩特拉似乎开始了严肃的思考。离她最近的那些人都获悉了她的计划，那就是与安东尼成婚，然后在罗马执政。

一天早上，我的祖父去觐见女王，将刚刚从印度运到的珠宝呈献给她。女王似乎对这批珠宝甚为满意，夸奖了我祖父的品位，又赞扬了他的忠诚。接着，女王对他说："我亲爱的希西加，这里有几根裹了糖衣的香蕉，是沙芮迪商人从印度运来的。我想，这些商人可能就是卖宝石给你的一批人。请你帮忙把这些香蕉拿给我年幼的丈夫，并转告他，如果他爱我，就把这些都吃了吧！"

我祖父依令而行，年幼的国王对他说："既然女王让我吃这些

---

① 译注：古罗马作家、哲学家。

甜品以证明我对她的爱,那我一定会把这些全都吃完,请你为我做个见证。"

但刚吃到第三根香蕉时,他的表情就变得扭曲起来,双眼仿佛要瞪出眼眶。他痛苦地哀号了一声,倒到在地上一命呜呼了。我祖父马上意识到自己成了犯罪工具,而且犯下了最大逆不道的罪行。他连忙逃回家,撕烂了自己原先穿的衣服,又套上一身粗麻布,还在头上倒满了灰尘。

六个星期之后,女王召见我的祖父,对他说:"我亲爱的希西加,你一定也听说了,屋大维、安东尼和雷必达三人瓜分了帝国。东部地区归属于我亲爱的安东尼,我已决定去西里奇亚①和他会合。我亲爱的希西加,我需要你为我建造一条海螺壳形状的船,里里外外都要用珍珠母贝铺设,整个甲板都要罩上金质的细网。这样,人们会看到我带着维纳斯一般的光环,神的恩宠与可爱的小天使围绕在我的身边。去吧,用你一向聪明的头脑,执行我的指令吧!"

我祖父跪在女王脚下,乞求道:"陛下,请您体谅我这个犹太人。与希腊诸神相关的任何事情,在我眼里都是亵渎神灵的,我注定无法与这些事情打交道。"

"我明白,"女王说,"对于我年幼丈夫所遭受的不幸,你感到十分愧疚。你的悲伤可以得到谅解,我也感到很难过,比我预想的还要难过。希西加,你不适合宫廷里的生活,我允许你离开宫廷。"

对于我祖父来说,这正是求之不得的事。他马上回家收拾了行

---

① 译注:位于今日土耳其东南部的小亚细亚半岛,曾是罗马帝国一个贸易非常繁盛的地区。

李,搬到了他在马雷欧提斯湖边购置的一所房子里。搬过去之后,他一门心思地梳理起了个人的生意,以便尽快去耶路撒冷展开新生活,这是他心里盘算已久的人生计划。他过着近乎隐居的生活,与宫廷里的熟人都切断了联系,只有一个人除外,那就是乐师德里乌斯,因为他一向认为,德里乌斯是一个值得深交的好朋友。

与此同时,克丽奥佩特拉得到了一艘勉强能合她心意的新船,已经出海前往西里奇亚,那里的人们真的把她当成了维纳斯。而马克·安东尼觉得西里奇亚人的评价也不无道理,于是便追随克丽奥佩特拉回到了埃及,并与她举办了婚礼,其场面之奢华,无以言表。

流浪的犹太人说到这里时,秘法师对他说:"我的朋友,今天就讲到这里吧,我们已经到了休息时间。今晚你务必要绕着这座山行走,明天再来加入我们的行程。至于我要和你商量的事情,我们另找时间谈吧。"

那个犹太人狠狠地瞪了秘法师一眼,然后便遁入深谷之中,很快就不见了踪影。

原注:

1 关于永世流浪的犹太人的传说由来已久,其最早的文字记载可追溯到1602年的莱顿。阿尼亚与托勒密·菲洛墨托尔都是历史人物,托勒密·菲洛墨托尔于公元前181—公元前145年在位。
2 Flavius Joseph(37—100),犹太史作家。

萨拉戈萨手稿

第二十二天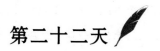

我们很早就出发了,走出几里地之后,流浪的犹太人加入了我们的队伍。这次,无需秘法师的指令,他便自觉地走到了我和贝拉斯克所骑的骡子中间,继续讲起了他的故事。

流浪的犹太人的故事(续)

克丽奥佩特拉嫁给安东尼之后,立刻意识到:想要留住他的心,就必须扮演好芙里尼的角色,而非阿尔特米西亚二世[1]。甚至可以说,她就是一个千面女郎,可以轻易地从交际花的形象切换到女王,而在扮演忠诚、贤惠妻子的角色时,也可谓天衣无缝。她很清楚,安东尼是世上最纵欲的男子,所以她主要凭借种种精妙的魅惑之术,让他深陷情网之中。朝臣们模仿着君主的做派,都城里的居民模仿着宫廷的做派,而乡村里的人们又模仿着城里的做派。如此一来,整个埃及很快就变成了一个不断上演荒淫戏码的大戏院。这种腐败堕落之风,甚至已经影响到了居住在当地的犹太族群。

我祖父本来早就可以回耶路撒冷，但当时帕提亚人[1]刚占领了那座城市，还把安提帕之子希律驱逐了出来，直到后来，安东尼才将希律任命为犹地阿之王[2]。因此，他只能继续在埃及逗留下去，也不知道应该去往何处，因为当时的马雷欧提斯湖上，无数的贡多拉船日夜往来不绝，整日上演着最堕落不堪的剧情。最终，祖父决定把面向湖水的窗户全都用砖封起来，自己则在屋子里过起了禁闭生活，与妻子梅丽亚和年幼的儿子末底改陪伴度日。除了老朋友德里乌斯之外，他的房门再不向其他任何访客敞开。几年之后，希律当上了国王，于是祖父再次拾起了去耶路撒冷定居的念头。

有一天，德里乌斯来到祖父的住处，对他说："我亲爱的希西加，安东尼和克丽奥佩特拉派我去耶路撒冷办事，我想来问问你，有没有什么需要我代办的事情。你可以给你的岳父西勒写一封信，我帮你带给他。我很乐意住在他家，尽管我很清楚我应当留在宫中，不能住在平民的宅邸。"

听说有人即将前往耶路撒冷，我祖父激动地流下了眼泪。他将一封写给西勒的信件交给了德里乌斯，又给他三万达利克金币[2]，请他用这笔钱代自己购置一套全耶路撒冷最好的房子。三周之后，德里乌斯回来了，他刚到就派人通知了我的祖父，不过还转告他说，为了先处理宫中的事务，他要等四天之后才能见我祖父。最终，他来到了我祖父的住所，并告诉他："我亲爱的希西加，这是耶路撒冷最好的房子

---

[1] 译注：发源于伊朗高原东北部，曾建立帕提亚帝国（也称安息帝国）。
[2] 译注：波斯帝国大流士一世时通行的金币，同时也被用来做黄金的重量单位。约重8.5克。

的销售合同,这正好是你岳父的房子。所有的法官都已经盖章确认,这笔交易已经落实了。这是西勒给你的一封信,在你到达耶路撒冷之前,他将继续居住在那所房子里,并向你支付房租。至于我的旅程,真是非常愉快。我到达耶路撒冷的时候,希律王不在城中。他的岳母亚历山德拉邀请我和她的两个孩子——希律王的新婚妻子玛丽安和年轻的亚里斯托布鲁斯[3]——共进晚餐。亚里斯拉布鲁斯本是大祭司的理想人选,却发现这个职位被一个贫民占据了。亚里斯托布鲁斯拥有惊为天人的容颜。想象一下,在最俊美的年轻男子的身躯上,长着一张最美丽的女子的脸。自从我回来之后,就一直在谈论这两个人,以至于安东尼提出必须让他们到埃及来。"

"这真是一个绝妙的主意,"克丽奥佩特拉回答,"把犹地阿之王的妻子请到这里来,不出几日,帕提亚人就将踏遍罗马各省的疆土。"

"好吧,"安东尼说,"至少我们可以把那个英俊的年轻人请来,将他任命为首席侍酒官。虽然我并不在乎奴仆们长得美不美,但希望服侍我的人们都来自罗马上流阶层的家庭,就算要任用异族人,也至少得是国王之子。"

"太好了,"克丽奥佩特拉说,"我们把亚里斯托布鲁斯召来进见吧。"

"哦,以色列和雅各的上帝啊!"我祖父呼喊道,"我没有听错吧?一个拥有马加比家族纯正血统的哈斯蒙尼人[4]、大祭司亚伦的晚辈后生,竟然要给安东尼当仆人?安东尼这个连割礼都没有受过的人,甘愿在各种不洁行径中沉沦堕落!我真是活得太久了,德里乌斯!我要把自己关在家里,撕烂自己的衣服,套上一身粗麻布,在头上倒满灰尘。"

我祖父果真那么做了。他把自己锁在家中,为锡安蒙受的种种苦难而哭泣，整日以泪洗面，不吃不喝。要不是德里乌斯前来找他，他恐怕已经悲痛而亡了。德里乌斯来到他的门前大声叫道："亚里斯托布鲁斯不会成为安东尼的奴仆了。希律王已经任命他为大祭司！希律王已经任命他为大祭司！"

我祖父打开了房门，这个消息似乎让他振作了一点，他又和家人过起了从前的生活。

过了一段时间，安东尼出发前往亚美尼亚，克丽奥佩特拉也和他同行，盼着安东尼能把阿拉比亚①的佩特拉和犹地阿两地赏赐给自己。德里乌斯也随队伍同行，后来为我们详细讲述了此行中发生的事件。

希律王下令将亚历山德拉软禁在深宫中，亚历山德拉决定带着自己的儿子逃跑，去见克丽奥佩特拉。如果传言不虚的话，克丽奥佩特拉也很想见一见这位英俊的大祭司。一个名叫加比翁⁵的人发现了他们的计谋，于是希律王便将亚里斯托布鲁斯溺死在了他的浴池里。克丽奥佩特拉请求安东尼为他复仇，但安东尼却回答说，一国之主应当在自己的王国里做主。不过，为了安抚克丽奥佩特拉，他将希律王统治下的几个城镇赐给了她。

"之后，"德里乌斯继续说，"我们还见证了很多大事件。希律王是一个真正的犹太人，他把克丽奥佩特拉获赐的几片土地又租了回来。我们曾前往耶路撒冷商议这桩事宜。我们的女王想用魅惑之术来主导谈判的进程，但这位美丽的女王已经年满三十五了，而希律王深爱着年仅二十岁的玛丽安。所以他没有理会女王的甜言蜜语，反而把

---

① 译注：古地名，罗马帝国的一个边界行省。它创建于于2世纪，其范围约是今中东的约旦全境、叙利亚南部、西奈半岛和今天的沙特阿拉伯的西北部，其首府为佩特拉。

议事会召集起来,提出要对克丽奥佩特拉执行绞刑。他甚至说,安东尼已经厌倦了这个女人,如果他们将她杀死的话,安东尼还会反过来感谢他们。幸好议事会向希律王指出:虽然安东尼很乐意摆脱克丽奥佩特拉,但他还是会为她复仇的。议事会的见解十分正确。"

"我们在返回途中听说了另外一个消息:克丽奥佩特拉在罗马受到指控,说她用妖言蛊惑安东尼。尽管这场审判还没有开始,不过很快就要进行了。我亲爱的希西加,对此你怎么看?你还打算隐退到耶路撒冷吗?"

"目前还不能,"我祖父回答,"我难以隐瞒自己对马加比血统的拥护,而且我相信,希律王会把所有哈斯蒙尼人一个一个杀死。"

"既然你决定留在这里,"德里乌斯继续说,"那我就在这里和你一起隐居吧。我昨天已经辞去了宫中的职务。我们就在这所房子里共同生活,直到这个国家再次变成罗马的一个行省时,我们再离开,这一天想必也不远了。至于我的财富,我把它们都委托给了你的岳父,共计三万达利克金币。你岳父还托我把房子的租金转交给你。"

我祖父愉快地接受了他的朋友德里乌斯的提议,从此开始过上了更加离群索居的生活。德里乌斯偶尔会进城,把城里的新闻带回家。剩下的时间里,他全心全意地教授末底改——也就是我的父亲——希腊文学。他也常常会研读圣经,因为我父亲正劝他改信犹太教。

安东尼和克丽奥佩特拉的结局,想必大家都了解。埃及又变成了罗马的一个行省,正如德里乌斯所预料的那样。不过,由于我们家一直隐世而居,所以这类政治变迁对我们的生活方式也不会产生什么影响。与此同时,巴勒斯坦方面也不断传来新消息。人们都以为希律王会步安东尼的后尘,没想到他赢得了屋大维的青睐,不但收回了失地,还征服了其他土地。他建立起了一支大军,攫取了无数财富,还囤积了用之不竭的粮草。所以这时,他的人民已经开始称他为"大王"了。要不是家族纷争磨灭了他的辉煌功业,他确实可以称得上是"伟大的希律王",或者至少是"幸福的希律王"。

巴勒斯坦重获和平之后,我祖父又盘算起了带儿子回那里定居的计划,当时末底改已经十三岁。德里乌斯也很疼爱这个学生,无论如何也不想与他分别。一天,一个犹太人从耶路撒冷而来,带来了这样一封信:

> 西底加拉比、西勒之子、悲惨的罪人和法利赛神圣评议会①最末级的成员,向姐姐梅丽亚的丈夫希西加致以问候。
>
> 以色列的罪恶让一场瘟疫降临到了耶路撒冷城,带走了我父亲和兄长们的生命。他们如今已进入亚伯拉罕的怀抱,共享他永恒的荣光。愿上天毁灭撒都该人②和所有不信仰重生的人!
>
> 要是我胆敢掠夺他人的财富,玷污自己的双手,那我就枉为法利赛人。因此,我仔细地调查了一番,看我父亲是否还有拖欠他人的债务。当我听说我们现在在耶路撒冷所居住的房屋曾经属于您时,我去拜访了法官们,但没有找到任何证据来佐证这一说法。因此,这所房屋归我所有,没有任何疑问。愿上天毁灭那些恶徒!我不是撒都该人!

---

① 译注:由犹太长老组成的立法议会和最高法院。
② 译注:公元前2世纪形成的犹太教的一个派别。

我还发现，有某个名叫德里乌斯的未受过割礼的人，曾给过我父亲三万达利克金币。机缘巧合之下，我找到了一份褪色的文件，应该是这个德里乌斯清偿债务的文书。这个人反正也是玛丽安和她的弟弟亚里斯托布鲁斯的追随者，也算是我们伟大国王的敌人。愿上天诅咒他，就像诅咒所有的恶徒和撒都该人那样！

再见，我亲爱的姐夫，请向我的姐姐梅丽亚转达我诚挚的问候。尽管她嫁给您的时候我还很小，但我心中一直想念着她。她带到您家去的嫁妆，似乎多过了她应得的份额，不过这件事我们还是以后再谈好了。愿上天保佑您成为一个真正的法利赛人！

我父亲和德里乌斯面面相觑，都震惊得说不出话来。后来还是德里乌斯先打破了沉默。"这就是离群索居的结果，"他说，"我们只求与世无争，但命运却没有放过我们。人们把你当作一棵枯树，随意折断你的树枝，还把你的树干连根拔起。他们把你当作一条蚯蚓，可以任意践踏。总而言之，他们把你当成了人世间一个无用的负担。在这个世界上，你要么当铁锤，要么只能当砧板。你要么捶击别人，要么只能挨捶。我曾经有几个在罗马做行政官的朋友，他们选择了效忠屋大维。要是我没有与他们疏于来往，今天也不可能遭受这样的不公。不过我已经对世事感到厌倦了，所以才会远离喧嚣，和一位品德高洁的朋友一起生活。现如今，又有一个耶路撒冷的法利赛人跳了出来，掠夺了我的财产，还声称拥有一份褪色的文书，是我清偿债务的证明。你的损失还算小，那所房子只占不到你财产的四分之一。但我却一无所有了,无论如何我都要去一趟巴勒斯坦。"

他说到这里时,梅丽亚走了进来。我们把她父亲和两个兄长的死讯告诉了她,并向她描述了她的弟弟西底加的卑鄙行径。人在离群索居时,情感的波动通常非常剧烈。这个不幸的女人被巨大的悲痛和不知名的疾病所击倒,六个月后便离开了人世。

德里乌斯已经开始准备行程了,可一天晚上,当他从拉科蒂城郊返回的时候,胸口被人刺了一刀。他抬起头,认出了凶手正是给西底加送信的那个犹太人。他花了很久才把伤养好。身体好转之后,他却再也没有心思去巴勒斯坦了。不过,为了将来可能的行程做打算,他还是决定要从当权者们那里获取支持。他思索了很久,怎样才能与旧时的保护人们重新取得联系。但就算是屋大维本人,也秉承了任由附属国的君主自行管理国家的原则。因此,当务之急就是要弄清楚希律王对西底加的态度如何。于是他决定,先派一个忠诚而机敏的人去耶路撒冷打探消息。

两个月后,那个人回来报信说,希律王的声威正与日俱增,对于如何同时赢取犹太人和罗马人的支持,这位精明的君主可以说是深谙其道。他一边为屋大维塑造纪念碑,一边又宣布准备重建一个更加庄严富丽的耶路撒冷神庙。这个决定让人们感到欢欣鼓舞,有些奉承者甚至急不可耐地宣称,希律王就是先知们所预言的那位救世主弥赛亚。

"这些溢美之词,"报信的人说,"在宫廷里大受欢迎。这些人还建立了一个宗派,其成员都自称为希律派信徒,宗派的领头人是西底加。"

各位可以想象,听到这个消息后,我祖父和德里乌斯都放弃了一切幻想。不过,在继续讲述他们的故事之前,我必须先和各位讲一讲，我们的先知对救世主弥赛亚的预言。

流浪的犹太人突然陷入了沉默，接着，他用一种傲慢的眼神盯着秘法师，对他说："肮脏的马蒙之子！有一个比你神力更强大的秘法师正召唤我前往阿特拉斯山脉。再见！"

"你在说谎！"秘法师说，"我比摩洛哥那个达鲁丹酋长的神力高出一百倍。"

"你在奎玛达旅馆里已经丧失了自己的神力。"那个犹太人反驳，他飞快地离我们而去，很快就不见了踪影。

秘法师显得有些尴尬，不过深思了一会儿之后，他说："我向各位保证，那个傲慢的可怜鬼连我一半的神力咒语都不了解。他很快就会尝到其中的滋味的。不过，我们还是聊点别的吧。贝拉斯克先生，他的故事你听明白了吗？"

"当然。我仔细聆听了流浪的犹太人的故事，并确信他的叙述与史实相符。神学家德尔图良曾提到过希律派这个宗派。"

"你对历史，也像对几何学一样精通吗？"秘法师惊呼起来。

"那倒没有，"贝拉斯克承认，"不过我的父亲认为，数学公式可以应用于所有的推理，正如我告诉过各位的，他认为几何学可以应用于历史研究，以便确认真实的历史事件和可能的历史事件之间的关联。他还进一步发展了这一理论，认为几何符号也许可以用来描述人类的行为和情感。

"为了更好地阐明这一理论，我给各位举个例子。我父亲曾说过——以安东尼在埃及的经历为例，他沉溺于两种情感：其一是野心，促使他勤政；其二是爱情，让他远离政事。我用两条线段——AB

线和AC线，分别来代表这两种情感，两条线的夹角可以取任意角度。用AB线来代表安东尼对克丽奥佩特拉的爱情，AB线比AC线短，因为安东尼的野心超过了爱情。我们假设他的野心值是爱情值的三倍，那么我从B点出发，沿AC线平行方向，绘制一条三倍于AB线长度的线段，这样就得到了一个平行四边形。然后，我从A点出发绘制一条对角线，这条对角线就能精确地动态显示出B点和C点对于安东尼的吸引力。假设爱情对他的吸引力增大，对角线就会靠近AB线。相反，假设野心对他的吸引力增大，对角线就会靠近AC线。以屋大维为例，他不懂得何为爱情，所以他的对角线永远不会偏离C点。哪怕他的野心增长速度较小，他的对角线也会更快地靠近AC线。

"不过，随着这些情感的此消彼长，平行四边形的形状也会不断变化，无论如何，在动态变化中，对角线的顶点总能绘制出一条曲线，我父亲会运用微积分对这条曲线进行运算，这种方法当时被称为流数运算。话说回来，给予我生命的这位智者，只是将所有历史研究当作一种消遣，在其他严肃而枯燥的学问研究间隙，用它来提提神。不过，由于运算的准确性取决于数据的准确性，我父亲还是小心翼翼地珍藏了很多历史资料。在很长一段时间里，我都不能进入这个资料库，也不能阅读几何学书籍，因为我父亲希望我能专心学习萨拉班德舞、小步舞和其他诸如此类的消遣项目。幸好我想办法进入了他的图书室，自此以后，我才有机会研究历史。"

"贝拉斯克先生，"秘法师说，"无论是在历史方面，还是在数学方面，都请允许我再次表达对你的敬意。因为这两种学问，一种考验思考力，另一种则考验记忆力，并且这两种脑力劳动具有截然相反的性质。"

"请允许我提出不同的观点。"几何学家说,"思考力能够帮助人们将记忆的内容分门别类规整起来。因此,在一个系统、有序的记忆库中,每个记忆点都能将前因后果串联起来。不过,我也不能否认,记忆力和思考力只对一部分脑力活动起作用。比如说,我本人对所学的几何学、人类史和自然史知识都记得一清二楚。但我常常搞不清楚自己与周遭事物的关系。或者说,我看不明白眼前的情景,也听不明白耳边的声音,因此,有些人会觉得我总是精神恍惚。"

"先生,我现在理解你为什么会掉进水里去了。"秘法师说。

"确实,我自己也不明白,怎么会偏偏在那个时刻进入了水里。"贝拉斯克说,"但那是一个令人愉快的意外事件,因为它给了我机会拯救这位尊贵的年轻人的生命——瓦龙卫队的一名上尉。不过,我希望这样行善的机会不要出现得过于频繁,因为一个饥肠辘辘的人肚子里灌满了河水,这种滋味实在是太难受了。"

我们就这样一路聊着天来到了休息地。晚餐已经准备好了,我们大口地吃了起来。聊天的气氛变得压抑了,因为秘法师似乎满怀心事。饭后,他和妹妹单独聊了很长时间。我无意打扰他们的谈话,便走到一个小山洞里,有人已经在那里为我整理好了床铺。

原注:

1 芙里尼代表的是放荡的交际花形象,阿尔特米西亚二世代表的是忠于婚姻的形象。

2 大希律王(公元前73年—公元前4年)。

3 亚里斯托布鲁斯三世(公元前52年—公元前35年),后被希律王杀害。

4 哈斯蒙尼王朝是公元前137年—公元前37年统治犹地阿的王朝。

5 在弗拉维奥·约瑟夫的史书第16卷中,这个名字被写作库比翁(Kubion)。

第二十三天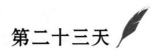

天气十分舒适宜人,日出时,我们便起身了,简单吃过早饭之后。大家再次踏上了旅程。中午时分,我们停下来休息,围坐在餐桌边。说是餐桌,其实就是铺在地上的一大张皮革。秘法师吐露了一些抱怨之词,看来他对于天庭世界有所不满。用过餐之后,他又絮絮叨叨起来。他妹妹担心这样会让大家都感到烦闷,于是请求贝拉斯克继续讲他的故事,他便继续讲述起来。

贝拉斯克的故事(续)

上回,我有幸和大家说到,我刚降临人世时,我父亲把我抱在怀里,用几何学术语为我做了一番祈祷,还庄严起誓,永远不会教我几何学。

我出生六个月后的一天,父亲看到一条小型的地中海三桅帆船驶入港口,帆船下锚停泊之后,派出了一艘划艇登陆。划艇上走下来一个驼背的老人,他身着老贝拉斯克公爵府的侍从制服,也就是绿色的上衣、金色与红色的饰带、松弛的衣袖、加利西亚式样的腰带,肩带上还悬挂着一把佩剑。我父亲拿起望远镜观察,觉得那人好像是老阿瓦雷斯。事实果真如此。发现老人已经步履艰难,我父亲一路奔到港口去迎接他。重逢的时刻感慨万千,两个人都激动不已。阿瓦雷斯告诉我父亲,是布兰卡公爵夫人派他来的,公爵夫人已经隐居到了一家乌尔苏拉修道院里。他转交给我父亲一封信,信的内容如下:

堂恩里克先生:

一个害死了自己父亲、又给你带来悲惨命运的不幸之人,如今斗胆给你来信。

在无限悔恨之中,我选择诚心苦修,这种艰困的生活将缩短我的寿命,但阿瓦提醒了我:我过世之后,现任公爵不但能重获自由,还能指定任意继承人,如果我能够活得久一些,我就有希望将他的遗产指定给你。这个想法让我决定要好好活下去。我中止了严格的斋戒,不再穿粗毛布衬衣,除了独居和祈祷之外,不再进行其他的苦修。

现任公爵的生活充斥着俗世间的放荡行径,他每年都会遭遇各种重病的侵扰,有好几次我都以为他快要将我们家族的头衔和财产归还给你了。但上天显然还是要把你困在那个遥远的角落里,对你来说,那实在是太屈才了。

我听说你有了一个儿子,也许我可以为他保留一些利益,以补偿我的错误对你所造成的亏欠。与此同时,我也一直在关注你和他的权益。我们家族的自由地产一直属于幼子一脉。由于你没有索取这部分权益,这些地产目前在我的名下,但它们理应归属于你。阿瓦会将过去十五年的地产收益转交给你,你务必同他一起,为未来生活做好妥善的安排。

　　基于现任公爵的性格原因,我无法更早实施这些补偿行为。

　　再见了,堂恩里克先生。我每天都在苦修中高声祈祷上天,保佑你和你幸运的妻子。请你也为我祈祷,不必回复这封来信。

　　我曾向各位描述过,堂恩里克心中埋藏的回忆有多么沉重。那么各位一定不难想象,这封信让他的种种心绪再次翻腾了起来。在其后的一年多时间里,他都无法专注于自己热爱的研究。不过,妻子对他的关心、他对我的爱以及当时的数学家们开始钻研的方程式通用解法,所有这些都为他的灵魂重新注入了力量与安宁。增长的收入也使他有能力拓展自己的图书室和实验室。他甚至建起了一个天文台,并为之配备了最精良的仪器。各位应该也不难想象,他天性中的善良也发挥得淋漓尽致。我可以毫不夸张地说,在我离开休达港的时候,城里没有一个人日子过得不好,因为我父亲倾尽自己所有的智慧,让每个居民都过上了相对体面的生活。关于这一点,我有许多事例可讲,相信各位也会很感兴趣的。但我没有忘记,我承诺过要讲自己的故事,所以还是不要离题太远了。

　　现在回想起来,最先占据我心灵的就是好奇心。休达的街道上没有马匹和马车来往,对孩子们来说非常安全,因此大人们允许我到处游荡。我会下到港口边,再折返回高处的城镇,有时一天里可以这样来回一百遍,以满足自己的好奇心。我曾踏进每一户人家、商店、军火库和工坊,观察工匠们的劳作,跟着搬运工赶路,或是拉住过路人提问。不论在何处,人们都觉得这好奇的孩子很有意思,也都乐于解答我的问题。但在我自己家里,情况却完全不同。

我父亲在自家院子里修建了一栋独立的小楼,他的图书馆、实验室和天文馆都设在这栋楼里。他禁止我进入这栋小楼。一开始我也没太在意,但随着年龄的增长,这些禁止入内的场所反倒激发了我的好奇心,也有力地促使我迈进了科学研究这一领域。我最先研究的学问属于自然史的范畴,叫作贝壳学。我父亲常去海滩边的一处礁石旁,风平浪静时,那里的海面如同玻璃一样通透。他就在那里观察海洋生物的习性,当发现一枚形态完好的贝壳时,还会把它带回家。小孩子都擅于模仿,所以我也想做一个贝壳学家,不过在此过程中,我被螃蟹咬伤过,被水母蜇伤过,还被海胆刺伤过。这些不愉快的经历让我远离了自然史,转而投入到物理学的研究之中。

我父亲需要一个熟练工匠来帮他调整、修理和仿制那些来自英格兰的仪器。他请了一个兵器工匠来跟着他学手艺,这个人颇有几分天赋。我几乎成天和这个学徒技工待在一起,还能帮他搭把手。由此,我习得了实用的技巧,但还缺乏一门基本技能,那就是读写能力。

虽然我当时已经八岁了,但父亲说,我只需要学会签自己的名字,会跳萨拉班德舞就足够了。休达城里有一位年迈的神父,当年由于某种教会阴谋而被流放到了这里。休达城里的人们都很尊敬他,他也常来我们家拜访。这位善良的神父看到家人对我如此疏于教育,便向我父亲指出,我在宗教方面还没有接受过任何教育,他愿意亲自教我。我父亲答应了。借着这个由头,安塞姆神父教会了我读写和计算。我进步神速,尤其在数学科目上,很快就超越了老师。

就这样,长到十二岁时,我的知识量已经远超同龄人了。不过我很小心,不会在父亲面前炫耀这些知识,因为如果我这么做了,他一定会严肃地看着我,并对我说:"朋友,快去学萨拉班德舞,去学跳舞吧,不要搞这些学问了,它们只会给你带来不幸!"此时,我母亲会给我使个眼色,让我不要作声,然后就会把话题转开。

一天,当我们坐在桌边,父亲又催促我学习优美的舞步时,有个人走了进来。这个人大约三十岁上下,穿着法式服装。他向我们一连鞠了十二个躬。接着,他或许是想表演足尖旋转或是其他什么动作,结果却撞到了端汤的仆人身上,把汤洒了一地。此刻,作为一个西班牙人一定会连声道歉,但这个陌生人并没有这么做。他夸张地大笑了很久,就像进门鞠躬时一样,接着,用蹩脚的西班牙语告诉我们,他是佛伦库尔侯爵,在决斗中杀了一个人,所以被迫离开法国,想在此地避难,直到官司平息之后再回去。

佛伦库尔还没说完,我父亲就激动不已地跳起来,对他说:"佛伦库尔侯爵先生,您就是我一直在等的那个人啊。请把这里当成自己的家吧,就是想麻烦您照管一下我儿子的教育。如果有朝一日他能成为您这样的人,作为父亲我将感到无比幸福。"

如果佛伦库尔侯爵了解我父亲说这番话的前因后果,或许他就不会感到那么高兴了。但他只是把这番话当作直白的赞美,似乎还洋洋得意。之后,他的确变得更加放肆了。他常常暗示我父亲的年纪配不上我母亲的美貌。尽管如此,我父亲还是不断地夸赞他,并督促我向他学习。

吃过饭后,我父亲问佛伦库尔侯爵是否能教我跳萨拉班德舞。听

萨拉戈萨手稿

到这话,我的这位导师比之前笑得更放肆了。等他从乐不可支的状态中恢复过来之后,他告诉我们,萨拉卡德舞都已经过时几千年了。现在时兴快步舞和布列舞[①]。接着,他从口袋里取出一种舞蹈教师们称为"口袋提琴"的乐器,演奏了这两种舞曲。

演奏完毕之后,我父亲满脸严肃地对他说:"佛伦库尔侯爵先生,贵族中很少有人会演奏这种乐器,我不得不推测,您是否曾是一名舞蹈教师。不过没关系,这样的话,您就更符合我的期待了。请您明天就开始教导我儿子,把他培养成法国宫廷贵族的样子。"

佛伦库尔侯爵承认说,厄运所迫,他确实当过一阵子舞蹈老师,但这并不影响他的贵族身份,也不妨碍他教导一位年轻的绅士。于是,他们决定第二天就让我开始学习舞蹈和礼仪。不过,向各位讲述那悲惨的一天之前,我想先讲一讲,这天晚上我父亲和他岳父卡丹萨先生之间的一场对话。这件事我原先一直没有在意,现在却突然想了起来,也许你们会感兴趣。

那天,我出于好奇,一直跟在我的新导师身边转悠,没有去街上闲逛。经过我父亲的书房时,我听到他正和卡丹萨先生谈话,语气中带着愤怒:"我亲爱的岳父,我最后一次警告您,如果您继续向非洲腹地派遣人员,我就要向内阁大臣告发您了。"

"我亲爱的女婿,"卡丹萨回答,"如果你想了解我们的秘密,那再简单不过了。我的母亲是戈麦雷斯家族的成员,你儿子身上也继承着我的血脉。"

---

① 译注:一种轻快的二拍子法国舞曲,从16世纪末期开始在欧洲流行,18世纪时,常作为组曲的组成部分。常见的拍子记号为2/2。

"卡丹萨先生，"我父亲接着说，"我是国王派到此地的军官，与戈麦雷斯家族及其秘密毫无瓜葛。请您相信，明天我就会把这场谈话通报给内阁大臣。"

"我也请你相信，将来内阁大臣会禁止你汇报那些与你无关的事情。"卡丹萨说。

他们的谈话就此打住了。戈麦雷斯家族的秘密困扰了我一整天，入夜后我还在想这件事。不过第二天，该死的佛伦库尔侯爵就给我上了第一堂舞蹈课，这节课的结果令他大失所望，也使我更愿意钻研数学了。

贝拉斯克说到这里时，秘法师打断了他的故事，说还有要事同自己的妹妹商量，于是众人便各自散去了。

> 萨拉戈萨手稿

第二十四天

我们的队伍继续在阿尔普哈拉斯山区穿行，最后，我们到达了一个休息点。吃过饭之后，大家又攒足了精神，我们请求贝拉斯克继续讲他的人生故事，他便讲述起来。

贝拉斯克的故事（续）

我父亲想观摩佛伦库尔的第一堂课，还把我母亲也拉了进来。这隆重的礼遇使佛伦库尔侯爵变得更加轻飘飘了，他完全忘记了自己假扮贵族的事情，滔滔不绝地阐述着舞蹈的尊贵性，还把舞蹈称为他自己的艺术。接着，他发现我的双脚有点内八字。他向我指出，这种习惯是可耻的，完全不符合贵族身份。于是我把双脚打开成外八字，并这样走起路来，尽管这违反了平衡定律。佛伦库尔侯爵对我的努力并不满意。他强调说，脚背必须要向下绷直。最后，他怒火中烧，又气又急，从背后将我一把推倒。我脸朝下摔倒在地，伤得不轻。我以

第二十四天

为佛伦库尔侯爵会向我道歉，没想到他非但不道歉，还冲着我发起火来，说了很多难听的话。如果他的西班牙语水平更高一些的话，就会意识到，他说的很多话语都极不得体。我早就习惯了休达城居民的温和态度，因此，我觉得佛伦库尔侯爵的话极其粗鲁，不可原谅。我昂首挺胸地走到他面前，拿起他的口袋提琴，重重地摔烂在地上，并且发誓再也不允许这么无礼的人教我舞蹈。

我父亲并没有责骂我，他神情严肃地站起身来，牵起我的手，把我领到了院子角落里的一间平房里，把我反锁在里面，并对我说："先生，如果不愿意学习舞蹈，我便不会放你出来。"

像我这样一个自由惯了的人，起初完全无法忍受监禁生活，我哭了很长时间。不过，我一边哭，一边观察起了平房里唯一一扇方形大窗，数起了窗上的方格。横向有二十六个窗格，纵向也有二十六个窗格。我还记得安塞姆神父教我的数学，但他只讲到乘法而已。

我用横边上的窗格数乘以竖边上的窗格数，然后惊奇地发现，乘积正是整扇窗上的窗格总数。我慢慢少了哭泣，也不觉得特别伤心了。我减去横边和竖边上的一两排窗格，继续尝试这项运算。随后我意识到：乘法无非就是重复进行加法的运算，而面积和长度一样，也是可以计量的。接着，我又用房间里的地砖做起了同样的实验，得出了同样的结果。我完全停止了哭泣，感到自己的心脏正欢乐地跳动。直到今天，说起这些时我仍然心潮澎湃。

临近中午，我母亲给我送来了一条黑面包和一罐水。她眼含热泪，乞求我顺从父亲的心意，答应上佛伦库尔侯爵的课。等她说完这番恳求之后，我充满感激地亲吻了她的手。接着，我请她帮我拿一些纸笔来，让她不要再为我担心，因为我在这间小屋里过得很快活。我母亲充满疑惑地离开了，她派人给我送来了纸笔。随后，我就以无法言表的巨大热情，投入到了我的运算之中，每进展一步，都有重大的发现。对我而言，数的性质的确算是重大发现，因为之前我对此一无所知。

这时，我感到有点饿了，就掰开了面包，发现我母亲在面包条里藏了一只烤鸡和一片培根。这份爱心大餐让我感到心满意足，我又重新打起精神，投入到了运算之中。晚上，有人给我送来一盏灯，于是我便借着灯光一直演算到深夜。

第二天，我将一个窗格的边长减半，发现一半与一半的乘积是四分之一；将边长除以三，得到的乘积是九分之一。由此我了解到了分数的性质。我继续验证自己的理论，用二又二分之一乘上二又二分之一，得到一个边长为二的正方形，外加一个面积为二又四分之一的正方形。

我进一步开展数学实验，发现当一个数与自己相乘时，其乘积的平方就等于这个数与自己相乘三次。所有这些精妙的发现，都没有用代数语言来表达，因为我还没学过代数。我发明了一套自己的符号体系，用来进行窗格运算实验，这套体系既简洁又精确。

到了关禁闭的第十天，母亲来送饭时，对我说："我亲爱的孩子，我有一个好消息要告诉你，佛伦库尔的假面具被揭穿了，他其实是个逃兵。你父亲最看不起逃兵了，他已经命令佛伦库尔乘船离开此地。你应该很快就能出来了。"

这个消息并没有让我特别高兴，这让我母亲感到十分惊讶。不久之后，我父亲也过来了，他确认了我母亲的说法，还说他已经写信给他的朋友卡西尼和惠更斯[1]，请他们把伦敦和巴黎最时兴的舞步图谱寄过来。他还清晰地记得他的弟弟卡洛斯在进入礼堂时那个足尖旋转的动作,最想把这个动作教给我。正说到这里时,我父亲发现了我口袋边缘露出来的笔记本,并拿了过去。他看到整页整页的数字和看不懂的符号,起初非常吃惊。我解释了这些符号的意义和运算过程后,他更加吃惊了。他惊讶的脸上还流露出一丝满意的表情,这并没有逃过我的眼睛。我父亲仔细查看了我的数学笔记,然后对我说:"这扇窗的横边和竖边上各有二十六块窗格,假设我要在横边上增加两个窗格的长度,还要让这扇窗保持为正方形,那么我一共需要添加多少块窗格呢?"

我不假思索地回答:"您需要在横向和纵向各添加一组五十二块窗格,在两组新增窗格的交汇点上,还要补上一个由四个窗格组成的小方块。"

这个回答让我父亲喜出望外,但他极力地掩饰。接着,他又对我说:"那么,如果我在窗户的底边上添加一个无限小的长度,最终的正方形又是怎样的呢?"

我思考了一会儿说:"窗的横边和竖边上各有一条与边同长、但无限细的线条,至于交汇处的小方块,它的面积无限小,我无法想象它的样子。"

这时,我父亲跌坐到椅子上,双手合十,抬头对着天空说道:"仁慈的天主啊,您都看到了吗!他已经无师自通了二项式法则!如果我让他继续做下去,他定会研究出微分学!"

我父亲这个样子把我给吓坏了。我帮他解开领巾,然后大声呼救。他清醒过来之后抱住我说:"我的孩子,我亲爱的孩子,放弃数学运算吧!去学萨拉班德舞,我的朋友,去学萨拉班德舞!"禁闭就此解除了。那天晚上，我绕着休达的城墙走了一圈，边走边自言自语地重复："他已经无师自通了二项式法则！"从那天起，我敢说，每一天我都在数学上取得了新的进步。我父亲曾发过誓永远不会让我学习这门科目，但有一天，我在地上发现了一本伟大的艾萨克·牛顿爵士所著的《广义算术》[2]，我当然想得到，一定是我父亲故意遗落在此。有时候，图书室的门也会忘了锁，我当然不会放过这样的好机会。但是另一些时候，我父亲还是想培养我进入上流社会。他要求我在进入房间时要做一个足尖旋转动作，还要哼小曲儿，装出轻浮无知的样子。接着，他又会泪流满面地说："我的孩子，你过不了这种放浪不羁的生活，你的人生将和我一样不幸。"

在禁闭事件过后的第五年，我母亲发现自己怀孕了。她生下了一个女儿，将这个女孩取名为布兰卡，以纪念那位美丽却善变的贝拉斯克公爵夫人。尽管公爵夫人曾让我父亲不要回信，但他觉得有必要把这个孩子诞生的消息告诉她。他收到了一封回信，又勾起了那些伤心往事，不过我父亲此时已经年纪很大了，对于这些汹涌的情绪已经没有那么敏感了。

此后十年间，我们都过着平静而规律的生活，不过对于我父亲和我本人来说，生活仍然多姿多彩，因为我们每天都能收获全新的知识。我父亲也不再像从前那样疏远我了。他确实不曾教我数学，也确实尽了一切努力，让我学习萨拉班德舞。因此他没有什么可自责的，于是就放下了思想包袱，和我畅谈起了关于精密科学的一切话题。这些谈话激发了我的热情，促使我更加努力钻研。但与此同时，就像我之前所说的那样，由于我全神贯注在学问上，我也出现了神思恍惚的状态。这种恍惚的状态让我吃了不少亏，我稍后会讲到，有一天我离开休达城，恍然间发现，有一群阿拉伯人不知为何围在我的身边。

至于我的妹妹，她已经长成了一个美丽优雅的姑娘。如果我们的母亲还在世的话，我们的幸福就更完整了，可惜一年前，一场凶险的疾病带走了我们深爱的母亲。

之后，父亲把我母亲的一个妹妹接到了家里，她名叫堂娜安东尼娅·德·波内拉斯，当时二十岁，已经守寡半年。她和我母亲并不是同胞姐妹。当年，卡丹萨先生的独生女儿出嫁之后，他感到家中落寞凄凉，于是决定再婚。婚后第六年，他的第二任妻子生下了一个女儿，自己却死于难产。这个女儿后来嫁给了波内拉斯先生，可是结婚才一年，波内拉斯先生就去世了。

这位年轻漂亮的小姨住到了我母亲原先的房间里，并把家中事务照管得井井有条。她对我特别关心。她一天会进入我的房间二十次，问我想不想喝巧克力、柠檬水或是其他饮料。

这些关心通常并不受欢迎，因为它们打断了我的运算。就算堂娜安东尼娅不出现，她也会派一个和她同样年纪的、连脾气性格也相仿的女仆过来，名叫玛丽塔。很快我就发现，妹妹并不喜欢这主仆二人。不久之后，我也产生了同样的反感。不过就我而言，我只是不喜欢她们打搅我的工作而已。不过我也有自己的应对之法，每当她们进我房间，我就用符号替换数值，等她们离开后，我再继续进行运算。

有一天我正在查询对数时，安东尼娅来到我房里，坐到我桌边的一个扶手椅上。接着，她一边抱怨炎热的天气，一边解开胸前的方巾，叠好后挂在我的椅背上。由此举动我得出结论，她会在我这里待上一段时间。于是我中止了运算，合上了对数表，然后开始默默地思考起了对数的性质，以及著名的纳皮尔勋爵（Lord Napier）在制定对数表时所投入的巨大努力。

安东尼娅一心想要捉弄我。她走到我的椅子后面，伸出手蒙住我的眼睛，然后对我说："几何学家先生，现在开始运算！"

我认为小姨这么做是在向我发起挑战。由于那段时间频繁地使用对数表，所以我已经牢牢记住了很多对数。突然间，我有了一个想法，将真数拆解为三个因数，这三个因数的对数我都记得。我在脑海中把这三个对数相加，然后迅速挣开安东尼娅的双手，在纸上写下了完整的对数，连小数点后面的数字都写全了。见此情景，安东尼娅颇为恼怒。她离开房间时，有些无礼地说："几何学家是真蠢啊！"

她这么生气，也许是为了指出我这个方法并不适用于素数，因为素数只能被一整除。从这个角度来说，她是对的，但我的表现已经证明了我拥有高超的运算能力，此时她把我称为一个蠢人，显然是不合适的。不久之后，她的女仆玛丽塔又来了，她也想对我动手动脚。但她的主人先前的话语伤害了我，所以我略带粗暴地把她赶走了。

我的故事线现在发展到了我生命中一个重要的阶段，我为自己的数学发现找到了全新的意义，那就是让它们为同一个目标而服务。各位应该都知道，每一位科学家的生命中都有这么一个特定时刻：在掌握了一些定律之后，便会推导其结果，拓展其应用，或者简而言之，会构建起一套体系。在这一时刻，他的勇气和力量都会增长。他会温习已有的知识，并填补认知空白。他会针对一个发现进行全方位的考量，把问题的不同层面归纳起来并加以分类。如果他没能构建起自己的体系，或认可这种体系的存在，至少在他放弃构建之后，还是会比先前更博学，并能够从这番尝试中发现更多的真理。我的体系构建时刻也到来了，下面这件事情让我预见到了这一时刻。

第二十四天

有一天晚饭过后，我刚解完一道非常复杂的微分题，我的小姨安东尼娅就来到我的房间，她基本上只穿着睡衣。"我亲爱的外甥，"她说，"看到你房里的灯还亮着，我无法入睡。既然几何学这么美妙，我希望你能教教我。"

我手头也没有什么要紧的事情，于是就答应了小姨的请求。我在书写板上为她演示了欧几里得的前两条定理。刚准备讲到第三条时，小姨就从我手中夺过了书写板说："我的傻外甥啊，难道几何学还能告诉你婴儿是怎么生出来的吗？"

小姨的这个问题起初让我觉得很荒唐，不过经过一番思考之后，我认为她想问的也许是自然界所有繁殖模式的一种通用表达式，从雪松到青苔，从鲸鱼到微生物。

与此同时，我记起了自己曾经的一个想法，各种动物的脑力有高有低，通过观察它们的繁殖、孕育和诞生过程，我可以追溯其中的原因。既然程度有高有低，那么必然存在增加和减少的过程，这就又回到了几何学的范畴。最后，我构思出了一套特别的标记符号，用来代表性质相同但量级不同的行为，可以适用于整个动物王国。我的想象力瞬间被点燃了，我觉得自己已经预见到了一种可能性：可以用几何轨迹来描述我们每一个想法及其引申出来的行为，并计算出该想法和行为的限值。也就是说，我预见到整个自然系统都可以用数学运算来概括。不断涌现的想法塞满了我的脑袋，我觉得自己需要去室外呼吸一点新鲜空气。我跑到城墙上，不知不觉地绕着城墙走了三圈。

最后，我大脑的运转速度终于慢了下来，天色也逐渐亮了，于是我准备把自己想到的一些定律记录下来。我取出笔记本，一边记录，一边往家的方向走，或者应该说，是我以为的家的方向。事实上，我

萨拉戈萨手稿

本应该走城墙塔楼右侧的那条路,但我却走上了左侧的那条路,穿过一道便门,走向了护城河方向。当时天色尚暗,我无法看清自己的笔迹。我急于赶回家,所以就加快了脚步。我以为自己走在回家的路上,其实我正沿着一条坡道走。这条坡道是在突围战斗中用来转移火炮的。很快,我就发现自己来到了城外的山坡上。此时,我还是没有反应过来,还在笔记本上胡乱记录着。我用最快的速度走着,但无论怎样赶路都到不了家,因为我朝出城方向走。于是我就地坐下继续演算起来。

过了一段时间,我抬起头来,看到身边围满了阿拉伯人。我会说他们的语言,那是休达城里的通用语言。我告诉了他们我是谁,并保证说如果他们能把我送回我父亲那里,就能得到一笔不菲的赎金。"赎金"这个词对于阿拉伯人似乎有着特别的魔力。围着我的这群游牧民纷纷用讨好的眼神看着他们的酋长,盼着他能给一个答复,好让他们大赚一笔。酋长捋着胡须,满怀忧虑地沉思了很长时间,然后说:"听着,年轻的拿撒勒人,我们认识你父亲,他是一个虔诚的人。我们也听说过你,说你和你的父亲一样心善,但真主剥夺了你的一部分理智。不要为此而烦恼,上天是伟大的,他可以赐给人们智慧,也可以随时拿走。低能儿就是活生生的例子,他们证实了上天的神力和人类智慧的虚无。低能儿无法分辨好与坏,他们代表了人类最原始纯真的思想状态。可以说,他们拥有初步的神性。所以我们把低能儿们称为'马拉布特'[①],这也是圣人的称谓。这是我们信仰的根基,所以如果我们敢索取一分一毫的赎金,我们都将成为罪人。我们

---

① 译注:Marabout,原指伊斯兰教隐士或修道士。

将陪你前往距离最近的西班牙岗哨,然后就会离开。"

我承认,阿拉伯酋长的这番话让我感到十分错愕。"好吧,"我心里想着,"我追随着洛克和牛顿的足迹,有可能到达人类智慧的最前沿。运用前者的定理和后者的微积分方法,可以说我已经步履坚实地迈进了形而上学的恢宏天地。但这一切带给了我什么?被人定义为弱智!被人当作低能儿,连普通人类都算不上!我还以为微分和积分运算能给我带来荣耀,现在我要诅咒这些学问!"

我一边说着,一边把笔记通通撕碎。接着,我继续哀叹起来:"噢,我的父亲,您曾逼我学习萨拉班德舞,还有其他轻浮放浪的玩乐方式,您真是太有远见了!"随后,我不知不觉间跳起了萨拉班德舞的一些舞步,当我父亲回想往日的不幸时,也会出现这种状态。

那些阿拉伯人看我撕碎了自己辛辛苦苦记下的笔记,然后又跳起舞来,不由得充满怜悯地呼喊起来:"赞美真主!仁慈的真主!感谢真主!真主宽大!"接着,他们动作轻柔地扶着我的胳膊,把我送往了距离最近的西班牙岗哨。

贝拉斯克讲到这里时,情绪有些激动,神志有些恍惚。我们觉得他可能快要讲不下去了,便请他停一停,明天再接着讲。

原注:

1 让·多米尼克·卡西尼(Gian Domenico Cassini, 1625—1712)与克里斯蒂安·惠更斯(Christiaan Huygens, 1629—1695)均为当时著名的实验科学家。
2 1707年首次出版,牛顿本人的修订版出现于1722年。

萨拉戈萨手稿

第二十五天

我们再次出发，穿越了一片荒无人烟但风景优美的地带。转过一个山头之后，我与吉普赛人的大部队隔开了一段距离。突然间，我听到路边一道草木繁盛的浅沟里传来呻吟声。呻吟声越来越大。我跳下马，把马拴好，然后拔出剑，钻进了树丛里。我越往前走，声音似乎又变得越远。最后，我来到一片林中空地，发现自己被八至十个人包围了，他们都举起滑膛枪指着我。

其中一人命令我把佩剑交给他。作为回答，我朝他猛扑过去，准备将他刺穿。不过这时，他放下了滑膛枪，似乎要投降，并提出要和我做一笔交易，只要我愿意放弃抵抗，并答应做出某种承诺。我回答说我既不愿意放弃抵抗，也不愿意做出任何承诺。

这时，远处传来了我的旅伴们的呼喊声。那个看上去像是匪帮首领一样的人对我说："骑士先生，有人在找你，我们不能再浪费时间了。五天之后，你必须离开营地，向西走。到时你会遇到一些人，他们有一项重大的秘密要告诉你。你刚才听到的呻吟声，只不过是我们把你引到这里来的一个小伎俩。请不要忘了准时赴约。"

说完这些，他向我点头致意，然后吹响一声口哨，和他的同伙们消失在了密林之中。我回去与大部队会合，但觉得没必要和大家提起这件事。我们很快就到达了休息点。吃过饭后，我们请贝拉斯克接着讲他的故事,他便讲述起来。

贝拉斯克的故事(续)

之前我和各位讲到,在思考宇宙的运行规律时,我领悟到了微积分的一种全新的应用前景,还向各位描述了我那轻率而又烦人的小姨安东尼娅是如何启发了我,将所有零散的数学发现都围绕同一个目标整合起来,也可以说是用它们来构建一个体系。最后,我还向各位讲述了我是如何从志得意满的最高点,跌到了沮丧颓唐的最低点。因为我发现别人都把我当作一个低能儿。我愿意向各位坦承,这段心情郁闷的时光既漫长又痛苦。我不敢抬起头来看人,周围的人们似乎都联合起来排斥我、鄙视我。曾经给我带来无限快乐的书籍,现在只让我感到深深的厌恶。在这些书中,我只看到一大堆令我迷惑不解的没有意义的词句。我不再碰我的书写板,也不再进行任何运算。我的脑神经全都废弛了,不再具有任何张力。我失去了思考的能力。

我父亲注意到了我这种萎靡不振的状态,不断地问我原因。很长一段时间里,我都不愿意告诉他真相。不过最终,我还是把阿拉伯酋长的评价告诉了他,还向他坦承,被别人当作一个丧失理智的人,让我感到非常受伤。

我父亲把头低垂到胸前,眼里噙满了泪水。沉默良久之后,他充满同情地看着我说：

"噢，我的孩子，你只是被人误认为疯子，而我却实实在在地疯了三年。不过，你神志恍惚和我对于布兰卡的爱，都不是我们命运凄惨的根本原因，我们的不幸有着更深的根源。

"自然之道丰富多样，变化万千，有时候连最恒常的规律都会被打破。大自然将自利性设定为所有人类行为的动机，但偏偏又在芸芸众生之中造出了几个禀赋迥异的人，这些人极少产生自私的想法，因为他们不会把爱放在自己身上。有些人热爱科学，有些人热爱公益事务。对于别人的研究发现，他们也会感到欢欣鼓舞，就像自己取得的成绩一样；有些人则十分关心公共福利事业和国家利益，就好像他们也能从中得利似的。这种不为自己着想的习惯，会影响他们整个人生。这些人不懂得怎样利用他人为自己获利，命运给过他们这样的机会，但他们并不会加以利用。

"在绝大部分人心中，自利的想法从没有断绝过。你会发现，他们的自利性体现在方方面面，在他们给你出的主意里、提供给你的服务里、人情往来和友谊里。他们对关乎自己利益的事情十分挂心，哪怕是微不足道的事情，而对于其他事情则漠不关心。他们无法理解一个漠视自身利益的人，他们会以为这个人有什么隐藏的动机，或是故作清高，或是精神不正常。他们会疏远他、诽谤他，把他贬到非洲的一块礁石上去。

"噢，我的孩子，我们同属于这类遭遇排斥的人，但我们也能得到补偿，这一点我必须告诉你。我曾经用尽全力，要把你培养成一个纨绔子弟、一个没有头脑的人。但上天没有让我如愿，因为你拥有敏感的心灵和聪慧的头脑。所以我必须告诉你，我们这种人也有自己的乐趣。这些乐趣虽然无法与别人分享，但却是甜蜜而纯粹的。

"当我听说艾萨克·牛顿爵士认可了我的一篇匿名文章，并打听作者是谁时，我是多么地心满意足！虽然我没有公开自己的身份，但还是备受鼓舞，更加发奋钻研，大量新知充实了我的头脑，有时候感觉知识多得头脑就快要装不下了。这时我就会走到海边，对着休达港外的礁石尽情倾诉。我把这些知识分享给自然万物，又把它们当作祭品敬献给我的造物主。在这种激昂的情绪下，我还会用叹息和泪水来祭奠往昔岁月，这也让我得到了很多宽慰。由此我领悟到，悲伤与不幸都是可以慰藉的。我决定要为天地之道而活、为创造之功而活、为人类思想的进步而活。我的思想、身体和命运不再属于我个人，而是一种更伟大的事物的一部分。

"我那激情燃烧的青春岁月就这么过去了。之后，我再次发现了自我。你的母亲无微不至地照顾我，每天都上百次地提醒我，说我是她唯一牵挂的对象。我的心门曾经紧紧地关闭，现在却能够自在地敞开，尽情感受着世界的暖意和亲密的温情。你和妹妹小时候的那些小事，都让我习惯了这些平常的情感。

"如今，你的母亲只能活在我的心中，而我的脑力也随着年纪渐渐衰弱，再也不能为人类思想的宝库添砖加瓦了。不过这个宝库每天都能得到充实，我也满怀兴趣地展望着它未来的发展。这份兴趣让我忘记了自身的衰老，我的人生还从未有过空虚无聊的时刻。

"你看，我的孩子，我们也能拥有自己的快乐，假如你如我所愿，成了一个纨绔子弟，你将无法逃脱人生的悲哀。当时阿瓦雷斯来此地找我的时候，给我讲了我弟弟的生活，我心中产生的并非嫉妒之情，而是一种怜悯。

"他说，公爵对宫廷里的规矩了如指掌，一眼就能看穿各种阴谋诡计，但是当他自己也动了心，想要求取功名时，却发现高处不胜寒，很快就心生悔意。他曾经担任过驻外大使，听说他摆出各种尊贵的派头来彰显国王的荣耀，却无法处理任何棘手的事端，第一次出事就被召回了。你也知道，他曾经得到过部长级别的职位。他和其他人一样，给自己配备了充足的人手，但不管他的秘书们怎样努力为他减轻工作量，他本人的能力缺陷却越来越明显，最后只能被迫辞去了这个职务。如今他没有任何权势，但他仍然擅长于创造各种机会接近君主，以显示自己依然得宠。除此以外，空虚感正逐步吞噬他。他想尽各种办法摆脱空虚感，但没有一次能够逃脱这个恶魔的利爪。他无微不至地关注着自己的个人享受，想以此来寻找存在感，但这种过度的自我关注，使他对微小的挫折都异常敏感，于是生活本身也变成了一种苦刑。如今，频繁的病痛提醒着他——他的这个自我、这个他全力维护的独特存在，也很快就要消逝无踪了，这个想法如同毒药，让他再也感知不到任何快乐。

"这就是阿瓦雷斯告诉我的大致情况，我从中得出结论：或许我在这个寂寞角落里的生活，比我弟弟要幸福，尽管他代替我置身于财富和荣耀的中心。你知道，我亲爱的儿子，休达的居民们认为你精神有点不正常，这只是因为他们自己头脑简单。假如有朝一日你踏入了上流社会，便会马上体验到什么是不公，对此你一定要做好心理准备。保护自己的最好方式，当然就是以侮辱对抗侮辱，以诽谤对抗诽谤，以不公对抗不公，但这种抵抗恶意的方法并不适合我们这种人。所以，如果你遭受此类折磨，一定要远离是非，寻求内心的安宁。从自己的灵魂深处得到能量，你就能找到幸福。"

我父亲的话对我产生了深刻的影响。我寻回了自己的勇气，重新投入构建体系的工作之中。也就是在那时，我变得特别容易出神。我基本听不到别人对我说话，最多只能记得最后几个词，因为这些词铭刻在了我的记忆里。我通常会隔一两个小时才回答对方。有时候我出去散步，却搞不清自己要去哪里。当时人们都说我像个盲人一样，需要有人带路。不过，只有在构建理论体系的那段时间，我出神的状况才会如此严重。当我对体系的关注减少时，这种状况就会好转。如今我已经基本痊愈了。

"我觉得，你偶尔还是会有出神的情况。"秘法师说，"不过既然你说你已经痊愈了，那我还是要祝贺你。"

"很愿意，"贝拉斯克说，"我的理论体系刚构建完成时，就发生了一件出乎意料的事情，使我的命运发生了转折。对我而言，想要再构建别的体系，将会更为困难，而且也难以保证每天十到十二个小时的运算时间了。各位先生，因为上天让我成了贝拉斯克公爵和西班牙最高贵族，还给了我一大笔财富。"

"什么？公爵先生，"丽贝卡说，"你说得这么轻描淡写，好像是一件无关紧要的事情？我想，如果换作其他人，他们一定会首先炫耀这件事情的。"

"我承认，"贝拉斯克说，"这样一个系数性质的事件，对于其他事件具有放大效应，不过我觉得，还是按照时间顺序来讲述比较好。接下来又发生了些什么，我这就告诉各位。"

大约四周之前，蒂亚戈·阿瓦雷斯——也就是老阿瓦雷斯的儿子——来到休达，将布兰卡公爵夫人的一封来信交给了我父亲。信的内容如下：

堂恩里克先生：

  谨以此信告知，你的弟弟贝拉斯克公爵或许很快就将得到上帝的召唤，去往天国。受我们的继承法规所限，你无法从弟弟那里继承遗产，最高贵族的头衔必须传给你的儿子。我很高兴能终结四十年的苦修，我因为轻率行事而亏欠你的财产，现在终于可以归还给他了。我无法归还的，是你凭借自己的才华本该享有的荣耀。不过，对我们俩而言，永恒的荣耀已经触手可及，此世的荣耀已经无足轻重了。我最后一次乞求你原谅罪人布兰卡，并请你安排那个上天赐予你的孩子到我们这里来一趟。我已经在公爵的病床边服侍了两个月，他很想见一见自己的继承人。

布兰卡·德·贝拉斯克

可以说，这封信让整个休达城都充满了欢乐的气氛，许多人都向我表达了祝贺，但我本人却没有民众那么高兴。对我来说，休达城就是整个世界。除了思考抽象问题时神游天外，我还从没有在实质意义上离开过这座城，当我越过城墙，眺望摩尔人的广袤土地时，就好像在看一幅风景画。由于我无法踏上那片旷野，所以它的存在似乎只是为了给我提供视觉享受。离开了休达城，我还能做什么呢？在这座城里，每一面墙上都有我涂写的方程式，每一张椅子都能让我想起某次愉快的冥想。诚然，我的小姨安东尼娅和她的女仆玛丽塔有时会打搅我，但和如今我遭遇的情形相比，她们的打搅都微不足道。如今的我，再也没机会长时间地思考和运算，也就没有任何幸福可言了。这就是我的想法，但是我不得不离开。

我父亲把我送到了港口边。他双手放在我的头上，为我祈福，说："我的孩子，你即将见到布兰卡。如今的她已经不复当年的美貌，她曾经本该成为你父亲的荣耀和幸福。你将看到她的容颜因岁月而沧桑，因悔恨而憔悴。既然她的父亲已经宽恕了她的过错，她为什么还要用漫长岁月来为之哭泣呢？至于我，我从来没有生过她的气。如果说我没能身居高位，风光体面地为国王效力，那我至少奉献了四十年的时间，为这片礁石上的好人们做了些事情。这都要归功于布兰卡。这里的人民都听说过她的美德，也都为她祈福。"

我父亲哽咽着，再也说不下去了。休达城的居民全体出动来送我。从他们的眼中，我既能看到离别的悲伤，也可以体会到他们为我命运的转折而感到高兴。

我扬帆启程，第二天到达了阿尔赫西拉斯港。我由此出发经过了科尔多瓦，接着又来到安杜哈尔镇过了夜。安杜哈尔镇上的旅馆老板给我讲了个鬼故事，不过我一句也没听进去。我在他的旅馆里住了一夜，第二天一早就出发了。我带了两个随从，一个走在我前边，另一个走在我后边。我突然想到，到了马德里之后，我就没有时间做学问了，于是我拿出笔记本，做了一些与我的理论体系有关的运算。我骑的那头骡子步速均匀，让我可以专心地投入工作。我也不知道就这样走了多久，但是突然间，我的骡子停下了脚步。我发现自己正在一个绞刑架下面。绞刑架上吊着两个人，仿佛正做着鬼脸，把我吓得颤抖起来。我四下看了看，没有看见我的随从们。我大声呼唤他们，但他们并没有出现，于是我决定沿着眼前的这条路继续前行。夜幕降临时，我来到一家宽敞精致的废弃旅馆前，里面空无一人。

我把骡子牵到马厩里，然后走进一个房间，发现了一些剩菜：一个山鹑肉饼、一块面包和一瓶阿利坎特酒。从安杜哈尔镇出来之后我就没吃过东西，我觉得自己有权享用那块肉饼，因为我需要食物，而这些食物也没有主人。我的喉咙也很干渴，于是我便用酒解渴，也许喝得太快了一些，阿利坎特酒的酒劲直冲脑门，等我反应过来时，已经来不及了。

房间里有一张还算干净的床铺，我脱去外套，躺了上去，马上就睡着了。后来，我不知为何惊醒了。我听到午夜的钟声，心想，附近一定有一家修道院，便决定第二天去拜访一下。

不久之后，我听到院子里有动静，我以为是随从们到达了。但令我吃惊的是，我看到我的小姨安东尼娅和她的女仆玛丽塔走了进来。女仆手里提着一盏灯，里面有两支蜡烛，而我的小姨手里拿着一本笔记本。

"我亲爱的外甥，"她说，"你父亲派我们来，把这份资料交给你，他说这是重要文件。"

我接过笔记本，看到封面上写着《关于化圆为方问题的论证》（*Proof of how to square the circle*）。我知道，我的父亲从来没有在这个无用的课题上浪费过时间，因此深感惊讶。我打开笔记本，然后生气地发现，其中所谓的解法，无非是众所周知的迪诺斯特拉特斯原理，看得出，随附的论证内容是我父亲亲笔写下的，但完全不能体现他的水准。于是我宣称，这些论证内容都是不值一驳的谬论。

这时，我的小姨向我指出，我把整间旅馆里唯一的一张床给占

第二十五天

了，我有义务让出一半的空间给她。我父亲竟然在数学上犯下了如此低级的错误，让我深感困惑，所以我根本没听清楚小姨在说什么。只是下意识地给她让出了一点空间，而玛丽塔则睡到我的脚边，把她的头枕在我的膝盖上。

我又浏览了一遍论证过程。不知是阿利坎特酒的作用使然，还是我的双眼被迷惑了，我竟看不到先前发现的那些错误了。于是我又把论证再读了一遍，这回我完全确信，整个论证准确无误。

我翻到第三页，看到了一整套精妙的推论，可以应用于各种曲线的长度计算、化圆为方；也就是说，这套推论只用最基础的几何学原理，就解决了等时线问题。我感到既惊又喜，或许还混合着阿利坎特酒带来的迷醉感，我大声喊："是的，我父亲做出了最伟大的发现！"

"如果是这样的话，"我的小姨说，"给我一个吻吧，也不枉费我漂洋过海来给你送这本涂鸦。"

我亲吻了她。

"我也漂洋过海了。"玛丽塔说。

于是我也给了她一个吻。

我本想继续探索课题，但我的两个床伴把我紧紧地拥在怀里，让我无法挣脱。说实话，我也并不想挣脱。我感到体内各种难以言表的感觉都翻涌了起来，一种全新的感受在我周身上下蔓延，尤其是与那两位女子触碰的地方。我想起了密切曲线的某些性质。我想要分析自己的感受，但我的头脑已经无法进行任何理性思考了。最后，我的感觉化为一系列通往无限高点的递增数列，后来我就睡着了，再后来，我在那个令人不快的绞刑架下醒来，发现两个吊死鬼正用怪异的笑脸看着我。

这就是我的全部故事,唯一没有讲到的就是我的理论体系,也就是说,如何用数学语言来概括宇宙运行的总体规律。我希望将来有机会能向各位阐述一下这套体系,尤其是这位美丽的女士,她似乎对于精密科学很感兴趣,这在女性中是很少见的。

丽贝卡对这番赞美表示了感谢,然后问贝拉斯克,他小姨带给他的那份笔记现在在哪里。

"我也不知道它在哪里,"几何学家说,"我没有在吉普赛人帮我取回的文件里找到这份笔记,让我有点遗憾,因为如果我能再看一眼那所谓的论证过程,我一定能马上挑出错来。如先前所说,那一晚我的血液燥热,阿利坎特酒、两位女子,还有难以抵挡的睡意——这一切都让我失去了判断力。但我仍然很惊讶,上面的笔迹确实是我父亲的,因为我能确认他的符号的独特书写方式。"

听了贝拉斯克的叙述,我感到很震惊,尤其是当他说到自己困意浓重的时候。我猜想,他喝的酒可能就是我与表妹十一月份初次见面时所喝的酒,或者就是我在地下宅邸里被迫喝下的那种毒药,其实只是一种催眠剂。

众人各自散去。当我即将入睡时,产生了一些想法,也许我的奇异经历都可以用自然现象来解释。想着想着,我就睡着了。

第二十六天

这一天我们原地休整。吉普赛人的生活方式,还有他们以走私为主的谋生方式,都使得他们必须不断更换营地,这也是十分辛苦的事。所以,能有这样一天一夜的休整时间,我感到很高兴。每个人都梳洗打扮了一番,丽贝卡还戴起了几件珠宝首饰。她这么做,也许是为了吸引小公爵的注意,从这天起,我们都把贝拉斯克称为小公爵。

我们来到一片美丽的草地上,坐在高大的栗子树荫下。这天的早饭比平时更为丰盛。大家吃过早饭后,丽贝卡对吉普赛人首领说,既然他今天不像往常那么忙碌,就想请他再给我们讲讲他的冒险奇遇。潘德索夫纳很爽快地讲了起来。

吉普赛人首领的故事(续)

上回说到,在用尽了各种诡计和借口、百般拖延之后,我还是不得不去上学了。起初,我很高兴能和这么多同龄人待在一起,但教师们持久严苛的管教，让我觉得难以忍受。我有一个愉快的童年，习惯了来自我姨妈的爱抚、宠溺和慈爱。她每天都会无数次地告诉我，我是一个天性善良的人，这也让我感到非常自豪。但在学校里，天性善良没有什么用。学生必须整日聚精会神，不然就要挨打。而我十分痛恨这两件事，所以到后来，任何身穿黑袍的人都让我感到深恶痛绝，为了表达这种厌恶，我会绞尽脑汁地想办法捉弄他们。

有些同学的观察力比他们的品格更优秀，喜欢向教师们打小报告，告发其他同学的所作所为。我组建了一支小队，专门对付这种人，我们精心设计各种恶作剧，最终总能使告密者成为嫌疑人。最后，所有那些告密的和穿黑袍的人都对我们忍无可忍了。

关于那些幼稚的闹剧，我就不向各位赘述了。简而言之，在这四年里，我费了不少脑筋设计恶作剧，这些恶作剧的性质也越来越严重，最后达到了放肆的程度。我所做的这件事，本身并没有什么恶意，但由于我操作不当，产生了恶劣的后果。我差点为此付出了几年牢狱生活的代价，甚至差点失去终生自由。这件事是这样的：

在对待学生最严厉的几位德亚底安修士中，一年级任课教师萨努多神父算是最冷酷无情的一个。但这种严苛并非来自他的天性。恰恰相反，这位修士天生细腻敏感，这种秘密倾向总是与他承担的职责相悖。萨努多已经三十岁了，仍在不断地抵抗和压抑自己的天性。

他对自己都能下这样的狠手，可见对待别人也铁石心肠。他通过压抑自己行为而做出的长久牺牲，因他自身的一个特点而显得更加难能可贵，天性本能与清规戒律的内在冲突，在他身上体现得淋漓尽致。还因为他是一个无比英俊的男子，没有几个女子在路过他身边时，能忍住不对他表达爱慕之情。任萨努多总会低下头，皱着眉，假装没听见似的走过。这就是萨努多神父当时的样子，或者说，是他一贯的姿态。他无数次成功地战胜了自己的内心，却也在这些战斗中损耗了自己的心力。他强迫自己提防女人们的一举一动，结果却无法将她们从心中抹去。他对抗了那么久的敌人，却一直住在他的脑海里。最后，他大病一场，过了很久才康复，还留下了过度敏感的后遗症，经常无休止地烦躁难耐。我们犯的最微小的错误都能使他怒不可遏，而道歉又会把他惹哭。他变得神志恍惚，在这种状态中，他会怔怔地望着某个物件，眼神中充满爱意，如果此时有人打搅了他的喜悦，他不会生气，而是露出悲伤的神情。我们常常留意观察这位教师，所以这个神情的转变也没有逃过我们的眼睛。不过我们并不明白其中的原委，直到有一件事情让我们抓住了蛛丝马迹。不过，为了便于大家理解，我需要从更早一些时候说起。

布尔戈斯城内有两大家族，分别是利里亚斯伯爵家族和弗恩·卡斯蒂利亚侯爵家族。前者甚至可算是西班牙人所称的"受屈者"，意指他们没能得到最高贵族的头衔，实在是受到了委屈。所以其他最高贵族们，会用最高贵族之间的常用称谓来称呼他们，以显示他们对这些人的认可。

利里亚斯家族的族长是一位七十岁的绅士，他品格高贵，待人亲切有礼。他曾有过两个儿子，都已经去世了，因此财产将传给大儿子的独生女——年轻的利里亚斯女伯爵。由于老伯爵没有自己的男性继承人，便答应把孙女许配给弗恩·卡斯蒂利亚家族的继承人，成婚之后，男方将拥有弗恩·利里亚斯及卡斯蒂利亚这个姓氏。这场联姻不但门当户对，而且这对年轻人的年纪、长相和性格也十分般配。他们彼此深爱着，而利里亚斯老伯爵也为他们的纯真爱情感到欣慰，回想起了自己曾经拥有过的幸福时光。

未来的弗恩·德·利里亚斯伯爵夫人住在圣母领报修道院，不过她每天都会去祖父家吃午饭，她的未婚夫也会去那里陪她，两人共度整个下午时光。这些时候，她身边总有一个名叫堂娜卡莱拉·曼多萨的陪媪。这位陪媪三十岁上下，为人非常庄重，但毫不沉闷。不过老伯爵不太喜欢这样性格的人。

这位年轻的利里亚斯伯爵夫人和她的陪媪，每天都会路过我们学校，因为这是前往老伯爵家的必经之路。她们经过时恰逢下课时间，所以我们都会在窗口张望，或者在听到马车声响时跑到窗边去看。

最先跑到窗边的人，常能听到堂娜卡莱拉·曼多萨对她的小主人说：“那个英俊的德亚底安修士就在此处。”

这是女士们给萨努多神父起的外号，而这位陪媪的眼中确实只有他一个人。至于她的小主人，会望向我们所有人，或许是因为我们的年纪让她想到了自己的爱人，又或许她在寻找自己的两个表亲。

至于萨努多，他会和学生们一起跑到窗边，而一旦女士们注意到他时，他又会脸色阴沉、神情轻蔑地走开。这种反差让我们都觉得不可思议。

我们心想，如果他真的害怕女性，为什么又要跑到窗边呢？如果他确实好奇想看到她们，就不应该轻蔑地走开啊。

一个名叫贝拉斯的同学告诉我，萨努多已经不是过去那个厌恶女性的人了，而且他会想办法证明给我看。贝拉斯是我在学校里最好的朋友，也就是说，我们互相配合实施恶作剧，而他常常是各种恶作剧的始作俑者。

当时，有一本新小说《爱河中的莱昂斯》（*Leonce in Love*）出版了。作者对爱情的描摹十分具象，也使这本小说成了危险读物。教师们都严格禁止我们阅读此书。贝拉斯想办法搞到了一本《爱河中的莱昂斯》的副本，他把书揣在口袋里，还故意露出一截。果然萨努多发现了这本书，把它没收了。他威胁贝拉斯，如果再犯同样的错误，就要给他施加最严厉的惩罚。接着，他借口身体不适离开了课堂，到了晚课时也没有出现。我们假装关心老师的病情，不打招呼就闯进了他的房间，看到他正眼含热泪地读着那本危险读物，看起来十分入迷。萨努多看到我们后，感到一阵尴尬。我们假装没有看到他在读书。不久之后，又有一件事让我们确信，这个可怜的修士心中发生了巨大的变化。

在西班牙，女人们都勤于履行自己的宗教义务，在各种情形下都会找同一位告解神父来忏悔，有一个相应的词组叫作"去找某人的神父"。由于这个词组本身含有歧义，有些无耻的好事之徒就会在教堂里问小孩子，他们是不是来这里"找自己的神父/父亲"。

布尔戈斯城里的女士们都想找萨努多神父做告解，但这位敏感的修士曾说过，他无法为女士们做良心上的指引。可是，读了危险的《爱河中的莱昂斯》后的第二天，当城中的一位大美女来找萨努多神父告解时，他二话不说就走进了告解室。对于此事，人们都意味深长地祝贺了他。而他面色严峻地回答说，他对于自己英勇对抗了那么多年的敌人已经不再害怕了。其他神父们也许会相信这个话，但作为他的学生，我们很清楚他的意思。

随着时间的推移，萨努多对于女士们的思想开导工作越来越上心。他在告解室里的安排非常有规律。如果来的是老妇人，他会三言两语把她打发走；不过，如果来的是年轻女子，他就会谈得久一些。

当美丽的利里亚斯伯爵夫人和她迷人的陪媪堂娜曼多萨经过时,他仍旧会跑到窗边,一直等到马车远去之后,才神情轻蔑地走开。

有一天,我们上课时很不专心,萨努多又大发雷霆了。贝拉斯悄悄地把我拉到一旁说:"复仇的时刻终于要到了,这个该死的书呆子毁了我们的大好年华,把苦役强加在我们头上,似乎还把惩罚学生当作一件乐事。我想到了一个捉弄他的绝妙办法,不过我们还需要找一个小姑娘,她的身形必须和利里亚斯伯爵夫人相似。园丁的女儿胡安妮塔在各种恶作剧中都帮过我们的忙,但是要完成这次任务,她可能还不够机灵。"

"我亲爱的贝拉斯,"我说,"就算我们能找到一个和利里亚斯身材相近的人,我们也无法给她换上一张漂亮的脸啊。"

"这不是问题,"贝拉斯说,"大斋节刚开始,城里的女士们都已经戴上了她们称之为'灵柩台'的面纱。这种面纱有类似蕾丝质地的荷叶边装饰,一层一层交叠着,把脸遮得严严实实的,就算去舞会都不用戴面具了。胡安妮塔还是有用的,就算她不能假扮成利里亚斯,至少可以帮助假扮利里亚斯和陪媪的人穿戴打扮。"

贝拉斯那天就说了这些。不过后来的一个星期天,当萨努多神父正在告解室里值守时,他看到两位女子走了进来,都戴着头巾和荷叶边面纱。其中一位坐到了地垫上,就像西班牙妇女去教堂时的做法一样;另一位看上去十分年轻,则满怀愧疚地跪到萨努多身边,一直哭个不停,快要喘不过气来了。萨努多竭尽全力安慰她,但她只是重复着一句话:"神父,我犯了一个大错。"

最后,萨努多说,看来她今天是无法对他倾诉心声了,她可以第二天再来。这位罪孽深重的年轻女子起身来到祭坛前,又跪下来诚心祈祷了很长时间，随后才和同伴一起离开了教堂。

"我有点说不下去了，"吉普赛人首领中断了自己的故事，"这些罪恶的伎俩让我感到悔恨不已，就算是年少轻狂，也无法为我的罪行辩解。如果各位不能宽恕我的话，我就不敢再讲下去了。"

我们都尽力安慰吉普赛人首领，让他不要有太多心理负担，他这才继续讲了下去：

第二天的同一时间，这两个忏悔者又出现了。萨努多已经等了她们很长时间。其中较年轻的那位女子走进告解室，看起来情绪比前一天要稳定一些。不过她还是不断哭泣，泪如雨下。最后，她用银铃般的嗓音说："神父，直到不久之前，我还一心履行着自己的义务，觉得自己永远不会偏离美德的道路。我被许配给了一个可爱的年轻人，我以为自己是爱他的。"

说到这里，她又哭了起来，不过萨努多用贴心的安慰和虔诚的话语让她平静了下来。她接着说："我那轻浮的陪媪，总是说起某位男子的种种优秀之处，但我绝不可能属于他，也绝不应该去想他。可是，心中这股亵渎神灵的激情，我却无法压制。"

"亵渎神灵"这个词提醒了萨努多，对方所说的有可能是一位神父，甚至可能是自己。

"女士，"萨努多用颤抖的声音说，"您应该全心全意地爱您的未婚夫，那是您的长辈为您挑选的。"

"噢，神父，"年轻女子回答，"如果他长得像我的心上人就好了！有他那样温柔而又深沉的眼神，像他那样英俊而又高贵的脸庞……"

"女士,"萨努多说,"这些话不适合在忏悔时说。"

"这不是忏悔,"年轻女子说道,"这是表白。"

也许是出于羞愧,女子站起身来,去找她的同伴了。萨努多一直目送着二人离开教堂。这天接下来的时间里,他都是一副神不守舍的样子。第二天,他在告解室里守候了一整天,不过没有人出现;第三天依然没有人出现。

接下来的一天,那位年轻女子和她的陪媪又来到教堂,年轻女子跪在告解室,对萨努多说:"神父,昨晚我经历了一场危机。我觉得自己被羞愧和绝望的心情所困,我的邪恶天使教我用吊袜带缠住自己的脖子,我快要不能呼吸了。随后,我感到有人制止了我,一道炫目的亮光让我几乎睁不开眼,接着,我看到了自己的主保圣人圣特蕾莎[①]正站在我的床尾。'我的孩子,'她说,'明天去告解吧,请萨努多神父剪下自己的一缕头发交给你。你务必将它守护在胸前,你的心才能重新感受到上帝的恩典。'"

"女士,请离开这里,"萨努多说,"去祭坛前面忏悔吧!为您的罪恶和愚蠢哭泣吧!我也会为您祈求上天的宽恕的。"

萨努多起身离开了告解室,退到一个小教堂里,诚心祈祷,直到夜幕降临。

第二天,只有陪媪一人前来。她走进告解室说:"神父,我今天前来,是为了替一个年轻的罪人来求得您的宽恕,她就快失魂落魄了。昨天您的严厉态度让她深感绝望。她告诉我,您拒绝给她一

[①] 译注:16世纪天主教会著名改革者,也被称为"圣女大德兰"。

件属于您的圣物。她因此丧失了理智，正想方设法要自我了断。神父，请到我们家来一趟吧！把她所说的那件圣物也带来。请您发发善心吧！"

萨努多难过地用手帕掩面，离开了教堂，不久之后就回来了。他将手中的一个圣骨盒交给陪媪说："女士，这是我们修会创始人的一片头骨。根据教皇的训谕，这件圣物可以宽恕很多罪行。这是我们这里最贵重的一件圣物。请您的小主人把圣人的遗骨放在胸前，愿上天帮她走出迷途。"

拿到圣骨盒之后，我们打开了盖子，希望能发现一缕头发，但却并没有找到头发。萨努多只是心软而已，又容易轻信别人，或许还有一点自负，但他确实能严守道德，忠于信仰。

晚课之后，贝拉斯问他："神父，为什么神父们不可以结婚？"

"为了让他们此世得不到幸福，死后或许还要遭天谴。"萨努多回答。接着，他神色严厉地补充："贝拉斯，以后不许再问我这样的问题了。"

第二天，萨努多一直没有出现在告解室。陪媪来找他时，只能由其他修士代为接待。我们都以为这场卑劣的恶作剧已经没有下文了，就在这时，峰回路转，一个我们想都不敢想的机会出现了。

年轻的利里亚斯伯爵夫人在即将嫁给弗恩·卡斯蒂利亚伯爵时，突发急病，生命垂危。她发起了高烧，还伴有脑膜炎，或某种昏迷症状。布尔戈斯的所有居民都对这两大家族十分关注，利里亚斯女士的病情使全城人都忧心忡忡，德亚底安会的神父们自然也得知了此事。当天晚上，萨努多收到了下面这封信：

神父：

　　圣特蕾莎发怒了，她说您背叛了我，她还谴责了曼多萨女士，为什么她每天都要带我路过德亚底安会？圣特蕾莎与您不同，她是爱我的。我感到头疼欲裂，我快要死了。

这封信上的字迹潦草难辨，好像是用颤抖的手写下的。信件下方还有一段附言，显然是另一个人补充写下的：

　　神父，她每天都要写二十封这样的信，现在她已经无法书写了。请为我们祈祷吧，神父。现在我只能告诉您这些。

萨努多感到身心俱焚，悲痛欲绝。他一会儿出去，一会儿又回来，过了一会儿又出去，到处打听消息，心里翻江倒海。对我们而言，这件事的好处是很多课他都不教了，就算要教课，也是匆匆了事，在我们还没觉得厌烦时就已经下课了。最终，可爱的利里亚斯女士度过了这次险情，转危为安，这其中当然还有发汗药的功劳。她进入了康复期。这时，萨努多收到了下面这封信：

神父：

　　病虽然治好了，但这位年轻姑娘的心智尚未恢复，我感觉她正打算从我身边溜走。神父，求您在您的房间里接待我们。神父们的房间十一点前不会锁门，我们可以在黄昏时到达。您的亲口规劝或许比您的圣物更有用。如果这件事再拖延下去，我本人也要发疯了。以上天的名义，神父，请您救

第二十六天

救两大家族的名誉吧！

这封信让萨努多受到了极大的冲击，连回自己房间的路都快找不到了。他进屋之后，就把自己反锁在里面。我们站在门外，偷听屋内的情况，先是听到了抽泣的声音，接着是诚心的祈祷声。随后，他叫来了看门人，说："兄弟，如果有两位女士来找我，你无论如何都不要放她们进来。"

萨努多没有去吃晚饭。他晚间一直在做祈祷，将近十一点时，听到有人敲门。他开了门，一位年轻女士冲进了房间，撞翻了他的灯盏，灯火一下子就熄了。就在这时，传来了校长的声音，召唤萨努多去见他。

吉普赛人首领讲到这里时，他的一个手下过来找他商议事情。但丽贝卡大喊道："请您不要让故事断在这里。我今天必须要知道，萨努多是怎样摆脱这个窘境的。"

"请允许我和这个人交待几句，"吉普赛人首领回答说，"处理完这件事之后，我就会继续讲的。"

我们都附和着丽贝卡的请求。吉普赛人首领和手下交代完事情后，便继续讲起了他的故事。

我刚才说到，我们听到了校长召唤萨努多的声音，萨努多匆匆锁上房门，赶去见校长了。故事讲到这里，要是我觉得各位还没有看穿我们的伎俩，那就是对各位听众智商的侮辱。是的，那个曼多萨正是贝拉斯假扮的，而假扮美丽的利里亚斯的那个人，正是墨西哥总督曾想迎娶的那个人，换句话说，也就是我本人。所以被关在萨努多房间里的，正是我本人。在一片漆黑之中，我不知道这场戏应该怎么样再演下去，剧情已经偏离了我们原先设想的走向。因为我们发现萨努多确实很容易轻信他人，但他并不软弱，也不伪善，也许这场戏最好的结局就是不了了之。利里亚斯几天后的婚礼，以及两位新人的幸福模样，也许会让萨努多难以理解，让他一辈子都在这种困惑中深受折磨。不过，我们还是想看到揭穿真相之后，我们这位教师尴尬的表情。我只是还不确定，这最后一幕应该是放肆的大笑，还是挖苦和嘲讽。当我还在谋划这卑劣的剧情时，听到了门被打开的声音。

萨努多进来了。他的样子出乎我的意料，让我印象深刻。他身穿法衣和圣带，一只手里举着一支蜡烛，另一只手里拿着一个黑檀木的十字架。他将蜡烛放到桌上，然后双手握住十字架，对我说："女士，您也看到了，我已经穿上圣服，以此提醒您，我的身心皆已奉献给了神职工作。作为救世主的一个神职人员，我履行职责的最好方式，就是规劝您迷途知返。魔鬼侵扰了您的心智，正把您引向邪恶的道路。回来吧！女士，回到美德的道路上来。您应该步入鲜花丛中，一位年轻的丈夫将会伸手迎接您。一位德高望重的老人将您许配给了他，这位老人的血液也在您的身体里流淌。您的父亲是他的儿子，您父亲先于你们祖孙二人去到了纯洁灵魂的居所，他正为您指明正确的道路。抬起您的眼睛，看一看天国之光吧！远离那个满嘴谎言的邪灵，它在您的双眼上施了魔咒，让您的眼光落在了上帝的奴仆身上，因为这邪灵是上帝永恒的敌人……"

萨努多还说了很多大道理，想劝我幡然醒悟，准确地说，是劝那个由我假扮的、爱上了告解神父的利里亚斯女士。不过我只是一个穿着裙子、披着头巾的淘气鬼,心里只想着这场闹剧会如何收场。

萨努多停顿了一下,然后说:"来吧,女士,我想到了一个帮您离开修道院的方法。我会把您带到园丁的妻子那里去,我们会请曼多萨女士去那里照顾您的。"

与此同时,萨努多打开了房门,我直接冲了出去,准备有多快跑多快,那确实是我应该做的。但就在那一刻,不知是哪种邪灵作祟,我竟回过头,摘掉了面纱,双手环抱住萨努多的脖子,对他说:"真是铁石心肠。您想让犯了相思病的利里亚斯活不下去吗?"

萨努多认出了我。他起初惊慌失措,接着又哭了起来,似乎内心悲痛欲绝,他口中不停地念:"我的上帝啊,我的上帝啊,请可怜可怜我吧!请消除我的困惑。我的上帝啊,我该怎么办?"

这位可怜的教师让我心生怜悯。我跪到地上,抱住他的膝盖,请求他的原谅,并且保证,贝拉斯和我绝不会把这件事传出去的。

萨努多把我扶起来,他的泪水打湿了我的衣服,他对我说:"不幸的孩子啊,你以为我这么难过是因为害怕被嘲笑吗?可怜的孩子,我是为你而哭啊。你胆大妄为,亵渎了我们宗教中最神圣的部分。你嘲弄了神圣的忏悔之所,我有义务向宗教裁判所告发你,坐牢和受刑将成为你的命运。"

随后,他神情忧伤地拥抱了我,对我说道:"不,我的孩子,不要让你的灵魂陷入绝望,我也许可以申请在校内对你实施惩戒。惩罚将是很严厉的,但不会影响你今后的生活。"

说完这些,萨努多走了出去,把我锁在了房间里面。各位可以想见,我当时一定是心乱如麻,具体的心情我就不多说了。我从没有想过我们的所作所为是在犯罪。对我们来说,这些亵渎神灵的小伎俩只不过是幼稚的恶作剧而已。我可能要面临的惩罚，让我感到万分沮丧，连哭都哭不出来了。在这样的情绪里，我不知沉浸了多久。最后，房门打开了，校长走了进来，他身后还跟着负责惩戒的神父和两个杂务修士。他们抓住我的胳膊，带我穿过了楼里大大小小的走廊，最后来到了一间偏远的房间。他们把我推了进去，不过没有人跟着进来，我听到几声门闩落锁的声音，知道自己被关起来了。

我平复了一下心情，开始检视起自己的牢房。月光透过窗栅栏照了进来，我看到四面墙上布满了涂鸦，房间的角落里有一堆稻草。

从窗户望出去，外面是一片墓地。我看到柱廊下面有三具尸体，裹着寿衣停放在棺材架上。这一幕把我吓得不轻。我再也不敢朝窗外看了，连房间里面的东西我都不敢睁眼看。

不久之后，我听到墓地里传来一阵响动。我看到一个嘉布遣会修士和四个掘墓人走了进来。他们走到柱廊边，嘉布遣会修士说："这一具是巴洛内斯侯爵的遗体，你们把它放到防腐室去。至于这两具基督徒的遗体，把它们扔到昨天挖的新坟里去。"

嘉布遣会修士话音刚落，我就听到一声长长的哀号，看到墓地围墙上出现了三个可怖的幽灵。

吉普赛人首领讲到这里时，刚才那个手下又来找他了，他有一份口信要带给首领。不过，有了上一回抗议成功的经验，丽贝卡非常严肃地说："首领先生，我今天必须要知道，那三个幽灵到底是怎么回事，不然我整晚都不会睡的。"

吉普赛人首领保证会满足她的心愿，果然，他离开不久就回来了，然后继续讲起了故事。

第二十六天

刚才我讲到墓地围墙上出现了三个可怖的幽灵，它们的样子和哀号声吓坏了嘉布遣会修士和那四个掘墓人，他们尖叫着四散而逃。我也被吓坏了，但我的表现和他们不同，我紧紧地贴在窗户上，动弹不得。

接着，我看到其中两个幽灵从墙头上跳了下来，并伸出手帮助第三个幽灵吃力地爬下来。再后来，又有十到十二个幽灵在墙头上出现，接着也跳进了墓地。那个被搀扶下来的幽灵走到柱廊下，检查了一下那三具尸体。它转过身，对其他幽灵们说道："朋友们，这是巴洛内斯侯爵的遗体。各位也看到了，我的那些傻瓜同行们是怎样给他治疗的。他们都把侯爵的病误诊为胸积水。只有我，桑格·莫雷诺医生，做出了准确的诊断。只有我辨别出，他所患的是息肉造成的心绞痛，我们学派的大师们对此病有过详尽的描述。

"可是，我刚做出心绞痛的诊断，这帮自命不凡的傻瓜同行们就耸耸肩，都不愿意理我了，好像我不配成为他们中的一员似的。的确是这样！桑格·莫雷诺医生绝不是他们中的一员！只有加利西亚的养驴人和埃斯特雷马杜拉的赶骡人才能领导他们，让他们乖乖听话。不过上天是公平的。我们看到，去年牲畜的死亡率很高。如果动物流行病今年再度爆发的话，我相信，我的同行们将无一幸免，而桑格·莫雷诺博士将成为战场上的胜利者，而你们，亲爱的徒弟们，也将来到战场上，高举化学医药的大旗。你们都看到了，我如何挽救了那个年轻姑娘利里亚斯的性命，只需要一瓶磷和锑的混合溶液就行了。在对抗与战胜所有疾病的战场上，真正的胜利者是半金属物质及其适量调配的化合物，而不是那些树皮草根，只有我那些自命不凡的傻瓜同行们才愿意嚼食那些东西。

"我亲爱的徒弟们,你们都看到了,我努力劝说巴洛内斯侯爵夫人接受我的疗法,我只需用手术刀的刀尖刺入这位尊贵侯爵的气管动脉。侯爵夫人受到我那帮敌人们的误导,拒绝了我的提议,不过现在,我终于有机会证明自己是正确的了。啊——如果尊贵的侯爵本人能亲临他自己的解剖现场,那该有多好啊!我将很乐意向他展示那些囊肿和息肉,深入支气管和小支气管,一直延伸到喉部,以追溯疾病的根源!

"不过,我又能说什么呢?那个小气的卡斯蒂利亚人,对科学进步毫不关心,连那些他已经用不上的东西,都舍不得给我们用。如果那位侯爵对医药有一丁点儿的认知,他就会把自己的肺、肝和内脏留给我们,反正这些东西对他来说也没什么用了。可是,他却不愿意!我们只得来到这里,冒着生命危险闯入逝者的长眠之地,打搅墓穴的清静!

"不说这些了,我亲爱的徒弟们!我们遇到的障碍越多,克服困难的功绩就越大!鼓起勇气来!让我们将这伟大的事业进行到底!你们只要吹三声口哨,墙那边的同伴们就会把梯子递进来,我们就可以劫走这位尊贵的侯爵了。他能死于这么罕见的疾病,本身就值得庆贺;如果还能落入能人之手,让他们确诊病因,并冠以正确的疾病名称,那就更加可喜可贺了。

"后天,我们还会到这里来,劫走一位著名人士,他的死因是……嘘!有些事情不能说。"

这位医生完成了他的演讲之后,他的一个徒弟吹了三声口哨,我看到墙头有几把梯子被递了过来。侯爵的尸体被绑在梯子上,送出了

第二十六天

墙。幽灵们也随之翻出墙外，接着，梯子也被撤走了。

等所有人都消失不见之后，我开怀大笑起来，嘲笑自己先前害怕的样子。

在继续讲述之前，我必须先和各位说明一下，在有些西班牙和西西里修道院里，有一种特殊的安葬方式。人们会搭建起阴暗的小型墓室，不过，基于巧妙的气流设计，墓室内的通风效果十分强劲，人们会把需要保存的遗体放到里面。阴暗的环境可以防止昆虫滋生，而良好的通风可以使尸体干燥。六个月之后，人们会打开墓室。如果一切顺利，修士们会列队前往逝者家里，向他的家人表示祝贺。之后，他们会给遗体穿上嘉布遣会的宗教服饰，并把它安放到地下墓室里去，那种墓室是专为圣人预留的，或者至少是领受过至福的那些人。在修道院里，葬礼队伍会陪伴遗体进入墓地，在那里，杂务修士将按照上级的指令，按照相应礼制安葬遗体。一般来说，人们会在傍晚时分运送遗体。之后，教堂里的主管们会仔细商议遗体的处理方式，到了夜里，人们才把遗体安放到它最终的长眠之处。许多遗体都不适合保存。

那个嘉布遣会修士原本要风干巴洛内斯侯爵的遗体，他刚准备启动仪式时，那些幽灵就出现了，把掘墓人都吓跑了。第二天拂晓时分，这几个掘墓人搂作一团，小心翼翼地回到了此处。他们发现侯爵的遗体不见了，感到大事不妙，以为是魔鬼掳走了这具遗体。不久之后，所有修士们都出来了，他们手持洒水器，到处喷洒圣水，用最高音呼喊着驱魔的话语。至于我，已经困得不行了，于是就躺到草堆上，很快就睡着了。

醒来之后，我想到的第一件事，就是我将要面临的刑罚；第二件事，就是我该怎么逃脱那些刑罚。贝拉斯和我经常去厨房配餐室偷东西吃，所以我们很擅长在建筑上攀爬。我们也学会了怎样移除窗户上的栅栏，以及怎样把栅栏放回原处，以免引起怀疑。我从口袋里拿出一把折叠小刀，从窗户的木构件上撬出一根钉子。在栅栏条伸入墙体的地方，我用钉子开始打磨。我就这么一直弄到中午时分。

这时，门上的小窗被打开了，我看到了管理宿舍内务的那个杂务修士的脸。他递给我一些面包和一罐水，又问我还需要些什么。我请他代我去萨努多神父那里，请他给我几条被单和一条毯子，因为尽管我活该受罚，但我不该过这么邋遢的生活。他也许觉得我的话有道理，就把我需要的东西都派人送了过来，还送了一些肉食，让我保存体力。我悄悄地问杂务修士，贝拉斯怎么样了，他说贝拉斯并没有遇到什么麻烦。我由此了解到，这件案子的范围没有再扩大。我又问起自己什么时候会受罚，杂务修士回答说他也不知道，但之前通常会有三天的反省时间。这些时间对我来说足够了，我的心情安定了下来。

我用水沾湿墙体和栅栏的接口处，以便松动墙体。我的工作进展得很快，到了第二天早上，栅栏已经全部移除了。接着，我又裁开床单和毯子，制作了一条类似绳梯的绳索。我等待着夜幕降临，好实施我的逃跑计划。我的计划非常及时，因为在门外看守的杂务修士告诉我，第二天我就要接受审判了。审判庭由德亚底安修士们组成，为首的是一个宗教裁判所人员。

将近傍晚时，有一具尸体被送了进来，尸体上盖着一块黑色的裹尸布，上面还有银色的流苏。我猜想，这就是桑格·莫雷诺提起过的那位贵族。

等到天色暗透、四下寂静无声的时候，我把栅栏移开，固定好绳

第二十六天

梯的一头，我正打算往下爬的时候，围墙上的幽灵又出现了。想必各位早就猜到了，这些幽灵都是那位医生的徒弟。他们直接走到贵族的遗体旁边，取走了尸体，但没有带走那块有银色流苏的黑色裹尸布。

等他们离开之后，我打开窗户，轻松地爬了下去。随后，我准备把一副棺材架放到围墙脚下，把它当作梯子来用。

我正打算移动棺材架时，听到墓地大门打开了。我赶紧跑到柱廊里，找地方躲藏。我躺到棺材架上，把那块有银色流苏的裹尸布盖在身上，又折起一个角，以便观察有谁进来了。

首先走进来的是一个身着黑服的侍卫，他一手举着火把，一手提着佩剑；接着是几个身穿孝服的仆人；最后进来的，是一个相当美丽的女子，一条黑色纱巾将她从头到脚包裹起来。

这个悲伤的丽人来到我的棺材架旁边，跪在地上，楚楚可怜地说道："噢，我最亲爱的丈夫的遗体啊！如果我能像阿尔特米西亚二世那样，把你的骨灰溶进祭酒里，再让这祭酒在我的血管里流淌，唤醒那颗只为你跳动的心脏，那该多好啊！尽管我的宗教不允许我成为你的活体墓穴，但我也不能让你躺在这个荒凉的地方。我希望每天都能用泪水浇灌你坟前的花朵，我吐出最后一口气之后，就能来陪伴你了。"

说完这些话，这位女士对侍卫说："堂蒂亚戈，把你主人的遗体抬走吧，我们把它葬在自家的花园小教堂里。"

四个强壮的仆人抬起了棺材架。他们以为自己抬的是一具尸体，不过这也没什么错，因为我已经吓得半死了。

吉普赛人首领说到这里时，有人来通报，说队伍中有些事务需要他到场解决。他向我们告辞，当天，我们没有再看到他。

339

第二十七天

这一天,我们仍旧原地休整。看到吉普赛人首领没什么事要忙,丽贝卡便抓住机会,请求他继续讲他的冒险故事。首领很爽快地讲了起来。

吉普赛人首领的故事(续)

当我躺在棺材架上被人抬着往前走时,我想办法在身上盖的那块黑色裹尸布的接缝处撕开了一个小口。我可以窥见那位女士坐在一个披挂着黑布的驮轿里,她的侍卫则骑着马,仆人们轮流来抬我,以便加快行进速度。我们通过一个城门,离开了布尔戈斯城,又走了大概一个小时。接着,队伍在一个花园门口停下,然后走了进去。人们把棺材架停在庭院里的一间屋子中央,这间屋子的墙上挂满了黑布,只有几盏灯散发出微弱的光线。

"堂蒂亚戈,你可以退下了,"那位女士对侍卫说,"我想一个人留在这里,在我亲爱的人的遗体边哭泣,我的悲伤会让我很快与他重逢的。"

等到屋里只剩下那位女士时,她坐到我身边,开始说:"你这个魔鬼!看看吧,你的暴脾气给你带来了怎样的下场!你根本不听我们的解释,就谴责我们。到了天国的审判庭上,你要如何为自己辩护?"

此时,另一个女人进入屋内,看上去怒不可遏,手里还拿着一把匕首。"那个人面兽心的魔鬼,他那恶臭的尸体在哪里?"她说道,"我倒想看看他到底有没有心肝,我要把他的内脏都挖出来。我要把他那冷酷的心脏千刀万剐。我要用双手把他的心脏捏碎。我要发泄我的怒火。"

听到这些,我要是再不做自我介绍,恐怕就太晚了。我掀开黑色的裹尸布,紧紧抱住那个手持匕首的女士的膝盖,对她说:"女士,请可怜可怜我这个学生吧!为了逃避责打,我才躲到了这块裹尸布下面。"

"你这个小坏蛋,"她尖叫,"那西多尼亚公爵的尸体在哪里?"

"在桑格·莫雷诺医生那里,"我回答,"就在今晚早些时候,他的徒弟们把尸体偷走了。"

"仁慈的上天啊!"那位女士呼喊,"只有他一人发现公爵是被毒死的。我该怎么办!"

"别害怕,"我说,"那个医生不敢承认是他从嘉布遣会的墓地里偷走了尸体。而那些嘉布遣会修士们都以为消失的那些尸体是被魔鬼带走的,他们也不想让外界知道,撒旦在他们的修道院里可以如此肆意妄为。"

那位拿刀的女士严厉地看着我,对我说:"那么,你这个小坏蛋,谁能担保你不会走漏风声呢?"

"女士，"我回答，"今天，我原本要面对一个由德亚底安修士组成的审判庭，为首的是一个宗教裁判所人员，他们可能会判我接受一千下鞭刑。我请求您的保护，不要让任何人发现我，这样您也能确保我不会走漏风声。"

那位女士没有说话，而是打开了房间角落里的地板暗门，示意我走下去。我听从了她的指令，暗门在我头顶又关上了。

我顺着漆黑的楼梯往下走，进入了一个同样漆黑一片的地下室。我撞到一根柱子上，双手摸到了一条铁链。接着，我的脚踢到了什么，仔细摸了摸，好像是一块墓石，上面还竖着一个金属十字架。这些阴森的物体并不能使人心情放松，但我正值无忧无虑的年纪，无论在哪里都能入睡。我躺到大理石墓穴上，很快就沉沉睡去了。

我醒来后，发现我的监牢里有了亮光，在监室铁栏杆外的相邻地下室里，有一盏烛灯。不久之后，拿刀的那位女士来到铁栏杆外，放下了一个篮子，上面还盖着一层布。她本想说些什么，但却哽咽难言，只能比画着手势，让我意识到，这个地方勾起了她可怕的回忆。我发现，篮子里有许多食物，还有几本书籍。我已经安然躲过了刑罚，也不会被任何德亚底安修士发现。这些想法让我愉快地度过了一整天。

第二天，来送饭的是那位年轻的寡妇。她也想对我说些什么，但同样悲切地说不出话来。一直到离开时，她都没能说出一句话。

接下来的一天，年轻寡妇又提着篮子出现了，她将篮子穿过铁栏杆递给我。在她所处的地下室里，有一个高大的基督受难十字架。她跪倒在救世主的雕像前，做起了祈祷："噢，上帝啊，在这块大理石板下躺着的，是一个可爱人儿的残缺肢体。毫无疑问，他现在已经身处天使的环绕之中，而他本人正是天使在凡间的化身。他应该也会乞求您，不但要宽恕那个野蛮的杀人犯，也要宽恕为他复仇的那个人以及她那无辜的共犯，那个饱受惊吓的不幸的受害者。"

接着，这位女士压低声音，继续无比虔诚地祈祷起来。最后，她站起身，来到铁栏杆旁，用平静下来的语调对我说："如果你需要什么，或者需要我们帮什么忙，就和我说好了。"

"女士，"我回答，"我有一个姨妈，名叫达拉诺萨，她就住在德亚底安修道院的同一条街上。我想让她知道，我现在平安无事。"

"这件事可能会让我们暴露的，"这位女士说，"不过我保证，我会想一个好办法，让你的姨妈放心的。"

"女士，"我回答，"您真是美德的化身。您的丈夫给您带来了这么多不幸，他一定是一个魔鬼。"

"唉，"她说，"你这么说可是大错特错了，他是一个最优秀也最深情的男人。"

第二天，来送饭的是那位带匕首的女士。她看上去没有那么苦恼了，至少情绪更为安定了。

"我的孩子，"她说，"我亲自去看了你的姨妈。看起来，她对你的爱就如同母亲一样。你一定是失去了双亲。"

我回答说，其实我只是失去了母亲，然后不幸掉进了我父亲的墨水缸里，所以他再也不想看见我了。

那位女士没听明白，就请我详细解释一下。于是我把自己的故事讲给她听，这个故事让她的脸上泛起了笑意。接着，她说："我的孩子，我刚才好像笑了，我已经很久没有笑过了。我曾有过一个儿子，他现在就躺在你身下的那块大理石板下面。在你身上，我好像又看到了他。我是西多尼亚公爵夫人的奶妈，我只是一个普通妇女，但我有一颗爱憎分明的心。拥有这样品格的人，永远不应该被轻视。"

我感谢了这位女士，并向她保证，我会永远像一个儿子那样对待她。

几个星期的时间就这么过去了，那两位女士和我越来越熟。那位奶妈把我当作自己的儿子，而公爵夫人也对我十分和善，她常会在地下室里待上几个小时。

有一天，她看上去没有之前那么悲伤了，于是我鼓起勇气，请求她讲述自己的不幸遭遇。她推辞了很长时间，最后还是敌不过我的恳求，开始讲起了自己的故事。

梅迪纳·西多尼亚公爵夫人的故事

我是前首席国务秘书堂埃玛努尔·德·巴尔·佛罗里达的独生女，我父亲不久前刚去世。国王对他的离世感到十分悲伤，与我们的伟大君王结盟的那些欧洲宫廷，也对此深表哀悼。直到他去世前几年，我才开始对这位可敬的人有所了解。

我的少年时代是在母亲身边度过的，她结婚没几年就与我父亲分开了，一直住在阿斯图里亚斯的父亲那里，她的父亲是阿斯托贾侯爵，而她是他唯一的继承人。

我不知道我的母亲是如何失去了丈夫的宠爱，但我知道，她人生中长久的痛苦已经足以抵消最严重的罪行。她一直沉浸在忧郁之中。她的眼中常含泪水,连微笑时都带着一丝忧伤。就算是在睡梦中,她也难逃悲伤的情绪,睡着睡着就会突然哀叹地抽泣起来。

她和丈夫并不是彻底断绝往来。我母亲会定期收到丈夫的来信,她也会回复这些信件。她曾两次前往马德里看望丈夫,但他的心扉已经对她永远关闭了。我母亲有一颗深情温柔的心。她的情感真挚浓烈,她把所有这一切都寄托在自己父亲身上,这也给她漫长的忧伤心情带来了一丝安慰。

至于我,我很难形容母亲对我的感情是怎样的。她当然很爱我,但她似乎很怕自己对我的命运产生影响。她从不对我讲大道理,连一些小小的建议都不敢对我提。简而言之,可以这样说,她觉得自己无法把女儿带上美德之路,因为她自己都已经迷途了。所以,我的童年是缺乏关心的,如果没有希罗娜在我身边,我恐怕都无法接受良好的教育,她是我的奶妈,后来也成了我的家庭教师。你已经认识她了,也知道她精神强韧、思想开明。她竭尽所能,想让我成为世界上最幸福的女子,但无情的命运摧毁了她的一切努力。她的丈夫佩德罗·西隆是一个愿意闯荡但并不稳重的人。被迫离开西班牙后,他登船前往美洲,从此杳无音信。希罗娜只有一个儿子,在哺育他的同时,她也哺育了我。他是一个相貌俊美的孩子,因此得到了"艾墨西多"①的昵称,在他短暂的一生里,人们都是这么叫他的。我们吮吸的是同一个人的乳汁,也常常睡在同一个摇篮里。我们两个越来越亲密,直到我们长到七岁时,希罗娜决定要告诉自己的儿子,他和他的小女朋友之

---

① 译注:小美男子。

间，横亘着一道阶级和命运的鸿沟。

有一天，我们之间发生了一些幼稚的争吵，希罗娜把她的儿子喊过去，非常严厉地对他说："永远不要忘记，德·巴尔·佛罗里达小姐是我们的主人，我们只不过是她家的一等仆人。"

艾墨西多很快接受了这一点。他凡事都想我所想，猜想和预测我的需求成了他最在意的工作。这种全心全意的服务似乎对他有着极大的吸引力，而我也很喜欢看到他对我俯首听命的样子。

希罗娜很快就发现了我们之间发展起来的这层新型关系，也觉察到了其中的危险。她决定，等我们长到十三岁时，就让我们分开生活。之后，她便不再想这件事，把注意力转移到了其他事情上。

我之前说过，希罗娜是一个思想开明的人。我们年纪还很小时，她就会让我们阅读优秀西班牙作家的作品，并为我们简要讲述了历史。她还想培养我们的评判力，让我们对阅读内容进行思考，并教会我们怎样以这种方法为基础，去进行道德评判。孩童们刚开始学习历史时，常常会对拥有光辉事迹的历史人物充满崇拜。不管我崇拜谁，艾墨西多都会跟着我一起崇拜他，假如我改变了心意，他也会立刻崇拜起我的新偶像。

我对于艾墨西多的顺从已经习以为常，假如他有任何违背我心意的举动，我一定会感到非常震惊的。不过这种情况从未发生过，而我也会对自己的权力加以限制，至少不会滥用权威。有一次，我发现清澈的水底有一枚漂亮的贝壳，就想得到它，水很深，但艾墨西多二话不说就跳了下去，差点被淹死。还有一次，他在帮我掏鸟窝时，脚下踩的树枝折断了，他掉下来受了重伤。从此以后，我每次表达愿望时都非常谨慎，不过我发现，手握权力但是不加以利用，其实也是一件愉快的事。如果我没有记错的话，那是我第一次体会到骄傲的感觉，此后我还多次重温了这种感觉。

我们共度的第十三年就这样过去了。当艾墨西多年满十三岁时，他母亲对他说："我的儿子，今天我们庆祝了你的十三岁生日。你已经不再是个孩子了，不能再像以前那样和德·巴尔·佛罗里达小姐那么亲密了。明天你就要离开这里，去纳瓦拉和你的祖父同住。"

希罗娜的话刚说完，艾墨西多就深陷绝望之中。他哭得晕了过去，恢复意识后又接着痛哭起来。至于我，更多的是在安慰他，而不是和他一起伤心。我把他看作一个完全是为我而活的生命，就算是呼吸也要经过我的同意。我觉得他的绝望合情合理，但我完全体会不到和他一样的绝望之情。当时我太年轻了，也看惯了他的相貌，以至于对他的美貌已经熟视无睹了。

希罗娜不是那种在眼泪面前会心软的人。艾墨西多的眼泪全都白流了，他还是得离开。但两天之后，他的赶骡人慌慌张张地回来了，他禀报说，在穿越一片树林的时候，他才离开了骡队一小会儿，回去后就发现艾墨西多不见了。他呼喊着艾墨西多的名字，然后找遍了整片树林，还是没能找到他。显然他已经被狼吃掉了。听到这个消息，希罗娜没有伤心，而是很震惊。

"你会看到的，"她说，"这个顽强的小子会回来的。"

她预料的一点不错。那个年轻的逃亡者很快就回来了。他跪倒在地，紧抱住他母亲的膝盖，对她说："我生来就是为了服侍德·巴尔·佛罗里达小姐的，如果您要将我逐出这个家门，我就没有活路了。"

几天后，希罗娜收到了丈夫的一封来信，她的丈夫已经很久没有音信了。他在信中告诉自己的妻子，他在维拉克鲁斯发了一笔财，希望能把儿子带在身边。希罗娜正想方设法要把儿子送走,于是毫不犹豫地接受了这个提议。

艾墨西多回来之后,没有再住在城堡里,而是借住在我们位于海边的一片农场上。有一天,他母亲过去找他,逼他登上了一条渔船,渔夫答应会把他送上开往美洲的船。在夜里,艾墨西多跳进海里,游回了岸边。希罗娜再次逼他登船离开。这些举动,是她为了履行好职责而做出的巨大牺牲,它们在她内心所留下的伤痕是显而易见的。

我刚才所说的这些事情,都是一件连着一件在短时间内发生的。紧接在其后发生的,则是一系列非常悲伤的事件。我的外祖父生病了,而我母亲的健康也一直在恶化,最后,她与阿斯托贾侯爵一同离开了人世。

家中的人们一直盼着我父亲能来一趟阿斯图里亚斯,但国王无法准他的假,因为当时政务繁忙,大小事务都离不开他。德·巴尔·佛罗里达侯爵给希罗娜写了一封言辞恳切的信,请她速速把我带到马德里去。我父亲准备收留阿斯托贾侯爵家的所有仆人,因为我是侯爵的唯一继承人。一众仆人陪我一起启程,组成了一支浩浩荡荡的队伍。无论在西班牙的任何角落,国务秘书的女儿总能受到热情的接待。我在这次旅程中所体验到的尊贵礼遇,让我心中萌生了骄傲与豪情,这种感受从此以后主导着我的命运。当我进入马德里时,我体验到了另一种骄傲的感觉。我曾看到,德·巴尔·佛罗里达侯爵夫人是如何深爱和崇拜着她的父亲。她的呼吸和生命,只为了自己的父亲而存在,她和我相处时却带着一种冷淡。如今我也将遇到自己的父亲了,我下定决心要全心全意地爱他,为他增添幸福。这种热望让我感到骄傲。我觉得自己已经长大了,虽然当时我还不满十四周岁。

第二十七天

当我的马车驶入我家宅邸的庭院中时,我心中充满了这些沾沾自喜的念头。我父亲在台阶下迎接我,热情地拥抱了我一千次。不久之后,国王召他进宫议事,我便回到自己的房中。我实在太兴奋了,一整晚都没有睡着。

第二天早上,我父亲叫我去见他。他正喝着热巧克力,让我和他一起吃早餐。之后,他对我说:"我亲爱的蕾奥娜,我心怀悲伤,情绪也有些忧郁,但自从你回到我身边后,我觉得幸福的生活就要回来了。我的书房永远对你敞开。你可以带一些针线活来做。如果要开会或是进行秘密谈判,我还有一间更私密的书房可用。我会在工作间隙找时间与你聊天。我也希望,在这些温馨的对话中,我能找回失落已久的天伦之乐。"

说完这些话,侯爵摇了摇铃,他的秘书走了进来,拿来两个文件袋——一袋是当天收到的信件,另一袋是暂未寄出的信件。

我在书房里待了一阵,午饭时又来到书房,在那里遇到了我父亲的一些密友,他们都和他一样,是国家的高官重臣。他们毫不避讳地当着我的面商议国家大事。我会在他们的讨论中插入几句幼稚的评论,让他们感到很有趣,我看到——或者说我以为——我父亲很重视我的评论。这让我的胆子变得更大了。

第二天,一听说我父亲去了书房,我也马上跑到那里。他正在喝热巧克力,并带着心满意足的表情说:"今天是星期五,我们将收到来自里斯本的信。"接着,他摇了摇铃,他的秘书拿进来两个文件袋,我父亲在其中一袋里急切地翻找着。他抽出一封信,信里有两页纸,一页上写的是密文,他交给了秘书;另一页上是普通文字,他自己读了起来,脸上带着愉快、欢喜而又亲切的表情。

在他忙着读信时，我拿起了信封，观察上面的印章。印章图案上画着一片羊毛，上面还有一顶公爵冠冕。要是有朝一日，我也能有这么华美的徽章，那该多好啊！第二天，我们收到了来自法国的信件，之后又收到了来自其他地方的信，但我父亲对这些信件的期待程度，都比不上来自葡萄牙的信。

整整一周过去了，我父亲正喝着热巧克力的时候，我对他说道："今天是星期五，我们将收到来自里斯本的信。"

秘书走了进来，我急忙在文件袋中翻找起来。我抽出父亲最期待的那封信，跑去递给他。他用一个温柔的吻奖励了我。

接下去的几个星期五，我都重复着这个惯例。直到有一天，我鼓起勇气问我父亲，他如此区别对待的这封信，到底是谁寄来的。

"这封信，"他回答，"来自我们驻里斯本的大使梅迪纳·西多尼亚公爵，他是我的朋友和恩人。不止如此，我真心觉得，我的生命与他的生命是紧密相连的。"

"既然如此，"我说，"这位优秀的公爵理应得到我的关注，我必须找机会与他相识。我不会问您他在密文中写了些什么，但我恳求您，把正常文字的内容念给我听。"

这个请求似乎一下子点燃了我父亲的怒火，他把我称为一个被宠坏的、任性而又没规矩的小孩，还说了另一些伤人的话。之后，他冷静了下来，不但为我念了西多尼亚公爵的信，还让我保存好它。这封信现在就在楼上，我下次来看你的时候，会把信也带来的。

吉普赛人首领说到这里时，有人来找他，说是队伍里有事情需要他现场处理，于是他就离开了，我们当天也没有再见到他。

第二十八天

我们很早就聚在一起,吃过了早饭,看到吉普赛人首领并不忙,丽贝卡就请他继续讲故事,于是他便讲述起来。

吉普赛人首领的故事(续)

公爵夫人真的把她提到的那封信带给了我。

梅迪纳·西多尼亚公爵夫人的故事(续)

这封信的内容是这样的:

梅迪纳·西多尼亚公爵致德·巴尔·佛罗里达侯爵：

我亲爱的朋友，您将在密文页中看到有关谈判进展的详细情况。在这页信中，我想向您介绍一下，我不幸进入的这个信仰虔诚却风气轻浮的宫廷。我的一个亲信将会把这封信送到边境前哨，因而我可以就这个话题做大胆详尽的阐述。

堂佩德罗·德·布拉甘萨国王[1]依旧把女修道院当作他实施爱情阴谋的舞台。他已抛弃乌尔苏拉修会的女院长，转而宠幸维斯坦丁修会的女院长。国王陛下授意我，陪同他一起进行爱的朝圣，为了我们的大计着想，我只能顺从他的意愿。国王见女院长时，他们二人中间还隔着一道严肃的铁栅栏。听说，通过一道秘密机关，这位万能的君主就能控制铁栅栏的升降。

我们其他人则分散在不同的会客室里，年轻的修女们会接待我们。葡萄牙人很喜欢听修女们交谈，这种交谈其实谈不出什么内容，和笼中的鸟鸣一样空洞无物，不过她们确实和笼中鸟很相似，二者都过着禁闭的生活。但这些圣洁的处女们惹人怜爱的苍白脸色、虔诚的叹息、神圣的语言中那凄婉的语调、略带纯真的评论和暧昧模糊的渴望，都令葡萄牙的绅士们心驰神往。我想，这是因为里斯本的女士们都不具备这些特质。

在这些隐居之所中，每样事物都能使心灵和感官沉醉。这里的空气是温和芳香的，圣像前摆放着层层叠叠的鲜花，从会议室望出去，可以看到同样美丽芬芳的单人寝室。世俗的吉他声与神圣的管风琴的和弦交织在一起，掩盖了年轻恋人们的甜蜜低语,他们虽然被分隔在栅栏两侧,但照样能交织在一起。这就是葡萄牙女修道院中的日常生活。

至于我,只能在这种天真的温柔中沉醉一小段时间,接着,这些暧昧的交谈就会让我突然联想到犯罪与谋杀。虽然我只杀过一个人。我杀了一个朋友,他曾救过你我的性命。上流社会那高雅的行事方式,导致了这些可怕的事件,也让我的生命变得枯萎。当年的我正值蓬勃成长的年纪,同龄人都向往着幸福与美德,而我的心无疑向往着爱情,但在残酷的回忆中,爱意是不可能萌发的。每当我听到爱的絮语,就会看到自己的双手沾满了鲜血。

不过,我还是有爱的需求。我心灵中原本可能化为爱情的那些感觉,变成了对于万事万物的博爱。我爱我的祖国,我更爱善良的西班牙人民,他们忠于自己的宗教、君主和语言。西班牙人民也用爱来回报我,以至于宫廷觉得我获得的爱太多了。

从那时起,我就在光荣的流放中继续为我的祖国服务。虽然身在异乡,我仍旧能够为我的国民们做一些贡献。对祖国和同胞的爱,让我的生活中充满了甜蜜的情感。

至于那另外一种爱,那种原本可以装点我青春岁月的爱,我还能有何指望呢?我已经下定了决心,我将成为最后一代西多尼亚公爵。

我知道,有不少最高贵族的女儿们都向往着与我成婚,但她们没有意识到,我的爱将成为危险的礼物。我的观念适应不了当今的社会风气。我们的父辈曾把幸福和荣誉都寄托在自己妻子的身上。在旧时的卡斯蒂利亚，毒药和匕首是对不忠的惩罚方式。我完全不反对先辈们的观念，但我并不想有一天也做出那样的行为。因此，如我先前所说，最好的结果就是，让我成为我们家族的最后一员。

我父亲念到这里时，似乎犹豫了一下，不愿意继续念下去了。但在我的恳求下，他还是拿起信，接着念了起来：

蕾奥娜的陪伴为您带来了幸福，我也为您感到高兴。以她现在的年纪，她的思想一定是充满魅力的。您告诉我的一切，都显示出您是多么幸福，我也因您的幸福而感到幸福。

我再也控制不住激动的心情，跪在我父亲的脚下，紧紧抱着他的膝盖。我成了他的幸福，我现在可以肯定这一点了，这让我感到欣喜若狂。

在最初的这阵喜悦平复下来之后，我问起了西多尼亚公爵的年纪。

"他比我小五岁，也就是三十五岁，"我父亲说。"不过，"他又补充道，"他是那种不容易显老的人。"

我这个年纪的女孩们，还不太在意男子的年龄。在我眼里，与我同龄的一个十四岁男孩，还只能算是一个小孩子，不值得我去关注。我并不觉得我父亲已经老了，而那位西多尼亚公爵比我父亲还年轻几岁，在我看来，他就是一个年轻人。这就是我当时的想法，这个想法渐渐地左右了我的命运接着，我又问起，西多尼亚公爵提到的谋杀又是怎么回事。

面对这个问题，我父亲的脸色沉了下来，他犹豫了一会儿，然后对我说："我亲爱的蕾奥娜，那些事件和你母亲与我的分居有着密切的联系。我本不该跟你说那些事，但你的好奇心迟早会让你产生疑问的。与其等你对这件微妙而又悲伤的事情胡思乱想，还不如我亲口告诉你事情的原委。"

说完了这番开场白之后，我父亲就向我讲述了他的人生故事，故事是这样开始的：

德·巴尔·佛罗里达侯爵的故事

如你所知，你母亲是阿斯托贾家族的最后一人。她的家族和巴尔·佛罗里达家族是阿斯图里亚斯最古老的两大家族。我与阿斯托贾小姐的联姻，是所有阿斯图里亚斯人的心愿。我们两个在年纪很小的时候就接受了这一事实，我与她互相之间培养出来的好感，足以让我们拥有一个幸福的婚姻。但受到一些事情的耽搁，我们的婚事推迟了，我直到二十五岁时才与她完婚。

婚后第六周，我告诉妻子，我所有的先辈都投身于军队事业，我认为自己也必须效仿先辈，以继承他们的荣誉。此外，西班牙各处有许多卫戍部队，我们在驻地的生活将比在阿斯图里亚斯的生活更加愉快。阿斯托贾小姐回答说，在事关我荣誉的问题上，她永远都会全力支持我。于是我便决定去军中服役。我给宫廷致信，然后得到了梅迪纳·西多尼亚军团中一个骑兵连的指挥权；我的部队驻扎在巴塞罗那，你也是在那里出生的。

战争爆发了。我们被调往葡萄牙，与堂桑乔·德·萨维德拉的部队会合。这位将军在著名的比拉马尔加战役中首开战端。我们的军团是全军中最强的一支队伍，受命歼灭构成敌军左翼的英国部队。我们冲锋了两次都没有成功，正当我们准备发起第三轮进攻时，一位陌生军官出现在我们面前。这个年轻人意气风发，身上穿着闪亮的盔甲。"跟我上！"他说，"我是你们的上校，西多尼亚公爵。"

他的这番自我介绍很有必要，不然的话，我们可能会以为他是战斗天使或其他哪位来自天庭的王子。他身上的确有一种神圣的气质。

这一次，我们将英国部队尽数击溃，我们军团当天大获全胜。我有理由相信，除了西多尼亚公爵之外，我是战斗中表现最英勇的一个人。最终，一件事情证实了我的想法，让我感到十分自豪：我们杰出的上校愿意和我结交为友。对我而言，这是莫大的荣誉。

他的友谊并不是为了做样子，我们成了真正的朋友，在这份友谊中，西多尼亚公爵没有任何居高临下的派头，而我也没有任何低人一等的感觉。西班牙人的庄重做派，常常为人所诟病，但正是因为注重礼节，我们才能做到自豪而不傲慢、敬畏而不自卑。

比拉马尔加大捷之后，我们都得到了提拔。西多尼亚公爵成了将军，而我则升任中校军衔，成了将军身边的首席副官。我们接到一个危险的任务，要去杜罗河阻截正在渡河的敌军。西多尼亚公爵选择了一个有利地形，并在阵地上守了很长一段时间。最后，整支英国军队向我们发起了进攻。但面对这种寡不敌众的局面,我们仍然没有退缩。在一场可怕的血战之中,我们眼看就要被敌军歼灭了,就在这时,意想不到的事情发生了,一位瓦龙部队的指挥官范·伯格带来了三千援军。这位指挥官骁勇善战,不但抵挡住了敌军,还赢得了战场的最终胜利。尽管此战得胜,我们还是选择了撤退,去与我们的大部队会合。

当我们与瓦龙部队共同撤营时,西多尼亚公爵找到我,对我说:"我亲爱的巴尔·佛罗里达,我知道,一份友谊最合适的数字是二。如果超出了这个数字,友谊的神圣律法就要被打破,但我认为范·伯格为我们做出的杰出贡献,使他有理由成为一个例外。我觉得,我们都欠他一份友情,我们应当把他接纳到我们的友谊中来。"

我对西多尼亚公爵的提议表示赞成,他便前往范·伯格处,十分郑重地提出愿与他结交为友,并表达出了他对朋友这个称谓的无比重视。范·伯格对此感到很吃惊。

"西多尼亚公爵先生,"他说,"阁下的提议令我受宠若惊,但我有酗酒的习惯,就算偶尔有一天不饮酒,我也会不计后果地投入赌博之中。如果阁下没有这样的习惯,恐怕我们的友谊也不能长久。"

这个回答让西多尼亚公爵一开始很吃惊,接着又大笑起来。他向范·伯格保证,自己仍会全心全意地尊重他,并会运用自己在官中的影响力,尽力为他争取奖赏。不过,范·伯格只想要钱财作为奖赏。公爵前往马德里,为我们的救命恩人争取到了一块叫作德伦的男爵领地,就在梅赫伦郡附近。范·伯格当天就把领地转手卖给了一个名叫沃尔特·范·戴克的人,此人是阿姆斯特丹市民,也是部队的粮草供应商。

萨拉戈萨手稿

此后,大家都来到葡萄牙最重要的城市之一——科英布拉市①——来度过冬季。德·巴尔·佛罗里达侯爵夫人也到那里与我相会。她很喜欢上流社会的生活,于是我很乐意地敞开家门,欢迎高级军官们前来做客。不过公爵和我极少参与这类喧闹的社交活动,我们把时间都用在了严肃的事业上。年轻的西多尼亚公爵崇尚美德,民众的福祉是他的理想。我们专门研究了西班牙的政体,为国家未来的繁荣发展制定了许多方案。为了让人民的生活变得更好,我们首先决定,要引导他们热爱美德、放弃自私自利的思想。在我们看来,这是一个非常简单的任务。我们还想复兴旧时的骑士精神。我们认为,一个西班牙人必须忠于自己的妻子,就像他忠于国王那样,而且每个人都应该拥有一个军中兄弟。我们甚至展望着,总有一天,这个世界会铭记我们的友谊,其他有荣誉感的人都会效仿我们,缔结这样的联盟,对他们来说,美德的路径将不再充满险阻,而是已经成为一条坦途。

我亲爱的蕾奥娜,这些年少轻狂的理想,现在想来实在是过于幼稚,但长久以来一直有这么一个规律,那些热情洋溢、容易异想天开的青年,在经过时间的洗礼之后,往往能成长为伟大可敬的人士。相反,那些年轻时就像小加图②那样固执己见的人,当他们的热血在现实生活中冷却后,他们将执着于绝对的利己主义,难有大作为。他们狭隘的心灵局限了思想的发展,不可能再有任何宏图伟略,因而成不了真正的政治家或是为民奉献的人。这个规律很少出现例外。

由此,我和西多尼亚公爵天马行空地设想着美德的各种形式,

---

① 译注:葡萄牙古都,位于葡萄牙中部。
② 译注:(公元前95年—公元前46年),罗马共和国末期的政治家和演说家,因其传奇般的坚忍和固执而闻名。

我们希望西班牙能够安享盛世，就如同罗马农神萨图努斯和女祭司雷亚统治下的时代一样。与此同时，范·伯格已经率先迈入了衣食无忧的黄金时代。他卖掉了德伦男爵领地，并收到了八十万里弗尔[①]的现钱。接着，他以自己的名誉公开起誓，不但要在冬季的两个月里将这笔钱全部花完，而且还要欠下十万法郎的债务。后来，我们这位惯于挥霍的佛兰德斯朋友发现：如果要信守自己的诺言，他就必须每天花掉一千四百个皮斯托尔钱币。在科英布拉这样的城市里，这倒也不是一件容易的事。他担心自己会食言。人们建议他拿出部分钱来帮助穷人，为他们造福。但范·伯格拒绝了这个建议，并说，他起誓要花掉这笔钱，而不是送掉。为了维护自己的名誉，他绝不能用这笔钱来行善。赌博也不行，因为他有可能赢钱，就算输了，输钱与花钱也是两个概念。

这无情的窘境让范·伯格倍感烦恼，他为此苦苦思索了好几天。最后，他终于想到了一个自己觉得可行的办法，而且不会损害他的名誉。他召集了城里所有的厨师、乐师、演员和其他在娱乐服务业中谋生的人。他上午举办盛宴，晚上搭台表演。露天游乐场就开在他自家的门前，要是这么努力还是没有花完一千四百个皮斯托尔，他就会把剩余的钱币从窗口撒出去，并宣称，这样的做法并不违背挥霍浪费的原则。

范·伯格用这样的方式安抚了自己的良心，他很快就恢复了兴高采烈的模样。他天性幽默风趣，并努力发挥这一特长来为自己的荒唐行径辩护，因为所有人都在指责他的所作所为。他经常这样为自己辩

---

① 译注：法国古代货币单位名称之一。

护,使他的言语中多了一些夸夸其谈的意味,与我们西班牙人迥然不同,西班牙人都是非常低调严肃的。

范·伯格常会和其他高级军官一起来我家做客,就算我不在家的时候,他也照来不误。我知道这个情况,也并没有因此而介意。我以为他只是自视甚高,以为随时随地都有人欢迎他。还是旁观者清,城里很快就流言四起,让我的名誉受到了损害。我本人并不知情,但西多尼亚公爵听到了这些流言。他知道我有多爱自己的妻子,也设身处地地为我担心。

有一天早上,西多尼亚公爵去拜会了德·巴尔·佛罗里达女士,他跪在她的脚下,乞求她牢记自己的责任,不要再独自会见范·伯格了。我不知道他具体得到了什么回答,但那天他离开之后,范·伯格也来到了我家,自然也从德·巴尔·佛罗垩达侯爵夫人那里得知了这番劝诫。西多尼亚公爵当天又去范·伯格家里找他,想对他进行同一番劝诫,希望范·伯格能从美德的角度来看待问题。但西多尼亚公爵发现范·伯格并不在家,于是就吃过午饭又去了。范·伯格家里宾客盈门,但他却独自坐在一张赌桌边,用骰盅摇晃着骰子。我当时也在他家,正在和年轻的方斯卡聊天,他是公爵的妹夫,西多尼亚公爵十分宠爱的这个妹妹,对自己的丈夫非常仰慕。

西多尼亚公爵态度友好地和范·伯格攀谈起来,还笑着问他,今天的花钱计划进展得如何。

范·伯格还给他一个愤怒的眼神,并说:"我花自己的钱,是为了招待朋友,不是为了招待那些多管闲事的无耻之徒。"

在场的一些人听到了他们之间的对话。

"你说的无耻之徒,"西多尼亚公爵说,"是指我吗?范·伯格,收回你刚才的话。"

"我不会收回任何话。"范·伯格说。

西多尼亚公爵跪在地上,对他说:"范·伯格,你曾对我有过大恩,如今你为何要剥夺我的名誉呢?我恳求你为我恢复名誉。"

范·伯格只说了一句:"胆小鬼!"

西多尼亚公爵平静地站起身来,拔出自己的匕首放到桌上,然后说:"这件事情无法用普通的决斗来解决。今天必有一个人要死在这里,越快越好。我们分别掷一次骰子,谁的点数大,谁就拿起这把匕首,把它刺进对方的心脏。"

"太好了!"范·伯格喊道,"这才是我所说的真正的赌局。我发誓,要是我赢了,我一定不会饶过阁下的。"

围观的人都惊恐万状。

范·伯格拿起骰盅,掷出了两个二。"见鬼!"他喊道,"看来我今天运气不好啊。"

接着,西多尼亚公爵摇了摇骰盅,掷出了一个五和一个六。他拿起匕首,插进了范·伯格的胸膛,然后转身对围观的人们说:"先生们,请大家最后一次向这位年轻人致敬,他的勇气本应让他拥有更好的人生。至于我,我会马上去军事法庭的检察长那里自首,然后听候国王陛下的发落。"

你不难想象,这一事件造成了多么大的轰动。对西多尼亚公爵表达敬意的,不只有西班牙人,甚至还有我们的敌人葡萄牙人。当消息传到里斯本时,那座城市的大主教——同时也是印度大主教——宣称,关押西多尼亚公爵的那栋房子是大教堂教士会的房产,一直是外界不可侵犯的庇护所,所以西多尼亚公爵可以安心待在里面,不必担心世俗权力的追捕。这份关心让公爵甚为感动，但他声明，自己并不愿享受这一特权。

军事法庭起诉了西多尼亚公爵，但卡斯蒂利亚议会①决定，无论如何都要干预审判结果。此外，麾下部队刚被解散的阿拉贡高级元帅也宣称，只有他一人有权审判西多尼亚公爵，因为西多尼亚公爵出生在他所辖的省份，而且属于古老的"天生贵族"家族。简而言之，许多人都在为拯救公爵而争相奔走。

在这一片纷纷扰扰之中，我百思不得其解，西多尼亚公爵和范·伯格到底是怎么争执起来的。我问遍了身边的人，最后，终于有一位好心人觉得我很可怜，才把真相告诉了我。听完之后，我觉得还不如蒙在鼓里。

我一直以为——尽管我不知道为什么——我妻子只会对我一个人产生爱意，过了好几天，我才逼自己接受了真相。最后，借着其他一些事情的机会，我去见了德·巴尔·佛罗里达侯爵夫人，并对她说："夫人，我收到一封来信，你父亲身体不适，我觉得你应该陪在他的身边。你的女儿当然也需要你的照顾，我想，从今以后你得长住在阿斯图里亚斯了。"

德·巴尔·佛罗里达侯爵夫人低下头，顺从地接受了对她的宣判。我们之后的生活，你都知道了。你的母亲有很多优秀的品质，甚至美德，我一直都认可这一点。

与此同时，西多尼亚公爵的案子也掀起了新的波澜。瓦龙部队的军官们把争端上升到了国家层面，他们声称，既然西班牙贵族可以肆

---

① 译注：1385年，由卡斯蒂利亚国王胡安一世创立的政府第一机关。

第二十八天

意杀害佛兰德斯人,那他们就不能再为西班牙效力了。西班牙方面则回复说,这是一起决斗,不是刺杀。闹到最后,国王不得不召集了一个仲裁委员会,由十二个西班牙人和十二个佛兰德斯人组成,这个委员会不是为了审判西多尼亚公爵,而是为了裁定范·伯格被杀案究竟属于决斗还是谋杀。

西班牙军官们首先投票,不出所料,他们都认定这是一起决斗事件。十一个佛兰德斯人对此持反对意见,他们没有阐述自己的理由,只是在那儿不停地吵嚷。

第十二个也是最年轻的那个佛兰德斯人,是最后一个投票的,此人当时已经在荣誉裁判领域小有名气,他名叫堂胡安·范·沃顿。

我打断了吉普赛人首领的故事,说:"很有幸,本人正是范·沃顿之子,我希望您的故事不会诋毁他的名誉。"

"你尽可放心,"吉普赛人首领回答,"我会忠实地复述德·巴尔·佛罗里达侯爵对他女儿所讲的故事。"

轮到堂胡安·范·沃顿发表自己的意见时,他说:"先生们,我认为决斗有两项要素:首先要有挑战或者冲突发生;其次,双方的武器要对等,或者杀死对方的机会应该是均等的。举个例子,决斗中一方使用滑膛枪,另一方使用手枪,如果规定好了,前者在离对手一百步开外的地方射击,而后者在离对手四步开外的地方射击,并事先约定好谁先进行第一轮射击,那么这就是一场公平的决斗。在本案中,双方可以使用同一件武器,所以武器对等的条件一定是满足的。骰子里没有做手脚,所以他们杀死对方的机会也是均等的,这一点也无可置疑。最后，一方明确提出了挑战，双方都认可了对决的形式。"

"我承认，我感到很遗憾，这场决斗——原本应该是最高贵的战斗形式——沦为了一种赌博游戏，对于那种游戏，绅士们都应该极为谨慎地参与。不过，根据我列出的几条原则，我认为本案中的事件，毫无疑问是一场决斗，而非谋杀。

"我之所以这样说，是为了忠于自己的判断，尽管我很不想反驳我那十一位同胞的意见。我确信，自己将很不幸地遭遇他们的敌视，我希望能用最不暴力的方式，来消解他们心中的不快。因此，我请求这十一位同胞屈尊与我进行决斗，明天上午六位，下午五位。"

他的发言引发了一阵低声的抱怨，不过按照规矩来说，决斗挑战是必须要接受的。上午的六个对手全都被范·沃顿击败了；下午他接着迎战剩余的五个对手，他击败了前三个人，但第十个对手刺伤了他的肩膀，第十一个对手刺穿了他的身体，使他生命垂危。

一位医术精湛的外科医生挽救了范·沃顿的生命。自此以后，无论是仲裁还是审判，都没有人再提起了，于是国王就赦免了西多尼亚公爵。

到了春季，战火再次燃起，我们都忠于职守地投入到战斗中，但从前的那种意气风发已经不复存在了。我们初尝到了人世间的苦涩。西多尼亚公爵对范·伯格的勇气和军事才能充满敬意。他责备自己过于刻意地保护我的内心感受，结果却让我的内心受到了最大的伤害。他从中总结出，光有行善的心意是不够的，还要有恰当的方法。至于我，和许多当丈夫的一样，我把痛苦深锁在心底，痛苦却变得越发猖狂。关于西班牙的繁荣未来，我们已经不再做任何设想了。

最终，路易十四签订了著名的《比利牛斯和约》[2]。西多尼亚公爵决定去旅行。我们一起游历了意大利、法国和英国。回国之后，我这位尊贵的朋友进入了卡斯蒂利亚议会，而我成了这个议会里的记录员。

旅行的经历与渐长的年纪，都使西多尼亚公爵的思想日益成熟起来。他不但反省了自己年轻时鲁莽片面的道德观，而且还练就了深谋远虑的思考力。民众的福祉不再是他的理想，而成了他努力落实的目标。不过他也明白，任何事情都不可能一蹴而就；在让别人接受某种观点之前，需要先潜移默化地调整对方的思路，并仔细隐藏自己的手段和目的。他十分小心谨慎，以至于在议会里，他似乎从没有明确表达自己的立场，总是附和着别人的观点。但其实，正是他本人启发了那些观点。西多尼亚公爵致力于韬光养晦，结果却越发彰显了他的才能。西班牙人民感受到了他的良苦用心，因此都很拥护他。宫廷对他的声望产生了防备之心，于是派他去里斯本担任大使。他意识到这是一道不可违抗的命令，就只能接受了，他唯一的条件是，要让我成为国务秘书。

自那以后，我就没有再见过他，不过我们的心依然连在一起。

吉普赛人首领讲到这里时，有人来向他通报，队伍里有些事务需要他亲自到场处置。首领一离开，贝拉斯克就说道："我努力集中精神听吉普赛人首领的故事，但却徒劳，他的叙事完全没有连贯性。我搞不清楚是谁在讲述，又是谁在聆听。有时候是德·巴尔·佛罗里达侯爵在向他的女儿讲述自己的人生故事；有时候是这位女儿在向吉普赛人首领讲述故事，而首领又在向我们复述故事。这样的叙事简直就像一个迷宫。我一直觉得，此类小说及其他作品，应该用分栏的格式来写，就像大事年表那样。"

"你说得对，"丽贝卡说，"比如说，可以在一栏里描写德·巴尔·佛罗里达侯爵夫人对丈夫不忠的情节，在另一栏里描写这件事对她丈夫产生的影响。这样的话，整个故事就清晰了。"

"我不是这个意思，"贝拉斯克回答，"我用西多尼亚公爵来举个例子吧，我还没完全了解他的性格脉络，却已经看到了他的结局，是一具躺在棺材架上的尸体。为什么不能从葡萄牙战争开始写起呢？如果我在第二栏里先读到桑格·莫雷诺医生的医术，他的荒唐行为就不会令我这么吃惊了。"

"确实如此，"丽贝卡插话，"持续不断的惊人情节，无法让听众对故事保持兴趣，因为他们无法预料接下去会发生什么。"

接着，我开口说道："在葡萄牙战争期间，我父亲还非常年轻，他在梅迪纳·西多尼亚公爵的案子里所展现出来的智慧，实在是令人钦佩。"

"这是毫无疑问的，"丽贝卡说，"要是你父亲没有与十一位军官一一决斗，他们必然会继续争个不休。他很明智地避免了一场争论。"

我感觉丽贝卡一直在说反话，取笑每一个人。我注意到她身上有些玩世不恭的个性。"谁知道呢，"我心想，"也许天庭双子的故事根本就不是她真实的经历呢？"我准备以后再找机会问她一下。此刻已经到了休息的时间，众人便各自散去了。

原注：

1 1683—1706年在位。

2 《比利牛斯和约》签订于1659年，这个时间点与虚构的梅迪纳·西多尼亚公爵的年龄不符（根据小说的时间线，1659年时公爵应该还未出生）。